LE VILLAGE DES RÊVEURS

© 2024, Sandrine Lamarelle

Avec la collaboration de Murielle Neveux,
Mémoire et portrait
memoireetportrait.com

Dessin de couverture : Juliette, 11 ans et demi © Sandrine Lamarelle

Édition : BoD · Books on Demand GmbH, In de Tarpen 42, 22848 Norderstedt (Allemagne)

Impression : Libri Plureos GmbH, Friedensallee 273, 22763 Hamburg (Allemagne)

ISBN : 978-2-3225-5865-0

Dépôt légal : Octobre 2024

SANDRINE LAMARELLE

LE VILLAGE DES RÊVEURS

Encore une fois, Pascal monopolisait la conversation en parlant de ses patients dans l'unité psychiatrique où il travaillait. Aucun sujet n'égalait celui de la maladie mentale, surtout la schizophrénie, pathologie qui suscitait toujours de grandes interrogations. Un monde fantastique et effrayant s'invitait alors dans le groupe, un monde parallèle peuplé d'êtres à l'apparence généralement banale, dont l'esprit malade abritait une ou plusieurs voix pour eux si réelles qu'il leur était impossible de leur désobéir. Des dizaines de fois, l'infirmier avait expliqué les mécanismes profonds et complexes de cette maladie, et ce soir, comme à chaque rendez-vous, il reprenait ses explications pour ses amis, toujours aussi impressionnés par cette pathologie particulière. Ils s'étaient donné rendez-vous chez Patrick, qui fêtait une promotion professionnelle et qui, pour l'occasion, les avait invités avec leurs compagnes. L'entrée était succulente, cocktail de crevettes pamplemousse accompagné d'un bon chablis. Pascal ne s'était pas fait prier. Aussitôt, il avait raconté son dernier « fait d'armes ». Si l'infirmier était aguerri à toutes sortes de débordements humains, il n'en était pas de même pour son auditoire effrayé à l'idée de côtoyer des personnes incontrôlables. L'aventure en question était survenue lors d'une promenade en groupe : l'un de ses patients atteint d'hallucinations visuelles l'avait poussé violemment afin de lui éviter un grand danger juste au-dessus de sa tête, un énorme serpent vert prêt à l'attaquer. Ils se mirent tous à rire à l'évocation de cette anecdote à l'allure de bonne blague.

Amis depuis l'enfance, les hommes formaient un joyeux trio et se retrouvaient de temps en temps chez l'un ou chez l'autre avec leurs conjointes. Laurent était prof d'espagnol. Il travaillait dans le collège de la ville, au sein d'un quartier tranquille, où le renvoi pur et simple de l'établissement scolaire aurait constitué un événement. Pas de quoi rivaliser avec celui qui accaparait l'attention de la tablée. Les trois femmes ne partageaient pas la complicité de leurs hommes, fortifiée d'année en année et bien solide à présent car ils étaient quarantenaires, mariés et parents. Elles intervenaient de temps en temps sans réellement participer à ce qui ressemblait à une joute oratoire. Ce soir, Patrick avait un atout dans sa manche : récemment, il avait été promu journaliste reporter au *Mistral*, le journal local. Il allait pouvoir rivaliser avec celui qui, par sa pratique professionnelle, divertissait habituellement la tablée. Il se lança :

« Les fous, ce n'est pas ce qui manque dans la population. J'en ai une bonne à vous raconter ! »

Tous les visages se tournèrent dans sa direction, dans l'attente d'un fait divers exceptionnel. Patrick ne se fit pas prier.

« Je vais certainement écrire un article sur une femme qui a contacté une agence immobilière afin de vendre sa maison. Rien d'extraordinaire jusque-là, sauf qu'elle la cède à un prix bien en dessous de sa valeur. Elle affirme que sa maison est hantée ! »

Il laissa volontairement s'installer un silence puis, satisfait des quelques rires qu'il entendit, il reprit :

« Je l'ai appelée. Cette femme m'a parlé de sa maison hantée par son défunt mari et, tenez-vous bien, d'après elle, le maire serait lui aussi visité la nuit. Il ferait des rêves étranges. J'ai téléphoné à ce monsieur, qui a confirmé les propos de la femme, et m'a dit qu'il n'était pas le seul à vivre de telles manifestations nocturnes. Ces rêves déclencheraient des visions si étranges, si extraordinaires que le maire a eu du mal à m'expliquer le phénomène. Je n'en croyais pas mes oreilles ! Entendre un tel récit de la part d'un maire ! ! ! Je prévois d'aller prochainement dans ce village, qui m'a tout l'air d'un hôpital psychiatrique. »

L'effet produit par ses mots fut total, l'attention que ses amis manifestaient le rassura sur l'intérêt de son prochain article, qui ferait sans doute la une ! Le journaliste qu'il était se félicitait déjà de son succès présent et futur. Il en était sûr, son patron n'allait pas regretter sa nomination. Pour l'heure, autant profiter des connaissances de son ami infirmier ; redevenu sérieux, il questionna Pascal :

« S'agit-il d'une hallucination collective ? As-tu déjà entendu parler d'un cas semblable ? »

Pascal était bien incapable de comprendre un tel phénomène mais, ne voulant pas paraître inculte, et faute de mieux, il leur parla d'une histoire de folie contagieuse qui avait atteint un village au XIIIe siècle, au temps de l'ignorance et des superstitions.

« L'ergot de seigle, comme le LSD, peut provoquer des

hallucinations collectives. Ces villageois avaient tous mangé du pain provenant du même boulanger. Les faits se sont déroulés à l'époque de l'Inquisition. Aujourd'hui, on mettrait ces personnes dans une chambre d'isolement jusqu'à ce que le mal passe, pas sur un bûcher ! »

Personne ne réagit à l'évocation du sort de ces « pauvres fous ». Pascal se vit contraint de poursuivre.

« Ils sont peut-être atteints d'une sorte de trouble de la perception, une combinaison d'émotions qui les portent à croire qu'ils vivent des expériences communes. Cependant, ce délire commun est nocturne et je ne suis pas un médecin du sommeil.

— Tiens, je n'y avais pas pensé, rétorqua le journaliste. Cela étant, je pense m'en tenir aux faits, sans rentrer dans les causes. »

Personne ne le contredit, il était clair qu'il s'agissait d'un mystère !

« Pour clore cette histoire, j'ajouterai simplement que cette femme m'a affirmé que son chien était possédé par l'esprit de son mari ! »

Tout le monde éclata de rire. L'histoire était si drôle qu'elle remporta un franc succès.

« C'est sûr, se dit le journaliste, je tiens un très bon sujet ! »

Il conclut en faisant la publicité de son journal :

« Mes chers amis, vous n'aurez qu'à acheter *Le Mistral* !

— Dis-nous au moins le nom de ce village, s'enhardit sa compagne, tu ne m'avais même pas parlé de cette histoire !

— Rastignac ! »

À l'énoncé du lieu, ils poussèrent tous un cri en se regardant, incrédules : le village était à seulement 40 minutes de la ville où ils habitaient. Une excitation commune les saisit. Chacun raconta une anecdote sur cet endroit en apparence très paisible. Autrefois prospère grâce à la présence d'une manufacture d'allumettes, dont il ne subsistait qu'une cheminée de 45 mètres de haut, protégée au titre des monuments historiques, le village n'abritait plus qu'un seul commerce, une boulangerie. Ils le connaissaient tous pour avoir visité les vestiges de l'usine lors d'une excursion scolaire.

La soirée fut réussie, ils se saluèrent et se quittèrent avec l'envie d'aller faire un tour dans les rues de Rastignac pour vérifier un éventuel changement, puisque, d'après les dires du maire, plusieurs habitants étaient les jouets d'un même phénomène nocturne.

Ma femme, comme mon salon, m'était inconnue. Elle m'était pourtant aussi familière que les meubles qui se trouvaient dans la pièce, et cependant, je ne reconnaissais rien ni personne ! Cette vision inouïe émanait-elle du nouveau charme de mon épouse, qui se serait reflété sur notre environnement ? Ou était-ce mon mobilier qui aurait soudain été doté de quelque mystérieux pouvoir et opéré ces étranges modifications ? Je ne comprenais pas cette impression d'irréalité ! Je ne rêvais pas, mes perceptions étaient si nettes et réelles que je ne pouvais être qu'éveillé ! Je me sentais en pleine possession de mes moyens. Soudain, je fus pris d'une crainte : avais-je un problème de vue ? Je sentais pourtant la monture de mes lunettes bien en place sur l'arête de mon nez… Il était inutile de s'inquiéter, car l'effet rendu était un pur bonheur, que je me souhaitais comme le bien le plus précieux. Il me convenait tout à fait, ce nouvel ordinaire, il me semblait d'ailleurs plus que correct ! Mon salon et ma femme avaient revêtu leurs plus beaux atours, ils s'étaient tout simplement bonifiés d'une façon inédite, que moi-même j'avais acceptée comme une évidence. Le jardin d'Éden mesurait

35 m² et il s'agissait de ma femme et moi dans notre salon.

Soudain, je perçus un regard dans ma direction. Elle s'adressait à moi. Je fus si subjugué par la couleur de ses yeux que je n'entendis pas les paroles de celle qui partageait ma vie depuis plus de cinquante ans. Du bleu lapis-lazuli pigmentait ses yeux clairs, donnant à son regard une profonde intensité. Des fils d'or chevauchaient sa tête, formant un éclatant contraste avec ses cheveux gris et ternes. Je restai sans voix devant tant de beauté ! Alors, je craignis de n'être plus à la hauteur de ma femme ; ma médiocrité allait faire échouer ce merveilleux face-à-face. Heureusement, mon reflet dans le miroir au-dessus de la cheminée me rassura. J'étais aussi resplendissant que ma femme, un nouvel éclat illuminait mon visage. Je ne voulais plus me détacher de mon image, puis, tout à coup, je fus attiré par mon mobilier et les objets disposés dans la pièce. Je ne savais plus où regarder ! Alors, je baissais les yeux, comme ébloui !

Mon tapis. Je l'avais connu usé, particulièrement à l'endroit où mes pieds se posaient quotidiennement. J'étais le seul à m'asseoir dans mon fauteuil et chaque soir, j'avais pris l'habitude d'échouer dedans, devant le poste de télévision. Je l'appréciais comme un vieux partenaire mais au fil du temps, il était devenu un triste refuge. Mon corps avait usé d'année en année le cuir du siège, réduit à une fine pellicule prête à rompre ici et là. Et sur le tapis, mes pieds avaient fini par laisser leurs marques, une ombre brune signalait leurs empreintes. Non seulement, aucune trace à présent ne subsistait à mes pieds mais mon tapis avait complètement changé d'aspect. La trame s'était garnie de poils qui me caressaient comme une paire de pantoufles soyeuses. Certainement l'œuvre d'un grand artisan car la laine drue et râpeuse d'une vieille barbe revêche était devenue douce comme la fourrure d'un agneau. Les arabesques anciennement décolorées par l'usure étaient ensoleillées par des couleurs nouvelles. Je ne me lassais pas d'en suivre les contours jusqu'à leurs limites où des franges de blé avaient émergé sur le parquet, comme sous l'effet d'une magie estivale. Soudainement, un rayon de soleil entra, et vint s'éclater comme une météorite sur la table basse du salon. Heureusement, les voilages de la fenêtre avaient ralenti sa chute afin, sans doute, de ne pas heurter la perfection du lieu. Un ingénieux mathématicien avait dû calculer son axe et sous l'effet de l'impact, des cristaux blancs et gris jaillirent hors de la table en marbre, et s'envolèrent dans le rayon lumineux. Une flèche d'argent brillait à présent au milieu de mon salon.

    Mes mains, pour me prouver que ce n'était pas un songe, serrèrent les accoudoirs de mon fauteuil. Le cuir rebondit sous la pression que je lui infligeai. Je voulus alors m'enfoncer davantage dans le siège. Je sentis l'assise plus ferme qu'avant, ce qui acheva de me persuader de sa jeunesse retrouvée. Le cuir exaltait une odeur animale et épicée, il était souple et leste comme un félin, il répondait à tous mes mouvements. J'en frémis d'aise ! Tel un sauvage animal, il feignait l'indolence mais je le sentais reprendre rapidement ses marques, pressé de retrouver les formes de son corps. Aussi vivants l'un que l'autre, dotés tous deux d'une nouvelle énergie, nous étions en symbiose. Alors que j'allais m'élancer hors de ce confort nouveau afin de crier ma joie tel un jeune homme fou d'amour, je sentis ma nuque se crisper et mon corps résister.

Une personne me regardait, couchée dans le même lit que moi. Ce n'était pas une inconnue, je l'entendis :

« Alors, tu as fait un rêve, un nouveau rêve ? ! »

Je compris aussitôt que j'avais rêvé et ma déception fut immense.

Je la vis, ma femme, ma vieille compagne et je compris aussi que nous n'avions pas rajeuni. Je ne pouvais faire part de mon dépit à celle qui me regardait comme tous les matins avec cette impatience de partager ce que nous avions vécu l'un sans l'autre. Je sentais chez elle une joie que je ne pouvais éprouver, et la culpabilité me tenaillait le cœur. J'avais préféré la femme de mon rêve, une créature fantastique, à celle qui à présent me faisait face.

Depuis environ six mois, nous partagions nos souvenirs nocturnes avec toujours la même excitation. J'étais triste et gêné, je redoutais de devoir lui mentir. Durant toutes ces années, je n'avais jamais regardé une autre femme. La mienne me semblait la plus parfaite au monde ! J'étais si perturbé qu'elle s'inquiéta pour moi. Elle me demanda :

« As-tu fait un mauvais rêve ?

— Non, non ! lui répondis-je aussitôt. C'est juste que le réveil est difficile, je me trouve encore dans mon rêve ! »

Ainsi, je ne lui mentais pas.

« Oui, oui, je comprends, ne t'en fais pas. Tu me le raconteras plus tard. »

Et aussitôt, ne pouvant attendre, elle me fit le récit du sien. Naturellement, comme d'habitude, elle ne put relater ses expériences extraordinaires avec des mots simples. Nous vivions séparément une deuxième existence et afin de restituer le plus exactement possible nos expériences nocturnes, les superlatifs étaient nécessaires. Ils étaient souvent accompagnés par de grands gestes, tandis que nos esprits étaient encore emplis d'images et d'émotions. Nous nous racontions des histoires appartenant à un monde magique auquel nous n'avions accès que dans notre sommeil. Dès le réveil, nous n'avions qu'une envie : partager nos rêves avant que la magie s'estompe. Mais malgré nos efforts d'interprétation, rien ne pouvait réellement transcrire cette féérie de tous nos sens.

Les rêves avaient commencé une nuit comme une autre. Et certainement, les premières fois, nous nous sommes tus.

Cependant, ce qui tout d'abord paraissait fortuit prit une tournure définitive. Nos visions oniriques surgissaient toutes les nuits. Nous ne pûmes ignorer ce cycle répétitif. De ma femme ou de moi, je ne me rappelle plus qui en parla à l'autre en premier.

Depuis, nous avions pris l'habitude de partager dès notre réveil ce qui avait toujours l'allure d'une aventure extraordinaire. C'était même devenu un rituel, qui avait éveillé en nous une forme d'enthousiasme juvénile, mélange d'impatience et d'excitation comme au temps de notre jeunesse.

D'ailleurs, notre perception du temps avait changé. Nos jours étaient devenus singulièrement banals. Nous nous hâtions avec plus de complicité dans les tâches quotidiennes. Et malgré nos âges avancés, nous trouvâmes une nouvelle ardeur à les accomplir car la fatigue liée aux travaux domestiques n'était plus un sujet. Nous savions qu'à la fin de chaque journée, le sommeil nous apporterait notre récompense. Notre fatigue n'était plus un handicap, nous la jugions différemment tout comme les travaux relatifs à l'entretien d'une maison et de son jardin. Certes, nous étions tout aussi épuisés qu'avant, cependant, nous savions que notre endormissement serait plus rapide. D'un accord tacite, nous avions pris des initiatives concernant certaines tâches qui avaient toujours été remises au lendemain. Nous avions également changé nos habitudes, nous ne regardions plus la télévision et nous nous installions juste après le souper dans notre lit, épuisés mais excités comme de jeunes mariés.

Bien sûr au début, nous fûmes effrayés.

Mon ancienne profession m'aida cependant à rester pragmatique : j'avais été médecin. Ni ma femme ni moi ne souffrions d'aucune maladie physique ou mentale. Nous étions capables d'accomplir les mêmes actions qu'avant, et mieux encore.

D'un commun accord, nous prîmes la décision de ne rien révéler car les vieilles personnes sont trop souvent jugées séniles. De plus, nous ne voulions pas inquiéter nos enfants.

Au fil des jours, je découvris, grâce à mon métier, que d'autres villageois étaient touchés par le même phénomène que nous. Ils n'avaient pas osé consulter un jeune praticien, encore moins un médecin bien établi dans la région, et ne parlons pas d'un psychiatre ! Les villageois sont par nature peu enclins à consulter les « médecins de l'âme » et autres représentants de la santé mentale ; la psychiatrie leur fait peur ! Ils se méfient des interprétations de cette science portant sur les dérèglements de l'esprit. Je ne pouvais qu'abonder dans leur sens ! Nous serions traités de fous ! ! ! Alors que « le rêve », comme nous l'appelions entre nous, ne nuisait à personne !

Afin de les rassurer, je leur dis que ma femme et moi-même étions, comme eux, visités la nuit par des rêves fantastiques. Quand je leur fis cet aveu, certains s'inquiétèrent car je ne pouvais leur expliquer ce phénomène nocturne. Ceux qui avaient reçu un semblant d'éducation religieuse me parlèrent de Dieu ou du Diable. Ils semblaient très effrayés à l'idée d'une vengeance ou d'une punition prochaine ; ils se voyaient, comme Adam et Ève, exilés du paradis ! Mais moi, je ne crois pas ! Et puis, le curé n'officiait plus dans notre église depuis des années, sans que personne n'y trouve à redire ! Leurs superstitions se fondaient sur la Bible, ils pensaient sans doute avoir commis un péché ! Je compris sans être psychologue que peu estimaient mériter un bon sommeil. La plupart étaient bien plus matérialistes que spirituels, engrangeant d'année en année toujours plus d'avantages personnels, se querellant pour quelques mètres, pour une clôture, pour un chemin, pour un motif pécuniaire quelconque. Des clans s'étaient formés, les vignerons étant souvent jalousés. Enfin, toute une « petite » société ordinaire !

Avant mon installation, j'imaginais la campagne et ses habitants comme un havre de paix ! Prendre ma retraite à Rastignac, petit village paisible, me semblait idyllique ; je m'imaginais déjà faire connaissance avec mes futurs voisins, des personnes de la campagne chaleureuses et solidaires. Citadin depuis ma naissance, tout comme ma femme, j'avais idéalisé le monde rural, je m'en étais fait une image d'Épinal ! Quelle ne fut notre déception, à tous les deux...

Cependant, grâce à mon statut d'ancien médecin, je fus préservé des nombreux commérages et de bien d'autres « exactions » d'ordre territorial. J'étais en sorte protégé par mon statut étant donné que je pouvais être encore très utile aux habitants. La complète transformation du paysage médical avait rendu ma profession précieuse ; malgré le fait que je n'exerçais plus, ils étaient nombreux à me solliciter au sujet de leurs problèmes de santé. Peu de praticiens exerçaient dans la région – on comptait cent dix médecins pour cent mille âmes – si bien que j'étais devenu la référence médicale du village et avais gagné la confiance des habitants.

Ainsi, au sujet de nos rêves, je les avais rassurés ; comme un bon père de famille, je leur avais garanti qu'ils ne risquaient rien. Il ne me fut pas difficile de les convaincre car ces nuits d'un nouveau genre leur plaisaient beaucoup. Il n'était question que de très beaux rêves, jamais un seul cauchemar n'était venu gâcher la succession des nuits magiques à tout point de vue. Par conséquent, ils se rangèrent facilement à mon avis.

La simplicité avec laquelle je leur avais parlé de ce qui, finalement, était de l'ordre de la banalité avait achevé de balayer leurs craintes.

« Le rêve est une activité mentale normale qui a lieu pendant le sommeil et tout le monde rêve. Pourtant la plupart des gens se souviennent rarement de leurs rêves et nous, je vous l'avoue, pour une raison qui m'échappe encore, nous nous souvenons toujours de nos rêves, des rêves exceptionnels, et c'est d'ailleurs sûrement pour cette raison que nous craignons ce qui n'est en rien exceptionnel ! »

Ce furent mes paroles, je savais qu'elles étaient tronquées mais je le fis pour le bien de tous.

Ainsi, nous partagions une expérience commune, un secret fantastique qui nous liait comme des êtres à part. Nous étions solidaires. Quand nous nous croisions dans la rue, nous nous jetions des regards complices, car « le rêve » nous rendait plus forts. Certes, cette force était nocturne mais elle rejaillissait sur nos vies, leur donnant ce que tout le monde aurait aimé posséder, une dimension divine.

Je fus obligé d'ailleurs de modérer les ardeurs de certains, qui se crurent à l'égal d'une divinité, et je leur rappelai tout simplement que « le rêve », comme nous l'appelions entre nous, pouvait à tout moment disparaître comme il était apparu.

Le maire, Antoine Moretti, faisait partie des chanceux et nous prîmes l'habitude de nous réunir à la mairie afin de partager nos expériences. Les affaires courantes furent un peu mises de côté.

Certes, la peur d'être découverts et traités de fous nous empêchait de nous abandonner complètement à cette faveur qui nous avait été donnée, celle de vivre intensément chaque nuit. Mais « le rêve » avait permis de calmer les esprits chicaneurs, et les ressentiments, jalousies et autres manifestations négatives de la nature humaine avaient considérablement diminué. Certains, autrefois ennemis, s'étaient réconciliés à la faveur de ces rendez-vous où, à tour de rôle, nous parlions de nos vécus nocturnes avec, dans les yeux, des lueurs enfantines.

Heureux, je l'étais devenu. Je trouvais enfin du charme à cette magnifique campagne et à ses habitants, plus préoccupés désormais par leurs nuits que par tout autre chose. Que pouvions-nous espérer de mieux ? ! Absolument rien. Nous étions si comblés que nous ne pensions plus qu'à nos passe-temps communs...

Jusqu'au jour où une personne possédant ce don tombé du ciel s'en plaignit ouvertement dans une agence immobilière. Et elle avait agi de la plus mauvaise manière ! L'histoire aurait pu en rester là, mais un journaliste fut informé et téléphona au maire. Celui-ci ayant une vague parenté avec la plaignante, il se désolidarisa du groupe et révéla l'affaire.

La situation risquait de faire les gros titres, il fallait organiser la suite afin de ne pas donner du « grain à moudre » à un journaliste qui aurait tôt fait de nous traiter de fous et de parler du village de Rastignac comme d'un lieu maudit ou Dieu sait quoi, afin de rentabiliser une presse avide de sensationnel, au détriment de la tranquillité de tous, de la réputation de chacun et de notre droit de vivre comme nous l'entendions, moi ainsi que ceux que j'avais convaincus de se taire.

Depuis plus de trois mois, Jean-Baptiste Declercq, docteur à la retraite, avait pris les décisions qui s'imposaient pour, jugeait-il, le bien de tous. Il estimait que grâce à son ancienne profession, il était apte à comprendre mieux que quiconque les craintes de chacun concernant sa santé.

Il se sentait à nouveau utile, comme jadis dans son cabinet où il avait exercé durant des années, soignant les familles génération après génération. Il avait prouvé maintes fois son grand savoir, tout en apportant une écoute attentive à ses patients, afin de soulager les petites maladies comme les grands drames. Une fois de plus, il prenait « les choses en main ».

Les villageois, enclins à se déresponsabiliser de tout phénomène paranormal, s'étaient facilement pliés aux recommandations du docteur ; comme eux, l'édile avait été soulagé de lui confier ses craintes, de même que son adjoint, Régis Meunier. Aussi, lorsque ce dernier apprit que le maire avait rompu le pacte en parlant au journaliste après les révélations de Madame Piétri, sa voisine, il le vécut comme une véritable trahison. Il apprit également de la bouche du docteur que celle qui lui avait injustement soutiré de l'argent faisait partie de la famille d'Antoine, alors que jamais le maire n'avait évoqué son lien filial avec celle qu'ils surnommaient tous dans le village « l'emmerdeuse ».

Heureusement, c'est lui qui, à travers la porte entrouverte, avait surpris le maire en train de parler à un journaliste. À ce moment-là, son instinct lui avait dicté sa façon d'agir ; il fit semblant de sortir d'une autre pièce lorsqu'il comprit que la discussion était sur le point de s'achever. À qui avait-il bien pu parler ? Régis eut à peine le temps de se poser la question qu'Antoine lui révéla l'identité de son interlocuteur :

« Un journaliste s'intéresse au patrimoine de notre région, il va écrire un article sur l'ancienne manufacture d'allumettes. »

Régis sentit d'emblée qu'il s'agissait d'un mensonge, qu'il n'était pas question d'article vantant les beautés de la région ! Méfiant, il ne laissa rien paraître de ses pensées, et répondit :

« Super, on va enfin revoir des groupes d'enfants visiter la manufacture. »

Le maire sourit tandis que son adjoint enregistrait les phrases qu'il avait entendues afin de les restituer textuellement au docteur Declercq.

Judas était parmi eux.

La réaction du docteur ne se fit pas attendre, il était furieux. Il enjoignit à Régis de ne rien laisser paraître, et de continuer à se comporter comme avant. Ne rien dire, malgré la trahison subie ? ! L'achat de sa maison avait été gâché par la menace d'un procès et il s'était confié à celui qu'il considérait comme un ami sans que jamais celui-ci ne lui dévoile son lien de parenté, allant jusqu'à l'approuver, la nommant lui-même « l'emmerdeuse » ! Accusé à tort de détérioration d'habitat à la suite de travaux ayant, selon les dires de la plaignante, provoqué une fissure sur un mur mitoyen, il avait préféré payer pour ne pas avoir à engager un avocat.

Hélas, à présent le docteur à la retraite exigeait de lui qu'il se taise et pire encore, qu'il se comporte avec ce traître de la même façon qu'avant, sans quoi ils deviendraient tous la risée de la région. Doc Declercq ne transigeait pas, allant jusqu'à se fâcher lorsqu'il se vit incapable de répondre à ses questions : qu'avait-il dit ? Avait-il prononcé son nom ou celui d'autres membres du groupe ? Quel était le nom du journal ? Hélas, Régis n'en savait rien !

Heureusement, le docteur prit l'affaire en main, il contacterait le groupe et organiserait un rendez-vous chez lui, sans la présence du traître. Ainsi, on trouverait ensemble un moyen de le faire taire…

Le froid dans le grand nord était le maître absolu, mais vers la mi-juin, le sol glacé se fendait sous l'effet d'un réchauffement de quelques degrés au-dessus du zéro. Dans la plaine, la terre rendait son trop-plein. Les nombreuses rivières et marécages dégorgeaient une eau boueuse. Le paysage dévoilait quelques rubans épars de neige. Des touffes de tourbe aux teintes poisseuses émergeaient à la surface, accouchant de milliers de moustiques. Enfin libérés de leur linceul hivernal, ils ressuscitaient et après leur jeûne forcé, se jetaient sur tous les êtres vivants. Toute la faune s'empressait de vivre avant que la saison froide ne s'empare à nouveau du territoire. Munis d'ailes ou de pattes, les animaux semblaient ivres dès les premiers redoux, comme les oiseaux qui exécutaient dans le ciel des vols démesurés. Seul le soleil suivait une croisière lente et immuable. Il abordait timidement les côtes, établissait sa base pour ne plus se coucher. Puis s'éloignait de jour en jour jusqu'à ne laisser qu'une nuit sans fin. Mais avant sa disparition, de gros nuages aussi vastes que ces terres noircissaient le ciel.

Régis préféra les ignorer car il savait que régnait, bien

au-dessus de la voûte céleste, son plus féroce ennemi, le vent. Vers la fin août, quelques bourrasques se mirent à souffler, de quoi calmer les ardeurs de la faune, puis le vent rassembla toutes les parties de son corps.

Heureusement, Régis avait prévu le nécessaire, il avait ramené de la ville plusieurs pots de miel pour Susie, sa femme.

Tandis que le soleil se mourait, la tempête arriva dès le premier matin de novembre. Le vent déchaîné souleva des tourbillons de neige sur la plaine mais lorsqu'il s'engouffra dans la forêt, il s'y infiltra en force telle une armée de démons se taillant une victoire absolue à coups de cris stridents. De ses queues démoniaques, il visitait chaque recoin sans rencontrer le moindre animal, les bêtes étant terrées dans des abris. Ses bruits furieux envahirent la forêt en quelques instants. Dans chaque allée boisée, le vent déchaîné fouillait le sol. Puis il prit de la hauteur, élevant ses troupes venteuses à l'horizontal, plus puissantes d'heure en heure.

La tempête faisait rage ! Un déferlement ininterrompu de coups de canon résonnait à des kilomètres à la ronde. Malgré elle, la forêt était devenue le théâtre d'une guerre. Des boulets explosifs se fracassaient sur les arbres. À chaque impact, le vent se divisait en se démultipliant à l'infini afin que des milliers d'étincelles rugissantes puissent se lancer à l'assaut des cimes de chaque conifère. Mais arrivées au sommet, ne rencontrant que le vide, elles se saisissaient alors du tronc d'une seule poignée glacée et l'arbre tout entier frissonnait. Démentes, tournoyant autour de leur cible, elles rejoignaient ensuite le sol, se jetant à nouveau dans d'extraordinaires sprints sans se soucier des plaintes émises par la forêt, des craquements à peine audibles…

Une semaine passa. Enfin, la tempête se calma.

Régis et sa femme Susie n'avaient pu sortir de chez eux. Ils en avaient profité pour se serrer l'un contre l'autre plus souvent que nécessaire. Les bras de Susie étaient un réconfort, ils avaient l'odeur du miel…

Et justement, un de ses bras reposait sur lui et soudainement, il réalisa avec effroi qu'il n'avait pas alimenté le poêle, la température pouvait chuter rapidement. À cause de sa négligence, il faudrait fournir plus de ce précieux combustible avant de récupérer un minimum de confort. Pourtant, il ne faisait pas froid !

Susie se réveilla et il comprit : il avait rêvé une fois de plus ! D'ailleurs, c'est elle qui le comprit la première :

« Alors, tu as rêvé ? » lui demande-t-elle.

Il lui semblait encore que ses membres étaient prêts à saisir des bûches de bois, mais Régis retrouva rapidement ses repères, il était chez lui dans le sud de la France.

« Incroyable mon amour, nous étions, je crois, en Alaska ! »

Sa femme le regarda, elle attendait la suite avec impatience car depuis que son mari faisait des rêves extraordinaires, leur vie avait changé. Régis était plus attentif, comme plus amoureux.

Au début, toutes sortes de questions surgirent dans son esprit, et une certaine crainte devant ce qui semblait si étrange. Mais lorsqu'elle apprit que Monsieur le maire en personne était lui aussi visité toutes les nuits par d'extraordinaires rêves, elle fut rassurée. Elle ne comprenait pas pourquoi elle était exclue de ce qui paraissait être un bonheur nocturne, puis, à force d'entendre les récits mouvementés de son époux, elle se dit qu'il valait mieux ne pas vivre ce qui ressemblait à de grandes aventures dangereuses. Régis avait à présent l'habitude de voyager à travers toute la planète, mais dans des endroits souvent si lointains et si inhospitaliers qu'elle préférait son sommeil sans souvenir. Il était rare qu'elle se rappelle ses rêves.

« Alors raconte ! » lui dit-elle.

Incapable de reproduire avec les mots toutes les sensations ressenties et encore moins, de décrire les scènes vécues dignes d'un film d'action, Régis avait pris l'habitude de les mimer pour elle. Il se sentait dans la peau d'un aventurier, et sa femme le regardait, presque persuadée de la réalité de ses exploits.

Affronter de tels univers l'avait physiquement endurci. À présent, il était plus sûr de lui. D'ailleurs plusieurs personnes du village l'avaient complimenté sur sa forme physique. C'était une preuve que « le rêve » était un don du ciel ! Un Dieu quelque part avait rendu à Régis un grand service, car depuis, sa femme le considérait comme un héros !

« Susie, regarde, des milliers de moustiques sortent de terre car le sol s'est réchauffé de quelques degrés, ils ont faim, ils ont soif, ils veulent boire mon sang. »

Sa femme regarda le plafond et s'écria :

« Oh ! Mon Dieu ! »

Régis sauta hors du lit, se mit à plat ventre sur le parquet, il mimait certaines scènes avec une grande intensité afin que Susie comprenne à quoi il avait échappé :

« Je rampe, et je me saisis de plusieurs touffes d'herbes épaisses au bord du marécage, elles sont couvertes de boue. Je m'enduis tout le corps, ainsi, ils ne peuvent pas m'atteindre et je cours, je cours loin de ces marécages maudits.

— Mais quelle horreur, mon chéri ! J'espère qu'ils ne t'ont pas piqué ? » lui dit-elle, horrifiée.

Il porta brusquement sa main sur une partie de son anatomie, il n'y avait rien et pourtant, à l'évocation de ce souvenir, il avait senti un aiguillon lui percer la peau du cou.

« Cette saloperie ! Ils ont failli avoir ma peau ! ! !
— Oh ! Mon chéri, mais quel affreux rêve !
— Non, non, pas du tout, car tu étais là mon amour !
— Mais quelle horreur, je me suis fait piquer ?
— Eh bien non, car tu étais au chaud dans notre maison et je te savais en sécurité mon amour. Ah ! Comme tu sentais bon le miel… »

Et les yeux de Régis s'arrêtèrent sur sa femme encore allongée sur le lit tandis qu'il gesticulait dans la chambre bataillant avec des insectes furieux. Il n'eut qu'une envie, la rejoindre pour la câliner comme dans la cabane de son rêve, au fond des bois, où ils étaient seuls au monde, heureux.

Il n'en avait pas le temps. Il avait rendez-vous avec le docteur, à propos du maire qu'il fallait malheureusement encore appeler par son prénom, Antoine. Cet homme lui paraissait pire que sa voisine. Durant son installation, Régis avait consenti à faire profil bas afin d'arranger au plus vite ce qui semblait une affaire d'État pour « l'emmerdeuse », comme on la surnommait dans le village. C'était le problème des maisons mitoyennes, on n'en savait jamais assez sur ses voisins avant de contracter un gros prêt. Mais le prix d'achat avait convenu à leurs deux salaires. Susie était coiffeuse et lui-même travaillait dans une boucherie en ville. Il avait fallu batailler des mois avec celle qui avait décrété que la faille sur la façade de sa maison était due aux travaux qu'il avait entrepris dans sa maison. C'était ridicule ! Mais Madame Piétri avait réuni suffisamment de preuves, selon son assureur... Finalement, elle avait accepté un accord financier. Sous l'influence de Susie, Régis avait postulé à la mairie. Elle lui avait dit que « des choses comme ça, ça n'arrive pas lorsqu'on siège à la mairie ». Antoine, comme il aimait que Régis l'appelle, Antoine qui se comportait comme un ami lui avait caché son lien de parenté avec celle qui lui avait injustement soutiré de l'argent ! Il avait menti, à lui et à tous les autres et les avait trahis en divulguant leur secret à un journaliste ! ! ! Depuis cette conversation téléphonique avec le médecin à la retraite, il ne décolérait pas ! Il avait cru Antoine et encore une fois, il s'était fait avoir !

Cependant, il n'était plus le même homme, il allait se venger avec l'aide de vrais amis. L'homme d'avant, il le jugeait faible, il ne comprenait d'ailleurs pas qu'une femme comme Susie ait accepté de l'épouser ! Heureusement, « le rêve » était arrivé comme un don du ciel ! Une deuxième existence lui était offerte, car ce qu'il vivait la nuit, il aurait pu jurer à quiconque que c'était la réalité. Confronté à de nombreux périls, il était devenu un homme fort !

Le matin, il se réveillait galvanisé, se félicitant lui-même d'avoir bravé tant de dangers avec une science instinctive de la survie. Il lui semblait, lors de ses expéditions nocturnes, ne jamais devoir réfléchir à ce qu'il convenait de faire dans l'urgence. Toutes ses connaissances étaient ancrées dans son esprit. C'était une évidence, il était né pour affronter toutes sortes de dangers. Mais il fallait faire en sorte de maintenir son corps en bonne forme.

Il prit de nouvelles résolutions. Il s'acheta des haltères et

s'attela tous les jours à son projet : se forger un corps à la hauteur de son vécu nocturne. Il obtint rapidement des résultats. D'ailleurs, lorsqu'il croisa « l'emmerdeuse » promenant son petit chien, un yorkshire, il s'aperçut que le rapport de force avait changé : il la regarda différemment ; elle n'était qu'une vieille femme au corps ratatiné avec un roquet hargneux qui aboyait continuellement. Et il se permit de lui lancer :
« Si votre chien ne cesse pas d'aboyer, je vais appeler la gendarmerie ! »
Surprise, elle le regarda comme s'il venait de commettre un crime, en tirant sur la laisse de son chien, prête à le protéger de ce monstre ! Sans doute espérait-elle lui faire comprendre sa propre méchanceté. Furieux qu'elle ose une fois de plus retourner la situation à son avantage, il ajouta à son attention, avec un ton grave et une voix si virile qu'il fut lui-même surpris en s'entendant :
« J'ai un ami gendarme, il va se faire un plaisir de vous amender si ça continue de la sorte ! »
Il ne mentait pas car dans le groupe, Luc était devenu son ami. Un mec comme lui, franc et direct ! « Le rêve » de Régis avait emballé le gendarme qui l'avait surnommé « l'aventurier ». Luc était lui aussi visité la nuit par des rêves fantastiques où il était souvent question d'exploits héroïques. L'un survivait dans des milieux hostiles, et l'autre était de tous les combats au nom de la justice. Luc raconta à ses amis l'un de ses plus beaux rêves, où il s'était vu sauvant un pays gouverné par un tyran. Il était un ange, un guide céleste particulier, invisible aux yeux des mortels. Il avait aussitôt profité de cet avantage pour s'introduire directement au cœur du pouvoir, là où se trouvait le despote en personne. Grâce à son don

d'invisibilité, il put espionner à loisir l'ennemi et agir sur le terrain même des combats. Ainsi, les deux hommes étaient devenus amis. Luc initia Régis au sport, plus précisément à la course à pied, et Régis devint l'homme fort que sa femme souhaitait qu'il soit ! Le désir de sa femme d'un corps athlétique l'avait assuré qu'il était en phase avec son destin. Il ne fallait donc pas que le maire ou quiconque gâche ce qui profitait à tous, « le rêve ». Doc Declercq pouvait compter sur lui, il ferait ce qu'il fallait, tout comme son ami Luc.

Les membres du groupe avaient répondu à l'appel du docteur Declercq. Certains étaient venus sans leurs conjoints, obligés de garder les enfants. Faute de place, certains durent rester debout sur le pas de porte du salon. Les réunions bihebdomadaires étaient désormais bannies de la salle de la mairie. Comme il s'agissait là d'une réunion de crise, le docteur avait donné au groupe des consignes par téléphone. Selon les directives, ne devaient participer que ceux qui avaient accès aux rêves, car dans un même foyer, certains vivaient ces expériences nocturnes, d'autres pas. Et seuls les adultes étaient concernés par le phénomène.

Si le lieu avait changé, certains rituels ne pouvaient être rompus. Ainsi, on continua à donner la parole en priorité à l'institutrice du village, Laetitia Mignol.

« La parole du jour, ou plutôt de la nuit dernière, est celle-ci : "l'homme de bien se révèle dans les grandes occasions ; l'homme de peu ne s'accomplira jamais que dans les petites tâches." De la part de Confucius que j'ai pu rencontrer durant mon sommeil. J'ai d'ailleurs été très honorée et touchée par sa simplicité de cœur. »

Après cette déclaration, un silence respectueux se fit, mais ils eurent tous à l'esprit le visage d'Antoine Moretti, l'homme de peu, le traître…

L'institutrice était ravie de son effet. Grâce aux grands penseurs avec qui elle conversait toutes les nuits, elle avait obtenu un ascendant sur ces gens, plus studieux que ses élèves qui, de jour en jour, ou plutôt d'année en année, se préoccupaient toujours plus d'interagir au téléphone. À neuf ans, ils possédaient tous un portable. C'était une joie que de voir ces visages émerveillés ! Confucius et les autres sages lui avaient redonné le goût d'enseigner, l'envie de transmettre son savoir, à l'instar de ses parents, tous deux instituteurs. De plus, ces illustres personnages lui avaient apporté une sérénité à toute épreuve. Les disputes au sein de son couple étaient devenues rares. Satisfait de ne plus essuyer quotidiennement des reproches, son mari ne chercha pas à comprendre, préférant profiter de sa tranquillité retrouvée devant le poste de télévision. Aujourd'hui, elle l'avait mis à contribution, il gardait leurs deux enfants ainsi que ceux des Sanchez.

Parfois, l'institutrice se posait des questions sur leur amitié avec cette famille née lors des réunions. Seul le mari possédait la faculté de s'échapper la nuit ; sa femme Olivia espérait que ses rêves nocturnes se réalisent dans la vraie vie : devenir riche était devenu son obsession. Dès qu'elle était en compagnie de sa nouvelle amie, Laetitia ne pouvait s'empêcher de lui prodiguer des conseils spirituels, pensant sincèrement accomplir sa mission sur terre. Persuadée d'avoir été choisie comme porte-parole par les plus illustres penseurs et philosophes, elle ne devait pas les décevoir, et Olivia était une candidate parfaite à la rédemption en dépit de sa forte résistance.

Des voix se firent entendre : « C'est juste », « C'est tout à fait ça », ou « C'est bien vrai ! ». À ces paroles s'ajoutèrent des applaudissements suivis d'une véritable ovation ! Ils célébrèrent tous l'oracle délivré par sa messagère, et Laetitia se mit à rougir, comme à chaque fois.

Le docteur Declercq interrompit la liesse générale, et d'un ton ferme, il enjoignit au groupe de s'asseoir.

« Merci Laetitia pour cette pensée de bon augure ! Nous en comprenons tous le sens, il faut agir comme des hommes et bien sûr des femmes de bien ! Mais un problème se pose, combien de Madame Piétri ? Combien sont visités la nuit par "le rêve" sans que nous le sachions ? Combien souhaitent nuire à notre association ? »

Il s'arrêta de parler, laissa un blanc avant de reprendre solennellement.

« Vous ne le savez pas et jusque-là, ce n'était pas un problème, mais à présent, cette question est primordiale car il y va de notre tranquillité à tous et même de notre existence. Vous comprenez ? »

Aussitôt, certains levèrent la main.

Depuis la première réunion, Jean-Baptiste Declercq dirigeait les discussions ; des mains se tendaient vers lui comme celles d'écoliers vers leur instituteur. Il allait choisir au hasard une personne : l'important était moins de leur donner la parole que de leur prouver leur ignorance.

Malheureusement, l'exercice prit une tournure inattendue. Alice Lanteri avait en effet acquis des notions de mathématiques grâce à ses expériences nocturnes, qui lui permettaient d'endosser des responsabilités nouvelles ; elle prit la parole sans même lever la main :

« Dans le groupe que nous formons, nous sommes quasiment deux tiers à profiter de ce que nous nommons "le rêve". À Rastignac, le dernier recensement comptabilise 380 habitants. Donc, 253 personnes seraient atteintes par le même phénomène que nous, si, bien sûr, on se base sur cette supposition et ça, je ne peux pas garantir la fiabilité d'un tel calcul avec si peu de données ! »

Il était toujours étrange pour les autres participants de l'entendre parler ainsi. Madame Lanteri, caissière dans un hypermarché, était devenue une encyclopédie vivante. Beaucoup l'avaient connue différente de celle qui, une fois de plus, parlait d'un domaine qui lui était totalement étranger auparavant et qui plus est, d'un sujet qui l'aurait certainement ennuyée.

Dans ses rêves, elle exerçait différents métiers qui demandaient tous de longues études supérieures - mathématicienne, médecin, astronaute, archéologue. L'ancienne caissière s'était métamorphosée ; ses expériences nocturnes avaient dynamisé ses connexions neuronales, et des zones de son cerveau autrefois endormies avaient été stimulées par des signaux électriques. Cet influx nerveux avait sculpté de nouvelles capacités intellectuelles. Il suffisait que l'on pose une question sur un sujet quelconque et Madame Lanteri analysait, calculait et finissait par donner un avis.

Son mari, qui ne faisait pas partie du groupe, ne la reconnaissait plus, pas plus qu'il ne comprenait ses voisins directs avec qui il avait souvent organisé des barbecues. L'un était hanté par la Rome antique tandis que sa femme se prenait pour un personnage de bande dessinée. À présent, Monsieur et Madame Giordano lui faisaient aussi peur que sa femme.

Il espérait que cesse « le rêve », comme ils le nommaient entre eux, afin de retrouver sa vie d'avant. Sa femme ne montrait plus d'intérêt pour ce qui jadis semblait aller de soi et les discussions sur des sujets banals paraissaient l'ennuyer. Elle songeait même à entreprendre de grandes études et à changer de métier, et hésitait encore sur son futur choix professionnel, comme si tous les métiers les plus prestigieux étaient envisageables pour elle, qui passait toutes ses journées assise derrière une caisse enregistreuse. Sandro se questionnait sans cesse : allait-il être à la hauteur de cette femme qui à présent parlait un français soutenu ? Allait-elle divorcer une fois ses études réussies ?

Leur fils unique, Loïc, dix ans, était obligé d'écouter sa mère lui vanter les bienfaits de la culture. Père et fils préféraient l'ancienne Alice, plus drôle et moins sévère. Ils avaient essayé tous les deux de faire bloc mais la sentence maternelle fut une critique acérée.

« Mon fils unique, je ne souhaite pas que tu deviennes caissier de supermarché ou mécano ! »

Ils comprirent qu'il était inutile de discuter. Ils manquaient d'arguments face à Alice qui, d'un ton tranchant, leur faisait comprendre que le bas niveau scolaire de la famille était un handicap.

Quelques mois avaient suffi pour faire d'elle une autre femme. Elle avait une autre allure, et un air plus froid qui n'avait pas échappé à ses collègues de travail. Certains se posaient des questions mais peu s'inquiétaient de ce changement, sinon pour en faire un nouveau sujet de commérage. Ayant reçu la consigne de garder le secret, elle faisait de son mieux pour dissimuler sa transformation, mais sa personnalité avait changé de manière radicale, la « fille rigolote » n'existait plus ! Les blagues idiotes de son chef de rayon ne la faisaient plus rire ; cet homme lui était devenu aussi insupportable que ses collègues. Devoir faire semblant sur son lieu de travail était devenu un supplice...

« Il serait très intéressant que tu fasses ce calcul, ma chère Alice » lui répondit le médecin à la retraite.

En entendant ces mots, la jeune femme eut l'impression de prendre sa revanche sur son passé. Ses notes scolaires avaient été désastreuses, les remarques cruelles de certains professeurs avaient infligé une profonde blessure à son estime. Qu'un médecin lui prête ainsi son attention lui donna un sentiment de bien-être immédiat !

« Merci » répondit-elle en regardant l'assistance avec fierté.

Le docteur reprit prestement la parole car il s'agissait de faire comprendre au groupe l'urgence de la situation.

« Je vous remercie, mes amis, pour votre bonne volonté... Finalement, à y repenser, je ne sais pas s'il est bien utile de recenser dans le village toutes les personnes qui comme nous sont visitées par "le rêve" et dont nous ignorons l'existence. Nous ne pouvons que nous protéger entre nous car ils seront nombreux les opportunistes de tout bord. Parler à des journalistes ne leur posera aucun problème ! Supporteriez-vous que vos enfants soient la risée de toute la région, que l'on parle de leurs parents comme des fous délirants, que les services de la protection de l'enfance s'en mêlent ?! »

Une douche froide s'abattit sur l'assemblée !

« Non, non, personne ne veut ça ! Même ceux d'entre nous qui n'ont pas d'enfant, même Émile Santoni, veuf à la retraite, qui ne voit son fils que de temps en temps, Émile qui toutes les nuits rêve à l'amour avec un grand A ! Aucune femme ne voudra de lui, de cet homme sénile, on le jugera comme moi, complètement fou ! Et vous, comment vous jugeront-ils ? ! »

L'instant était grave.

Ils gardèrent le silence, imaginant le pire, jusqu'à ce que Régis Meunier interrompe leurs pensées funestes.

« Il faut d'abord s'occuper de l'emmerdeuse, je peux faire couic à son chien. Ce clébard, c'est toute sa vie, elle ne pensera plus à vendre sa maison ! Et puis avec Luc, on a un plan pour le maire…

— Couic ? ! » ne put s'empêcher de répéter le docteur.

Sans se démonter, Régis continua sur sa lancée en mimant la scène.

« Oui, couic, comme ça ! »

Le geste sur sa gorge ne laissa aucun doute sur ses intentions et chacun vit le yorkshire prêt à se faire couper la tête !

« C'est pas bien difficile, c'est pas comme un bœuf ! »

À ses mots, certains dans l'assemblée ne purent s'empêcher de faire la grimace en se rappelant sa profession, boucher. Le docteur n'émit aucune objection, il semblait indifférent au sort du chien, ce qui encouragea Régis à poursuivre.

« Je l'attirerai avec de la viande et ensuite, je ferai croire qu'un renard a fait le coup.

— Bon, bon ! s'impatienta Jean-Baptiste, mais quel est le plan concernant le maire ? »

Il avait posé la question bien malgré lui, craignant que les deux hommes aient des idées similaires au sujet d'Antoine Moretti.

« Luc est gendarme et dans la région, en 2022, il y a eu

plus d'accidents que toutes les années précédentes, c'est l'effet de l'après confinement ! Je m'y connais assez bien en méca et on pourrait très bien demander au mari d'Alice de nous aider un peu ! »

L'instant était grave, les esprits s'échauffaient, on s'interrogeait. Était-il nécessaire de l'éliminer ? Sans que personne n'ose penser à des mots comme « assassinat » ou « crime », l'assemblée regardait, muette, les deux organisateurs de l'évènement.

Justin Martin, qui, à force de revivre son enfance toutes les nuits, avait perdu tout cynisme, ne put s'empêcher de s'exclamer :

« Mais c'est pas bien, ça ! Et le chien, il ne pourra pas se défendre, je ne veux pas qu'on tue le chien ! »

Justin semblait perdu et se mit à pleurer.

En tant que médecin, Jean-Baptiste Declercq devait agir, leur faire comprendre à tous qu'un tel acte était impensable, et qu'il les conduirait en prison. Un chien, encore, mais un homme… Toutefois, la priorité était de faire taire celui qui sanglotait à en perdre le souffle.

« Justin, vous êtes un père de famille et pas un gamin, reprenez-vous sur-le-champ et arrêtez de pleurer ! »

Les jérémiades de l'homme-enfant n'avaient jamais attendri le praticien, rompu à toutes sortes de débordements humains. Le ton autoritaire qu'il prit contenta une seule personne dans la salle, la femme de Justin, Françoise Martin.

Pourtant, personne ne protesta lorsque le docteur s'en prit de nouveau à celui qui faisait peine à voir même s'ils le considéraient comme un être à part, un adulte au cœur pur !

« Mais arrêtez de renifler bêtement ! ! ! » lui ordonna

sèchement le médecin.

Sa femme Françoise lui tendit un mouchoir.

Depuis plusieurs mois, leur couple connaissait des difficultés. Forte de quatre enfants, la famille en comptait maintenant un cinquième en la personne du mari ! Justin et Françoise s'étaient rapidement mis en couple, avec l'idée de fonder une famille nombreuse. La future épouse avait adhéré à ce projet sans se douter du travail qui l'attendait. Leurs journées étaient surchargées, ils ne pouvaient espérer le moindre moment de tranquillité sinon la nuit, et encore ! Le matin les surprenait trop tôt et c'est avec la même fatigue que la veille qu'ils enchaînaient leurs journées. Ils n'avaient pas de répit. Depuis qu'il revisitait son enfance dans ses rêves, Justin avait retrouvé son entrain, ou plutôt, une sorte d'excitation enfantine qui, dès son réveil, emplissait son esprit de toutes sortes d'idées, de blagues à faire, de nouveaux jeux. Une imagination fertile toute prête à être partagée avec ses propres enfants, au grand dam de sa femme, exaspérée de devoir sans cesse imposer des limites à son excitation bouillonnante.

Si lui s'échappait dans le monde de l'enfance, sa femme se métamorphosait la nuit en pin-up des années cinquante. Ses grossesses rapprochées avaient modifié son corps mais depuis qu'elle s'habillait comme son double nocturne, elle n'en faisait plus un complexe. Ses rondeurs accentuées et sa poitrine affirmée étaient devenues des atouts. Sa taille était retenue par une guêpière ; ce sous-vêtement affinait sa silhouette et grâce à la jupe corolle ou la robe trapèze, ses hanches étaient mises en valeur sans qu'on puisse soupçonner le moindre bourrelet. Une nouvelle femme était apparue, avec des yeux de biche, ourlés d'un trait d'eye-liner, et une bouche qui prenait des expressions mutines. Ainsi maquillée, elle minaudait. De nombreux hommes la dévoraient des yeux. Ces hommes-là, elle les imaginait tels Clark Gable ou Cary Grant comme dans ses rêves en noir et blanc. Rien à voir avec son mari. De parfaits gentlemans armés d'une endurance à toute épreuve. De quoi la seconder admirablement dans les tâches nombreuses qui lui incombaient. D'ailleurs, dans « le rêve », elle n'était jamais fatiguée, elle resplendissait de fraîcheur dans ses habits d'un autre temps, et c'est avec une allure champêtre et innocente qu'elle se laissait embrasser dans de vieilles voitures américaines.

Forcément, dès les premiers rêves, Françoise changea sa garde-robe, à la suite de quoi elle remporta tous les suffrages masculins. Ce fut un bon choix. Son nouveau style lui convenait parfaitement ; hier invisible, elle était devenue une femme qui ne passait pas inaperçue.

Son mari n'eut pas la réaction attendue, il était incapable de désirer celle qui ressemblait à une poupée en plastique. Devenu plus émotif, il fut totalement déstabilisé et préféra se réfugier dans son nouvel univers enfantin. Pressée de tester son nouveau charme, sa femme trouva rapidement un remplaçant, mais cela était un secret bien gardé ! Cet adultère lui permettait de supporter son cinquième enfant, son mari.

Seule Hélène osa s'approcher de Justin, malgré l'hostilité de celui qui présidait l'assemblée. Elle toisa le médecin du regard, avec un air de reproche qui n'échappa à personne. Un soulagement général gagna le groupe, car nul ne pouvait ignorer les sanglots difficilement contenus par ce malheureux homme, incapable de refréner sa sensibilité enfantine.

La personne la plus à même de rassurer celui qui aimait plus que de raison les animaux ne pouvait être qu'elle, Hélène Dupuy ! Chacun se souvenait de l'extraordinaire récit de sa nuit, quand elle s'était vue dans la peau d'un chien. Ses rêves forçaient l'admiration par leur singularité, aussi, tout le monde la respectait.

Toutes les nuits, Hélène se transformait en animal. Depuis que, dans sa chair, elle avait fait l'expérience de ne plus être humaine, elle était devenue végétarienne. Le sort des animaux était devenu sa plus grande préoccupation.

« Jamais de mon vivant on ne tuera ce chien, je te le promets, Justin » déclara la jeune femme en toisant Jean-Baptiste.

Certains l'approuvèrent, d'autres regrettèrent de devoir renoncer à s'en prendre au chien ! Jean-Baptiste Declercq perdit son assurance, les évènements lui échappaient. L'homme-enfant retrouva son sourire, alors que sa femme semblait se ranger du côté de ses opposants et que Régis et Luc apostrophaient Hélène qui, selon eux, manquait de cran !

Un brouhaha emplit la pièce, ils se mirent tous de la partie jusqu'à ce que Fabian monte sur la table basse du salon. Il s'était souvenu de sa qualité de tribun, ayant prononcé un discours depuis l'estrade d'une agora lors d'un récent rêve.

Il inspira aussitôt le respect général. Chaque mot prononcé semblait s'accompagner d'un souffle divin.

« Restons unis, mes amis, dit-il d'une voix forte, face aux patriciens et aux consuls… enfin, je veux dire, face à tous ceux qui nous veulent du mal, ce qui n'est pas le cas du bon docteur, ni d'Hélène, ni de Justin et encore moins de Luc et de Régis. »

Son allocution fit immédiatement effet, les esprits se calmèrent. Jean-Baptiste en profita, il fallait absolument qu'il se montre digne de sa fonction d'ancien médecin.

« Nous ne tuerons personne, je vais parler au maire et lui faire comprendre qu'il a tout intérêt à se taire s'il ne veut pas passer pour un fou. Il va devoir réparer son erreur et expliquer au journaliste que la personne qui nous a dénoncés est une femme de son entourage qui a perdu la raison. Et si lui-même a parlé de rêves étranges, c'est à cause d'une maladie mentale souvent héréditaire, la schizophrénie, qui touche sa famille et uniquement la sienne. De plus, il devra s'entretenir avec sa parente afin qu'elle rompe le contrat de vente de sa maison, il va devoir la convaincre, c'est dans son propre intérêt. S'il refuse, il sera démis de sa fonction de maire ! »

Le groupe approuva unanimement ses paroles. Elles étaient dignes du médecin qu'il était, qui prenait les bonnes décisions et en avait soigné plus d'un parmi eux !

Ils eurent de la peine à se quitter. Certains s'étreignirent chaleureusement avec la certitude que rien ne pourrait leur nuire tant qu'ils resteraient soudés comme les membres d'une même famille.

La première fois, ce fut mon mari qui me réveilla en me secouant doucement l'épaule. Je le regardai, étonnée. Était-ce un humain ?! Je devais fuir, il était mon ennemi…

« Réveille-toi, me dit-il, tu es en train de faire un cauchemar ! »

En entendant ces mots, je compris que je n'étais pas une grenouille. Cependant, je ne comprenais pas cette nouvelle réalité ! En l'espace de quelques secondes, j'avais changé d'univers.

Instinctivement, j'aurais voulu plonger au plus profond de l'eau afin de me protéger. Mais mon corps refusait de rejoindre cet abri protecteur et essentiel à ma survie.

« Calme-toi » me répétait celui que je comprenais dans sa façon de communiquer tout en l'ayant oublié.

La mémoire me revint, je le reconnus, ainsi que notre chambre à coucher.

« Tu faisais de drôles de bruits.

— Oui, j'étais sûrement en train de coasser, m'entendis-je lui répondre pour aussitôt me reprendre. Ce n'est rien, j'ai rêvé d'un animal ! »

À cet instant, par crainte du ridicule, je n'osai lui avouer que dans mon rêve, j'étais en corps et en esprit un crapaud, et si j'en étais aussi convaincue, c'était bien par la sensation physique de tout mon être. J'avais ressenti les vibrations internes que me procurait mon chant, la seule façon de communiquer avec mes semblables, soit pour les prévenir d'un danger, soit pour attirer l'attention de femelles crapauds. Je voulais surpasser, à l'aide d'effets acoustiques, les autres prétendants, et ma prestation sonore devait tous les évincer. Je ressentais encore la pulsation musicale de mon chant, son tempo, c'est-à-dire sa vitesse d'exécution. La nuit suivante, j'eus du mal à m'endormir car je craignais de me transformer en batracien hideux. Toutefois, je me rappelai un plaisir très particulier que j'avais ressenti. J'avais fait avec mes cinq sens une expérience unique et, bizarrement, il me semblait que ce ne pouvait être que la meilleure des existences !

Je finis par m'endormir, très tardivement, et aussitôt le rêve reprit. Il s'agissait de fuir un bruit suspect en me cachant sous des rondins de bois exaltant une odeur d'eau boueuse et de mousse vieillie. J'eus l'impression de me confondre avec cette odeur dans une union parfaite. C'était mon environnement et je me sentais en osmose avec lui.

Hélas, une sonnerie aiguë et désagréable mit fin à ma retraite, je n'allais plus batifoler dans la mare accueillante, ni bondir de pierre en pierre. Il fallait que je me lève, je devais me dépêcher, m'habiller, prendre mon petit-déjeuner et partir travailler.

Tout au long de cette journée, je n'eus qu'une idée en tête, retrouver l'image de moi-même, qui m'avait été renvoyée par la vision de mes semblables. À quelle espèce de batracien appartenais-je ?

Enfin, je le reconnus – un sonneur à ventre jaune. Je lus avec soulagement qu'il était protégé et n'était pas encore en voie de disparition. Je n'eus pas le temps de m'extasier sur les pupilles en forme de cœur de l'animal qui, dans mes lectures enfantines, m'avaient à jamais éloignée de l'idée qu'il pût être beau.

La nuit suivante, je fus une libellule bleue azurée, je le sus car je me rappelais avoir vu mon reflet scintillant dans l'eau de la rivière. Striées d'un bleu profond, parsemées de paillettes d'or comme de minuscules gouttelettes échappées du ru, mes ailes transportaient mon corps moucheté d'un vert luisant au-dessus de la rivière. Je volais, par-delà la musique fraîche d'un tranquille cours d'eau. En me réveillant, je fus persuadée que c'était bien moi qui, libre dans le vent, jouais avec lui, coordonnant mes mouvements à fleur d'eau sans jamais me faire aspirer par une quelconque vague. Moi encore, qui avais essayé d'expérimenter toutes sortes de mouvements. J'avais piqué un sprint pour aussitôt faire un sur-place, choisi de voler en arrière afin de changer rapidement de direction. J'étais aussi légère qu'une brise printanière, libre et insouciante.

Et comme dans le premier rêve, je n'eus qu'un seul désir, me renseigner dès que possible au sujet des libellules. De toutes les espèces d'insectes, je fus heureuse de m'être incarnée en cette créature céleste dont la beauté égalait, malgré sa petite taille, celle du plus majestueux des animaux volants. Ainsi, la libellule à l'apparence fragile, pouvait atteindre 36 km à l'heure alors qu'elle ne pesait qu'un gramme. Je fus émerveillée et tout aussi étonnée d'apprendre cette prouesse :

tel un hélicoptère, elle pouvait en plein vol effectuer une rotation complète ou faire du sur-place.

Durant toute cette journée, je fus en proie à une grande excitation mais je ne pouvais partager avec personne mon rêve ! Je me sentais incroyablement confiante, j'étais persuadée que le soir, en me couchant, j'allais à nouveau me fondre dans cette autre vie, dans cette vie d'insecte qui m'avait ensorcelée, au point que ma journée de travail me sembla d'un ennui total. Pourtant, je faisais le métier de mes rêves ; je travaillais au sein d'un cabinet d'architecte réputé.

Le lendemain matin, je ne résistai pas à l'envie de partager ce qui me sembla être la plus fantastique des aventures. À nouveau, je m'étais transformée en libellule mais cette fois, j'avais une histoire à raconter à mon mari et mes trois enfants. Attablés pour le petit-déjeuner, ils m'écoutèrent religieusement, sans doute parce qu'ils n'avaient jamais entendu leur mère leur raconter une histoire où le fantastique se mêlait à un jeu d'enfant.

« Je volais sur la rivière lorsque sur le chemin jouxtant le cours d'eau, j'entendis un bruit, je vis deux roues solaires tournantes, les rayons du soleil s'y accrochaient, faisant de ce vélo un objet de désir. Un enfant debout pédalait à toute vitesse, je ne pus résister. Certains de mes semblables entendirent aussi cet appel. Nous nous précipitâmes au-devant de l'engin de joie et sans souci du danger, nous nous mîmes à danser à travers le chemin. Notre reflet scintillait en continu sur le garde-boue de la roue avant. L'enfant comprit qu'il s'agissait d'un jeu commun. Il était heureux de nos prouesses, il semblait y participer, son vélo soulevait à l'arrière de la poussière sèche et dans cette folle course, nous nous oubliâmes, il resta notre partenaire de jeu jusqu'à ce que le chemin s'écarte brusquement de la rivière. J'eus le temps de percevoir l'humain s'arrêter soudainement ; d'ordinaire, nous nous méfiions de son espèce. À l'évocation de ce souvenir, je compris sa déception. »

Mes trois enfants furent enchantés par cette histoire, mais mon mari restait curieusement muet. Je compris pourquoi le soir même, lorsqu'il m'avoua seul à seul ses « drôles de rêves ». Les siens ne pouvaient pas être compris par nos enfants ni même, j'imagine, par des adultes.

Depuis quelques mois, toutes les nuits, mon mari se transformait en femme. Quand je l'appris, je compris enfin pourquoi il fronçait les sourcils le matin. Je l'avais pourtant questionné à ce sujet, imaginant qu'il avait des soucis professionnels. Il m'avait assuré du contraire. Cependant, cet air renfrogné gâchait sa physionomie et le rendait particulièrement déplaisant à la table du petit-déjeuner. Nos enfants l'avaient remarqué également. Il semblait ne plus vouloir participer aux discussions concernant la logistique quotidienne. Cette charge mentale nous incombait à tous les deux, car nous étions sur un pied d'égalité concernant la gestion du foyer. J'imaginai alors qu'elle était cause de son air contrarié, et ne cherchai pas d'autre explication. Après tout, je pouvais comprendre que mon mari n'apprécie plus notre vie de famille. Nous n'en avions jamais parlé afin de ne pas nous reprocher mutuellement ce que nous avions décidé et planifié ensemble. Mais parfois, les projets se heurtent à la réalité ; nos enfants étaient particulièrement énergivores et nous avaient obligés à renoncer à de nombreux loisirs, comme certains sports. Naïvement, nous avions cru qu'ils seraient de parfaits compléments à notre vie antérieure, faite de nombreux week-ends à l'étranger en dehors des vacances. Nous nous étions documentés sur la façon de voyager avec de très jeunes enfants. Hélas, ils gâchaient la moindre escapade, pleurant sans cesse. Par la suite, nous dûmes nous adapter à eux, les vacances ressemblaient au quotidien mais en plus fatigant sans que nous puissions, nous adultes, nous accorder un simple moment de plaisir.

Nos plans avaient été mis à rude épreuve par la faute de malheureuses circonstances. Notre premier enfant tardant à venir, nous avions connu le parcours du combattant, comme de nombreux parents dans la même situation. Après sa naissance, nous décidâmes de mettre en route le deuxième, pensant que la conception mettrait encore beaucoup de temps. Or, les choses allèrent très vite. Des jumelles naquirent, qui n'avaient que treize mois de différence avec l'aîné. Nous plongeâmes dans un enfer de couches, six cent trente couches mensuelles. Parfois, mon mari s'échappait dans les W.-C, où je le débusquais, l'obligeant à sortir.

À présent, nos enfants avaient grandi ; notre garçon venait de souffler ses quatorze bougies et les jumelles allaient bientôt fêter leur treizième anniversaire.

Nous avions trouvé un équilibre en nous octroyant des pauses parentales. Mon mari pouvait donc organiser son week-end de liberté, et c'est ce que je lui avais proposé de faire. Mais un jour, il refusa, ce dont je fus très étonnée. Ce jour-là, il avait gardé son air soucieux. L'idée de revivre un des moments les plus réjouissants de sa vie d'avant, comme l'ascension du Mont-Blanc ou un trek de trois jours au Kilimandjaro ne paraissait pas le réjouir. Je n'avais pas insisté car il comparait souvent notre vie à un épisode de Koh-Lanta. Il aimait particulièrement ce jeu où hommes et femmes se dépassaient physiquement. Ces gens étaient des modèles pour lui, comme ceux qui s'adonnaient à des défis extrêmes pour ensuite relater leurs passionnantes aventures dans des livres, formant une véritable culture du genre ; ces récits avaient place dans notre bibliothèque, aux côtés de quelques thrillers m'appartenant et de mes magazines de déco.

Je crois qu'il subsistait chez lui le regret de ne pas avoir pu s'accomplir autant que ses héros télévisuels et autres. C'est sans doute pour cette raison qu'il avait acheté deux grands tableaux représentant superman et superwoman. Comme le peintre possédait une petite notoriété, gageant que ces toiles prendraient de la valeur avec le temps, je n'avais pas contesté son choix. Les deux peintures, plus hautes que des figures humaines, étaient disposées dans notre salon. J'avais accepté ce qui me paraissait être de mauvais goût car ces œuvres correspondaient à ses rêves de grandeur et c'est ainsi qu'il m'avait séduite. Il avait déployé d'importants moyens dès le début de notre rencontre. Il fit sa demande en mariage en Islande, agenouillé, et me surprit en ouvrant un coffret : à l'intérieur, une bague sertie de deux diamants enlacés et dans le ciel, de nombreuses aurores boréales.

Devenus parents, nous étions allés consulter un conseiller conjugal afin de faire face aux grands changements de notre existence. Plusieurs rendez-vous permirent de mieux définir nos deux rôles. Je fus alors persuadée de sa prise de conscience, il devait faire autant que moi dans la maison même si son travail demandait plus de temps que le mien.

Quand il m'apprit qu'il vivait le même phénomène que

moi, des rêves récurrents, où d'après ses dires, il était une femme, je fus donc plus compréhensive...

Mes rêves étaient bien plus récents que les siens, je compris donc qu'ils étaient pérennes, ce qui me réjouit car à présent, je devais me l'avouer, je préférais mes nuits à mes jours. Tandis que mon mari culpabilisait de se préférer en femme, je n'éprouvais pour ma part aucun scrupule, d'autant qu'à l'évidence, personne ne pouvait contrôler son sommeil. Il m'avoua la chose sans oser entrer dans les détails, déjà bien gêné par cet aveu. Sans doute, sa virilité était en jeu. Je le rassurai immédiatement, et, sur un ton léger que je ne savais pouvoir prendre, je lui dis :

« Il ne s'agit que d'un rêve, ce n'est pas la réalité ! »

Les jours suivants, je compris qu'il avait clairement perdu ses repères. Il s'était rasé la barbe façon hipster, ce dont il était fier, mais, plus problématique, il n'utilisait plus ses produits cosmétiques, mais les miens, tout en chantant sous la douche. Quelques craintes m'avaient saisie lorsqu'il avait pris sa voiture et non sa moto pour se rendre au travail. Depuis, je l'espionnais. Cependant, il s'était comme délivré d'un secret honteux depuis qu'il m'avait parlé de sa deuxième existence. Cette femme se prénommait Éva. Elle était très belle et nombreux étaient ses prétendants.

Il m'avoua également qu'il comprenait mieux à présent la gent féminine ; malheureusement, il n'avait pas échappé aux comportements grossiers qu'ont certains hommes. Mais apparemment, il semblait satisfait de ce changement de sexe nocturne car lui, d'ordinaire maussade lorsqu'il rentrait du travail, changea de comportement et devint gai !

Mes craintes s'estompèrent. Je m'estimais naturellement

plus chanceuse que mon mari, car forcément être une femme ne me semblait pas exceptionnel ou imaginer le contraire me paraissait anodin par rapport à mes modifications corporelles nocturnes. Chaque nuit m'entraînait dans d'extraordinaires transformations et, surtout, m'apportait des sensations nouvelles ; j'avais exploré dans ma chair des dizaines d'animaux, du plus domestiqué, le chien, au plus sauvage.

Au fil du temps, je me questionnais sur la nature de mes rêves. N'étais-je pas atteinte d'un mal mystérieux ? Et pourtant, je ne voulais pour rien au monde modifier mes nuits. Je n'étais pas fatiguée mais au contraire, exaltée, comme si le monde que je connaissais se démultipliait en d'infinies possibilités.

Deux mois passèrent ainsi, jusqu'à ce que Gab m'annonce que son ami Luc vivait lui aussi d'extraordinaires rêves et qu'il n'était pas le seul dans le village.

Je fis ainsi la connaissance du docteur Declercq et nous rejoignîmes un groupe uni par le même secret. Jamais auparavant, je ne m'étais intéressée à ce médecin à la retraite ou aux autres villageois car nous habitions une maison située à l'écart, choisie spécialement pour son emplacement idéal. Notre villa surplombait le village de Rastignac, j'avais dessiné moi-même les plans, un habitat moderne mais cosy, en bois sombre avec de larges baies vitrées afin de profiter du paysage.

Mon mari Gabriel travaillait dans le secteur bancaire en tant que directeur général, un poste rare pour une personne de son âge, il avait l'avantage de sa jeunesse, un profil plus compatible en termes d'image pour une entreprise. Mais ce qui avait particulièrement intéressé ses recruteurs était sa maîtrise parfaite des nouvelles technologies. C'était un passionné, sans être un geek. D'ailleurs, il ne manquait pas de publier sur les réseaux sociaux des posts sur la manière de réussir dans la vie tout en restant cool !

    Nous étions suffisamment riches, jeunes et branchés, en plus d'être parents de trois enfants qui participaient à notre réussite. Des dizaines de photos de famille garnissaient nos murs. C'était la maison du bonheur et régulièrement nous invitions des amis de notre condition sociale, qui, pour la plupart, avaient suivi des études similaires aux nôtres.

    J'avais réussi le pari de m'épanouir autant dans ma vie professionnelle que privée. Certes, j'étais aidée par une femme de ménage et par une fille au pair anglaise, que j'avais choisie petite et grosse, et dévouée. J'avais fait ce choix en toute connaissance de cause : la prudence est mère de sûreté lorsqu'on loge sous son toit une autre femme, de surcroît, plus jeune que soi. J'avais sélectionné une aide âgée de dix-neuf ans, car je voulais une jeune fille autonome pour que je n'aie pas à me soucier d'elle.

    Cette vie me semblait parfaite à tout point de vue et pourtant de jour en jour, je sentis un changement s'opérer en moi. Ce cadre idyllique qui faisait ma fierté me parut fade, tout comme les conversations de mes amis. Je n'avais plus envie de rire avec eux, je m'ennuyais et ne pensais qu'à rejoindre le sommeil tandis que mon mari semblait s'épanouir toujours davantage parmi ceux que je considérais auparavant plus importants que mes propres parents.

    N'importe qui sur cette terre m'aurait traitée de folle et mon mari, de femme ingrate !

    Mes enfants comprirent avant Gab que je n'étais plus la

même. Ce n'était pas un caprice, je refusais de manger de la viande et me privais de tous les barbecues. Puis, ce furent les nombreuses invitations de part et d'autre qui me révulsèrent, je ne désirais plus écouter ces gens. Habitués à des sorties excitantes dans des maisons avec piscine, mes enfants me firent la tête, d'autant que je songeais à présent à les intéresser à la nature différemment, par de simples promenades en famille dans la campagne, loin des voyages organisés. Ils refusèrent. Je me retrouvai seule, marchant en découvrant une nature insoupçonnée tout près de chez moi. J'eus le temps de réfléchir…

Comment compenser la perte de mes amis ? Pragmatique, comme à mon habitude, je me dis qu'il me suffisait de côtoyer d'autres personnes. Ainsi, nos anciennes relations furent progressivement remplacées par un groupe soudé par un secret, « le rêve ». Entre nous, il n'était plus question de classe sociale, d'apparence et de superficialité, même si mes nouveaux amis profitaient de notre piscine.

Je mesurais à quel point mon ancienne vie avait été futile. Je fus prise du désir ardent de rattraper le temps perdu. Une vive excitation quotidienne avait pris le dessus sur mon ancien moi. Je ne me reconnaissais plus. Cependant, je préférais cette nouvelle femme qui, de jour en jour, gagnait un appétit de vivre aussi intense que dans ses rêves. M'incarner dans la peau de nombreux animaux m'avait amenée à ressentir, au plus profond de ma chair, d'incroyables sensations et m'avait emplie d'une énergie, que je dirais faite d'« émotions sauvages ». Il me semblait que même l'oxygène que je respirais était différent, plus fort, comme si un souffle infini parcourait mon corps. Le matin, je me réveillais en pleine forme. Mon aspect avait changé, subtilement, je percevais peu à peu des changements, mon regard brillait davantage comme si ce feu intérieur qui m'habitait se reflétait dans mes yeux, ma démarche était plus souple, je me sentais agile dans mon corps comme dans mon esprit.

La réussite sociale avait été ma colonne vertébrale, je m'étais construite sur les apparences et voyais les autres comme de simples leviers me permettant de gravir les échelons. Lorsqu'on me donnait un coup, j'en rendais cent, utilisant souvent les pires stratégies de défense. J'étais armée, blindée, calculatrice, déterminée et je me croyais forte, imperméable à toute forme de manipulation puisque j'avais largement exploité toutes les ficelles de ce que j'estimais être un signe supérieur d'intelligence.

Cet ancien moi avait heureusement disparu, je ne craignais plus personne. J'étais délivrée d'un mal qui me rongeait l'esprit. Je désirais à présent partager avec mes semblables une passion dévorante, car sans doute mon cœur avait été trop longtemps cadenassé par le besoin de contrôler toutes mes émotions. Il me fallait, comme dans mes rêves, ressentir charnellement ces plaisirs, mon cœur battait dans ma poitrine, je le sentais prêt à aimer plus que de raison.

Dès le matin, j'étais prise physiquement d'une envie irrésistible, celle de continuer à vivre les sensations que j'avais explorées durant la nuit. Je me sentais libre, libre de tous ce que je considérais à présent comme des contraintes. L'existence ne pouvait être une suite de jours pareils les uns aux autres, il me fallait de l'excitation, sentir l'odeur de la terre, cette odeur si particulière et si changeante, ou observer le monde d'en haut, planant au-dessus des êtres humains occupés à leurs différentes tâches.

Nos ébats amoureux devinrent plus fréquents. Je le mordis pour la première fois, j'avais complètement perdu le contrôle ; il cria légèrement, j'eus un peu honte et le priai de m'excuser, mais il me répondit avec un large sourire. Je n'étais pas plus amoureuse de lui ; il s'agissait plutôt d'une nouvelle expérience où mes sens, comme sous l'effet d'une drogue, m'avaient littéralement transportée hors du temps et de toute réalité. Ma vie intérieure devint si riche que toutes mes craintes s'effacèrent facilement, j'étais vivante, aussi vivante que dans mes incarnations nocturnes. Je n'étais plus cette pâle copie humaine dopée à la réussite, cet esprit sans cœur obsédé par les apparences sociales, satisfait par des événements obligatoires liés à la représentation d'une vie parfaite comme dans une publicité.

Je me rappelais cette pâle caricature de moi-même, marchant dans la rue. Des images me revenaient en tête… Stupéfaite, je réalisais à quel point j'avais été ridicule. Il fallait que je montre à tout le monde ma réussite, je contrôlais ma démarche afin de lui donner de l'aisance, en voiture dans la ville, je feignais l'indifférence. Et dans ces moments-là, je croyais être une force de la nature, un être à part. Je me sentais sûre de mon statut supérieur car nous possédions, mon mari et moi-même des avantages matériels, et pas des moindres ! Mon intérieur était richement meublé, ma piscine à débordement faisait ma fierté ainsi que ma villa surplombant le village, sans compter nos trois voitures, les deux grosses cylindrées de mon mari, et l'école privée de nos enfants : autant de faire-valoir, de marques de richesse témoignant de notre supériorité. Depuis nos hauteurs, nous toisions les villageois, que nous jugions pour la plupart avec mépris, excepté Luc, un ami de mon mari, qu'il avait rencontré fortuitement à la boulangerie et qui partageait son amour pour les motos. C'était la seule exception. Les deux hommes parlaient moto, sujet viril qui ne m'intéressait pas. J'échappai à leurs conversations que je jugeais médiocres, « parler moto » me paraissait du niveau du « gros du troupeau » en bas de la colline. Au sujet de cette passion, je ne pouvais m'empêcher de croire que, comme chez tous les hommes, il restait en mon mari une part infantile. Alors je l'excusais ! J'étais condescendante, allant parfois jusqu'à juger mes propres enfants sans que jamais, je ne songe à critiquer ma conduite ! ! !

Mais depuis « le rêve », j'avais gagné en lucidité, je regardais avec clairvoyance la femme détestable que j'avais été, qui se prenait pour l'une des sept merveilles du monde. Cette femme à présent me terrifiait plus que le lion dont j'avais revêtu la peau et emprunté les griffes, que j'avais senties s'enfoncer dans la chair encore vivante d'une antilope, dont la vie palpitait jusque dans ses derniers soubresauts avant qu'elle se couche, vaincue. Puis, j'avais moi-même été une proie facile, une gazelle d'Afrique, mais dans mon rêve, heureusement, j'avais échappé à tous les prédateurs. Jamais encore, une seule de mes incarnations animales avait couru le moindre danger. Je culpabilisais presque de ne pas avoir senti la morsure d'un prédateur en tant que vulnérable herbivore. Alors, j'aurais pu expérimenter le sort d'une victime, dédommageant ce faisant toutes les personnes que j'avais dû léser.

Ma conscience se fortifiait et le choc de cette rencontre me mettait en rage, je me sentais laide alors que rien n'avait changé dans ma vie, je continuais à travailler comme architecte en sachant que désormais, je ne pourrais plus accepter n'importe quel projet immobilier.

Jean-Baptiste, à qui je pouvais heureusement me confier, me rassura tout en me suggérant vivement de ne pas changer pour l'instant de mode de vie : il était essentiel de ne pas attirer l'attention sur nous ! Il me conseilla d'œuvrer pour la nature par différents moyens, sans me débarrasser de mon encombrante maison devenue un cas de conscience.

Je lui étais reconnaissante. En même temps, devenue plus lucide sur les mécanismes profonds de l'âme humaine, je me posais des questions sur sa conduite. Je n'étais plus Hélène Dupuy, cadre dans le réputé cabinet d'architecte Brodin, mais bien plus que ça, et j'avais une urgence à régler, réparer les erreurs de mon passé afin de ne plus me souvenir de cette femme vide comme un puits sans fond.

C'était une véritable douche froide. Il entendait encore le ton glaçant du docteur Declercq… Antoine Moretti, le maire de Rastignac, était plongé dans de sombres pensées.

Son projet, devenir dans la vie aussi célèbre que dans ses rêves, n'était plus réaliste vu les menaces qu'il avait reçues de Jean-Baptiste Declercq. Celui-ci lui avait osé mettre en cause sa santé mentale, soi-disant pour son bien !!!

« Un sacré hypocrite ! » pensait avec rage le maire.

Au téléphone, il avait fait semblant de ne pas comprendre : « Mais quel rêve ? » lui avait-il dit.

Et sur quel ton ! Un ton professoral !!! Il allait le dénoncer aux autorités !

« Ah ! Mais quel traître, fulminait Antoine, me destituer de mon mandat ! Et pire encore, au téléphone, ce salaud a pris une voix désolée pour me dire qu'il ne pourrait pas me couvrir plus longtemps, que si ma grand-tante était sénile à cause de son âge, moi j'étais un schizophrène et ils seraient nombreux à en témoigner !!! »

Au comble de la fureur, il fit valser une chaise d'un coup de pied.

« Si seulement j'avais pu faire pareil avec la tête de ce docteur de merde !!! » regretta-t-il.

En effet, il avait été si surpris par ces menaces qu'il s'était défendu maladroitement au téléphone, allant presque jusqu'à s'excuser...

Antoine faisait les cent pas dans sa cuisine, donnant des coups sur la table avec ses poings, imaginant frapper quelque membre du groupe, se sentant trahi par ceux qu'ils considéraient comme ses amis et qui, à présent, étaient devenu ses ennemis, prêts à mentir et, pire, à le faire taire à n'importe quel prix, quitte à mettre sa vie en danger. Il avait saisi des phrases si choquantes qu'il avait encore de la peine à en croire ses oreilles. Mais c'était bien la réalité, il ne pouvait en douter, il s'agissait bien de médicalisation forcée ou d'un internement !!!

Afin de se calmer, il se servit un verre de pastis qu'il but d'une traite.

Hélas, l'alcool ne possédait pas la vertu magique d'annuler un échange téléphonique. Néanmoins, la sensation brûlante lui donna un coup de fouet, un élan salvateur qui le sortit de sa stupéfaction. Le médecin qu'il croyait connaître, le docteur Declercq, était capable non seulement de mentir sans aucun scrupule sur la santé d'un villageois, fût-il maire, mais en plus, il n'avait pas de limite !!! Le serment d'Hippocrate était un leurre, cet homme pouvait se comporter comme le pire des hommes ! Il était inimaginable de penser qu'un médecin soit capable de faire interner de force une personne saine d'esprit, seul un monstre pouvait faire une chose pareille !!! Antoine était aussi choqué par la tournure qu'avait prise son court échange avec le journaliste du *Mistral*. Et comment diable ce fichu Declercq était-il au courant ?! Si Maddy, que beaucoup appelaient à tort « l'emmerdeuse », n'avait pas parlé la première, il n'aurait d'ailleurs rien dit ! Mais l'occasion s'était présentée, il avait parlé non pour son bien personnel mais pour l'avenir de son village.

Partagé entre la peur et la colère, il ruminait ses pensées, ne sachant que faire, se taire ou révéler l'affaire ! Mesurant les bénéfices, il jugeait que le secret devait être dévoilé pour le bien de tous malgré les menaces du docteur à la retraite car ces faits exceptionnels devaient être relayés par la presse. Ainsi, le village de Rastignac se verrait offrir de nouvelles perspectives financières et culturelles. Ce serait une véritable occasion, une aubaine que de parler du village comme d'un endroit où il fait si bon vivre que ses habitants font des rêves qu'on ne voit nulle part ailleurs ! Et de toute façon, c'était trop tard, Maddy avait déjà révélé l'essentiel ou presque ! Alors pourquoi n'aurait-il pas parlé à ce journaliste, afin de lui dire qu'il ne s'agissait pas d'une histoire de maison hantée mais d'une affaire extraordinaire et bien plus singulière ?

Le maire s'interrogeait, fâché de devoir obéir et de se taire, tout comme sa parente, Maddy, qu'ils avaient tous injustement prise en grippe ! La plupart de ces gens étaient installés depuis peu dans le village, il n'en était pas de même pour lui et sa famille. Lui qui avait des vignes à cultiver avait accepté l'écharpe de maire par pure vocation. Les mois passant, cette écharpe lui pesait de plus en plus, tant il lui fallait déployer d'énergie pour rassurer sans cesse ses administrés, prendre parti sans fâcher personne, malgré les rancœurs tenaces. C'était un véritable sacerdoce qu'il avait accompli, et tout ça pour quoi ? Pour qu'on le menace de cette façon, après tout ce qu'il avait fait pour le village ! ! ! Pour le bien de tous, il avait dû mentir à certains au nom de la paix sociale. Et pire, au moindre faux pas, il serait devenu la cible idéale. Il en avait d'ailleurs la preuve aujourd'hui ! ! ! En ces temps difficiles, le plus important pour un édile était de tenir son budget, ce qu'il avait toujours fait ! L'argent étant le nerf de la guerre, il avait dû effectuer un travail de titan et pourquoi au final ? ? ?

Antoine estimait qu'il avait rempli au mieux ses missions et trouvait parfaitement injustes les menaces dont il était l'objet, à cause d'un simple échange avec un journaliste…

De plus, c'était grâce à lui que l'extrême droite avait échoué, de peu, certes ! ! ! Et à présent, ces maudits villageois voulaient lui faire du tort, et même lui nuire ! Il devait absolument arranger la situation, ou plutôt, jouer à l'hypocrite, comme eux ! Le responsable était ce docteur Declercq, les autres n'étaient que ses petits toutous.

Habitué à mesurer les pertes et profits face à la concurrence viticole, le maire pesait le pour et le contre. Il n'allait pas renoncer à son projet. La publicité faite à son village aurait un gros impact sur ses ventes. Ses bouteilles étiquetées « Domaine de Rastignac » prendraient de la valeur. Lui était un vrai Rastinaquin, pas comme ces parvenus. Il aurait sa revanche ! On parlerait de lui, de l'homme qui fit connaître Rastignac dans la France entière !

Dès que possible, il téléphonerait au médecin à la retraite et, usant de quelques mensonges de circonstances, lui dirait qu'il n'a pratiquement rien révélé au journaliste et surtout, qu'il a appris que sa parente voulait vendre sa maison ; il ajouterait qu'il n'a trahi personne et patati et patata…

Grâce à son habileté légendaire et ses talents de diplomate, il saurait calmer les esprits et trouver, surtout, le moyen de retourner dans le groupe. Restait simplement à convaincre ce toubib venu de la ville. Il expliquerait qu'il agissait pour le bien de la commune, car la lumière médiatique apportée était leur seule chance de remplir les caisses vides. La boulangerie, seul commerce du village, était en difficulté et les ruines de la manufacture d'allumettes coiffée de sa haute cheminée attiraient de moins en moins de visiteurs. La prospérité et la postérité de Rastignac dépendaient de cette publicité, et c'était son destin à lui d'écrire en grand le nom de Rastignac.

À cette pensée, le maire fut saisi d'un vertige. Son existence allait changer du tout au tout ! Une grande excitation s'empara de lui. Il essaya tant bien que mal de la contrôler car d'une minute à l'autre, Patrick Blanc, journaliste au quotidien *Le Mistral*, allait arriver chez lui. Heureusement, il avait toujours été plus efficace dans les situations urgentes. C'était un sanguin. Il s'emportait vite mais très rapidement son esprit reprenait le dessus, et c'est ainsi qu'il avait toujours su déjouer les nombreux pièges de son existence.

On sonna à sa porte. Le maire se donna une contenance. Il avait un plan, ne rien dire mais suggérer. Il avait deviné au téléphone la curiosité tenace de son interlocuteur, celle-ci avait fini par avoir raison de son silence. Mais cette fois, c'est lui qui prendrait le contrôle. Il devait rester vigilant car les villageois, tenus par leur serment, ou plutôt, par le despotisme de Declercq, pouvaient l'espionner même entre les murs de la mairie, puisque son adjoint Régis Meunier faisait partie du groupe. L'entretien devait donc être bref et plutôt que de rester chez lui à l'abri des regards, il avait prévu de s'exposer à l'extérieur à la vue de tous.

Pour titiller la curiosité du journaliste qui s'était comporté comme un détective, il était simple de lui montrer quelques spécimens. Le doc Declercq, comme le surnommaient ses toutous, pouvait bien le traiter de fou, lui n'avait pas changé sa manière de vivre.

Les salutations d'usage furent brèves, le maire parla de Maddy, une parente esseulée suite au décès de son mari, ayant comme seule compagnie son chien. À la suite d'un litige avec son voisin direct, elle s'était sentie menacée par cet individu, un homme jeune qui, au fil du temps, malgré un accord financier, avait installé de nombreuses caméras toutes dirigées vers la maison mitoyenne à la sienne ; c'était donc un acte pernicieux contre sa parente âgée de soixante-dix-sept ans. Puis le maire écourta ses explications, se leva et d'un ton indigné, demanda au journaliste de l'accompagner chez sa tante, Marie-Madeleine Piétri. Celui-ci ne se fit pas prier, espérant recueillir les premières confidences de cette femme, n'ayant pas encore osé interroger le maire sur ses rêves nocturnes.

Maddy les fit entrer chez elle, leur servit des boissons et aussitôt, Patrick entra dans le vif du sujet.

« Parlez-moi de votre maison hantée qui est un danger pour votre chien. D'ailleurs, où est-il en ce moment ? Je ne le vois pas…

— Il est malade, je reviens d'une consultation chez le vétérinaire, qui m'a parlé d'une intoxication alimentaire, mais je ne sais pas si c'est vraiment la cause…

— Je ne comprends pas, vous voulez dire que votre chien est malade à cause de votre maison qui est hantée, vous m'aviez

parlé de rêves bizarres et de votre voisin, une personne mal intentionnée, je ne comprends pas de quoi il s'agit ? »
Le maire intervint aussitôt.
« Maddy ne peut vous en dire davantage. Moi-même je possède des vignes et vous savez, un animal, tout comme le raisin, peut attraper le mal. Le mal est partout ! »
Astucieusement, il avait prononcé ces paroles comme un homme superstitieux aux prises avec de mystérieuses forces. Il lut dans le regard du journaliste un regain d'intérêt. Il en profita pour s'accouder sur la table, et le buste en avant, se soulevant de sa chaise de quelques centimètres, il murmura à l'oreille de Patrick qui, instinctivement, prit la même posture :
« Ils peuvent nous entendre avec du matériel d'écoute à distance, je préfère laisser ma tante tranquille, sortons d'ici, je vous accompagnerai dans le village mais ne m'interrogez plus, vous verrez par vous-même. »
Il se tut, saisit son verre de vin rouge et le vida en une gorgée comme pour se donner du courage. Bien des fois, comme tout bon politicien, il avait joué un rôle mais jamais encore, il avait si promptement réussi à captiver l'attention de quelqu'un. Le fou, ce n'était pas lui et ce journaliste s'en rendrait très vite compte !
La scène était parfaite. La face congestionnée de sa parente était traversée par de vives émotions retenues, et ses yeux de chien battu faisaient peine à voir. La vieille femme se leva de sa chaise, le dos voûté comme si un poids l'empêchait de déplier son corps et, sans dire mot, elle les raccompagna à la porte. À ce moment précis, on entendit un gémissement dans le couloir. Cette plainte l'ébranla de la tête aux pieds.

En chancelant, elle s'excusa.

« Excusez-moi, je vais vite refermer derrière vous, je dois m'occuper de Candy. »

Patrick se hâta de partir.

« Oui, oui, bien sûr, désolé, Madame, sincèrement désolé pour votre chien Candy. Au revoir Madame Piétri ! »

Antoine saisit les deux mains de sa grand-tante et sans un mot les pressa en regardant le journaliste, les sourcils froncés. Puis, en passant devant la maison voisine, il donna un léger coup de coude au journaliste qui saisit immédiatement la signification de son geste. Il aperçut plusieurs caméras, toutes braquées dans la même direction. Il imagina la vie de cette vieille femme, recluse chez elle, et une sensation d'oppression se répandit dans sa poitrine.

À la fenêtre de la maison du voisin vengeur, quelqu'un apparut, qui le scruta du regard. Il détourna les yeux, pour éviter d'attirer encore des ennuis à Maddy Piétri.

Le maire mit fin à son malaise. D'une voix mécanique, sans timbre, toute différente de sa voix d'avant, il lui dit :

« Je vais vous faire visiter ce beau village de Rastignac à pied, il est inutile de prendre la voiture, nous en ferons vite le tour.

— Oui, bien sûr » lui répondit le journaliste sur le même ton.

En s'entendant répondre de la sorte, Patrick éprouva un désagréable frisson. Était-il dans un mauvais film, dans un de ces documentaires portant sur une communauté fermée, rétive à dévoiler son mode de vie ? Il se raisonna. Il ne pouvait s'agir d'une secte, autrement, il en aurait entendu parler. Son esprit curieux explorait différentes pistes tandis qu'il observait chaque détail.

Ils longèrent les murs d'une propriété. Discrètement, le journaliste regarda par-dessus. Dans le jardin, sur le balcon et même, semblait-il, à l'intérieur de la maison, étaient exposées de très nombreuses statues de grande taille, en pierre blanche. Toutes représentaient des figures de la mythologie romaine. Le journaliste aurait aimé se rappeler ses cours d'histoire pour pouvoir identifier chacune de ces ridicules statues faites en série. Il reconnut Discobole, à sa façon de lancer son disque, mais hélas, aucun autre nom ne lui revint en tête. Tel un parfait détective, il les photographia mentalement, dans l'idée de les identifier plus tard. Il eut le temps de constater que toutes étaient de sexe masculin. Le mauvais goût avait envahi cette demeure.

« Une étrangeté de plus » conclut-il.

Il fut interrompu dans ses réflexions.

« Nous avons une école maternelle dont nous sommes fiers d'autant que de nos jours, beaucoup de villages n'ont pas cette chance. »

Sa voix feignait l'enthousiasme. Patrick comprenait à présent que le maire était dans la même situation que sa parente, prisonnier de ses mots et certainement menacé lui aussi. Mais par qui ? Il ne le savait pas encore mais il ferait en sorte de le découvrir. Il décida de se cantonner à son rôle de journaliste curieux de la vie d'un village ordinaire et de ses petites particularités, comme cette école maternelle, devant laquelle, justement, des parents attendaient. Il prit l'initiative de s'adresser à une femme habillée comme dans les années cinquante. Pourquoi spécialement elle ? Il n'en savait rien, mais son instinct lui avait indiqué qu'elle était la bonne personne à interroger.

« Madame, excusez-moi, je suis journaliste au *Mistral*. Monsieur Moretti m'accompagne. Je réalise actuellement un reportage sur Rastignac, qui possède encore une boulangerie et une école maternelle, ce qui est de plus en plus rare dans les villages de nos jours. Il a également une histoire et un patrimoine, une ancienne manufacture d'allumettes. En tant que professionnel de la communication, j'estime qu'il est nécessaire de conserver un minimum d'infrastructures dans nos villages de France. Qu'en pensez-vous ? Et que pouvez-vous nous dire sur Rastignac ? »

La surprise ne dura qu'un instant. Françoise Martin, habillée d'une robe vichy rose et blanc au jupon gonflant, regarda le journaliste avec un air tout à la fois candide et provocant. Ses yeux verts, soulignés d'un épais trait d'eye-liner noir, le scrutaient, tandis que sa bouche rouge semblait exprimer une bouderie d'enfant. Cette femme lui rappelait de vieilles images en noir et blanc, des femmes qui avaient été des sex-symbols à leur époque. La femme en question sembla lire dans ses pensées ; habituée à séduire, elle ne douta pas un seul instant de ses charmes et c'est avec une voix d'ensorceleuse qu'elle lui répondit suavement.

« J'adore Rastignac, j'espère que vous resterez suffisamment pour vous rendre compte que... »

La sonnerie de l'école l'interrompit et aussitôt une horde d'enfants jaillit comme un troupeau trop longtemps contenu derrière des barrières. Un large sourire illumina de blancheur sa peau de brune. Elle fit comprendre à Patrick que cette interruption n'était pas volontaire de sa part. Le regard du journaliste s'attarda sur son décolleté, ce qui n'eut pas l'air de lui déplaire. Deux enfants se jetèrent dans ses bras.

Le calme revint peu à peu. Patrick crut que leur discussion allait reprendre, lorsque son interlocutrice se mit à crier d'une voix forte et grave sur une personne derrière lui.

« Reviens ici tout de suite, j'ai dit tout de suite ! » cria-t-elle encore plus fort.

Il se retourna, et vit un homme, caché derrière un groupe d'enfants, faisant des grimaces. Il vit également sa peur, la peur d'être grondé.

« J'en ai plus qu'assez de toi ! » reprit la femme fâchée qui, deux minutes plus tôt, s'adressait à lui avec un timbre de fillette lubrique. L'homme à la mine fautive s'avança vers la pin-up des années cinquante. Elle l'attrapa par le bras puis le repoussa à bonne distance en lui commandant de rentrer au plus vite à la maison. Le journaliste eut l'impression d'avoir été témoin d'une scène interdite car l'homme, son mari sans doute, déguerpit en courant. Durant ce bref instant, le maire eut le temps de lui glisser à l'oreille, sans que la femme en colère ne s'en aperçoive :

« Son pauvre mari, forcément, il est devenu fou ! »

La femme se retourna dans leur direction et demanda au journaliste :

« Monsieur, à qui ai-je l'honneur de m'adresser ? Et rappelez-moi pour quel journal vous travaillez ? »

La voix était à nouveau douce mais elle était feinte et empreinte d'une curiosité malsaine.

Il faillit perdre contenance.

« Madame, je suis désolé, j'aurais dû commencer par me présenter. Je m'appelle Patrick Blanc et je travaille pour *Le Mistral*. Nous sommes un quotidien régional et… »

Elle l'interrompit.

« Je suis désolée mais je dois rentrer tout de suite, les enfants, le goûter, les devoirs, vous comprenez, j'en ai deux autres.

— Bien sûr, je comprends, c'est normal ! »

C'est alors que le maire prit la parole :

« Nous avons tous beaucoup à faire. Moi-même, je dois vous laisser, les personnes les mieux placées et les plus disponibles sont les retraités. De nos jours, c'est ainsi, n'est-ce-pas Madame Martin ? Et si Monsieur le journaliste s'entretenait avec le bon docteur Declercq ? Qu'en pensez-vous ? Ne serait-ce pas une bonne idée ? »

Sans répondre au maire, la femme dit à Patrick d'un ton sec :

« Vous feriez mieux de faire un autre article, pourquoi pas sur l'exposition de voitures anciennes qui aura lieu prochainement en ville, au parc Monceau ? J'y serai, et vous ?

— Je ne sais pas encore. »

Sans doute vexée, la réplique parfaite d'une pin-up des années cinquante se détourna et partit sans même le saluer.

« Je suis désolé, je dois partir également, vous comprendrez que je n'aie pas envie de faire partie des faits divers. En ce moment, on castagne facilement les représentants de la République, mais je ferai en sorte de vous fournir des informations un peu plus tard. Enfin, je l'espère ! Au revoir Monsieur Blanc, et merci de vous être déplacé. »

Prenant un air dépité, Antoine Moretti tourna les talons. Il se réjouissait intérieurement. Il avait réussi ! Le journaliste allait maintenant vouloir en savoir plus !

Patrick comprit que son enquête se terminait ; il ne trouverait plus personne à interroger, d'ailleurs les parents autour de lui le regardaient avec méfiance. Mieux valait partir.

Des questions se bousculaient dans sa tête tandis qu'il se dirigeait vers sa voiture garée devant la maison de Maddy Piétri. Il passa de nouveau devant le jardin encombré de sculptures. Derrière un voilage, il eut l'impression de voir une de ces laides œuvres se déplacer, puis il comprit qu'il s'agissait d'un homme habillé d'une toge romaine. Une sensation d'irréalité le saisit.

Alors qu'il approchait de sa voiture, il aperçut le voisin de la veuve dans son jardin. L'homme semblait le défier du regard. C'était donc lui qui menaçait la vieille dame ? !

Le journaliste se dépêcha de monter dans son véhicule, avec cette seule question en tête :

« Comment percer le mystère de ce village de fous ? »

Dès les premiers rayons de soleil, je me promenai solitaire dans les jardins du souverain. Un Coran à la main, j'avançai le long d'une allée de cyprès ; ces gardiens de l'ombre étaient une présence en ces lieux encore désertés par la cour du grand vizir Mhamed Abdel Pacha. Porteuses d'une nuit à peine dissipée, encore revêtues du vert profond de l'obscurité, leurs feuilles serrées comme des écailles recourbées les unes sur les autres se refermaient sur, peut-être, de sombres présages. Certaines se cabraient telles des lames, éveillant en moi de terribles suppositions. La rangée de conifères rejetait le vent venu de la mer en se mouvant majestueusement. Telle était la règle en ses murs, le raffinement même dans la cruauté ! Il me semblait entendre les multiples intrigues du palais à l'intérieur de ces arbres insondables. Je n'étais arrivé qu'hier et déjà, je ressentais une menace. Ces arbres oscillaient avec la même cadence, tous unis contre l'intrus devenu, semblait-il, le seul ennemi, et c'était moi, le pauvre parmi les pauvres échoué à cette place.

Les couloirs du palais chuchotaient et se taisaient à mon passage. Je ne connaissais rien à ce monde. C'est la raison pour laquelle un eunuque m'avait préalablement initié aux protocoles. Je m'étais donc tenu la tête baissée tandis que nul n'esquissait le moindre geste, ni le moindre regard en direction du trône. Une voix forte se fit entendre.

« L'émir des croyants va recevoir le poète aux pieds nus. »

À ces mots, ils relevèrent tous le buste. Je devais m'avancer, monter une marche, embrasser le sol à deux reprises avant que le sultan s'adresse à moi. Il le fit avec ces mots :

« Approche-toi. »

Je m'exécutai en lui baisant la main qu'il me tendit, et de l'autre, il m'indiqua le siège carré tapissé de tissu arménien que le protocole réserve aux émirs. C'était un grand privilège que je ne pensais pas mériter car j'étais le bien nommé « poète aux pieds nus ». Ma présence dépareillait avec la somptuosité du lieu. Le vizir parfumé des plus précieuses essences se tenait à côté d'un homme habitué à la crasse et aux habits usés. Le contraste était saisissant et malgré cela, il ne semblait pas le voir, pas plus qu'aucun de ses sujets. J'étais considéré comme un homme puissant alors que je ne l'étais pas. Fallait-il me méfier de ce soudain revirement de situation ? !

Mon existence simple me manquait déjà et pourtant, je devais reconnaître la générosité de celui qui avait le droit de vie ou de mort sur ma personne, qui pouvait me couvrir d'or ou me jeter dans un sombre cachot. Mes anciennes ambitions n'étaient plus permises, seul comptait le désir du grand vizir de l'Empire, commandeur des croyants.

Le temps où je m'accordais le privilège d'être libre, et non inféodé à une fortune, sinon à Dieu, n'existait plus. Au gré de mes déambulations, je sublimais sa création, vivant de quelques aumônes récompensées par mes poèmes, contes ou histoires que me soufflaient le ciel et les étoiles. Et j'avais osé l'impensable, je m'étais adressé pieds nus au sultan. J'avais refusé les plus belles babouches offertes, sachant pourtant que le refus de ce cadeau précieux était une grave offense.

« J'ai posé mes chaussures il y a bien longtemps, reprends-les comme mes mots qui ne sont pas de taille à rendre ma pensée en face de toi, grand vizir. Je ne suis qu'un humble pèlerin du vent, je crains de perdre ma poésie une fois chaussé. »

Ces paroles venues de mon âme étaient emplies de respect. Je déplorais mon refus, mais je ne savais être moi-même que dans la solitude. Heureusement, le souverain le comprit. Il me répondit :

« J'ai beaucoup de respect pour les hommes comme toi qui peuvent tourner le dos à leur fortune, mais tu dois savoir que l'on ne peut pas me priver de la beauté de ce monde et je désire que toi, le poète aux pieds nus, tu m'en fasses profiter autant qu'un pauvre bédouin. Ne suis-je pas le grand vizir, entouré des plus grands poètes, musiciens, médecins, astrologues et joueurs d'échecs ? Serais-tu assez vaniteux pour croire que tu ne peux t'accorder avec mes sujets et moi-même ? Certes, j'entends ta demande, elle ne sera exaucée que lorsque je le déciderai et pas avant. Demain, dans mes jardins, je t'écouterai, ainsi l'ai-je décidé. »

Moi, qui ne m'étais aplati que face aux tempêtes de sable, je me jetai à ses pieds, oubliant tout protocole ; au péril de ma vie, je m'écriai :

« Oh ! grand Mhamed Abdel Pacha, je suis un marcheur, un nomade poète, je ne puis être enfermé, il me faut regarder l'horizon jusqu'à ce que mes yeux rencontrent Dieu et alors seulement, me vient l'inspiration ; comme la course du soleil, je vais d'un point à l'autre et pour ne pas user mes sandales, j'évite de les porter lorsque mes pieds ne foulent pas le feu de l'astre solaire. Vous m'offrez des chaussures faites de fil d'or mais jamais, elles ne pourront briller aussi fort qu'un seul rayon du soleil. Votre renommée dépasse les frontières, vous rayonnez de mille feux, je ne pourrai égaler vos poètes vantant votre magnificence en vous racontant le langage de la rose du désert. »

Hélas, le grand vizir trouva un remède à ma prière :

« Tu resteras dans mes jardins, tu exploreras leurs beautés, tu me les raconteras jusqu'à la plus petite pierre, tu les feras parler et ensuite, tu quitteras mon palais. »

La veille de mon arrivée, je m'étais hasardé dans les environs du palais, pensant faire une courte halte aux abords. Je vis quelques pauvres habitations. Des enfants en haillons me suivirent. Ils pouvaient être mon premier auditoire. Je choisis un emplacement sur un muret et commençai à réciter quelques sourates avant de me présenter par le surnom que je portais, j'étais pieds nus. Un groupe se forma, des adultes vinrent. Je n'avais pas terminé mon récit que des soldats en uniformes rutilants arrivèrent. Comme un passereau effrayé, en quelques secondes, je me retrouvai seul face à ceux qui m'enjoignirent de les suivre avec la formule consacrée :

« Que le salut soit sur toi, poète aux pieds nus et sur la miséricorde et la bénédiction de Dieu. »

Je rendis le salut à celui qui s'était avancé sur son cheval au plus près de moi.

« Le très grand sultan Mhamed Abdel Pacha fils de plus grand encore, Mohand ben Pacha veut te voir. »

Je fus contraint de les suivre…

Le lendemain dès l'aube, obéissant à la demande du sultan, j'explorai les jardins royaux ; l'eunuque qui m'avait enseigné la veille me suivit. Sous ma longue djellaba, mes pieds nus appréciaient la fraîcheur des dalles claires où les premiers rayons de soleil, ayant franchi les murs de l'enceinte, chatouillaient agréablement mes orteils. J'oubliais cette ombre qui me suivait lorsque mon regard fut irrésistiblement attiré par le bruit de petites cascades portées sur les canaux d'eaux, courant le long du chemin, elles étaient comme le chant joyeux d'oiseaux. Les mosaïques bleu azur brillaient au fond des bassins. Devant le spectacle de ses eaux peu profondes, je me perdis dans la vision scintillante où des centaines de parallélépipèdes se reflétaient. Ce monde me racontait une histoire. Je fus rassuré par les arabesques peintes qui semblaient s'échapper pour mieux se rattraper dans de complexes figures abstraites. Mon imagination fertile prompte à saisir la beauté ne me faisait pas défaut en ces lieux.

Deux papillons vert émeraude émergèrent de la source claire et s'envolèrent, s'emmêlant dans des grâces aériennes. Je les suivis dans leur effusion tournoyante ; j'eus peur de les perdre de vue, puis je les aperçus se poser gracieusement sur une orange en baissant en chœur leurs ailes. Je les abandonnai, attiré par la vision de citronniers aux lourdes grappes jaunes, se chevauchant avec les orangers sur des ponts enjambant les canaux.

Je franchis la première porte en arc. De chaque côté se tenaient deux palmiers dressés tels des géants munis de grands éventails ; leurs palmes d'un vert d'acier jamais vaincues par le soleil se penchaient sur des parfums semblant s'épanouir devant ma joie de les sentir. Au pied des stipes, des arbustes aux effluves envoûtants m'entraînaient dans leur piège olfactif. Des jasmins en fleur habillés de pétales blancs arrêtèrent mes pas. Ce parfum puissant me surprit encore une fois : comment expliquer que de si fragiles boutons puissent renfermer autant de senteurs ? Cependant des roses à quelques mètres m'appelèrent, toutes habillées de rouge lavé de blanc, de la plus pâle à la plus foncée, je ne pus résister, toutes me demandaient de les admirer de plus près.

L'émerveillement me saisit et l'émotion me fit étreindre le livre saint des deux mains, ma marche s'accéléra, j'étais impatient de réciter en ces lieux quelques sourates en signe de gratitude devant tant de beauté offerte mais surtout, par la grâce d'Allah, je savais qu'il était possible de faire rêver le plus grand des souverains comme le plus pauvre des mendiants. Je me dépêchai de gagner le centre du jardin jusqu'à la fontaine afin d'écrire dans mon esprit, les premiers mots du poème que je réciterais le lendemain à cet endroit même, lorsque le Coran me tomba des mains. Je criai de surprise et m'apprêtai à le ramasser, lorsque je sentis une sensation nouvelle, un bruit inconnu résonnait dans mes oreilles, un bruit qui n'avait pas sa place ici.

Il me fallut quelques minutes pour comprendre, j'avais rêvé, je pris mon radio-réveil en main et l'éteignis. J'avais rêvé, j'étais déçu d'avoir quitté aussi brusquement ces jardins merveilleux.

Mais heureusement, je pouvais encore y songer…

Avant « le rêve », nous avions l'habitude de régler notre réveil quinze minutes avant l'heure du lever pour rester un peu au lit. À cette routine s'étaient ajoutées encore quinze minutes de plus. Ma femme me tournait le dos, je savais qu'elle était réveillée et sans doute encore plongée dans les péripéties de sa nuit.

Sa vie nocturne ressemblait à une fiction possédant ses propres dimensions d'espace et de temps. Elle s'incarnait dans toutes sortes de personnages de bande dessinée, des héros de son enfance sortis de livres qu'elle avait aimé lire, *Tintin*, *Astérix et Obélix*, *Les Schtroumpfs*, *Boule et Bill* et plus ridicule encore, *Barbapapa*. Il était inimaginable pour moi, de penser que ma femme Aliénor, consultante bancaire, se transforme par exemple en Falbala et pire encore, en Obélix !

D'elle-même, elle comprit que certains de ces personnages échappaient complètement à ma compréhension. Pour cette raison, elle préférait rester dans son monde nocturne en me tournant le dos. J'étais moi-même occupé à me remémorer les meilleurs moments de ma nuit, je plongeais à nouveau dans l'esprit de ce poète aux pieds nus qui m'avait transcendé. Cet homme entièrement voué à la contemplation n'avait qu'un seul désir, celui de partager la beauté infinie de la nature. Son âme m'avait porté si haut que j'avais encore l'impression d'avoir parlé au ciel et aux étoiles.

Pourtant, je compris rapidement qu'il me fallait l'oublier car une phrase me revenait en tête :

« Annonce à ceux qui voient et pratiquent de bonnes œuvres qu'ils auront pour demeure des jardins au nom d'Allah. »

J'avais voté RN aux dernières élections, par dépit, et cette phrase dite avec une grande passion me dérangeait, elle ne pouvait faire partie de ma vie. Je possédais une entreprise de sécurité dont je devais assurer la bonne santé financière. Ces dernières années, les cambriolages étaient en hausse, mon chiffre d'affaires était donc censé augmenter, ce qui m'aurait réjoui. Cependant, le marché s'était ouvert à une entreprise de surveillance possédant de plus grands moyens. Je devais sans cesse innover tandis que ce « mastodonte » engloutissait par des moyens frauduleux les plus gros contrats. Il ne me restait que les particuliers dont je devais m'assurer la clientèle par le biais d'un seul employé sillonnant la région. J'étais continuellement plongé dans mon ordinateur, stressé par les chiffres qui s'affichaient à l'écran. Aliénor me rassurait, m'affirmant que ma clientèle me resterait fidèle, mais j'étais anxieux car je n'arrivais que difficilement à offrir les mêmes prestations que ce géant américain de la sécurité, qui opérait dans le même secteur que moi. Cette entreprise, je l'imaginais telle une pieuvre avec de nombreux tentacules qui allaient se déployer encore et encore et dans ce paysage-là, je n'étais qu'un tout petit poisson sans envergure.

Heureusement, « le rêve » était arrivé, me donnant de l'espoir ; toutes les nuits, je me transformais en un valeureux Romain et si les Romains avaient envahi le monde, c'est bien parce que leur civilisation était supérieure. Au fil des nuits, je trouvais mes existences nocturnes plus faciles, j'étais certes confronté à des problèmes mais un ordre bien établi existait, que l'on soit artisan ou noble.

Il suffisait d'être romain…

Hélas, cette nuit, on m'avait exilé sur une terre inconnue peuplée de ce qui me semblait être les ennemis de Rome, bien que je me souvienne plus de mes cours d'histoire.

Je ne comprenais pas ce changement car depuis des mois, je faisais partie d'un monde où je bénéficiais de nombreux avantages ; ayant la citoyenneté romaine, j'avais par exemple le droit de faire du grand commerce. À présent, je me sentais déclassé. Pourtant, j'avais travaillé afin que ma vie diurne devienne la seule réalité possible.

Je préférais ce temps ancien où il semblait plus important d'appartenir à un pays, fût-il une grande nation, qu'être un pion sur un échiquier où seulement 1 % de la population possédait près de la moitié de la fortune mondiale. Et la journée, pour mieux me sentir, en esprit et en corps, dans la peau d'un valeureux Romain, j'avais commandé de nouveaux habits sur Internet dont une toge de couleur pourpre brodée d'or, celle portée par les généraux et par l'empereur lui-même. Ainsi vêtu, j'étais plus sûr de moi. Je pouvais convaincre par téléphone de futurs clients sans même me déplacer. Et je ne fus pas déçu, le premier de la liste joint par téléphone se laissa facilement séduire par ma nouvelle éloquence. « Le rêve » m'avait apporté une sécurité financière mais également une assurance à toute épreuve. Avec un tel succès, je n'oubliais pas de remercier Jupiter. L'argent n'était plus un problème, je me fis plaisir en achetant de nombreuses statues de jardin et je devins un passionné de la Rome antique. La vie suivait un cours tranquille jusqu'à la nuit dernière.

Je ne comprenais pas ce changement nocturne. Cet homme aux pieds nus ne me ressemblait pas, il me perturbait. Je parvins tout de même à m'en libérer en me remémorant mes autres incarnations. Des images glorieuses me revinrent en tête, effaçant peu à peu ce dernier songe. Je finis par le laisser, où, je ne le savais pas car j'avais récupéré mon esprit d'avant, celui d'un Romain. Je me sentis plus fort, sachant que je ne me laisserais pas avoir par un système truqué d'avance. Lui, il pouvait bien parler aux arbres et aux fleurs, moi, je ne pouvais pas me permettre de rêver de cette façon-là ! Mieux valait être le digne représentant d'une grande civilisation qu'un scribouillard oublié. D'ailleurs, la poésie n'intéressait plus personne, le genre était obsolète, dépassé comme ce pauvre homme captif qui dès l'aube essayait de sauver sa peau en décrivant le vol de deux papillons en rut entourés d'arbres de toutes sortes.

Pour la première fois depuis plusieurs mois, Fabian Giordano se leva contrarié. Il craignait de se retrouver à nouveau dans la peau de ce personnage plus occupé à faire des rimes que des affaires. Devant sa femme, il ne montra rien, préférant l'interroger sur son rêve. Elle en fut surprise étant donné que depuis l'épisode Obélix, son mari ne voulait plus rien savoir ! Après ce refus par pur esthétisme, elle s'était sentie rejetée et vexée par son manque d'implication alors qu'elle l'écoutait tous les matins se vanter d'appartenir à la plus grande civilisation du monde.

Perfidement, elle décida de le provoquer, quitte à lui déplaire à nouveau, et pourquoi pas l'injurier indirectement.

« J'étais le capitaine Haddock et il te dirait espèce de bachi-bouzouk, de moule à gaufres, d'anacoluthe et de, je ne sais plus… peut-être grosse andouille ! »

Elle s'arrêta, ayant exploité tout le vocabulaire d'injures le plus grotesque. Fabian la regarda, incrédule ; allait-elle devenir folle ?

Elle se servit tranquillement une tasse de café et en riant, elle lui dit :

« Heureusement, je préfère le café à l'alcool, car je peux te

dire qu'il en descend, des bouteilles ! »
Il ne put s'empêcher de lui répondre :
« Es-tu sûre que ces rêves de personnages de bande dessinée ne sont pas un problème ? Tu me fais peur ! »
Piquée au vif, elle réagit promptement :
« Et toi, avec toutes ces statues immondes dans le jardin !
— Je t'interdis d'en dire du mal, ce sont pour la plupart des dieux !
— Alors, tu es vraiment fou, des dieux, ça, ces mochetés venues de Chine et qui coûtent une fortune ?
— Enfin, tu ne connais rien à la culture romaine et tu te permets de me juger.
— C'est toi qui as commencé, tu n'as pas aimé Obélix, il vaut autant que ton ridicule déguisement de Romain. D'ailleurs, moi j'ai la potion magique et je peux te faire sauter par-dessus les arbres et tu auras une frousse d'enfer ! »
Il la regarda avec de grands yeux et comprit qu'elle était à moitié sérieuse.
Ils éclatèrent de rire ensemble.
Une fois le déjeuner terminé, il partit travailler et ne put s'empêcher de comparer son jardin avec celui de son rêve ; alors, sa déception fut immédiate. Ses statues blanches immobiles ne lui procurèrent aucune joie et Discobole lui parut particulièrement ridicule. Il pensa ajouter des rosiers rouges afin d'arranger ce qui ressemblait plus à de froides représentations humaines qu'à des dieux. Il aurait aimé que son regard s'échappe dans une fleur de couleur vive, que son nez capte la senteur du vent venu de la mer, que le ciel au-dessus de sa tête lui parle le même langage que dans son sommeil, que le soleil lui chatouille les orteils, que les papillons reviennent

danser avec grâce.

    Tristement, il fit démarrer sa voiture en espérant que de temps en temps, il redevienne le poète dont il avait rêvé... Cette matinée avait le goût d'une défaite, il allait devoir annoncer à l'un de ses employés son licenciement car il ne démarchait pas assez de clients, son taux de réussite était nettement inférieur au sien depuis qu'il portait la toge. Son esprit semblait se révolter, comme enfermé dans une logique résistant aux rêves ; les êtres humains n'étaient pas libres mais livrés aux caprices d'exigences matérialistes, il allait devoir trouver les bons mots afin qu'Antoni Pastorelli ne lui pose pas de problème et qu'il finisse le travail en cours.

Madame Piétri émergeait de son sommeil, elle était rassurée, son chat Pistou était heureux.

La nuit passée avait été riche en enseignements sur la vie nocturne de son animal de compagnie. La culpabilité qu'elle ressentait se dissipait peu à peu, comme un mauvais souvenir. Si elle avait réservé son affection à son chien, c'est que Candy était jaloux. La moindre attention, la plus petite caresse à l'intention du chat le mettait en rage. Il aboyait aussitôt, mettant en échec toute approche. Plusieurs tentatives de la sorte avaient été faites par sa maîtresse ; elle lui avait par exemple donné des croquettes pour détourner son attention, mais elles avaient été avalées plus vite qu'elle ne pouvait lui en servir ; l'enfermer dans une pièce et le voilà qui aboyait furieusement derrière la porte. Nul ne pouvait s'approcher de Marie-Madeleine sans qu'il manifeste bruyamment sa colère. La vieille femme répondait par de faux reproches, lancés sans conviction, car elle savait bien que ces aboiements intempestifs traduisaient un intérêt, que seul son fidèle compagnon lui donnait.

Pistou ne semblait pas souffrir de la situation. Comme

tous les chats du village, il préférait sortir et vagabonder. Néanmoins, elle culpabilisait de ne pas être équitable, tout en rejetant la faute sur le chat devenu de plus en plus sauvage.

Pistou était aussi heureux que Candy, et si elle en était maintenant convaincue, c'est qu'elle avait fait un rêve inhabituel. Depuis plusieurs mois, sans qu'elle puisse dater le premier jour, elle s'incarnait en son chien. Toutes les nuits, elle revoyait les mêmes images étrangement colorées, un peu claires et floues, mais ce déficit visuel n'était pas un handicap. Son sens olfactif prédominait, et les odeurs définissaient sa manière d'interagir avec son environnement. Certaines étaient faciles à identifier, comme la viande ; le poulet avec sa peau grillée au four lui faisait perdre le contrôle. Ainsi, elle comprit son animal domestique, il lui était impossible de résister et tout au long du repas, dans son rêve, elle avait agi de la même façon que son chien, quémandant constamment, posant ses deux pattes avant sur les genoux des convives. Hélas, le poulet rôti avait disparu et les repas étaient devenus de plus en plus frugaux. Les biscuits pour chien au goût de bacon étaient ses préférés, il savait où se trouvait la boîte. Pour ne pas être frustré, Candy avait trouvé une technique, il gémissait en se tenant devant le placard renfermant ses friandises. Parfois l'attente était longue avant d'être récompensé. Cette succession de rêves semblables avait permis à Madame Piétri de sentir la douceur de ses gestes, elle s'était abandonnée à ce plaisir, détendue et comblée. Rentrer dans la peau de son chien lui avait procuré des frissons de bonheur. Lorsqu'ils étaient ensemble sur le canapé devant la télévision, ils s'apaisaient mutuellement, sauf devant une émission spécifique, qui dérangeait ce confort. Candy n'aimait pas les petits sauts qu'elle faisait. C'était comme un réveil brutal. Maddy comprit également qu'il n'aimait pas son présentateur préféré, Bruno Paz. Ni d'ailleurs, la chaîne consacrée aux animaux. Il s'ennuyait devant car il n'y avait aucune odeur et les aboiements de ses semblables ne suscitaient chez lui que de l'indifférence. Elle apprit qu'il reconnaissait à la tonalité certains mots reliés à la nourriture, « croquette », « repas », « miam-miam » et d'autres concernant les activités comme « la laisse », « promenade », « allez on y va »…

Son chien possédait une horloge interne parfaite, il connaissait l'heure des repas et des promenades, comme un humain portant une montre à son poignet, et quand elle tardait, il prenait l'initiative de la prévenir et se mettait à aboyer. Son odeur, il la reconnaissait entre toute et celle de Pistou, il la détestait pour la simple raison qu'il avait peur. Le chat était son rival, un concurrent prêt à manger toute sa gamelle et pire encore, détourner à son profit sa source d'approvisionnement en caresses. La présence constante de son animal préféré à deux pattes le rassurait, alors qu'il se sentait menacé par les bêtes à quatre pattes, sauf exceptions. Il s'agissait de faire la différence en reniflant les traces d'urine. Laisser la sienne était un travail quotidien, une obligation liée à sa survie car son territoire ne devait pas être envahi par d'autres et encore moins par un chat. Hélas, à chaque promenade en bout de chemin, il ne lui restait que quelques gouttes. C'était une grande frustration et il la manifestait à sa manière, en aboyant.

Ses rêves canins la persuadèrent, si besoin était, que les animaux valaient mieux que les humains.

Elle s'était si bien habituée à sa présence la journée que ses nuits dans la peau de son chien la convainquirent de la supériorité de son animal de compagnie, malgré les spécificités de cette espèce. Renifler les fesses comme uriner à chaque coin de rue n'était pas un problème en soi, bien au contraire, il était évident que les salutations de ce genre étaient plus estimables que celles de ses semblables, des êtres versatiles, changeant rapidement d'opinion alors qu'un chien ne pouvait se tromper ; d'instinct, il savait d'emblée faire le tri.

Ses réflexions sur le genre humain avaient évolué, son chien lui ressemblait en caractère. Uriner sur le mur de son voisin à l'exact endroit de la veille signifiait son antipathie, c'était un acte réfléchi issu d'une seule envie : celle de se venger de la méchanceté de cet homme.

Mais à présent, elle devait faire un détour à cause des caméras. Candy tirait sur sa laisse, ne comprenant pas ce changement tandis qu'elle le consolait.

« Ne t'en fais pas, il ne perd rien pour attendre ! »

De temps en temps, elle surprenait son chat au loin. Parfois, elle regrettait cet éloignement, un pincement au cœur la saisissait, jusqu'à ce que son chien se frotte contre sa jambe et réclame son attention. Mais heureusement, la nuit dernière, le même phénomène d'incarnation s'était produit avec Pistou. La vision de l'environnement était différente, des couleurs nouvelles étaient apparues mais c'était surtout la vivacité de son champ visuel qui l'avait interrogée à son réveil, les mouvements des insectes l'avaient fait réagir instinctivement. Aussitôt, son esprit avait identifié un élément de jeu possible. Le monde nocturne était plus attirant que le jour, sortir de la maison s'avérait nécessaire afin de délimiter son territoire, d'en chasser les intrus et pour ça, il fallait suivre le même parcours toutes les nuits : passer par-dessus le mur du jardin et atterrir sur celui du voisin, s'asseoir dans son potager l'été ou l'hiver, se hisser sur le tas de bûches pour se montrer comme le seul maître possible. Attendre en cet endroit, observer le moindre mouvement, puis reprendre son circuit en ayant au préalable marqué son territoire avec plusieurs jets d'urine. Longer la petite route devant les maisons, tourner à droite en direction d'un grand champ. Se planquer derrière un arbre ou s'aplatir dans les hautes herbes en vue d'attraper une proie. Puis, reprendre la route en passant par le jardin le moins entretenu du village, refuge de nombreux insectes et enfin, rentrer au petit jour afin de manger à la même heure comme chaque matin car le soir, la gamelle était vide, ne restait que l'odeur du chien.

Le fait que le félin soit un piètre chasseur la rassura. Dans le pré, il avait rarement réussi à surprendre un animal, sauf s'il était dans un piteux état. Mais dans le jardin en friche d'Émile Santoni, il attrapait de nombreux insectes. Il était facile de les surprendre, caché dans les hautes herbes. Ses inquiétudes étaient à présent en partie réglées.

Certes, ses rêves étaient étranges mais son petit-neveu l'avait heureusement rassurée à ce sujet. À la suite de l'appel du journaliste, il l'avait contactée et immédiatement délivrée de sa croyance : sa demeure n'était pas hantée. Ces derniers mois avaient été particulièrement éprouvants pour la vieille dame, qui, ne pouvant se confier, avait fini par craquer. Elle ne désirait plus qu'une chose, vendre sa maison au plus vite, sans cacher au futur acquéreur la raison du prix fixé en dessous du marché. Elle n'eut aucun mal à convaincre l'agent immobilier de rédiger l'annonce particulière qu'elle souhaitait, par souci d'honnêteté. Les acheteurs seraient nombreux à ne pas croire à cette folie apparue soudainement dans l'esprit d'une personne âgée, propriétaire depuis plus de trente ans. D'ailleurs, pensait l'agent immobilier, le mieux était de l'aider à vendre son bien au plus vite afin de la faire admettre dans un Ehpad spécialisé dans les soins liés à la démence sénile. Il était sincèrement persuadé de sa bonne action tout en se réjouissant de cette bonne affaire commerciale. Il ne comprit donc pas la volte-face de sa cliente, elle ne voulait plus vendre !!!

Vingt-quatre heures avant la fin de la période irrévocable, le mandat exclusif qui lui garantissait une transaction rapide et facile fut mis en échec. Il la contacta par téléphone pour essayer de comprendre cette rupture de contrat soudaine, espérant la faire changer d'avis. Mais elle le prit de haut, et pour toute réponse, elle l'informa qu'elle détenait des informations du maire de Rastignac, son petit-neveu, qui ne pouvait que bien la conseiller et il était clair qu'elle ne devait pas vendre sa maison à ce prix-là !

L'avait-il jamais forcée ?! Il allait lui répondre que sa patience avait été mise à rude épreuve, qu'il avait pris le risque de salir sa réputation en placardant une telle annonce sur sa vitrine, que le temps perdu était gaspillé à jamais et que des excuses ne seraient pas de trop, mais la vieille dame ne le laissa pas s'expliquer. Elle enchaîna d'un ton sec :

« Adressez-vous au maire de Rastignac, je ne vais pas me faire avoir ! »

Et elle lui raccrocha au nez.

Antoine, son cher Antoine, était venu à son secours, lui seul pouvait la comprendre malgré d'anciens différends au sujet d'un héritage. Elle fut surprise lorsqu'il lui téléphona car après le décès d'un de leurs proches, il avait pris ses distances sans qu'elle sache pourquoi, étant donné qu'elle avait refusé de se mêler de cet imbroglio familial et de prendre parti. De suite, il l'appela « Maddy », et d'un ton chaleureux, demanda des nouvelles de sa santé. Comment alors ne pas lui avouer ses pires craintes ?

Elle lui parla de la santé de son chien, son plus grand souci. Sans réaction au bout du fil, elle osa continuer. Tout avait commencé par de drôles de rêves qu'elle faisait, mais ensuite ce fut le tour de Candy. Jean venait toutes les nuits posséder l'esprit de son chien endormi. Antoine l'écouta sans manifester la moindre surprise, ni même un rire ou une remarque désobligeante. Encouragée par son silence, la vieille dame continua son récit.

Candy ne se couchait plus en boule à ses pieds mais à côté d'elle, à la place de Jean, il posait sa tête sur l'oreiller, se tournait de côté dans la même position que lui, s'endormait aussitôt en ronflant. Le matin, il allait directement au frigo, essayait de l'ouvrir avec ses pattes, n'y réussissant pas, il mordait la poignée puis la regardait avec un air de reproche, comme un humain. Ensuite, il sautait sur la chaise que Jean occupait mais souvent, il n'arrivait pas à l'atteindre. Elle craignait que son chien tombe malade car il s'intéressait de moins en moins au chat, n'aboyait presque plus contre lui, ne voulait plus que s'asseoir sur les sièges préférés de son défunt mari, et plus sur ses genoux...

Trop émue pour continuer, elle stoppa son récit, espérant qu'Antoine la réconforterait. Jean, son Jean, elle l'aimait toujours mais ce n'étaient pas des façons de faire et Candy semblait éteint comme si son esprit n'était plus là ! Que devait-elle donc faire ?

Antoine répondit heureusement à pratiquement toutes ses craintes. Elle apprit de sa bouche que, comme d'autres villageois, il était visité la nuit par le même phénomène ; qu'ensemble, ils s'étaient regroupés sous la tutelle d'un docteur à la retraite, Jean-Baptiste Declercq. Il lui dit qu'elle ne devait pas craindre ces villageois ; en tant que maire, il la protégerait, se chargerait de tout, et, surtout, elle ne devait pas vendre sa maison à ce prix ! C'était une pure folie ! Son agent immobilier était un escroc.

Concernant son yorkshire, il ne voyait qu'une explication : puisqu'aucun enfant ni aucun animal n'était visité la nuit par « le rêve », le chien et la maîtresse devaient être fusionnels.

Mais pour l'instant mieux valait ne plus rien dire à personne, se méfier des autres car hélas, elle avait parlé à un journaliste et ça, les villageois ne lui pardonneraient pas…

Après cette conversation, elle abandonna l'idée de se confier à son fils. Elle risquerait de provoquer l'animosité de sa belle-fille à son égard, et de là, son bannissement. Leur relation était en effet devenue si tendue que son fils Dillan semblait préférer lui téléphoner plutôt que l'inviter. De toute façon, elle n'arrivait plus à faire semblant. Devoir complimenter la cuisinière pour ses gâteaux préparés sans œuf ni beurre, puis les manger en faisant mine d'être vite rassasiée, lui demandait de plus en plus d'efforts ; sans parler des plats principaux, au goût tout aussi mauvais, puisque pour sa belle-fille végane, manger de la viande constituait un crime. Pourtant, la cause animale, elle la connaissait autant qu'elle, la preuve étant qu'elle s'occupait parfaitement de ses deux animaux de compagnie. Alors pourquoi lui faire la morale ? !

Le poulet rôti au four que son fils adorait n'existait plus, ce qui semblait convenir à cette femme qui avait converti son fils à une drôle de religion. Et à la religion, elle s'y consacrait plus qu'elle ! Exactement comme sa mère, une sainte, ayant élevé seule ses quatre enfants. Le père parti à la guerre était revenu mal en point, il survécut cinq ans, le temps de concevoir « la petite dernière », comme on la nommait avec tendresse. Après la mort de son mari, sa femme ne reçut rien de l'État sous prétexte que le délai était passé. Veuve, elle traversa ce deuil douloureux avec une fierté liée à ses origines, déclarant : « Je ne vais pas avoir les yeux bordés d'anchois, ça tombe dessus ! », ce qui signifiait : je ne vais pas pleurer pour cette administration-là !

Dans un langage mêlant les expressions provençales à la langue prescrite à l'école du village, elle se plaignait du mauvais sort sans jamais lui trouver un responsable. Le plus important était l'école ; régie par l'état qui la privait injustement, mais qui promettait une vie plus facile à ses quatre enfants, à condition qu'ils oublient le langage fleuri de leur terroir. Il ne fallait pas apprendre le patois, qui ne leur servirait à rien pour plus tard !

Elle avait tenu la barque, ne se plaignant jamais, la viande seulement le dimanche, les habits récupérés, rapiécés avec des bouts de tissus de bon goût afin qu'on ne se moque pas d'eux, l'huile usée gardée précieusement, le vieux pain transformé en gâteaux moelleux à l'odeur de caramel. Enfin toute une vie de labeur, de sacrifices, d'astuces mais surtout de gentillesse avec ses enfants, avec les voisins, avec tous ! Un exemple à suivre. Elle avait appris à lire dans de vieux journaux et tout ce qui lui tombait sous la main. La Bible, elle en parlait à sa manière, comme l'actualité, et tant d'histoires incroyables qu'elle racontait à table. Et dans leur maison sombre, une lumière, la voix de leur mère racontant la vie dans des pays lointains, dans un désert de sable plus grand que la France, où vivaient de drôles d'animaux comme ceux du cirque ambulant. Des chameaux, des éléphants, des tigres, un monde mystérieux emplissait la pièce. Enfants, ils s'endormaient avec en tête des images de ces pays magiques où, paraît-il, la nuit, les étoiles filantes se comptaient par milliers. Quelques fois, leur mère les avait emmenés en ville pour leur montrer à travers les clôtures ces drôles d'animaux. Une fois, alors qu'elle avait réussi à réunir l'argent, Maddy avait pu caresser la patte énorme d'un éléphant, qui lui avait semblé presque aussi douce qu'une peau de pêche.

Alors question économie, écologie et autres fadaises, il ne fallait pas que « sa noro » comme aurait dit sa mère, lui fasse la leçon ! Et lorsqu'un de ses gamins ne l'écoutait pas, elle lui disait dans ce langage aimé par ses enfants : « Arrête de m'escagasser, tu me fais attraper la pigne ! »

Mais sa belle-fille n'aurait pas compris ce monde oublié et tant regretté par la vieille femme qui, elle, ne saisissait pas le sens donné aux derniers Noëls passés chez eux !

Une année, le sapin était fait d'un assemblage de vieux filets de pêche et de bois flottés, les boules avaient été faites par la maîtresse de maison avec des bouteilles plastiques en PET et des canettes usées. Elle ne tarissait pas d'éloges sur ce qui ressemblait à un vieux rafiot échoué sur une plage de détritus. À table, son petit-fils âgé de dix-sept ans, Ayden, dont le prénom signifiait « petit feu » en breton, regardait son portable, ne participa à aucune conversation sinon pour dire des mots étranges tels que « c'est mort ! » ou « c'est relou » mais plus souvent, « c'est dégueu, j'aime pas ! », opinion qu'elle partageait d'ailleurs avec lui : la nourriture servie était immangeable. Pourtant, elle ne dit rien, même lorsque la mère fit cette remarque à son garçon :

« C'est normal, lorsqu'on préfère la nourriture du Mc Do ! »

Le fils de Maddy sembla approuver sa femme. Ensemble, ils parlèrent permaculture durant une bonne partie du repas. Maddy comprit qu'il s'agissait de planter des fleurs au bon endroit suivant la catégorie de légumes. Dillan avait pris des cours à ce sujet, il était intarissable sur cette forme d'agriculture écologique, aux antipodes de l'agriculture traditionnelle bourrée de pesticides. La discussion semblait passionner son enfant devenu adulte.

Maddy comprit alors que le monde avait changé autant que son propre fils.

Il fallait se faire une raison, ne pas se plaindre, accepter son sort, attendre peut-être des jours meilleurs en espérant ne pas être complètement oubliée par eux…

En longeant sa rue, elle entendit la musique, du rap, c'était ce que son petit-fils écoutait en boucle, la voix était rude et sèche comme à chaque fois. Cependant le volume avait baissé face à la volonté de la vieille dame qui jamais n'avait laissé les paroles agressives franchir l'espace qui la séparait de cette source de nuisance. Elle saisit une phrase : « Vos lois sont immondes, ma délinquance est meilleure ». Aussitôt, elle éprouva un vif ressentiment à l'encontre de ce garçon, sans doute adolescent comme son petit-fils. Sa fenêtre était ouverte. Marie-Madeleine ne put s'empêcher de tendre l'oreille :

« Ta meuf c'est de la beuh, elle finira comme une dernière taffe, partira et ça sera une baffe, yo men ! Je suis stupéfiant de vérité ».

C'était de son âge, comme disaient ses parents, et pourtant, ils n'habitaient pas une cité.

Jamais elle n'avait critiqué ces goûts musicaux, ni le refus de manger toute nourriture animale, quand même le lait ou le beurre avait été banni, pas plus qu'elle n'avait émis d'objection à la naissance de l'enfant lorsque le prénom fut choisi. Maddy encore jeune avait observé comment s'occuper d'un bébé car de nouvelles connaissances diététiques avaient modifié le régime alimentaire des tout-petits. Pour ne pas froisser sa belle-fille et son fils, elle fit exactement ce qu'on lui disait de faire, laissa sa fierté de côté afin de se conformer à cette modernité censée améliorer depuis le plus jeune âge la santé ainsi que l'autonomie des enfants. Encore heureux pour l'enfant, pensa-t-elle, qu'ils n'aient décidé de devenir véganes que récemment ! Toujours à se taire afin de les respecter pour au final, ne compter pour aucun d'eux...

La colère lui montait à la tête. Elle devenait intransigeante avec ses voisins bruyants, qui ne la respectaient pas. Régis Meunier, lui, c'était la musique dans son jardin tous les week-ends avec du monde, le barbecue tournait à plein régime, la fumée envahissait sa maison et les soirs de semaine, toutes sortes de machines, visseuse, ponceuse, perceuse grondaient jusqu'à fissurer son mur. Ils pouvaient bien tous l'appeler « l'emmerdeuse », comme lui avait dit Antoine ! Heureusement, son petit-neveu ne l'avait pas oubliée, il lui avait téléphoné.

Fortifiée par ses mots rassurants, elle osa tourner sur sa droite, dans la rue des Hirondelles, où habitait la famille Martin. Françoise Martin était dans son jardin. Il était impossible de la rater, avec ses cheveux crêpés sur le haut de sa tête. Cette femme lui rappelait sa jeunesse, le temps de l'insouciance. Elle vit un homme sortir d'une voiture inconnue. Ce n'était pas son mari. L'homme tourna la tête dans sa direction, la fixa, l'air soucieux. Aussitôt, elle fit mine de s'intéresser à son chien et se baissa vers lui. Le stratagème réussit parfaitement. Le regard par en dessous, elle vit Françoise Martin sur son perron alors qu'Allan Sanchez s'avançait vers elle avec un bouquet de fleurs caché dans le dos. Ils disparurent rapidement derrière la porte.

La scène ne prêtait pas à confusion...

Ainsi, ces gens se permettaient de la juger, alors qu'ils étaient clairement tous des hypocrites ! Marie-Madeleine ne put s'empêcher d'imaginer sa vengeance. Françoise Martin étant mariée ainsi que ce Sanchez !

Elle avait oublié son projet initial, suivre le parcours de son chat. Un peu plus loin, elle tourna à droite afin de faire une boucle avant de rentrer chez elle.

Un vieux monsieur la salua en patois.

« Bouan jou. »

C'était Émile Santoni. Pistou lui revint en mémoire, le jardin en friche, c'était lui.

Elle le salua sans s'arrêter, pressée de rentrer chez elle et téléphoner à Antoine pour tout lui raconter. Son neveu voudrait sûrement se venger du groupe, et deux cocus, c'était suffisant pour semer la discorde. Elle allait lui donner la possibilité de prendre sa revanche sur cet affreux docteur et ses complices !

Émile Santoni s'occupait de peu de choses avec autant d'obstination que de l'amour. Il n'en avait jamais le fin mot car de nuit en nuit, il rêvait à cela sans autre pouvoir que celui de se laisser entraîner de rencontre en idylle. Il avait continuellement faim et son appétit grandissait sans être jamais rassasié. Malgré son âge avancé, soixante-dix-sept ans, Émile se plaisait dans ses tourments obsessionnels. La passion d'un poison aussi sucré et parfumé que le miel l'incitait à aimer plus que tout son sommeil, l'enivrant sans cesse la nuit comme le jour. À chaque fois, il croyait qu'il faisait la plus belle des rencontres ; c'était elle, la seule et unique femme qui pouvait le satisfaire. Il se réveillait avec son image en tête, puis, le soir venu, une autre femme venait hanter sa nuit, sans que jamais le vieil homme ne regrette la précédente. Jour après jour, « le rêve » lui octroyait un ravissement de plus. Captif de ses songes, il faisait apparaître, tel un magicien, une blonde à la place d'une brune, une jeune à la place d'une plus âgée, une belle ou une moins belle, et toutes l'envoûtaient aussi puissamment que la première divinité apparue sur la terre.

L'adoration le prenait lorsqu'il la découvrait et dans les yeux de chaque créature, qu'ils soient de couleur bleue, marron ou noire, il lisait le beau, le bien, le bonheur et la perfection. Ces femmes portaient en elles une fièvre contagieuse, de sorte qu'Émile n'avait qu'un désir, les posséder. Rédemptrices, elles le délivraient de toutes ses douleurs et souffrances passées. Tandis que son âme atteignait des sommets d'euphorie, son cœur aimait à l'infini. À leur contact, il n'était plus un vieil homme mais un jeune et fougueux amant. Le réveil le surprenait, engourdi mais heureux, dans les bras d'une femme à peau claire ou foncée. Il prenait ensuite son petit-déjeuner avec un sourire qui ne le quittait pas. Attablé, avec le regard d'un fantôme égaré, il voyait encore des yeux brillants qui le contemplaient en train de porter sa tasse à sa bouche. Les images de la femme qu'il avait passionnément aimée ne s'effaçaient pas, il entendait sa voix, voyait son sourire et le moindre de ses gestes était inscrit au plus profond de son être ; il ne pouvait plus la quitter. À haute voix, le vieil homme seul dans sa cuisine s'adressait à celle qui n'existait pas.

Toutes les nuits, il atteignait les hauteurs célestes, une déesse surgissait afin de l'aimer plus fort et encore mieux que la précédente. Il se couchait serein, en homme comblé de se savoir aimé à l'infini, et se réveillait envoûté.

Ses paupières se fermèrent rapidement ; déjà, il percevait les prémices de son enchanteresse. Ayant surgi dans son esprit, une magicienne commanda un sommeil rapide, Émile s'exécuta tel un esclave heureux de sa condition, car il savait qu'il serait bientôt délivré. Enfin, elle apparut. Il lui sembla qu'il l'avait toujours connue. Elle était couchée, indolente, sur une peau de bête. À la voir ainsi, éclairée par le feu de la cheminée, il sentit un frisson parcourir son corps jusqu'à son esprit et eut la certitude « qu'elle était sa femme pour la vie » ! Ce que dégageait cette apparition ne pouvait venir que des tréfonds d'un être enflammé. Envoûtante, elle consuma instantanément chez Émile toute préoccupation. Bien qu'elle semblât faite avec les reflets du feu brûlant dans la cheminée, elle était pour lui la plus parfaite des réalités. Devant cette vision, il fut foudroyé. Elle était aussi ardente que les flammes. Le feu la brûlait de l'intérieur, il se propagea dans la pièce, donnant une chaleur nouvelle au corps vieillissant d'Émile ; la fièvre l'envahit comme une onde de choc, le clouant sur place. Les traits de la femme se précisaient. Il vit tout d'abord son nez, aux narines entrouvertes, fines et palpitantes, traduisant l'emballement de son cœur, et son impatience de devoir attendre, ne serait-ce qu'un instant de plus, celui qui faisait battre ses tempes. Ses yeux aussi sombres que deux tisons le fixaient ardemment afin qu'il la rejoigne au plus vite et pourtant ils étaient aussi clairs que le jour. Un éclair de passion le fit tressaillir ; il l'aimait déjà, et courut vers elle.

Comme une bohémienne, dansant avec sa jupe longue, le cou aussi leste que la taille était fine, elle s'avança également dans sa direction. Sa maigreur lui donnait l'allure d'une panthère, un animal sauvage s'échappait jusqu'à ses pieds nus, si souples qu'ils bondirent au-dessus du sol.

Lorsqu'elle posa ses lèvres sur les siennes, l'apesanteur fut absolue, seul le contact charnel de cette bouche le reliait à la vie sur la terre ferme. Émile plongea dans ce baiser enchanté d'autrefois, dans cette mer de délice qu'il n'oublierait jamais et dont il n'atteindrait jamais le fond. Aspirant à le rejoindre, tel un naufragé perdu sur un radeau, il la sentit voler à son secours, et la volupté d'une eau fraîche emplit sa gorge. Et à nouveau, il se sentit renaître, vivant comme un miraculé. La femme sans nom l'entraîna sur la peau de bête, elle lui jeta un regard fauve et il lui sembla s'enrouler autour d'elle, leurs deux corps enfermés dans la fourrure du tigre mort, comme si l'animal avait transmis sa virilité à Émile, qui avait retrouvé ses vingt ans et son animalité de jeune homme. Au paroxysme du plaisir, elle lui parla en espagnol ; ses mots le délivrèrent et le transportèrent dans un monde sans frontière. Encore sous l'effet de la jouissance, alors qu'elle s'était retournée, il put admirer son dos luisant d'une fine laque de sueur. À cet instant, observant son abandon, il ressentit la joie de la victoire ; libre comme sa chevelure, détachée par ses mains, fougueuse, en témoignait son corsage abandonné par terre, elle avait, sous sa jupe, replié sa jambe sur la sienne comme pour le remercier de l'avoir si bien comblée. Après avoir bu dans les veines de l'un et de l'autre, ils étaient apaisés.

Chaque femme commandait la fin du rêve, obligeant Émile à se réveiller avant que sa fièvre ait totalement disparu. Ainsi, la belle Espagnole s'était enfuie avant que le charme ne cesse. Elle avait fait de lui son captif et lui avait jeté un sortilège : des images de son corps défileraient sans arrêt dans son esprit jusqu'à la nuit suivante.

Alors qu'il était attablé dans sa cuisine, l'image de ses chevilles délicates apparut. Elles se finissaient par d'adorables pieds, des pieds qui ne pouvaient qu'appartenir à une femme de haute noblesse. Elle était une reine sans trône, une bohémienne !

Comme tous les matins, Émile Santoni agissait comme un automate. Le corps en action, il se levait, faisait sa toilette, s'habillait et marchait jusqu'à la cuisine. Puis il sortait de chez lui, s'attardant sur le perron, le regard dans le vague. Quand il saluait des villageois, ses yeux d'un bleu délavé fixaient un point invisible. Malgré son regard de vieil homme égaré, Émile gardait certains réflexes, comme celui de saluer en patois Madame Piétri, quand elle passait devant sa maison, comme ce jour-là. Issus de la même génération et originaires tous deux de Rastignac, ils avaient grandi ensemble et partagé des jeux. Alors que, enfant, son amie avait eu l'interdiction de parler le patois provençal, il n'en avait pas été de même pour lui ; au contraire, son père l'avait encouragé à garder en mémoire la langue de leurs ancêtres.

Un sentiment confus l'avait saisi à la vue de sa voisine. « Le rêve » avait failli lui échapper sous le coup de la culpabilité. Il aurait aimé la retenir, lui dire qu'il n'était pas d'accord avec eux, qu'il avait décidé de lui adresser la parole. Malheureusement, le temps lui avait manqué. Sortir de sa torpeur bienheureuse et s'inscrire dans cette réalité déplaisante l'avait contrarié, le privant de ces quelques secondes nécessaires à toute conversation.

Le regret fut de courte durée car la femme de sa nuit revint dès que Madame Piétri eut disparu sur la droite. Il regarda son jardin en friche, envahi d'herbes hautes ; il constata l'état lamentable de son intérieur, mais l'idée de mettre de l'ordre fut vite balayée par l'envie de rester encore un peu enflammé dans son songe qui s'effaçait d'heure en heure, jusqu'à ne laisser au vieil homme qu'un seul souci, ne pas l'oublier ! Et lorsqu'il se promenait dans les rues du village, il semblait errer sans but défini.

Personne ne se souciait de son état puisque les villageois vivaient presque tous, comme Émile, une deuxième vie. Les sourires étaient aussi complices que les salutations d'usage mais dans leur for intérieur, beaucoup s'impatientaient de se retrouver en toute liberté. Une excitation commune les liait, l'idée de partager « le rêve » lors de la prochaine réunion. Dans ces moments-là, Émile était un formidable narrateur et remportait toujours un franc succès. Entendre un monsieur de son âge parler d'amour et de cette façon-là émouvait certains jusqu'aux larmes.

Le vieil homme préparait toujours un repas pour deux, parlait à voix haute et vidait l'assiette pleine dans le vide-ordures. Il ne faisait plus de sieste car jamais une créature nocturne ne s'était aventurée en plein jour. À la place, il allumait la télévision, sans la regarder vraiment, les yeux perdus dans d'autres images…

On sonna avec insistance à sa porte. Le son aigu et répété le fit sortir de son songe. C'était son fils. Il avait oublié sa visite. Le réveil fut extrêmement brutal.

« Pourquoi est-ce que tu ne réponds jamais au téléphone ?

— Comment ça ? bredouilla-t-il, je réponds ! »

Les reproches s'abattirent sur le vieil homme, qui comprit que Michaël était en colère.

« Ah bon ? rétorqua son fils, je vais te dire le nombre d'appels que j'ai faits. J'ai compté, douze appels en quatre jours, alors ?

— C'est que je suis très occupé en ce moment ! »

Émile regrettait de ne pouvoir avouer à son fils la vérité, « le rêve » devait rester un secret, il avait donné sa parole, il n'était pas un homme à la rompre !

« Tu te fiches de moi, regarde l'état de ta cuisine, la vaisselle sale n'a même pas été mise dans le lave-vaisselle, ça déborde, il y a des mouches qui volent au-dessus ! ! ! Je m'inquiète depuis des mois pour toi et chaque fois que je viens, c'est de pire en pire. Avant tu adorais jardiner et maintenant ton jardin est devenu une terre sauvage. Mais que se passe-t-il, bon Dieu ? ! Je te le demande car visiblement, tu ne veux pas me dire quoi que ce soit ! As-tu un problème ? Peut-être est-ce ta santé ? »

Son fils s'assit sur sa chaise, celle qui lui était destinée, devant un verre et une petite assiette garnie de biscuits. Le vieil homme n'eut pas le temps de réagir.

« Et c'est pour qui cette deuxième assiette, pour moi ? Ah comme c'est gentil ! J'ai l'impression que tu te fiches de nous, tu ne nous téléphones presque plus et lorsque je viens, je vois que je te dérange… Écoute Papa, poursuivit-il la bouche pleine, Sylvia et moi, nous nous faisons du souci… Ils sont bons… Tu te souviens ? C'étaient mes préférés lorsque j'étais petit, des boudoirs que j'aimais tremper dans du sirop à la grenadine. Merci Papa ! »

En entendant ces mots de remerciement, Émile sentit les larmes lui venir. Il les retint, difficilement, sur le bord de l'œil.

« Je vois que tu ne sembles pas aller bien ? Dis-moi Papa, je t'en prie ! »

Ne pouvant plus se taire, il lui avoua :

« J'ai une femme dans ma vie ! »

Le fils faillit s'étrangler avec le biscuit, il saisit le verre et avala une grande gorgée avant de pouvoir parler.

« Une femme ? !

— Oui, une femme, je suis amoureux !

— Mais pourquoi ne pas me l'avoir dit ?

— C'est tout récent !

— Tout récent, tout récent ! s'exclama le fils, mais ça fait des mois que c'est le bazar chez toi alors que tu me sembles en bonne santé, à part ton air bizarre ! Et quand elle vient ici, elle ne voit pas... Excuse-moi, mais ça pue ! Regarde par ici, ta poubelle, elle déborde ! »

Aussitôt, il alla l'ouvrir et regarda à l'intérieur.

« Mais c'est quoi ça ? Un steak entier, des légumes, des pâtes, plein de nourriture pas mangée ? »

Émile ne put s'empêcher de défendre celle qui à ses yeux était vivante.

« Elle a peu d'appétit mais c'est surtout que je cuisine mal, elle est d'origine espagnole et je ne sais pas faire la paella !

— Vu l'état de la poubelle, elle a plutôt l'air de ne rien aimer !

— Oui, c'est ça, répondit piteusement Émile.

— Elle habite dans le village ?

— Bien sûr ! s'exclama-t-il en la sentant dans la pièce.

— Et qui est-ce ?

— Je ne peux pas te le dire !

— Et pourquoi donc ? ! Je suis tout de même ton fils, tu n'as pas confiance en moi ? S'agit-il d'une femme mariée ? Non quand même pas ! À ton âge, tu ne feras pas ça ! ! ! »

Le vieil homme vexé n'eut qu'une seule échappatoire, dans la clarté du soleil matinal, Marie-Madeleine était apparue, il allait devoir lui donner un nom en espérant que la belle Espagnole lui pardonnerait.

« C'est Marie-Madeleine Piétri.
— Ah, celle qui habite rue du Lavandier ? Mais tout de même, elle est coquette, et sa maison aussi. Regarde, tu ne peux pas la recevoir ici. Je ne savais pas qu'elle était d'origine espagnole, mais de là à ne vouloir manger que des plats de là-bas… Elle est bien née ici, non ? Et depuis combien de temps ça dure ? C'est elle qui a perdu son mari d'une maladie, un cancer, je crois, c'est ça ? Même si tu es amoureux, eh ben, il ne faut pas te laisser aller comme ça ! Excuse-moi, Papa, mais tu es comme un ado ! Sylvia ne va pas en revenir, je peux lui dire, n'est-ce-pas ? Hein, Papa ?! »

Le fils ne laissa pas le temps à son père de répondre, il continua sur sa lancée. Après des mois d'inquiétudes, les mots sortaient de sa bouche comme une délivrance.

« Je vais t'aider, nous allons faire le ménage pour que tu puisses recevoir cette dame. Comment déjà ? Aïe ! Je ne me souviens déjà plus !!! »

En entendant le mot « dame », Émile réagit vivement, ne se préoccupant pas des autres questions, il interrompit son fils.

« C'est une dame, une très très grande dame !
— Eh beh ! Tu es plus qu'amoureux, Madame Pié… quelque chose, Marie-Madeleine Pié…
— Piétri, lui répondit son père en commençant à ranger la table avec empressement.
— Ah ! On s'y met tout de suite !
— C'est une grande dame, j'ai eu tort de ne pas faire le ménage, ça ne se reproduira plus ! »

Michaël était surpris, son père jusque-là léthargique était devenu en quelques secondes très agité. Le lave-vaisselle fut rapidement rempli, la poubelle prestement sortie, la table de la cuisine en bois astiquée et les chaises secouées afin de les débarrasser des miettes. Il courait d'un endroit à un autre en lui donnant des ordres.

« Va chercher l'aspirateur, range ça, regarde si les placards sont propres à l'intérieur, sinon, il faudra les nettoyer aussi, sors les assiettes, il faut qu'elles soient toutes propres.

— Papa ! Papa ! » cria son fils, sans parvenir à interrompre ne serait-ce qu'une minute sa « frénésie ménagère ».

« Papa, Papa ! reprit-il, pour qu'enfin cesse ce qui ressemblait à une folie apparue soudainement.

— Quoi ? Mais pourquoi tu t'arrêtes ?

— Mais enfin, que se passe-t-il ? Voilà des mois que c'est le bordel et il faut tout faire tout de suite ! Tu te rends compte, je voulais même faire venir un docteur chez toi, je m'inquiétais tellement et maintenant tu bouges comme si tu avais le feu aux fesses !!! J'en ai marre de tout ce cirque !!! »

Le père interloqué ne comprenait pas.

« Comment ça, un docteur !?

— J'ai failli appeler celui qui habite le village car je sais qu'il t'avait prodigué de bons conseils.

— Le docteur Declercq ?

— Oui, exactement !

— Jamais, tu m'entends, tu ne dois appeler ce docteur. »

Il regardait son fils avec des yeux de fou mais Michaël, hors de lui, saisit le téléphone de son père posé sur la table de la cuisine. Cela eut pour effet de rendre Émile tout à fait conciliant.

« Non, je t'en prie, je me suis emballé, c'est vrai ! Je le reconnais, je suis fada, je m'excuse, voilà je m'excuse, je ne voulais pas te donner du souci, ne t'en fais pas, je te remercie de prendre soin de moi, je suis fada d'amour, tu comprends, j'ai même envie d'apprendre l'espagnol afin de la comprendre ! »

Michaël le regardait médusé.

« Parler espagnol, mais pourquoi ? Vous ne parlez pas le français ?! »

Réalisant son étourderie, Émile tenta de trouver une explication plausible, sans y parvenir.

« Euh ! Eh bien, c'est comme ça ! »

Incapable de se justifier, il s'emporta.

« Je suis assez grand pour savoir ce que je fais !

— Donc excuse-moi d'avoir posé une question idiote ! Non, mais sans blague, Papa, vous êtes fadas tous les deux !

— Je t'interdis de parler d'elle de cette façon ! »

Michaël observa son père, son visage avait rougi sous l'effet d'une vive colère.

« Oui, après tout, ça vous regarde ! » dit-il, pour l'apaiser.

Le vieil homme reprit son rangement tout en se surveillant, il ne fallait pas que son fils lui pose de problème et pour cela, mieux valait parler de choses anodines.

« Il n'a pas fait trop mauvais ces derniers jours. »

Mais le fils n'était pas dupe, il avait compris que son père lui cachait des choses. Que pouvait être la nature de cette liaison ? Elle devait être toxique. Comment expliquer autrement ce changement radical chez son père ? Il ne se préoccupait plus de sa propre famille. Cette Madame Piétri, sûrement une manipulatrice ! Il allait en avoir le cœur net.

« En Espagne, j'ai beaucoup aimé Séville, dommage que tu n'y sois jamais allé ! »

Il vit son père changer en un instant, ses yeux se mirent à briller comme ceux d'un enfant.

« Oui, ça doit être magnifique. »

Pris dans l'émerveillement du pays de sa promise, il fut incapable de refuser l'invitation à dîner de son fils.

« Je suis content que tu acceptes, nous cuisinerons ce que Madame Piétri aime, une paella. »

Les paroles de son fils le ramenèrent à la réalité. Il était coincé. À moins d'être incapable de se déplacer…

« Je ne peux plus conduire en ce moment, j'ai mal aux articulations, et elle non plus ne peut prendre le volant ! »

Mais hélas, son fils ne lui laissa pas le choix, d'un ton affirmé, il se proposa comme chauffeur.

Émile Santoni se retrouva seul, ne se préoccupant que d'une chose avec obstination, se trouver une bonne excuse pour ne pas aller chez son fils. Mais d'heure en heure, ses maux s'aggravaient, la belle Espagnole s'était évaporée et à la place avaient surgi de nombreux problèmes. Madame Piétri n'accepterait jamais, le docteur Declercq allait être furieux et son fils ne le laisserait jamais tranquille ! ! !

Enfin, après deux ans d'attente, sa Ferrari 488 Pista était chez lui et elle était rouge...

L'aventure avait débuté le 12 mars 1947, quand la Ferrari 125 S remporta le Grand Prix de Rome. La voiture au fameux logo avec son cheval cabré sur fond jaune franchit la ligne d'arrivée avec plus de dix secondes d'avance sur la Maserati. Rugissante, elle donna des frissons à la foule venue assister à la course. Son moteur à douze cylindres fit la différence. La légende était née, avec le rouge Rosso Corsa. Pour un aficionado tel qu'Allan Sanchez, cette nuance de couleur n'était pas un détail, pas plus que la marque. Il existait le Rosso Berlinetta, le Rosso California et d'autres « rosso » encore, mais seul le Rosso Corso avait été envoyé dans l'espace à bord de la sonde Mars Express pour une mission sur la planète rouge ! La peinture avait admirablement résisté à l'épreuve du vide spatial, ce fut un succès total !

Avant le lancement de sa commande, Allan avait visité l'usine géante de Maranello, 250 hectares, l'équivalent de cinquante terrains de foot. Un rare privilège, accordé aux futurs acquéreurs d'une de ces prestigieuses voitures. Il fallait obligatoirement passer dans un bureau afin de personnaliser sa future acquisition. Enfin, sa voiture fut livrée. Il aurait aimé partager son excitation avec sa femme, Olivia, lui parler de cette visite faite dans le temple de l'automobile. Malheureusement, elle était à son cours de tennis.

Véritable autophile depuis son plus jeune âge, Allan avait dédié une partie de son intérieur à sa passion. En face du bar à cigares, une vitrine donnait sur une grande pièce aux murs blancs vernis, dans laquelle il exposait, selon son envie, une de ses nombreuses voitures.

Allan ouvrit la vitre coulissante et entra dans la pièce. Il se plaça de côté, fit le tour de la carrosserie en la caressant d'une main, apprécia ses courbes, vérifia l'état du soubassement ; il ne devait y avoir pas la moindre salissure. C'était devenu un rituel, sa Ferrari 488 Pista n'échappait pas à la règle ! Il devait prendre ses marques avec celle qui portait encore l'odeur de l'usine. Puis, Allan ouvrit délicatement la portière côté conducteur. Il fit durer le plaisir avant de contempler l'intérieur de son nouveau bijou. Le tableau de bord était en cuir d'autruche, selon son souhait, l'effet rendu au toucher était sublime. Au comble du bonheur, il s'assit sur le siège en s'imaginant déjà entendre rugir son moteur en ville. Il lâcha le volant car pour l'instant, il désirait encore admirer son nouveau jouet. Il rejoignit le bar à cigares, choisit un Havane et posa un regard empli de contentement sur sa voiture exposée comme une œuvre d'art.

Sa collection s'était agrandie. Étrangement, il éprouva une désagréable sensation, il lui sembla que malgré la couleur tranchant vivement avec le blanc verni des murs, elle paraissait inexistante... Surtout à côté de sa Rolls-Royce

Phantom. Le doute le prit. Avait-il fait le bon choix ? Rapidement, il revint à la raison : il était absurde de comparer ces deux voitures ! Elles n'étaient pas destinées au même usage. Il était normal que sa Ferrari paraisse toute petite à côté de la Rolls familiale, de 5,834 mètres de long pour 2 mètres de large ! Celle-ci était la préférée de ses enfants car le plafond, à plus d'1,50 mètre de haut, convenait parfaitement à l'option qu'il avait choisie, justement pour ses enfants : la projection d'un ciel étoilé, rendu par des centaines de diodes électroluminescentes. Ils aimaient les fauteuils moelleux et l'épaisse moquette en laine d'agneau.

L'envie irrépressible de la conduire le prit, balayant toute autre considération. Les mots du vendeur lui revinrent en mémoire :

« Elle a la course dans le sang, avec la Ferrari 488 Pista vous connaîtrez des sensations explosives car elle a été conçue pour courir et surtout, elle offre à son conducteur une maîtrise absolue. »

Sa préférée restait néanmoins sa Lamborghini Veneo Roadster, même s'il ne pouvait plus la conduire. Allan se consolait de cette perte en vantant son investissement, expliquant à ses relations que c'était un placement qui rapportait mieux que « la pierre » : la plus-value était estimée à 270 % car elle n'avait que 650 kilomètres au compteur. Il ne pouvait que se féliciter de cet achat effectué une dizaine d'années plus tôt. Il avait eu du flair. Il n'existait que huit autres voitures du même modèle dans le monde. Dernièrement, un prince saoudien en avait acheté une pour la somme de 8,9 millions d'euros, alors qu'il n'avait déboursé que 3,3 millions.

Devant leur air surpris, Allan ne manquait pas d'encourager ses riches amis à placer leur argent en suivant son exemple.

Il espérait que sa Ferrari 488 Pista attire autant d'éloges, bien qu'elle soit produite en plus grand nombre. Néanmoins, chacune avait une histoire. Si sa femme ne s'intéressait pas aux voitures, d'autres comme lui éprouvaient un vif intérêt pour ce sujet. Allan ne cessait de chanter les louanges de la « Motor Valley », où naissaient les plus belles voitures italiennes. Il racontait que cette région, entre Modène et Bologne, était comme une mère latine, une « mama » qui accouchait des plus beaux enfants, Ferrari, Lamborghini et Maserati, et toujours en petit nombre : chaque année, seulement quelques milliers de merveilles sortaient de l'usine, gage de leurs qualités d'exception. Et impossible d'oublier l'extraordinaire usine Maranello ; en tant que client fidèle, il avait eu la chance de visiter ce haut lieu du savoir-faire italien…

Lors de sa visite, il n'avait pas vu beaucoup d'ouvriers à l'œuvre ; à la place, d'innombrables machines s'activaient dans un immense hangar rutilant de propreté, où chacune exécutait des tâches et opérations bien précises. Il avait pu admirer les colonnes de robots assemblant les différentes parties des voitures. La salle de montage d'une longueur démesurée avait été dessinée par un architecte célèbre, des pinces géantes portaient des carrosseries et les tournaient dans tous les sens comme une attraction dans un manège. Les ouvriers ne semblaient là que pour serrer des boulons devant une palette robotisée. Puis arrivaient le moteur et les roues, et en quelques secondes, ils étaient placés sous la voiture pour la finaliser. Il avait été admiratif devant l'efficacité et la justesse de cette machinerie au service de la plus parfaite technologie. Ce fut une incroyable journée où, parachuté dans un monde de gigantisme, il eut l'impression d'être un véritable aventurier des temps futurs. Un compte à rebours était installé ; il fut pris d'excitation quand il apprit qu'aucune opération ne devait dépasser 30 minutes, car un tapis roulant entraînait la chaîne à l'étape suivante. Après cette formidable visite, il passa dans le fameux « bureau » pour signer le contrat de vente et choisir la couleur et les options. Toutes ses demandes furent acceptées et même sa requête particulière destinée à rendre sa Ferrari unique : un tableau de bord couvert de cuir d'autruche, qui, avec ses picots marquant l'implantation de chaque plume, constituait le plus original des revêtements. Ce cuir souple et résistant était parfaitement compatible avec l'usage prévu, et puis le temps ne pouvait pas avoir de prise sur sa qualité car les huiles naturelles contenues dans la peau de l'animal lui assuraient une durée de vie exceptionnelle. Loin de se fissurer et de se raidir jusqu'à se craqueler, il se patinait avec le temps.

Le rouge Rosso Corso se détachait parfaitement de la couleur des murs, blancs vernis. Il lui sembla même qu'en ce lieu, elle n'était pas étrangère, qu'elle était à sa véritable place, sa Ferrari possédait sa propre personnalité, elle était unique, il pouvait en être fier ; c'était un rêve qui s'accomplissait derrière une vitre.

Ainsi, il pouvait l'admirer à loisir. Il avait aménagé sa maison pour donner libre cours à son passe-temps favori, admirer ce qui se faisait de mieux en termes de technologie et de confort. Trente baies vitrées avaient été installées afin que son regard puisse contempler sa réussite personnelle. Seules les innombrables salles de bains étaient cloisonnées ainsi que les W.-C. Une vitrine dans chaque pièce comme de multiples œuvres d'art exposées soigneusement. Un « sweet home » destiné à contempler et surtout à les contenter, lui, sa femme Olivia et leurs deux enfants. La piscine extérieure donnait sur l'intérieur, les parties communes ne se comptaient pas, il n'avait pas lésiné, bar, bar à cigares, cinéma, discothèque, simulateur de golf, salle de fitness et salles de jeux séparées pour les enfants. Il ne restait plus qu'à ajouter des œuvres d'art sur certains murs. Aujourd'hui, il allait s'en occuper, prendre sa Ferrari et se rendre en ville.

Le téléphone sonna alors qu'il avait demandé à ne pas être pas dérangé. Ne pouvait-on pas le laisser tranquille ? ! Ce n'était tout de même pas compliqué, il allait une fois de plus devoir se fâcher alors qu'il n'en avait pas envie…

Allan Sanchez se leva de son siège et comprit qu'il était en fait couché sur un lit, un lit très simple dans une pièce exiguë et laide. La déception fut immédiate, il était chez lui, « le rêve » une fois de plus avait fait de lui un millionnaire amateur de belles voitures qui avait les moyens de se faire plaisir.

Il entendit sa femme tirer la chasse d'eau des toilettes, ce qui n'aurait jamais dû exister. « Le rêve » respectait la vie intime de chacun et s'il était question d'intimité, ce n'était que pour partager de délicieux entractes. C'était bien la même femme que dans ses rêves avec le même physique, cependant elle était complètement différente…

La voix d'Olivia était grave, sa démarche, pesante. Il l'entendit lui parler depuis la salle de bains. Puis elle disparut en direction de la cuisine, ce qui le soulagea car il n'avait aucune envie d'être confronté à cette mauvaise copie. Depuis plusieurs semaines, il cachait son malaise car dès le matin, elle l'exaspérait par sa tenue et ses manières. La femme de ses rêves ne se serait pas permis de se montrer dès le réveil vêtue d'un t-shirt XL en guise de chemise de nuit. Et encore moins avec ce koala en boule en train de dormir, avec dessous cette phrase ridicule qui se voulait comique : « *Week-end sleep more better* ». N'était-ce pas du plus mauvais goût ? Le choix d'un tel habit ne pouvait être que le fait d'une femme de la basse classe sociale ! Et si elle avait eu un minimum de classe, elle ne lui aurait pas dit d'un ton énervé « Alors, tu te réveilles ! », et encore moins « Tu t'feras toi-même ton café, je suis à la bourre et c'est toi qui amènes les enfants ». Allan Sanchez n'avait aucunement l'intention de se dépêcher afin de satisfaire celle qui lui déplaisait un peu plus chaque matin...

Au commencement, il fut ébahi par l'extraordinaire étalage de richesse dont il jouissait mais ce qui l'enchanta le plus, c'était que « le rêve » avait décidé de lui faire plaisir. Ses rêves s'étaient conformés à sa passion des voitures. Sa femme Olivia fut déçue de ne pas profiter de ce « luxe nocturne ». Elle qui ne rêvait pas, ou plutôt, qui rêvait comme le commun des mortels, c'est-à-dire, médiocrement, avait fini par juger son mari. Pourtant, il avait cru que sa femme partagerait son nouvel état d'esprit. Et c'est ce qui se produisit au début, elle sembla conquise par ce qu'il racontait sur leur vie à deux dans cette autre existence, au point qu'elle ne se soucia plus que d'une chose : capitaliser en retombée financière « le rêve ». Visiblement, Olivia ne désirait plus se contenter d'un destin aussi terne et ordinaire. Allan s'en félicita, croyant avoir durablement agi sur les ambitions de celle qui bientôt ressemblerait à la parfaite épouse d'un riche homme d'affaires.

Hélas, si ses ambitions matérielles avaient pris de la hauteur, il n'en allait pas de même de sa personne. Pire, elle lui reprochait à présent de n'être pas celui qui vivait la nuit, un homme certainement mieux que lui...

Il en fut vexé car il estimait faire bien plus d'efforts que sa femme, si peu soucieuse de son apparence. Même à très grande distance, à voir sa démarche disgracieuse, on comprenait qu'elle était de basse extraction. Indifférente au regard des autres, elle parlait fort et riait la bouche grande ouverte. Ses déplorables comportements avaient fini par le contrarier. Il avait bien essayé de se taire mais ne pouvant plus supporter sa grossièreté, il avait fini par la sommer de mieux se tenir en société.

« Je suis une bonne vivante, lui avait-elle répondu, et toi, un coincé depuis que tu te crois le roi du monde alors que tu n'es rien ! »

Depuis, ils partageaient le même espace sans enthousiasme. Mais heureusement, Allan avait trouvé en la personne de Françoise Martin une vraie femme, coquette et surtout admirative de l'homme qu'il était. Tromper son épouse ne fut pas évident, cependant « la femme fait l'homme d'action ». Et avec Françoise, Allan ne doutait plus de lui, il allait bientôt trouver un moyen de rejoindre le monde nocturne afin de vivre dans un monde meilleur, que ce soit la nuit ou le jour. « Le rêve » deviendrait une réalité pour Françoise et pour lui. Ils allaient mener une vie plus facile, la richesse n'était pas un mythe, quoiqu'elle se méritât comme le bien le plus précieux qui puisse être donné sur cette terre. Françoise l'avait écouté attentivement lui expliquer qu'il la sauverait de sa vie misérable et de son mari infantile, qu'il lui donnerait les moyens de se réaliser en tant que femme, et ferait en sorte que ses enfants et les siens soient heureux dans une grande maison avec piscine à débordement et salles de jeux séparées. C'était juste une question de temps, il fallait étudier son double, comprendre ses affaires et faire comme lui, car ce qui avait réussi pour l'un ne pouvait que réussir pour l'autre puisqu'ils étaient les mêmes ; ils partageaient le même corps et bientôt ils auraient la même intelligence, mise au service du sens des affaires ; son alter ego détenait cette qualité, alors pourquoi pas lui ?!

Allan rejoignit sa femme et vit d'emblée ses pantoufles, « plates comme son esprit », se dit-il. Ces détestables traîne-savates fabriqués en masse lui rappelèrent une expression provençale bien connue de lui, « patin-couffin », pour exprimer le fait que des femmes comme la sienne ne parlaient que de choses futiles et inintéressantes ! Elle traînait des pieds constamment et il ne pouvait plus rien lui dire ! C'était un comble que de devoir la supporter dès le réveil !!!

Ils étaient déjà attablés, son fils, sa fille et sa femme. Olivia buvait un jus d'orange en brique, aspirant à la paille avec un bruit de succion. Il plaça la capsule dans la machine à café, en se disant qu'elle aurait pu le faire pour lui, c'était si facile ! Encore un signe de sa mauvaise volonté, certainement ! Heureusement, aujourd'hui était un bon jour : un rendez-vous avec un client avait été annulé et il en profiterait pour voir celle qui faisait son bonheur, Françoise. Certes, elle ne passait pas inaperçue avec son look des années cinquante, mais quel sex-appeal !!! Brigitte Bardot en brune ! Aucun homme, fût-il ouvrier ou banquier, ne pouvait lui résister et c'était lui, Allan, qu'elle avait choisi ! Tant pis pour ses robes vichy, ses cheveux crêpés et ses chaussures désuètes, auxquelles il aurait préféré des talons aiguilles plus classes !

Il fut interrompu dans ses pensées par la voix de sa femme.

« J'ai bien réfléchi. Puisque la situation ne change pas, je vais devenir influenceuse ou lanceuse d'alertes. »

Sa famille la regarda, interloquée. Allan se dépêcha de lui dire :

« On avait dit qu'on n'en parlerait pas devant les enfants. Doc Declercq nous a avertis, les enfants, il faut qu'ils restent en dehors de certains sujets, pour leur bien !

— De quoi ? De quoi ? » ne put s'empêcher de demander sa fille, Léa.

Olivia lui répondit sans attendre, en fixant son mari d'un air effronté :

« Ton père va comprendre car c'est dans son intérêt et le vôtre. Dans le village, il se passe des choses et…

— Quoi ? Quoi ? » s'excita son fils, Léo.

La mère dit d'un ton ferme :

« Tais-toi et écoute ! Il se passe des choses comme nulle part ailleurs et je peux en parler car moi, je n'ai rien promis à ce docteur puisque je ne fais pas partie de votre groupe. Léa et Léo, nous allons devenir riches et je sais comment, par les réseaux sociaux. Il me suffira de partager ce qui se passe ici. J'aurai plein d'abonnés et puis des régies publicitaires me solliciteront, je ferai la promotion de produits commerciaux, je serai celle qui fera connaître ce que tous aimeraient sans doute vivre, « le rêve », comme vous l'appelez, puisque c'est si bien ! ! !

— Je comprends rien ! » dirent en chœur les deux enfants.

Leur mère eut bien du mal à expliquer en quelques mots ce qui semblait être tout d'abord une farce mais le visage fermé et le regard décidé de leur mère les convainquirent de la véracité de ses propos.

« Mais ça rien à voir avec un lanceur d'alertes, dit l'aîné, âgé de quatorze ans. Tu n'y connais rien !

— Toi, tu vas m'aider, lui répondit-elle prestement. Ça va t'changer de TikTok et de tes autres trucs sur Internet, au moins ça rapportera !

— Et moi, et moi ? demanda sa fille en se levant de sa chaise.

— Bien sûr, toi aussi, nous ferons ça en famille. Les familles, ça passe bien en ligne, la famille Kardashian, c'est le jackpot et nous bientôt, on sera la famille Sanchez, aussi connue en France que les autres sont connues en Amérique. Pour faire le buzz, je vais tout d'abord contacter ce journaliste qui travaille pour *Le Mistral*.

— Tu vas faire ça ? ! ne put s'empêcher de lui répondre son mari.

— Et pourquoi pas ? As-tu une meilleure idée, toi ? »

Allan ne répondit rien car il était vrai que s'il profitait d'une luxueuse vie nocturne, rien encore ne lui avait indiqué comment gagner cet argent dans la vraie vie ! Ainsi, pensa-t-il, ils auraient une chance de réussir car il était vrai qu'aucun serment n'engageait sa femme auprès du docteur.

Olivia semblait radieuse, il ne l'avait pas vue aussi joyeuse depuis des semaines et ses enfants, qui d'habitude se chamaillaient à table, étaient d'accord, pour une fois.

Allan réalisa cependant que le projet de sa femme n'était pas compatible avec les promesses faites à sa maîtresse : il devait devenir riche avec Françoise, et non avec Olivia ! ! !

Cette après-midi, il avait rendez-vous avec sa maîtresse car une cliente avait décommandé sa course en taxi-ambulance. Françoise avait pu se libérer mais à présent, il n'éprouvait plus aucune excitation, son esprit étant entièrement tourné vers le plan élaboré par sa femme. Il n'était plus question de partager sa fortune à venir avec la copie de Brigitte Bardot mais avec sa femme, Olivia. Comment fallait-il l'annoncer à sa maîtresse sans qu'elle se fâche ? Et comment le docteur Declercq allait-il réagir ? De nombreuses craintes s'emparèrent de lui.

Olivia se leva. Allan devait se dépêcher, emmener au collège leurs deux enfants, qui avaient reçu la consigne de ne rien dire à leurs copains, puis conduire Madame Fanny jusqu'à son centre de soins.

Au volant de sa Dacia Duster, il regretta une fois de plus cette voiture choisie par sa femme et achetée d'occasion. Il avait perdu tout intérêt pour ce véhicule purement utilitaire mais bizarrement, ce qu'il supportait le moins, c'était d'avoir perdu l'odeur du neuf, ce doux mélange de produits chimiques, de cuir, de fumets de plastiques et de revêtement ! Il avait essayé d'y remédier en achetant sur internet un désodorisant senteur « voiture neuve ». De nouveau, il en aspergea l'habitacle, au grand dam de ses enfants, qui se plaignirent de l'odeur, comme à chaque fois. Évidemment, un parfum acheté au prix de 8,50 euros ne pouvait remplacer l'authenticité de ses voitures de luxe qui le comblaient toutes les nuits. Sur le trajet, il eut le temps de réfléchir à la proposition de sa femme. Il n'avait qu'une envie, changer au plus vite de voiture et l'idée d'Olivia semblait être la solution la plus rapide malgré le fait qu'elle n'incluait pas la deuxième femme de sa vie. Celle-ci ne pourrait comprendre ce revirement de situation, il valait mieux ne pas lui en parler pour l'instant. Aller à ce rendez-vous lui posait problème car comment jouer prochainement le rôle d'un mari parfait alors qu'il trompait sa femme ?! Son esprit était tiraillé entre l'envie de continuer cette relation et celle d'y mettre un terme ! Une famille soudée, c'était l'image à donner afin de récolter le maximum de suffrages de la part de leurs futurs abonnés. À cette idée, il se réjouissait déjà. Restait à trouver un alibi plausible… Pourquoi ne pas inventer un empêchement de dernière minute ? Après tout, il était taxi-ambulancier et il lui arrivait de devoir répondre à des urgences. Ainsi, il la préviendrait plus tard.

Bientôt, « le rêve » rejoindrait la réalité car rien n'égalait la vraie vie et tant pis pour ce groupe formé par un vieux docteur à la retraite et cette pin-up des années cinquante complètement larguée. Elle l'appelait amoureusement « mon Clark Gable à moi » ou « mon Cary Grant ». En songeant aux noms qu'elle lui donnait, il les trouva ridicules ! D'ailleurs ces vieux films n'intéressaient plus personne à part elle. Pour lui faire plaisir, il avait fait semblant d'apprécier son monde rétro mais ces « caisses américaines » étaient aussi ringardes que ces « navets » d'un autre temps ! Et elle, cette femme, elle aussi était ridicule ! Cette réflexion lui vint lorsqu'il vit la multitude de personnes stationnées devant leur voiture, attendant sur le trottoir, et des dizaines d'adolescentes qui formaient des groupes ; pas une seule de ces jeunes filles et femmes n'était habillée comme elle, et pourtant, question look, les excentriques se comptaient à la pelle, mais pas un seul chignon choucroute ! ! !

Une seule fois il avait caressé ce dôme capillaire. La sensation fut si désagréable - il eut l'impression de toucher les cheveux d'une vieille, laqués et rigides - que, sans oser lui avouer sa répulsion, plus jamais il ne recommença. Son rouge à lèvres rouge vif et son fond de teint épais lui posaient également problème : ils laissaient des traces sur ses habits. Songeant à tous ces défauts, comme un professionnel de l'audiovisuel, il la jugea inapte à jouer le rôle de faire-valoir.

« Elle ne rencontrera jamais le moindre succès, se dit-il, et pire encore, on se moquera d'elle, de ses jupes gonflantes qui la font ressembler à une montgolfière ! Mais comment ai-je pu la trouver à mon goût ?... Sûrement un moment de faiblesse lorsque j'étais un peu en froid avec ma femme ?! La chair est faible » conclut-il.

L'image d'Olivia vint à point nommé se substituer à celle, désastreuse, de Françoise. Il fut soulagé de reconnaître que cette liaison extraconjugale était arrivée à son terme. Plus jamais, il n'aurait à embrasser cette bouche, à découvrir sa gaine sous sa jupe, à sentir ses bas en nylon rêche attachés à ses porte-jarretelles, à voir ses soutiens-gorge en forme de suppositoire...

« Enfin ! ! ! » se consola-t-il.

Il songea à sa femme, qui lui apparut telle qu'elle devait être après quelques modifications indispensables : alors, elle ressemblerait à sa meilleure version, à la créature de ses nuits, élégante et raffinée comme une Ferrari et avec du caractère ! Un magnétisme qui le faisait souvent hésiter entre sa femme et ses bolides et il était difficile de choisir... Il suffisait d'ajouter des options comme sur une voiture afin de la personnaliser, d'en faire un objet unique. Choisir une autre couleur de cheveux, changer sa garde-robe pour lui donner de l'allure, travailler sa voix afin de la rendre plus attractive. Il devait prendre en main sa carrière qui contribuerait à les rendre riches, car la laisser seule aux commandes ne pouvait que nuire à leur image !

Allan estimait préférable de passer par son fils ou sa fille afin de ne pas vexer sa femme. Adeptes des réseaux sociaux, ils seraient tout à fait disponibles et disposés à entraîner leur mère dans un domaine où elle n'avait aucune chance sans l'aide de ses proches. À quoi servait d'ailleurs une famille, sinon à s'entraider ? !

Enfin, sa vie allait être aussi excitante que dans ses rêves…

Patrick se trouvait à son travail. Encore une fois, il s'interrogeait sur l'opportunité d'écrire un article sur le village de Rastignac. Devait-il enquêter ou pas ? La question se posait, car finalement, n'avait-il pas affaire à des personnes qui cherchaient à se faire remarquer, comme tant d'autres ? Les excentricités en tout genre ne manquaient pas d'adeptes ! D'ailleurs, c'était à se demander si la simplicité existait encore ! En tant que journaliste, il était bien placé pour le savoir, cette société du paraître n'avait pas encore contaminé les villages, en tout cas pas à ce point-là. Mais peut-être que les habitants de Rastignac faisaient exception, et se distinguaient des autres villageois plus enclins à la discrétion. Il n'avait pas pour mission de concurrencer les réseaux sociaux avec ce genre d'énergumènes !

Fraîchement nommé reporter, Patrick Blanc avait de l'ambition. Être reporter signifiait se déplacer sur les lieux mêmes d'un événement significatif, enquêter sur place et rapporter des informations. Malheureusement, il avait vite compris qu'on lui avait donné ce titre sans la fonction. Son rédacteur en chef était un beau parleur, qui faisait miroiter à son équipe des perspectives aussi réjouissantes que celles offertes par les meilleurs médias d'investigation, comme *Le Monde*. Un journal d'envergure qu'il citait souvent comme la référence à suivre. Mais les journalistes au *Mistral* ne disposaient pas des mêmes moyens que leurs confrères du *Monde*, et surtout, ils n'étaient pas censés suivre la même ligne éditoriale. Ce que Philippe Parmentier, qui n'était pas à une contradiction près, n'oubliait pas de leur rappeler ! Et pour finir, c'est lui qui décidait de tout, ne laissant que peu de liberté à l'équipe sous ses ordres. Aucun de ses collègues, pourtant au fait de cette imposture, n'avait averti le nouveau promu. Ainsi, il devait faire semblant de croire en sa chance comme les autres, remercier son bienfaiteur qui citait *Le Monde* à tout bout de champ, tout en publiant des articles sur la vie locale sans avoir mené la moindre enquête. *Le Mistral* ne pouvait être un marchepied vers un journal national ; rien ne le distinguait des autres journaux régionaux, au nombre d'une soixantaine, contre neuf titres de presse nationale. Ses chances étaient minces, à moins de trouver un sujet qui incite un des fleurons de la presse à s'intéresser à un pauvre journaliste comme lui, trompé et manipulé par un rédacteur en chef despotique. Depuis sa nomination fictive, il devait écrire plus d'articles sans que son salaire n'ait augmenté : il lui fallait d'abord faire ses preuves, lui avait dit son chef. Quel sens donner à ces paroles ?... Son travail se limitait toujours à traiter les informations locales, alors que Patrick Blanc rêvait à une grande aventure journalistique.

Né en 1925, *Le Mistral* avait réussi à se faire une place dans le paysage médiatique grâce à sa ligne éditoriale, à laquelle il était resté désespérément fidèle. Malgré le recrutement d'un directeur marketing et stratégie, rien ou presque n'avait changé. L'essentiel de l'information tournait autour des difficultés rencontrées par les habitants, et de la vie locale : le journal signalait les associations présentes, annonçait les dates et lieux des fêtes et rencontres, communiquait les changements dans l'espace public, mentionnait les accidents de la route et différents faits divers, comme les cambriolages et autres actes délictueux – au fil des ans, le taux de criminalité restait plus ou moins stable dans la région ; *Le Mistral* publiait aussi des photos des mariages et des naissances, signalait les décès et les fermetures de commerces, dues, pour certaines, à des faillites. Parfois, il était nécessaire d'aborder le thème du chômage, qui suscitait toujours la même inquiétude chez les gens, et de traiter de sujets actuels plus anxiogènes encore, tel que le dérèglement climatique ; *Le Mistral* rapportait encore diverses études, concernant, justement, l'impact de l'activité humaine sur l'environnement, et des actions menées par des œuvres caritatives. Les informations évoluaient selon les périodes de l'année, l'été étant la saison la plus problématique, à cause du manque d'eau et des feux de forêt, mais heureusement les articles touristiques, sur les plus beaux coins de la région à découvrir, venaient compenser. La mondialisation de l'information avait permis d'ajouter quatre pages, dont un encart sur la bourse. Autant de pages pour le sport régional, toutes activités confondues, même celles du troisième âge. La dernière page était consacrée à la météo.

Il semblait que rien ne pourrait déroger à cette règle et Patrick s'ennuyait… On lui avait donné le titre de reporter au *Mistral* sans qu'il puisse l'associer à une fonction concrète. Il avait été si frustré, qu'un temps, il avait songé à écrire un article sur une femme adepte du look des années cinquante, un collectionneur de statues de jardin et une vieille dame superstitieuse. Depuis, il était revenu à la raison. Rien, dans ce village au nom très particulier, ne méritait son attention et tant pis pour ce maire et sa parente, des faits bien plus concrets se passaient dans la région et son travail consistait à enquêter dessus. Il devait rédiger un article sur un vol de plusieurs tonnes de raisin – sans permission de se déplacer, productivité oblige – et avait trois autres sujets à traiter en même temps. Philippe Parmentier, son chef, lui fournit les coordonnées du viticulteur volé en ayant l'air de lui dire qu'il en faisait trop ! Sans penser à un article exceptionnel, il s'attela à la tâche ; il téléphona à la victime, apprit que les voleurs couraient toujours, que la police effectuait son travail, et on n'en savait pas plus ! ! ! Seuls la quantité volée et le mode opératoire lui furent communiqués par le propriétaire de la vigne. Une fois de plus, son article serait truffé de points d'interrogation ! Il fallait tout de même faire assez long pour susciter l'intérêt des lecteurs, d'autant que l'article était annoncé en une, avec le titre suivant : *Les vignes ciblées par des voleurs.*

Tandis qu'il retranscrivait toutes les infos recueillies en s'interrogeant sur l'utilité d'un tel butin – selon les dires de la victime, un autre vigneron aurait pu commettre le larcin afin de « gonfler » sa récolte – Patrick fut interrompu dans sa tâche. Un collègue lui demanda si Rastignac l'intéressait toujours. Un homme l'avait en effet contacté au journal. Voulait-il joindre ce bonhomme ? Le journaliste faillit dire non à son interlocuteur.

Patrick Blanc appela Antoni Pastorelli. L'homme l'informa qu'il avait été injustement licencié de la société Sécurité Fabian. Patrick lui suggéra de saisir le conseil des Prud'hommes, mais il refusait, craignant de subir des représailles de villageois qui appartenaient à une secte. Au mot « secte », le journaliste se figea. Il ressentit la même sensation glaciale que le jour où il avait visité le village de Rastignac, faisant attention à ses moindres paroles. Rendez-vous fut pris.

Le dénommé Antoni Pastorelli désirait se venger de son ancien employeur, il était clair que c'était la raison première de sa démarche. Cependant, les informations qu'il détenait ainsi que des preuves enregistrées ne laissaient aucun doute. Dans le café où ils s'étaient donné rendez-vous, l'homme se retournait sans cesse. C'est lui qui avait choisi ce lieu, un café éloigné de tout commerce, dans une rue peu fréquentée. Quelques clients se tenaient au comptoir devant un verre d'alcool, mais personne à part eux n'occupait une place assise. Antoni demanda à Patrick sa carte de presse. Visiblement, il était méfiant. Rassuré, il attaqua directement le vif du sujet sans que Patrick le lui demande.

« Je travaillais pour l'entreprise Sécurité Fabian, appartenant à Fabian Giordano, installée dans sa propre maison à Rastignac. Je faisais partie de l'équipe, qui ne compte en fait que trois personnes. Le patron, Fabian Giordano donc, s'occupe de la comptabilité et du démarchage de nouveaux clients par téléphone. Je lui avais dit que c'était une vieille méthode et qu'il valait mieux se faire connaître autrement, par exemple par le biais des réseaux sociaux, ou par d'autres canaux, mais pas par le téléphone qui fait perdre un temps fou pour peu de résultat ! »

À ce moment du récit, il regarda le journaliste, attendant sans doute un acquiescement de sa part, ce qu'il fit malgré son manque d'intérêt. Patrick ne put alors s'empêcher de lui demander quel était le rapport entre cette société et la secte. Il s'impatientait, trouvait ce bavardage inutile, et regarda Antoni droit dans les yeux pour lui faire comprendre qu'il n'avait pas envie de perdre son temps.

Antoni comprit le message implicite.

« J'y viens ! Bref, il est nul même pour installer des caméras de surveillance. Quant à ma collègue, c'est plus une sorte de secrétaire, elle répond aux appels, elle prend les messages et les rendez-vous, mais elle n'y connaît pas grand-chose. Donc je faisais un boulot de dingue et après, il m'a reproché d'être moins performant que lui ! Mais c'est parce qu'il fournit tous ses potes qui font partie de la secte et ils sont nombreux et complètement paranos, donc il reçoit plein de commandes de leur part, vous comprenez ?

— Et comment savez-vous que c'est une secte ? insista le journaliste.

— J'ai bien vu le changement, mon patron et sa femme sont devenus cinglés, lui s'habille comme un Romain de l'Antiquité, avec une toge, des sandales et tout le reste. Il vient au travail comme ça ! Et alors il me donne des ordres d'une voix bizarre, comme s'il s'adressait à une foule. Dans son jardin, il a placé des statues romaines partout mais ça, c'est pas le pire. Sa femme est aussi dingue que lui. Le gourou, c'est un ancien docteur à la retraite, il s'appelle Jean-Baptiste Declercq. Je peux vous dire le nom de tous ceux qui font partie de la secte, l'institutrice du village et même le boulanger et… »

Le journaliste l'interrompit.

« Mais ça ne me dit toujours pas l'essentiel, ce sont peut-être juste des gens bizarres.

— C'est-à-dire que lorsque je me suis fait virer, comme je suis un fan de technologie, j'ai fait deux, trois trucs afin d'en avoir le cœur net et comme le Romain – c'est comme ça que je le nomme, cet enfoiré qui m'a viré – comme le Romain se prend pour Jules César, il a continué à me donner autant de taf pour la durée qui me restait à faire. J'en ai donc profité, parce qu'il faut pas exagérer ! Des enregistrements, j'en ai un en particulier où il est question de bidouiller le moteur de la voiture du maire afin de faire croire que c'est un simple accident de la route. Celui qu'on entend, c'est Luc Marmouillet, un gendarme, et l'autre, c'est Régis Meunier, un boucher ! ! ! Vous comprenez maintenant pourquoi je ne compte pas aller me plaindre aux Prud'hommes ! Ils sont complètement dingues. D'ailleurs, je prends des risques. Surtout, ne révélez pas mon identité. On était d'accord au téléphone à ce sujet et si je vous parle, c'est que je vais quitter la région, je vais prendre des vacances, ça me fera du bien ! Des pros comme moi, il y en a peu. Je connais tous les systèmes qui permettent de surveiller à distance les gens, les possibilités sont infinies. Je crois même que je pourrais postuler aux services secrets mais je n'ai pas envie, c'est pas dans ma nature de faire des trucs pas très clairs sauf cette fois, parce qu'il m'a pris de haut. Il m'a utilisé pour ensuite me jeter en me balançant que j'étais pas rentable ! Sa boîte va couler, à moins qu'il réalise qu'il est nul mais ça ne risque pas d'arriver car il est dans la toute-puissance. Comme les autres ! Vous devriez les voir, je sais qu'ils se réunissent souvent, ils ont pas envie que des étrangers le sachent et sont même prêts à commettre un crime. Ils ont une autre cible, une vieille dame. C'est horrible, non ?

— Oui c'est dingue ! Mais comment savez-vous que ce

docteur à la retraite, dont je vais noter le nom comme ceux des autres, est le gourou ?

— Un matin, j'étais dans la pièce d'à côté. Il a débarqué comme un fou accompagné d'une femme, j'ai guigné à travers la porte et je l'ai reconnue, c'est une caissière du Carrefour qui se trouve à la sortie de la départementale 35. Par contre, celle-ci, je sais pas son nom. Donc ce Declercq débarque et comme les autres fois, mon patron devient une lavette devant lui. Mais c'est l'autre, la caissière, qui donne le nom des habitants et le nombre de caméras à installer et là, elle parle de faire disparaître la vieille emmerdeuse ! J'avais déjà reçu ma mise à pied sans que ça ne dérange personne !!! Cette vieille dame s'appelle Marie-Madeleine Piétri, c'est son nom ! Oui, j'ai fait ça ! Je m'en voulais mais il faut me comprendre, avec tous ces cinglés, ça m'a fait peur, je me suis même dit, tant mieux, t'as été viré, fais ce travail et pars au plus vite !!! J'ai plusieurs enregistrements que je garde au cas où ils me poseraient des problèmes ! Si vous voulez les voir, je vous propose d'aller au parc Monceau, je partirai le premier et vous me rejoindrez devant le square, il y a des bancs et à cette heure, il n'y a personne, ce n'est pas comme ici, la serveuse nous regarde. »

Patrick prenait discrètement des notes. L'homme se leva, il allait payer sa boisson, mais le journaliste l'arrêta.

Patrick attendit un quart d'heure avant de le rejoindre.

Assis chacun à une extrémité du banc, l'informateur lui confia son portable auquel il avait branché des écouteurs. Il lui montra une discussion animée entre deux hommes où il était question de trafiquer la voiture du maire. Bien qu'ils aient l'air d'apprentis tous les deux, ils impressionnèrent le journaliste par leur détermination. Apparemment, les recherches sur Internet n'avaient pas vraiment convaincu Régis Meunier, le voisin de Madame Piétri, celui qu'il avait vu le fixer méchamment du regard. Ce qui surprit le journaliste était que son acolyte portait son uniforme de gendarme sans se soucier le moins du monde d'être identifié comme un représentant de la loi ! Visiblement, il avait hâte de devenir lui-même un criminel, bien qu'il souhaitât envoyer Antoine Moretti à l'hôpital et non à la morgue. Et afin de ne pas franchir ce pas fatal, il proposa de faire appel à un spécialiste ; le nom cité était Benjamin, mécanicien de profession et époux d'une certaine Alice. La vidéo durait une dizaine de minutes. L'informateur lui remit discrètement la clef USB contenant la preuve de la machination, et lui dit :

« Je ne vous passe que les parties intéressantes, je garde le reste. Ce sont des fous qui parlent de drôles de sujets. Mon ex-patron, lui, c'est tout ce qui se rapporte à Rome mais vous avez celle qui parle toutes les nuits avec des personnes mortes, des gens célèbres style grands penseurs. Ah ! et le gendarme qu'on voit sur les images, c'est comme une sorte de superhéros avec des super-pouvoirs. À mon avis, ils prennent tous des drogues fournies par ce docteur Declercq. Mais tout de même, un meurtre, je ne pouvais pas me taire. »

Une personne marchait vers eux. L'homme se tut, attendit puis reprit en se rapprochant du journaliste :

« Je vais partir, ça devrait vous suffire.

— Oui, je comprends. Mais vous savez, comme il s'agit d'une affaire criminelle, la police va s'en mêler et je serai obligé de donner votre nom. Vous comprenez, je n'aurai pas le choix !

— Ce n'est pas grave, je serai à l'étranger, loin de tout ça, du soleil, des plages et je trouverai toujours du boulot car je parle couramment l'anglais sans jamais avoir eu besoin de me déguiser avec une toge et des sandales à lacets. »

Les mains dans les poches, la nuque penchée en avant, il s'en alla d'un pas rapide tandis que Patrick le regardait s'éloigner.

De retour à son poste de travail, il dut rattraper son retard mais heureusement, les articles prévus ne lui demandèrent pas trop d'efforts, c'était comme une routine. Il chercha dans la banque de données d'images et choisit un pied de vigne avec de belles grappes de raisins vertes.

Si enquête devait être menée, il s'agissait de le faire en dehors de ses heures de travail, ce qui occasionnerait forcément des tensions avec sa compagne. Mais ceci n'était rien par rapport à son rédacteur en chef qui jamais ne croirait à un tel scénario, un crime prémédité par tout un groupe de villageois, une secte secrète dans un village provençal ! L'excitation le gagnait, il avait hâte de visionner de nouveau la vidéo et de se rendre ensuite dans le village de Rastignac.

Le lendemain, Patrick ressentit une vive crainte pour la vie du maire et s'inquiéta également des poursuites judiciaires au cas où un drame surviendrait. Il pesait le pour et le contre ; fournir la preuve aux autorités et il serait obligé de ne rien dévoiler dans la presse ; de l'autre côté, ne rien dire l'exposait au risque de passer devant un tribunal. Ce soir même, il devait agir. Rester ainsi à cogiter ne servait à rien ! Cependant, il devait réfléchir à certaines mesures de sécurité. Comment, par exemple, devait-il se rendre sur place ? À vélo, pour plus de discrétion, ou en voiture, puis garer son véhicule en dehors du village ?

Perdu dans ses réflexions, le journaliste continuait à bûcher ses sujets habituels. Heureusement, son article lui demandait peu de concentration, une association d'aide à domicile pour les plus démunis souhaitait récolter des fonds ; il était en train de vanter la générosité de ses adhérents, tous des bénévoles, quand son portable sonna. C'était un numéro inconnu, il ne répondit pas. Quelques secondes plus tard, il reçut un SMS avec ces mots :

« Bonjour, je m'appelle Olivia Sanchez, j'habite le village de Rastignac et j'ai des informations à vous donner, puis-je vous contacter ? »

Son sang ne fit qu'un tour, Olivia Sanchez faisait partie de la liste de noms que lui avait donnée Antoni Pastorelli, son informateur. Il se précipita à l'extérieur du bâtiment et l'appela. Madame Sanchez se présenta à nouveau et passa directement au but de son appel. D'une voix charmante mais décidée, elle lui exposa la situation. Patrick, méfiant, la laissa parler.

« Les informations que je possède sur les habitants de Rastignac sont incroyables. J'ai pensé à vous tout de suite, vous pourrez faire un sacré scoop ! Et je n'irai pas par quatre chemins, je désire être celle qui sera à l'origine de ces révélations, je suis disposée à tout vous dire mais j'aimerais que vous fassiez un article sur moi et ma famille. Vous nous prendriez en photo, ça semble un peu précipité comme ça, mais si vous saviez ce qui se passe ici, vous n'en reviendriez pas ! Je vous donne mon adresse et vous venez nous voir dès que possible, vous ne le regretterez pas. Quand est-ce que vous pouvez venir, Monsieur Patrick ? »

Patrick, surpris par la rapidité de cette offre, s'entendit lui répondre :

« Dès ce soir, si vous êtes disponible, Madame Olivia. »

Le fait qu'elle n'ait pas mentionné son nom de famille lui avait particulièrement déplu, et il ne put s'empêcher de faire de même en appuyant bien sur chaque syllabe. Son interlocutrice fit comme si elle n'avait rien remarqué :

« À 19 heures 30, est-ce que ça ira pour vous, Monsieur Patrick ? »

Il s'agissait clairement d'une technique d'intimidation, pensa le journaliste.

« Oui, Madame Olivia » lui répondit-il d'un ton plus sec.

L'appel dura à peine plus de deux minutes, mais ce fut assez pour provoquer la colère de Patrick, stupéfait par l'aplomb de cette femme, qui semblait sans limite. Puis, rapidement, ses craintes redoublèrent. Il avait fixé un rendez-vous à un membre d'une secte, une organisation secrète, et en plus criminelle. Des images lui revinrent en tête, des corps au sol recouverts d'une bâche dans une forêt. L'Ordre du temple solaire, une affaire sordide. Et si celui qu'ils nommaient le Doc Declercq était un autre Joseph Di Mambro ? Ce gourou avait orchestré le meurtre de dizaines de membres avec son acolyte Luc Jouret. D'après ses souvenirs, ce Luc exerçait lui aussi la profession de médecin. Luc, Luc… Ce prénom lui rappelait quelqu'un… Soudain son sang se glaça ! C'était le prénom du gendarme sur la vidéo, qui élaborait un plan macabre pour envoyer le maire de Rastignac à l'hôpital ! ! !

Malgré le danger, Patrick ne voulait pas renoncer à cette affaire qui certainement aurait un impact national. Néanmoins, il voulut prendre ses précautions. Il ne pouvait pas se confier à sa compagne, qui l'empêcherait d'aller à ce rendez-vous. Restait son ami Pascal. Infirmier en psychiatrie, il était l'homme de la situation, le seul à pouvoir lui donner des conseils, à lui expliquer comment, par exemple, gérer au mieux des comportements humains hostiles. Surtout, Patrick lui fournirait l'adresse et l'heure du rendez-vous ainsi qu'une copie de la vidéo, au cas où il ne donnerait plus signe de vie !

Pascal répondit immédiatement, c'était comme un signe du destin, la chance était avec lui !

Les heures suivantes furent compliquées à gérer ; il ressentait un mélange d'excitation et de peur, lui donnant l'impression que le temps devenait une notion abstraite, pourtant l'horloge tournait, de son même rythme routinier, implacable.

18 heures. Patrick allait bientôt devoir partir. Il était fébrile, comme un homme qui vient d'apprendre qu'il est atteint d'une grave maladie, et ne veut montrer le moindre signe d'angoisse à sa compagne, et encore moins à ceux qu'il s'apprête à rencontrer.

Il avait cru comprendre que les deux enfants Sanchez seraient présents à l'entretien, ce qui le rassura un peu. Ils n'allaient tout de même pas s'en prendre à lui devant eux !!! Le journaliste prit son appareil photo ; mieux valait faire ce que cette femme désirait, du moins dans un premier temps !

Une sensation étrange, comme un engourdissement, le prit au niveau de la nuque lorsqu'il embrassa Élodie en lui disant :

« À bientôt, je reviens dans deux heures environ. »

Lorsque sa voiture démarra, il ne put refréner une pensée sombre :

« C'est peut-être la dernière fois que je la vois et je ne lui ai pas dit "je t'aime" ! »

Nourri depuis son plus jeune âge aux enquêtes policières, Patrick Blanc avait hésité sur le choix de son orientation : entrer dans la police criminelle, ou devenir journaliste. Sa sensibilité ajoutée à une imagination fertile lui fit choisir la seconde option. Le journalisme lui convenait mieux car il lui était impossible de ne pas ressentir de vives émotions, il aurait été bien incapable de rester stoïque sur une scène de crime. Par contre, lire des polars et se documenter sur les faits divers les plus atroces le stimulait intellectuellement. La nature humaine dans ce qu'elle avait de plus sombre le fascinait. Et ce soir, il allait rencontrer certains de ces « spécimens humains » capables du pire ! Heureusement, il possédait un atout dans sa manche, si ça tournait mal, il suffisait de les menacer en leur révélant l'existence d'une preuve accablante détenue par un ami à lui…

Finalement, rien ne se passa comme il l'avait imaginé. Les Sanchez l'accueillirent comme une famille lambda dans une maison propre. Il aperçut la cuisine aménagée, et dans le salon, un grand canapé, une télévision extra-large, quelques peintures aux murs représentant des paysages de Provence. Il eut d'emblée l'impression que toute la famille souhaitait le mettre à l'aise. Aucune particularité ne la distinguait, contrairement à l'amie de la femme présentée comme institutrice à l'école primaire du village. Ces gens, très obligeants à son égard, lui offrirent différents jus de fruits et boissons alcoolisées ainsi que des amuse-bouches. Ils s'inquiétèrent même de savoir si le jus d'orange était assez frais ! Devait-il se méfier de tant de déférence ?

Lorsqu'Olivia Sanchez lui révéla la teneur de ce que certains villageois nommaient « le rêve », il lui fut difficile de la croire mais Allan, son mari, lui montra une vidéo sur son portable qui accréditait ses propos. Patrick put voir des gens partager leur rêve à tour de rôle. Il reconnut le maire qui, curieusement, paraissait tout à fait à l'aise avec eux. Pourquoi lui avoir caché qu'il faisait partie de ce groupe, qui, en plus, se réunissait avec son accord dans une salle de la mairie ? Qui devait-il croire ? Les questions se bousculaient dans sa tête.

La famille Sanchez désirait informer la presse de ces manifestations nocturnes hors normes, surtout Olivia qui le pria de la prendre en photo avec son mari et leurs deux enfants. Il trouva étrange qu'elle exclue son amie, mais elle lui expliqua qu'une image familiale donnerait une plus grande véracité à ses propos.

La soirée prit fin sans incident. Les hôtes de Patrick le saluèrent avec autant de chaleur qu'ils l'avaient accueilli.

Enfin ! Il tourna la clef dans sa serrure, soulagé de rentrer chez lui, la journée avait été chargée en émotions et Patrick était épuisé. Pourtant, il savait qu'il n'irait pas se coucher de sitôt car, comme dans toute investigation, il était primordial de noter à chaud ses impressions et de faire le tri entre les différentes versions entendues.

La famille Sanchez ne lui semblait pas capable de commettre un crime de sang. Pendant la soirée, en leur compagnie, il avait osé évoquer le sujet, en restant assez vague, se contentant de dire que le maire l'avait informé que deux villageois semblaient lui en vouloir un peu trop. Le père de famille s'était aussitôt porté garant de la bonne santé de l'édile, en jurant sur la tête de ses deux enfants. D'après lui, ce n'étaient là que des affabulations de la part de deux crétins connus du groupe pour leur vantardise, Régis et Luc, qui confondaient la nuit avec le jour. Ils pensaient bêtement être les personnages de leur rêve, alors que c'étaient « deux losers », la preuve étant que l'un se voyait toutes les nuits en superhéros et l'autre, en aventurier. Sa femme Olivia avait ajouté que « le rêve » rendait certains complètement cinglés et d'autres plus intelligents, à l'instar de son amie Laetitia qui de nuit en nuit rencontrait les plus grands penseurs et philosophes de l'histoire. Il comprit alors le comportement étrange de cette femme, qu'il avait jugée prétentieuse alors qu'elle était le pur produit de ses nombreux et enrichissants enseignements nocturnes. Il lui avait même semblé qu'elle était capable de lire dans ses pensées lorsqu'elle lui avait dit :

« Une seule nuit avec un enseignant illustre vaut mieux que mille jours d'études assises. »

Patrick n'avait pas demandé le nom de l'illustre penseur car elle semblait amoureuse de ce messager. Cependant, cette citation lui avait paru si étrange qu'il avait commencé à s'intéresser à cette femme physiquement présente alors que son esprit semblait ailleurs. Elle était institutrice, dans l'école primaire de son village, rien d'exceptionnel en soi. Son physique était quelconque, pourtant, il émanait d'elle une sorte d'aura, elle semblait habitée par une paix intérieure inaltérable, comme si rien ne pouvait l'atteindre. Son esprit occupé par les multiples phrases des plus grands sages lui conférait une force qui se lisait dans toute sa personne. Telle était Laëtitia Mignol et c'est elle qui, par ce don particulier convainquit le journaliste : « le rêve » était réel ! Les villageois de Rastignac pour une raison inconnue étaient visités toutes les nuits par un extraordinaire phénomène. Ayant fini d'écrire ses impressions, le journaliste se dit qu'ils n'étaient peut-être pas les seuls…

Patrick Blanc se mit à s'intéresser à la science du rêve. Il recueillit rapidement quantité d'informations grâce à cet outil disponible à toute heure du jour et de la nuit, Internet. Des rêveurs exceptionnels, il en existait d'autres : on disait d'eux qu'ils faisaient des « rêves lucides ». Certains, dans leur sommeil paradoxal, réussissaient à infléchir le scénario de leur rêve quand celui-ci ne leur plaisait pas. Ils avaient fait l'objet d'études scientifiques, mais on ne parvenait toujours pas à comprendre le mécanisme qui faisait d'eux des rêveurs hors norme. Certains étaient même capables d'enchaîner plus de six rêves lucides par nuit. Tout leur était possible : voler dans l'espace, changer d'identité, se trouver nez à nez avec leur star préférée ! Dans des domaines comme le sport, les arts, les sciences, le rêve contrôlé était profitable. Il était également un potentiel de créativité inépuisable puisque renouvelable toutes les nuits. Le journaliste fut émerveillé lorsqu'il découvrit que le grand cinéaste Federico Fellini, passionné par le travail nocturne, avait, durant plus de vingt ans, retranscrit dès son réveil ses visions nocturnes en notes et en dessins. Il avait rédigé un journal intime et secret dont seuls ses proches avaient connaissance. Un des plus grands réalisateurs du XXe siècle puisait dans la magie de ses visions oniriques un monde fantastique qui nourrissait ses films. Le potentiel de ce génie était-il nocturne ? Le journaliste s'interrogeait tout en regrettant de ne pas faire partie de ces chanceux. Néanmoins, il se consola vite en pensant à son futur article. Mais force était de constater que l'expérience de ces détenteurs de songes découverts sur Internet n'avait rien à voir avec celle des rêveurs dont il devrait bientôt comprendre le fonctionnement, s'il voulait convaincre son rédacteur en chef. Il n'avait pas le droit à l'erreur. Les premiers, disséminés dans le monde, vivaient leurs rêves isolément ; rien ne les rapprochait si ce n'est des expériences scientifiques. De plus, ils contrôlaient le scénario de leurs rêves, ce qui n'était pas le cas des villageois, qui semblaient d'ailleurs s'accommoder parfaitement de cette situation. À tel point que la plupart avaient fait en sorte de correspondre à ce qu'il fallait bien nommer une fiction. Mais existait-il d'autres lieux en France où de semblables manifestations se produisaient sans que personne soit véritablement au courant ? Des dizaines de questions se bousculaient dans sa tête sans qu'il puisse y répondre. Allait-il à nouveau écrire un article bourré de points d'interrogation ? Il était hors de question de procéder de cette façon, de jouer au dactylo alors qu'il possédait un enregistrement vidéo dont il pourrait faire usage, à une seule condition : que la police ne s'en mêle pas !

Une intensité moite, comme suspendue dans l'air, étouffait le temps appartenant aux humains. La lumière incapable de franchir la canopée de la forêt tropicale donnait à cet univers une apparence fantomatique. Le regard se perdait dans une brume persistante, sans possibilité de percevoir la plus petite parcelle dénudée, ouverte et offerte à l'homme. Dans cet inextricable enfer vert, l'humidité ondulait jusqu'au sommet des arbres tutoyant le ciel. Dans ce labyrinthe infini aussi vaste que haut, l'immensité s'était associée à la petitesse. Rampant, volant, sautillant, les insectes étaient partout. D'un tronc, des nuées s'échappèrent. Avant même leur sortie agressive, Régis avait anticipé ses gestes, stoppé net sa progression, attendant que la troupe ailée s'éloigne.

La forêt était vivante, il la ressentait à la manière des premiers hommes sur la terre ; comme eux, il savait percevoir, à travers le tremblement d'une feuille, la présence d'un dangereux serpent. Un changement subtil et insignifiant, et aussitôt il en comprenait la raison. Les chuchotements des feuillages n'avaient aucun secret pour lui. Des bruits multiples, de toutes sortes, fusaient dans la forêt, surtout des cris aigus, et des formes surgissaient, des oiseaux ou des singes. Les mammifères restaient cachés, mais Régis devinait leur présence à leurs empreintes, qu'il savait toutes déchiffrer. Cette vie presque invisible, bruyante, donnait lieu à toutes sortes d'interprétations. L'esprit se perdait dans la toute-puissance du royaume végétal. Les croyances prenaient des formes identiques à la forêt livrées à la confrontation perpétuelle de cet univers sans autre horizon, il suffisait de croire aux esprits de cette nature exubérante plutôt que de chercher un quelconque Dieu à son image. La forêt était inhumaine, elle dictait sa loi, il était inutile de ne pas se fondre en elle comme une de ses créations, sinon un de ses pièges innombrables deviendrait fatal. Alors, le pied de Régis s'enfoncerait dans un amas de décombres boiseux et cet enduit gluant le rendrait vulnérable. Puis, les épines empoisonnées le grifferaient, le léopard l'attaquerait facilement. Autant de pièges que de façons possibles de mourir. Mais armé de ses croyances, il pourrait se frayer un passage, non pas comme un petit homme frêle face aux menaces constantes, mais comme un jaguar. Car la forêt dense accompagne mieux les animaux que les humains, elle leur parle un langage inaccessible aux êtres civilisés.

Régis, d'une voix grave, entonna une mélopée dédiée à ce félin. La puissante odeur de moisissure, de chlorophylle et de boue emplit ses poumons. Les identités se confondaient. Nullement dérangée par cet homme des bois, la forêt consentait à se montrer docile, les nombreux arbres lui communiquaient leur langage secret. Des vibrations subtiles mais intenses traversaient son esprit tandis que des gouttes d'eau coulaient le long de son dos. Parfois, il en chassait une, près de son oreille, croyant à un insecte. Dans ce sauvage environnement, il était souple et agile. Ses jambes repéraient instinctivement les parties du sol éloignées de quelques centimètres de l'ornière cachée par des feuilles mortes. Il bondissait sur les doux matelas de mousse sans aucune hésitation. Ses mains semblaient danser, elles charmaient les obstacles sur son passage. Un félin aguerri le guidait dans les méandres agités de la forêt. Il était devenu indomptable, rétif à toute forme de civilisation, aussi libre qu'un de ces oiseaux multicolores qui volaient au-dessus de sa tête. Plus tard, il recueillerait des plumes afin de s'incarner en l'oiseau de feu…

« Régis ! Régis ! »

Il entendit une voix de femme crier son prénom, et il la vit, c'était Susie !

« Doc Declercq est là, il sonne à notre porte. »

Et ce fut comme une alarme qui s'allumait dans son esprit, il devait répondre au plus vite. Hélas, son corps se rappelait à lui, il ne pouvait pas se lever promptement et enfiler le premier vêtement trouvé pour aller lui ouvrir la porte.

« Va lui ouvrir, vite, dis-lui que j'arrive. »

Susie s'exécuta.

La douleur le transcendait, ses muscles à froid se souvenaient de l'effort inhumain, 171 kilomètres, l'enfer de l'ultra-trail avait fait de lui un homme âgé perclus de rhumatismes. Il se leva péniblement avec l'impression d'être au bout de sa vie sans aucun espoir de retrouver la forme physique d'un homme de trente-quatre ans. L'épreuve d'endurance, l'UTMB comme la nommaient les initiés, l'avait achevé. 27 heures et 54 minutes autour du Mont-Blanc avec quelques haltes au « ravito » - le ravitaillement. Les traits tirés, les joues creusées et les yeux enfoncés comme tous les « finishers » n'étaient que les stigmates visibles de cette course qui lui valait quinze ans de plus. Il souffrait aussi de blessures invisibles ; sa femme devait éviter de le toucher, un geste trop appuyé et aussitôt il criait de douleur sans aucune retenue tellement il en avait bavé ! Il avait traversé trois grandes régions alpines et leurs 10 000 mètres de dénivelé positif, franchi l'Italie et la Suisse comme à peu près dix mille autres coureurs. Un sponsor automobile s'était associé à cet évènement annuel, pour permettre à un maximum de personnes de vivre cette expérience unique mettant en compétition les passionnés d'outdoor. Les chemins escarpés dans la nuit avaient été éclairés par des centaines de lampes frontales. Monter, descendre, et toujours avec la hantise de flancher. Dans ses membres inférieurs, des chocs électriques étaient montés jusqu'à ses intestins sans qu'il puisse les stopper. Puis, grâce aux encouragements du public, il avait ressuscité. Mourir et renaître juste assez pour ne pas renoncer avec l'orgueil chevillé au corps comme seule planche de salut !

Dans la forêt tropicale qu'il venait de quitter, il n'avait éprouvé aucune douleur. Cette souffrance dès le réveil le porta à regretter de ne plus être l'homme de la nuit, cet homme accompagné par de nombreux esprits, le protégeant de sa condition d'humain dans un environnement inhumain.

Cet homme, son double au corps presque nu, courant, sautant, bondissant ou aux aguets, possédait une force animale. Régis ressentit comme une défaite physique cet abandon, il n'éprouvait plus dans son corps son animalité ni aucun plaisir à être celui qui avait vaincu le Mont-Blanc. Il avait perdu sa farouche volonté et la joie qui l'accompagnait. La forêt lui manquait au point qu'il ressentait dans son âme une perte majeure comme celle d'un membre de sa famille. Depuis les tréfonds de la terre, il avait senti ses énergies et leurs connexions multiples. Il avait vibré d'une énergie liée à la terre, de la plante de ses pieds jusqu'à son esprit, il s'était incarné en un jaguar sauvage. L'animal avait pris possession de son être...

Le réveil l'avait rendu à sa souffrance, il endurait le martyre, se sentant prisonnier dans son propre corps, sa liberté de mouvements appartenant à cet homme des bois, celui-là pouvait triompher sans en retirer la moindre gloire alors que lui, qui avait franchi la ligne d'arrivée sous les ovations de la foule, sentait le goût d'une défaite majeure. Combien de temps allait durer ce vieillissement prématuré ? Il n'en savait rien et n'avait qu'une envie, qu'on le prenne par la main comme un petit enfant. Heureusement, Susie allait s'occuper de lui...

Péniblement, il descendit les marches de l'escalier. Il perçut la voix du doc Declercq, qui lui sembla être en colère. Avant de franchir le seuil de la cuisine, il put distinguer ses paroles. Le docteur à la retraite osait le critiquer devant sa femme Susie !

« Mais pourquoi aller si loin pour courir ? Ce n'est pas la nature qui manque ici ! C'est une aberration ! »

Lorsqu'il entra dans la pièce, l'homme non seulement ne fit aucun commentaire sur son exploit mais se permit de continuer ses critiques. Il l'apostropha sur le ton de la colère.

« Ah enfin ! Visiblement, vous n'êtes pas au courant ! Vous ne répondez pas au téléphone et vous semblez vous en foutre complètement ! »

C'était la première fois que Jean-Baptiste Declercq employait un tel langage, il était hors de lui !

« Bon sang ! Vous ne lisez pas le journal ? Vous ne vous informez pas de l'actualité ? Nom de Dieu, je suis le seul ici à m'en préoccuper et je ne sais même pas si vous êtes honnête avec moi ? ! »

En entendant le mot « honnête », Régis sentit à nouveau comme des couteaux lui traverser le corps jusqu'à son esprit. Il se mit à chanceler, se rattrapa à une chaise.

« Mais vous vous êtes vu ? Que se passe-t-il ? »

Susie, sa chère femme, vola à son secours.

« Vous ne savez pas ce qu'est l'ultra-trail du Mont-Blanc ! J'y étais, moi, et j'ai vu de quoi Régis était capable. Et vous, qu'est-ce que vous faites ? Rien ! Rien à part vous en prendre aux autres ! Y'en a marre de vous ! Mais vous vous prenez pour qui ? Vous n'êtes plus docteur, et si on vous a écouté, c'est uniquement par gentillesse. Mon mari vous estime, mais, et je le lui dis devant vous, fiche-le à la porte mon bébé, il te fait du mal alors que tu souffres déjà tellement, mon amour ! »

Régis regardait sa femme. Elle était outrée. Le médecin semblait à présent s'être écrasé sur lui-même, il avait l'air d'avoir pris comme lui, dix ou quinze ans de plus.

Sa femme ne s'occupait plus du médecin. Elle l'aida à s'asseoir et c'est alors que le doc Declercq comprit que le moment était crucial. Il jouait sa dernière carte.

« Je suis désolé, je me suis emporté mais en tant que médecin, je peux vous aider, je peux alléger vos souffrances, vous prodiguer de bons conseils, aller chercher quelques analgésiques suffisamment puissants. »

Ces paroles radoucirent Susie. Quant à Régis, il n'avait

même plus la force de se fâcher.

Le docteur Declercq posa *Le Mistral* sur la table, qui portait en une le titre *À Rastignac, d'étranges phénomènes ont lieu*, avec la photo de la place de la Mairie de Rastignac. Susie l'ouvrit et lut à voix haute l'article signé Patrick Blanc afin que son mari n'ait pas à le faire.

« À Rastignac, d'étranges phénomènes ont lieu, des manifestations nocturnes touchent une partie de la population durant son sommeil depuis quelques mois. La science nomme cette particularité "rêve lucide". Il ne s'agit pas d'une maladie physique ou mentale. Certains villageois, sans antécédents connus, ont subitement été pris de rêves particuliers et d'un genre inconnu, car si la science s'accorde à dire que les rêveurs lucides sont capables de contrôler leurs rêves et d'interagir durant la phase du sommeil paradoxal en en suivant les différentes séquences, ce n'est pas le cas des habitants de Rastignac. Ils ont cependant tous déclaré vivre d'extraordinaires rêves. Sous l'égide d'un médecin à la retraite, un groupe s'est formé et se réunissait secrètement afin de partager ce phénomène que certains d'entre eux redoutaient, comme toutes les manifestations étrangères à la rationalité. Pour se prémunir des jugements et réactions négatives, ils avaient voulu rester anonymes. Mais un jour, Madame Olivia Sanchez a décidé de briser le silence, à l'instar du maire de Rastignac, Monsieur Antoine Moretti, qui prétend rêver de la grandeur d'antan de son village, lorsque la fabrique d'allumettes était encore en fonction". Luc Marmouillet affirme que dans ses songes, il parvient à donner du sens à son métier de gendarme, il n'est plus surchargé par la bureaucratie mais sur le terrain, protégeant efficacement les citoyens ; d'autres encore ont témoigné d'un changement conséquent dans leur quotidien depuis qu'ils bénéficient de ce don nocturne. Avec un certain courage, ils ont témoigné dans nos colonnes afin de partager leurs expériences.

Force est de constater qu'ils ont été convaincants. Avec des mots simples, ils ont essayé d'exprimer des faits qui semblent les dépasser par leur singularité. Que le village de Rastignac soit le théâtre d'un tel phénomène nocturne est inexplicable mais afin de convaincre de la véracité de leurs dires, Madame Olivia Sanchez a créé sa propre chaîne sur YouTube, où les intervenants peuvent témoigner de leur expérience et de la manière dont ils parviennent à contrôler leurs rêves. Parmi eux, son mari, Allan Sanchez, qui, toutes les nuits, profite des conseils avisés de son double, un personnage doué en affaires ; selon lui, les possibilités sont multiples. D'ailleurs, la science lui donne raison, de nombreuses études ont prouvé, dans les domaines des arts, du sport et de la science, l'efficacité des visions nocturnes contrôlées dont bénéficient ceux qui ont accès à leurs rêves. Olivia souhaiterait ne plus croire que son mari est atteint d'un mal honteux ! Pouvoir partager ses connaissances lui permettrait de se réconcilier avec certains dans le village qui préfèrent garder le silence par peur ou par honte ! Non, Rastignac n'est pas un village hanté comme a pu le croire une dame âgée touchée par le rêve lucide ! Loin d'être égoïstes, ils ont pensé à tous ceux qui, dans leur vie, éprouvent des difficultés ; bien qu'il ne s'agisse pas d'un miracle, le principe du rêve lucide non seulement existe mais est étudié dans le domaine de la science du sommeil. Ce fait divers peu commun se passe à Rastignac, dans un village un peu oublié où ne reste qu'un seul commerce, une boulangerie, mais où la flamme de nombreuses allumettes a jailli de la fabrique, aujourd'hui inactive mais inscrite au patrimoine français. Et si ainsi renaît ce village où nos aïeux étaient plus enclins que nos contemporains à croire aux forces mystérieuses de la nature, je veux bien les croire car un rêve n'est jamais qu'un rêve ! »

Sa lecture finie, elle n'eut qu'une idée en tête, montrer une photo à son mari.

« Regarde Olivia, elle a changé sa couleur de cheveux et t'as vu sa robe, j'l'ai jamais vue habillée comme ça ! »

Régis regardait une femme qui se nommait Olivia mais qui ne ressemblait pas à l'originale, il fut interrompu par le médecin à la retraite.

« Regardez plutôt Luc, il pose à côté du maire comme s'ils étaient les meilleurs amis du monde ! »

Susie attendait que l'un d'eux approuve sa remarque au sujet du changement physique de la femme : ses cheveux d'un roux agressif étaient devenus châtain clair et elle portait une robe noire sans aucun artifice.

« Mais regardez, elle se prend pour une star, l'Olivia, elle a sorti le grand jeu !

— Ce n'est pas le problème, lisez plutôt l'article ! »

Susie fut piquée au vif.

« Eh ben, je l'ai lu, il parle bien de nous, je veux dire en bien, il parle pas de fous mais plutôt de superpouvoirs et l'Olivia, elle ne rêve pas, elle ne fait même pas partie du groupe ! ! !

— Et dire que c'est Luc qui m'avait demandé de contacter le mari d'Alice pour trafiquer son moteur ! »

Personne ne lui répondit, Régis prit le journal des mains

de sa femme, il parcourut l'article et en l'espace de quelques secondes, fut rassuré.

« C'est vrai, Doc Declercq. Elle a raison, ça ne pose aucun problème pour nous ! »

Le docteur se leva, demanda à relire l'article. On le lui tendit. Après quelques minutes pendant lesquelles le couple garda le silence, il prit la parole.

« Je l'avais lu, mais pas suffisamment, vous avez raison, l'article est flatteur. Il est écrit que le groupe se réunissait sous "l'égide d'un médecin à la retraite". Donc je ne suis pas taxé de fou ! J'ai eu si peur ! Auriez-vous un petit café à me servir ma chère Susie ? Je suis un peu fatigué. »

Régis vit sa femme servir en premier l'homme qui l'avait injustement traité sans même lui demander ce qu'il désirait, lui, alors qu'il était au plus mal ! Ce fut comme un affront final. Il se pencha à nouveau sur le journal afin de réfléchir à son ami Luc. Rapidement, il fut persuadé d'avoir pris la bonne décision, se placer sur la photo à côté d'Antoine, le maire. À cet instant, Luc lui manqua. Tant de bons souvenirs en commun lui revinrent ; lui l'aurait certainement félicité, contrairement à ce médecin qui se prenait pour leur chef ! D'ailleurs Olivia qui posait si bien sur la photo l'avait compris avant lui, il aurait mieux fait de réfléchir avant car il aurait pu faire un meilleur temps en étant sponsorisé comme certains participants. Lui n'avait pas bénéficié d'un nombre illimité de baskets, ni d'aucun prototype censé améliorer ses foulées, ils avaient dû économiser afin qu'il réalise son rêve sans en retirer aucun bénéfice financier. Mais il n'était pas trop tard, lui aussi pouvait faire partie des privilégiés ! Il contacterait dès que possible la famille Sanchez et Olivia lui donnerait de bons conseils pour y arriver ! D'ailleurs, il avait toujours été sympa avec eux lorsqu'ils venaient à la boucherie, leur accordant des faveurs, mais pour l'instant, il ne fallait rien dire à l'homme qui, en face de lui, sirotait son café en remerciant sa femme.

« Veux-tu un café, mon chéri ? lui demanda-t-elle.

— Plutôt une boisson énergisante, ma Susie.

— Je préconise de prendre tout simplement du paracétamol en restant le plus possible immobile. »

Régis dut faire un effort considérable pour se contenir. C'était déjà fait, que croyait-il celui-là ? Qu'il ne savait pas se servir d'un truc basique dans sa pharmacie ? !

« Je retourne me coucher » répondit-il taciturne.

Rester dans la cuisine lui était insupportable. D'ailleurs, il semblait que le médecin à la retraite avait la même envie, partir au plus vite…

Antoine avait réussi à les convaincre, une partie de pétanque et on allait soit se réconcilier, soit se fâcher pour de bon ! Le maire était un bouliste confirmé, le père Moretti ayant légué à son fils sa passion. Dès neuf ans, ils jouaient en doublette, unis et complices contre un autre tandem sur la placette du village. C'est ainsi que le jeune garçon s'initia à des codes particuliers qui font qu'en Provence, on attribue de nombreuses vertus sociales à la pratique de la pétanque. À cette époque, peu importaient les griefs, on réglait ses comptes de cette manière. On pinaillait à donner le point à l'adversaire, mesurant, cherchant encore et encore le millimètre manquant mais on finissait toujours par s'incliner. Les parties à l'ombre des platanes étaient le terrain de tous les excès sauf que la triche devait être « bon enfant », elle ne devait pas mettre en jeu la réputation des uns et des autres. La pétanque était le socle social, le principal rendez-vous à ne pas manquer à moins d'être un handicapé et encore…

Antoine Moretti, épris autant de ce jeu de boules que de sa Provence natale, connaissait son sujet. La pétanque telle qu'on la jouait avait été lancée par deux hommes devenus infirmes et incapables de se mouvoir sur leurs jambes ; ne pouvant renoncer à leur plaisir, ils changèrent les règles pour pouvoir continuer à jouer, dans un cercle délimité, les deux pieds joints. C'était une des nombreuses histoires liées à ce qui était plus qu'un passe-temps, mais surtout c'était la fierté de son père que de transmettre sa passion boulistique à son Antoine et de constater que le gamin avait « le don sacré ». Il arrivait qu'on « fasse Fanny » et qu'on finisse par un score de 13 - 0 ; les perdants devaient alors embrasser le postérieur d'une incarnation féminine surnommée Fanny, mais le plus souvent, une tournée payée généreusement suffisait. Le petit se réjouissait, il aimait boire un verre de Gambetta, un sirop de figue additionnée de limonade.

Antoine Moretti avait décidé des équipes, on jouerait en triplette, c'est-à-dire, trois joueurs contre trois autres avec deux boules chacun. Le docteur Declercq était novice en la matière tout comme d'autres installés dans la région depuis peu ou depuis moins d'une génération. « Ceux-là n'allaient pas faire parler la poudre car ils ne possédaient pas "un champ de tir dans la tête". » Un médecin venu de Paris ne pourrait que détruire le jeu de sa propre équipe, et pareil pour les autres étrangers. Ce n'était plus comme du vivant de son père, le niveau général avait baissé mais heureusement, se dit Antoine, il pouvait compter sur Émile Santoni qui, malgré son âge avancé, n'avait rien perdu de ses capacités. L'adversaire le plus coriace était Allan Sanchez, le Marseillais, bien qu'il surenchérît ses performances comme d'ailleurs tous les « Marsihés ».

Les réunir à la suite de l'article paru dans le journal fut comme une mission liée à sa fonction d'édile. L'urgence était de faire cesser cette guerre larvée qui ne pouvait que nuire à l'image du village. Redorer son blason comme son écharpe de maire était primordial afin de retrouver les faveurs de son électorat. De plus, il n'avait pas renoncé à ses rêves de gloire, il espérait contribuer à la notoriété médiatique de son village tel qu'il l'aimait dans ses souvenirs d'enfance, vivant et animé. Le charme d'antan avait disparu, il restait bien les cigales et les champs de lavande mais les autochtones avaient vieilli, laissant la place à de nouveaux arrivants, qui ne contribuaient pas à faire vivre les coutumes ancestrales, préférant un autre style de vie. Pagnol était mort, le charme avait été rompu ! On ne rencontrait que quelques étrangers égarés dans le village semblant s'être perdus dans les rues désertes. Les touristes préféraient le bord de mer et ses nombreuses attractions, ici, il ne restait qu'une boulangerie ! Mais grâce à la publicité faite par le biais de plusieurs médias, Antoine était sûr d'attirer tous les regards dans la même direction. Rastignac deviendrait un village mythique de sa chère Provence, un endroit magique comme nul autre !

Pour l'heure, il ne pouvait que laisser son grand projet de côté : lorsqu'il s'agissait de remporter une partie de pétanque, ses autres préoccupations s'envolaient… En son for intérieur, Antoine Moretti s'adressait à son père mort ; il l'avisait des faiblesses de l'ennemi et de la stratégie à adopter ; bien qu'il ne puisse lui répondre, son père lui semblait approuver son analyse, ce qui l'encouragea à lui fournir tous les détails concernant les uns et les autres.

« Régis qui, d'ordinaire, est un bon joueur est en piteux état, il fanfaronnera comme à son habitude, se croyant invincible tout comme son ami, Luc. Il suffirait donc de les placer dans la même équipe avec le docteur Declercq. Ah ! Quelle sacrée équipe ! Tu peux te réjouir, mon père, j'ai Santoni avec moi. Ce cher Émile avec ses soixante-dix-sept ans est un vrai canonnier, il va réussir de belles rappes, il va les bombarder et moi, je rattraperai les erreurs de Gabriel Dupuy, celui qui se croit au-dessus des autres parce qu'il a une maison sur les hauteurs de Rastignac ! Et pour ce qui est du dernier trio, il ne va pas voler très haut même si le boulanger rêve de voler. Tu ne le sais peut-être pas de là où tu es, mais il joue et je te le dis, à la manière d'un étranger, alors qu'il est du pays ! Les jeunes n'ont plus la niaque, tu sais, Papa, c'est fini ce bon temps, c'est dommage mais heureusement, t'es plus là pour le voir vraiment ! Bref ! Il a une assez bonne technique mais aucune passion du jeu et pas la moindre parole et ça, c'est une cause de défaite car si tu ne sais pas faire des jeux de mots, tu te fais forcément distraire, puis il sait surtout pointer mais c'est pas "le Romain" qui fera le bon tireur ! Ensemble, ils vont faire de gros dégâts ! Je vais gagner haut la main et sans le moindre reproche de leur part car j'ai été équitable sur le choix des équipes, ils ne pourront pas dire que j'ai choisi les meilleurs joueurs pour m'assurer la victoire et encore une fois, Papa, tu seras fier de moi. »

Il semblait que même la météo s'était alliée au grand projet d'Antoine Moretti. Une brise matinale rafraîchissait la placette en ce début de septembre. Le maire ayant un stock considérable de boules de pétanque, il s'était chargé de fournir ceux qui n'en possédaient pas, comme le docteur à la retraite, qui les soupesa d'un air suspicieux. Ce devait être un évènement ou plutôt un « évènementiel » comme avait précisé Olivia Sanchez. La partie de pétanque serait filmée et mise en ligne. Jean-Baptiste Declercq avait été réticent au début mais Olivia lui avait expliqué qu'il était dans son intérêt d'accepter. Une chaîne de télévision prévoyait de faire un reportage sur certains villageois et il valait mieux en faire partie. Qu'un médecin à la retraite puisse témoigner du phénomène nocturne ne pourrait que donner plus de poids à la parole des autres intervenants. Et c'était pour son bien, pour que personne ne doute de sa santé mentale ! Ils connaissaient tous la plus grande crainte du médecin à la retraite. De toute façon, d'une manière ou d'une autre, son nom serait cité. En se taisant, il prenait plus de risques ! De tels arguments ne purent que le convaincre. Antoine Moretti, le maire, approuva sa décision. Il était important, lui dit-il, que les choses s'arrangent entre eux ! Cette partie de pétanque ne pouvait être qu'une bonne occasion de se réconcilier avant les prochains rendez-vous médiatiques. Il était nécessaire de montrer une bonne image du village car « le rêve » devait s'imposer comme un élément fédérateur. Le secret n'avait plus lieu d'être, il ne fallait pas craindre la célébrité ! Lui-même en avait rêvé des tas de fois et ce qu'il pouvait en dire, c'est qu'elle comportait de nombreux bénéfices dont ils profiteraient tous. Le village de Rastignac renaîtrait de ses cendres comme du temps de la manufacture d'allumettes. Ces perspectives enthousiasmèrent les participants. Ils imaginèrent différents scénarios, mais seul le maire semblait connaître la grande destinée qui les attendait puisque pour l'instant, seul un article était paru, dans le quotidien *Le Mistral*, et il semblait que rien ne pouvait modifier le cours de leur vie si ordinaire car d'autres événements, d'autres faits divers, avaient depuis paru dans la presse.

Olivia Sanchez aurait aimé imposer un script pour chacun des participants mais ils avaient tous refusé. En revanche, son idée de filmer pour sa chaîne YouTube des produits comestibles locaux avait conquis tout le monde. Il était convenu de mettre en avant des bouteilles étiquetées « Domaine de Rastignac ». On placerait également divers types de pains et une fougasse aux herbes de Provence provenant de la boulangerie « Le Marius du pain ». Olivia préciserait que l'enseigne portait le véritable prénom du seul boulanger à Rastignac. Ses idées valurent à la femme d'Allan de nombreux compliments. Son mari osa lui dire :

« Dorénavant, tu ne ressembleras plus jamais à une cagole de Marseille ! »

Et ils approuvèrent tous ce qui ne ressemblait pas à un compliment…

Il semblait que « le rêve » avait mis fin aux tenues moulantes, aux couleurs vives, aux impressions léopard, à ce qui brille ou flashe et qui faisait d'Olivia Sanchez une de ces femmes d'un certain bord de mer sur laquelle on se retournait forcément, en se dévissant la nuque pour ne rien rater, de face comme de dos ! Ces créatures audacieuses n'avaient encore jamais osé franchir la frontière de la cité phocéenne, à l'exception d'Olivia. Mais ce temps était révolu. Un fossé séparait à présent l'ancienne et la nouvelle femme d'Allan. Ils comprirent tous que ce changement vestimentaire s'accompagnerait prochainement d'une fortune. « Le rêve » allait rendre le couple riche, alors, forcément, il fallait s'habiller en conséquence. Cependant, aucun d'entre eux n'avait imaginé qu'un style vestimentaire puisse changer autant une femme. Dans le village, question look, Olivia arrivait en première place. Même Françoise Martin faisait pâle figure à côté d'elle, malgré sa transformation radicale. Celle qui ne s'habillait que de noir été comme hiver, sans doute pour cacher ses rondeurs, s'était métamorphosée. À la surprise de tous, une pin-up des années cinquante était apparue ! Une créature qui osait tout, ne se privant pas d'aguicher les hommes dans le village. D'ailleurs, les rumeurs faisaient état de plusieurs amants, dont seul le mari ignorait l'existence. On le plaignait d'avoir épousé une telle femme ! ! ! Mais aujourd'hui, on pouvait décemment accorder à Olivia le titre de la femme la plus élégante. Il semblait qu'elle se prêtait à ce jeu du paraître avec aisance.

Deux caméras sur pied furent installées par Fabian Giordano de chaque côté de la place et Léo et Léa, les enfants Sanchez, jouaient les caméramans. Sur deux longs bancs en bois longeant le boulodrome avaient pris place les femmes venues encourager les joueurs. Parmi elles, les habituées appréciaient particulièrement ce qui avait l'allure d'une pièce de théâtre avec ses acteurs. Et si chaque joueur se battait pour son équipe, la victoire devait également se remporter sur la qualité de la prestation scénique. Les galéjades de toutes sortes faisaient la joie des spectatrices. Fiers et virils comme des coqs, les boulistes se battaient en bombant le torse, toisaient leurs adversaires en leur lançant des regards noirs, et surtout, ils tentaient de se démarquer en disant haut et fort des remarques qui faisaient mouche et clouaient le bec à leurs concurrents.

Il fallut désigner le capitaine dans chaque équipe, celui qui déciderait de la place de chacun, le tireur, le pointeur et le milieu. Des conciliabules eurent lieu. La partie put enfin commencer.

Olivia avait dû renoncer à apparaître sur le champ de bataille car, de l'avis de son mari et de ses enfants, la pétanque et les talons aiguilles n'étaient pas compatibles. Toutefois, elle put lancer le cochonnet, à la manière d'une star américaine sollicitée pour le coup d'envoi d'un championnat mondial. Il fallut faire la prise trois fois avant que la distance soit réglementaire. On tira au sort l'équipe qui ouvrirait le jeu : celle de Régis, de Luc et du docteur Declercq fut désignée. Ils hésitèrent beaucoup tous les trois sur le choix du capitaine. Régis se retrouva opposé à Luc. Jean-Baptiste s'impatienta et décida de placer l'équipe sous le régime d'un consensus mutuel. Le médecin à la retraite avait visionné des vidéos sur le sujet : il ne semblait pas si difficile de tirer une boule le plus près possible d'une cible, en l'occurrence le cochonnet ; le tireur ne pouvait être que lui car pour le reste, il ne s'estimait pas à la hauteur ! Régis serait le milieu à cause de ses courbatures douloureuses et Luc, le pointeur, car cette technique pour vaincre l'adversaire l'inspirait davantage ! Mais qui commencerait, et de quelle façon ? Le trio ne semblait pas s'entendre et déjà les rires fusaient parmi le public féminin ; Émile les apostrophait à sa manière à la grande joie des spectatrices.

« Oh les trois bras cassés, ils ne sont pas près de ronger le bouchoun alors qu'ils ont encore toutes leurs mitrailles. Ah ! ils sont déjà dans un brave pastis ! ! ! »

Ces mots eurent pour effet de décider le docteur à la retraite, il tira le premier mais la boule dévia très vite de sa trajectoire.

« Oh ! Il a fait un renard, s'écria Antoine. Il ne va pas dire que c'est la faute de la boule tout de même, ce n'est pas elle, le boulet !!! »

Régis, aussi vexé que le mauvais tireur, lança sa boule avec colère, oubliant la douleur à son bras qui se réveillait à chaque mouvement brusque. Il lâcha la boule, qui roula mollement jusqu'à mi-terrain.

« Eh ben mazette, tu vas finir couiounado sur le film. Allez, laisse ta place à une de ces dames assises, Maddy jouera mieux que toi.

— Il n'en est pas question, c'est la faute à pas de chance, va voir si y'a pas un casque sur le terrain qui a arrêté ma boule ! »

Antoine s'exécuta et lui répondit :

« Aucun caillou, pas le moindre brin d'herbe ici, lui répondit le maire en regardant l'assemblée féminine, je ne vais pas pouvoir me battre avec cette bande-là de poissons déjà rincés, mais peut-être avec le cacou ? »

Antoine avait intentionnellement appuyé l'accent sur la première syllabe.

Toutes les femmes regardèrent le Marseillais, c'était un sacré camouflet que de le traiter de la sorte alors qu'il n'avait pas encore joué. Le mis en cause réagit aussitôt.

« Je m'en cague ! Je suis mieux ensuqué que toi car mes parents sont bien de Marseille et là-bas on apprend la politesse.

— Oh ! Peuchère ! Mais il parle de mon père ! Retire ce que tu as dit, couillon va ! »

Les deux hommes s'avancèrent l'un vers l'autre ; séparés de quelques centimètres, le torse bombé, ils se fixaient du regard. Allait-on assister à une empoignade entre Antoine et

Allan ? Car on pouvait bien plaisanter sur le jeu mais jamais sur la famille, c'était sacré !

Heureusement, Maddy et Susie se précipitèrent et calmèrent les belligérants qui décidèrent de trinquer ensemble afin de calmer leurs esprits…

À la fin de la partie, les hommes étaient gais et saluèrent tous la victoire de l'équipe d'Antoine Moretti. Sur la table étaient disposés plusieurs desserts, toutes des spécialités de Marius, le boulanger qui, pour l'occasion, avait concocté toute la nuit pompes à huile, gibassiers et sa fameuse fougasse sucrée à la fleur d'oranger, sans oublier les pains traditionnels de la région comme la pissaladière, afin que la caméra puisse immortaliser son savoir-faire. Quand le signal signifiant la fin du tournage fut donné, on put enfin boire et manger…

La bouche encore pleine, le maire se décida à parler affaires car s'ils avaient tous répondu présents, c'était pour une bonne raison ; les uns et les autres s'enhardissaient à l'idée de se voir prochainement aux infos sur France 3, comme l'avait annoncé Olivia Sanchez. Cette couverture médiatique donnerait un écho à plusieurs d'entre eux, notamment au boulanger et au maire vigneron, tandis que la famille Sanchez bénéficierait d'une publicité certaine leur apportant plus d'abonnés. Seul le médecin à la retraite ne voyait aucune opportunité pour lui-même, mais Allan le rassura : un médecin, fût-il à la retraite, était un atout pour eux ! D'ailleurs, il avait prévu de le filmer pour leur chaîne sur YouTube mais auparavant, il allait falloir travailler ensemble afin de susciter un intérêt suffisant au sujet de ce qui les démarquait des autres : « le rêve ». Ces phénomènes nocturnes pouvaient rapporter des bénéfices selon ce qu'on partageait en ligne. Concernant Régis, grâce à eux, il trouverait des sponsors ; pour Luc, on n'avait pas encore trouvé mais comme il fallait du contenu, des heures et des heures d'images, on avait le temps de trouver ! Quant à Fabian, il pourrait se créer une nouvelle clientèle, on ne manquerait pas de parler de son entreprise, Sécurité Fabian.

La discussion n'intéressait pas Émile, il avait mieux à faire. Il devait s'excuser auprès de Maddy à cause de son comportement passé. Penché vers elle, il lui offrit un biscuit, un de ceux qu'elle préférait enfant, et lui murmura :

« Je suis un couillon, il faut me pardonner ! »

Mais de quoi parlait-il ? se demanda Maddy. Émile avait le regard d'un gamin pris en faute, il baissait la tête et semblait honteux. Devant l'air repenti du vieil homme, elle lui fit signe de s'éloigner du groupe car visiblement, il était trop gêné pour en dire plus…

Ils s'éloignèrent sans attirer l'attention, d'un commun accord sans avoir échangé la moindre parole, et prirent la direction du lieu où ils s'étaient rejoints tant de fois, le lavoir. Quand ils arrivèrent sur place, Émile sortit de sa poche une navette aux noisettes et la tendit à Maddy en lui disant :

« Je me souviens, c'étaient tes préférés !

— Oui, c'est vrai, lui répondit-elle. Je ne sais pas comment on aurait fait si vous ne nous aviez pas aidés. »

Émile en profita pour s'excuser.

« Je suis désolé d'avoir parfois fait semblant de t'ignorer, j'ai honte de moi ! »

La vieille femme lui prit la main et la serra.

« Je ne t'en veux pas, nous sommes tous devenus un peu fadas alors que nous aurions mieux fait de nous réjouir de rêver si bien et si fort ; tu sais, mon Candy n'a plus de secret pour moi, toutes les nuits je rêve d'être lui et toi, à quoi rêves-tu ? »

Antoine n'osa pas lui révéler la teneur de ses nuits particulières. Il préféra évoquer des souvenirs plus anciens.

« Je volais des biscuits pour toi chez mes parents car je savais que vous n'aviez pas trop de sous mais mes parents ont vite compris et ensuite, ils me donnaient des provisions pour vous car ils savaient que ta mère était trop fière pour demander.

— Oui, c'était une autre époque ! Je me sens encore redevable aujourd'hui.

— Eh ben, tu ne le dois pas. Regarde ce que j'ai pour toi, je voulais te l'offrir depuis longtemps. »

Émile lui tendit une boîte d'allumettes avec le dessin d'un Pierrot illuminé par une petite flamme au bout d'une fine tige de bois.

« C'est incroyable, c'est exactement la même boîte, je me souviens du Pierrot !

— Et il n'en manque pas une seule à l'intérieur. »

Maddy le constata et ne put s'empêcher d'éprouver une grande émotion. Des images lui revinrent, sa mère, son frère et ses sœurs dans la cuisine en train de remplir des boîtes, des quantités de boîtes vides. C'était un travail occasionnel, qu'ils effectuaient quand la fabrique avait besoin de main-d'œuvre supplémentaire.

« Merci Émile, merci encore, j'ai toujours regretté de ne pas pouvoir garder une seule boîte d'allumettes.

— Oui, comme tu dis, c'était une autre époque ! »

N'ayant pas assez de mots pour exprimer ce qu'ils ressentaient, ils baissèrent la tête avec la même pudeur, fixant l'objet d'un passé révolu. Une identique économie de la parole les unissait ; cette gêne était liée à leur origine sociale mais surtout à une injustice perpétrée de génération en génération. Des vies entières de gens voués à la servitude sans aucune perspective. Ne leur restait que la fierté d'être rudes à la tâche sans jamais, ou presque, avouer ses faiblesses.

Puis vinrent les revendications, les grèves et enfin le progrès ! L'usine avait fermé ses portes où des dizaines de femmes qu'on appelait « les allumettières » respiraient les émanations de phosphore. Mais qui s'en souvenait aujourd'hui ? Plus personne ! Fallait-il seulement parler de cette vie, ou se taire ? !

Ils ne le savaient pas car tant de drames étaient arrivés avant la fermeture.

Ils se quittèrent, tristes de ne pas avoir trouvé les mots nécessaires, et plus encore Émile qui n'avait pas osé avouer à son amie d'enfance qu'il avait menti à son fils ; ce n'était pas elle qui faisait battre son cœur, ou alors c'était elle, mais dans une autre vie…

Marius était surpris, il avait volé tant de fois dans les airs et de tant de manières, mais jamais de cette façon ! À califourchon sur une énorme baguette de pain, en tenue de boulanger, il pouvait voir son pantalon pied-de-poule, son tablier encore maculé de farine, à l'endroit où il s'essuyait les mains, son tee-shirt blanc et même ses chaussures de sécurité. Mais le plus surprenant était que son calot avait tenu sur sa tête malgré le looping que venait d'effectuer son engin volant. Il préféra le tenir d'une main tandis que de l'autre, il s'accrocha plus fermement à ce qui sortait visiblement de sa propre boulangerie ; il reconnaissait sa marque de fabrique, l'odeur était inimitable. Heureusement, le pain qui le transportait, à hauteur d'oiseau, semblait aussi solide qu'un manche à balai. Dessus, Marius se sentait en sécurité, le confort était même bien supérieur à l'instrument dédié en principe aux sorcières, dont il avait fait usage lors d'un précédent rêve. La baguette de pain effectua un virage parfait et se redressa verticalement. Afin de ne pas tomber, le boulanger enlaça le pain, se couchant de tout son long sur la monture d'un nouveau genre qui semblait savoir quelle direction prendre.

Dès qu'ils traversèrent le gros nuage en altitude, un cirrus, la baguette prit une droite ligne au-dessus d'une mer blanche et cotonneuse et fendit le ciel bleu ; un soleil éclatant faisait briller son pain d'une myriade de points lumineux. On ne voyait plus la terre. Ses préoccupations matérielles avaient disparu sous la couche blanche. Marius planait en corps et en esprit. Le vol était maintenant régulier, horizontal et sans aucune turbulence.

« Assurément, se dit-il, c'est ma meilleure expérience ! »

Il avait expérimenté le tapis volant, qui ne l'avait pas satisfait. Il plissait continuellement car il ne disposait que de ce seul moyen cinétique pour voler. Marius avait l'impression de voguer sur une mer houleuse, secoué par une suite de vagues incessantes qui partaient de l'arrière pour venir s'échouer à l'avant. C'était inconfortable. Heureusement, son surpoids empêchait le boulanger de tomber dans les creux formés par le tapis mais une vaguelette plus haute que les autres l'avait soulevé, le faisant chuter lourdement et la position en tailleur obligatoire pour ce type d'engin avait fini par lui donner une crampe. Ce perfide tapis ne semblait pas se soucier du confort de son passager tandis que sa baguette prenait soin de lui, un seul looping et pas un de plus ! Marius se félicita, il était fier du résultat, c'était grâce à lui qu'elle pouvait voler. À cette pensée, une larme s'échappa de son œil comme une goutte de pluie.

Dans ses nombreux rêves, le boulanger avait toujours préféré les vols sans objet. Mais il dut reconnaître que la baguette et lui-même formaient un duo parfait. La baguette était à la hauteur d'un cheval ailé et lui, d'un cavalier. Chevaucher un de ses pains le comblait, il flattait sa monture, lui caressait les flancs car assurément, elle était vivante. Tel le dieu boulanger de l'Olympe, il s'imagina distribuer des milliers de pains sur la terre, faisant le bonheur des humains. Et dès qu'il pensa à cette œuvre de charité divine, il vit des centaines de pains tomber du ciel et c'étaient tous les siens. Des fougasses, des brioches, des miches, toutes sorties de son four. Une odeur se répandit, l'odeur même de sa boulangerie, « Le Marius du pain ». Une baguette mi-complète faillit l'emboutir. C'était une chance que le pain sur lequel il volait était d'une dimension exceptionnelle, ce qui d'ailleurs l'étonnait : comment avait-il pu l'enfourner dans son four ?

C'est alors qu'il comprit qu'il rêvait. Et « le rêve » désirait sans aucun doute le satisfaire, car quoi de plus enchantant pour un artisan boulanger que de voir ses œuvres non seulement s'élever au-dessus des nuages mais plus encore, nourrir la terre entière ?

Encore une fois, Marius se réveilla de bonne humeur. Il s'était couché en début de matinée, comme son métier l'exigeait. Depuis que « le rêve » était survenu dans sa vie, ces horaires contraignants ne lui posaient plus aucun problème. Il se sentait extraordinairement léger ; les heures passées à pétrir la pâte et à enfourner ses préparations ne lui demandaient plus autant d'efforts physiques. Un sentiment de liberté totale le soulageait de ses heures de travail pénibles. Son esprit continuait à voler ; malgré ses pieds au sol, il était encore physiquement dans les airs à des hauteurs vertigineuses.

Voler durant son sommeil était devenu vital, aussi nécessaire que manger et dormir. Mais ce dont il était fier, c'était son pain. Alors l'apparition dans son rêve d'une de ses créations contenta le boulanger au plus haut point. Dès son réveil, après cette nuit si particulière, il décida de changer le nom de son enseigne. Il opta pour « À la baguette volante », qui lui sembla alors une excellente trouvaille. C'était juste un changement parmi d'autres. De mois en mois, son commerce avait en effet subi plusieurs transformations. Une terrasse, notamment, avait été aménagée à l'extérieur ; les tables et chaises installées étaient la plupart du temps toutes occupées.

Avant l'apparition de ce phénomène nocturne, peu de clients s'attardaient dans sa boulangerie, mais depuis, les choses avaient changé. Un jour, sans qu'on puisse donner la date précise, des personnes se mirent à discuter d'un sujet qui, d'ordinaire, n'était pas abordé dans les boulangeries, où l'on parlait de ses préoccupations quotidiennes, sans songer à évoquer son sommeil. Puis, certains commencèrent à aborder le sujet, d'abord timidement, comme s'il s'agissait d'un fait insignifiant, et rapidement, on ne parla plus que de cela : les discussions se mirent à tourner autour du vécu nocturne des clients, de leurs rêves récurrents, tous extraordinaires, et surtout inoubliables…

Le phénomène prit de l'ampleur et le boulanger ne put s'empêcher lui aussi de parler malgré la consigne stricte du docteur Declercq, ne rien dire. De fil en aiguille, les langues se délièrent au point que de plus en plus de gens s'attardèrent dans la boulangerie. L'artisan eut alors l'idée d'installer des tables dehors pour faire durer ces conversations qu'il affectionnait particulièrement et auxquelles il participait, dévoilant ses rêves magiques peuplés d'oiseaux, de nuages et d'immensité bleue. Lorsque l'employée venait le remplacer en début de matinée, il se dépêchait de rentrer ; il mangeait sur le pouce puis s'endormait, heureux de savoir que « le rêve » l'emporterait très haut dans le ciel.

Les jours passant, il constata que les rêveurs étaient plus nombreux que le docteur Declercq ne l'imaginait. Il n'osa pas lui avouer, mais à force, il finit par culpabiliser. Le docteur allait-il déclarer qu'il était un « traître » et l'exclure du groupe, comme le maire ? Cette crainte ne le quitta pas. Néanmoins, le boulanger se consola en pensant à son chiffre d'affaires en augmentation, à ses nouveaux clients, à son commerce devenu plus animé qu'une boulangerie en ville. Et malgré sa culpabilité, il était sûr d'une chose : ça ne pouvait pas faire de mal aux gens que de parler de leurs rêves…

Heureusement, il n'était plus question de secret. À présent, Marius se sentait plus libre encore ! Une sensation d'euphorie l'habitait, de jour comme de nuit. Sa boulangerie était devenue un lieu de rencontre, un endroit fréquenté où l'on aimait prendre son temps. Comme la terrasse devint vite trop petite, Marius eut l'idée de l'agrandir avec l'accord du maire.

« À la baguette volante » remporta tous les suffrages et ne désemplit plus. Grâce au bouche-à-oreille, une nouvelle clientèle apparut. En conséquence, de plus en plus de personnes parlèrent des habitants de Rastignac. Des rumeurs enflammèrent les esprits, attirés par ces étranges phénomènes qu'on ne pouvait expliquer, sinon par les superstitions liées à la possession des esprits par des entités diaboliques, malgré l'article paru dans le journal *Le Mistral*. Les curieux affluèrent. Avant même qu'une chaîne de télévision se déplace, tout le monde ou presque dans les environs connaissait ce que les habitants de Rastignac appelaient « le rêve ». Des publications apparurent sur Instagram, Snapchat, Facebook et même TikTok ; cette plateforme permit d'utiliser des effets spéciaux pour donner à Rastignac l'allure d'un village tantôt hanté, tantôt enchanté, selon les envies, paré de couleurs excessivement vives ou sombres, rayonnant sous un beau ciel bleu ou plongé dans une nuit profonde ; les feuilles des arbres se couvraient de paillettes d'or, ou bien les rues se voyaient encombrées de sombres présences maléfiques…

Se prendre en photo devant le panneau d'entrée ou de sortie du village devint un passe-temps amusant et surtout excitant, d'autant que les publications sur ce genre d'endroits étaient toujours populaires et attiraient de nombreux « likes » et commentaires. L'imagination des uns et des autres n'eut plus de limite. Certains se proposèrent comme cobayes, excités à l'idée de dormir dans le village de Rastignac, comme s'ils allaient voir un film fantastique. Une nuit, pour expérimenter au mieux ce phénomène nocturne, un groupe alla jusqu'à installer des tentes sur la place du village. Ils étaient à peu près une dizaine, hommes et femmes.

Des twitteurs parlèrent d'expériences médicales secrètes, ce qui donna à des complotistes tout loisir d'échanger, apportant de nombreux arguments prouvant leurs écrits sans jamais qu'un seul d'entre eux se déplace sur le lieu choisi par des élites aux projets sombres et dangereux, le village de Rastignac.

Léo et Léa, les ados de la famille Sanchez manquèrent plusieurs jours d'école. Le collège pouvait attendre. Abonnés à tous les réseaux sociaux, ils devaient essayer de suivre l'évolution médiatique et intervenir au maximum. Ils ne purent échapper à des messages haineux mais leurs parents les rassurèrent : à la fin, ils en tireraient des bénéfices.

Finalement, le mensonge d'Olivia Sanchez devint une réalité, France 3 s'intéressa à ce sujet qui nourrissait déjà la toile. Antoine Moretti, le maire, fut contacté. Il ne se fit pas prier ! Un grand nombre d'anonymes le contactèrent, posant la même question : existait-il un moyen de loger dans le village ? Rien n'était indiqué sur Google. Il prit leurs coordonnées, les assurant que bientôt, leur demande serait satisfaite.

Antoine Moretti se prit à imaginer, en haut de la colline, le nom du village écrit en lettres blanches géantes, « R A S T I G N A C », et lui, posant sur la photo à côté ! Il imaginait des journalistes en nombre lui quémandant une interview, puisqu'il connaissait mieux que quiconque le village. N'était-il pas le maire, la personne la plus importante en ce lieu, et celui, surtout, qui prenait soin de ses concitoyens ? Le cimetière, c'était lui ! Il avait décidé d'exclure tous les pesticides de ce lieu de recueillement, où, souvent, les gens s'agenouillaient. C'était une idée avant-gardiste, qu'il fallait développer sur un plan national pour la bonne santé de tous les citoyens. Combien de cimetières, en effet, étaient envahis de produits chimiques ? Et ça, peu de personnes avant lui y avaient pensé ! Évidemment, il leur ferait déguster sa production. Le domaine de Rastignac avait remporté un concours viticole. Ses vignes plantées sur des coteaux livraient un vin à l'équilibre parfait, sucré, avec une légère pointe d'acidité. Son harmonie, sa saveur, son arôme particulier ne pourraient que plaire aux amateurs et aux nombreux journalistes présents. Après la dégustation, il leur proposerait de visiter la boulangerie, dont l'enseigne « À la baguette volante » était à la hauteur du village.

S'il voulait concrétiser ces prochains et nombreux rendez-vous, il lui faudrait de l'aide. À la mairie, le téléphone n'arrêtait pas de sonner. Il songea à embaucher une standardiste pour prendre les messages, filtrer les appels et gérer son emploi du temps. Il pensa à Françoise Martin, dont il avait entendu dire qu'elle cherchait un emploi de quelques heures hebdomadaires. Il était au courant de sa liaison adultère, mais ne l'avait jamais jugée car sa vie privée ne l'intéressait pas. Et si aucun villageois n'avait informé le mari de son infortune, ils continuaient tous à parler d'elle, d'autant plus que son amant l'avait quittée. Le maire se sentait solidaire de cette pauvre femme qui s'était presque fait bannir du groupe depuis qu'Allan Sanchez s'était racheté une conduite en posant dans les médias aux côtés de son épouse. Antoine Moretti engagea donc la femme infidèle, objet de vives critiques – « Comment pouvait-on tromper un homme si candide et attendrissant ? ! » répétait-on – qui semblaient la déprimer. Il n'hésita pas, lui-même ayant subi le rejet de ceux qui jugeaient leurs pairs comme dans un tribunal, selon des lois qui lui semblaient archaïques.

Chaque matin, Françoise Martin prenait place derrière un bureau, habillée en pin-up, comme avant ; pourtant, elle n'était plus cette copie parfaite, le charme avait été rompu, ses yeux avaient perdu leur éclat, sa bouche avait pris un pli amer, même son chignon choucroute ne se dressait plus comme une couronne au-dessus de sa tête. Avec des gestes nerveux, elle remettait en place ses épingles à cheveux, tout en répondant d'une voix morne aux nombreux appels. Puis, à 11 heures, elle arrêtait son travail, s'excusant auprès d'Antoine de devoir partir alors que la sonnerie du téléphone continuait à retentir. Le maire ne put se contenter de son aide. Il lui fallut trouver quelqu'un d'autre.

Lorsque Maddy le contacta par téléphone, il osa lui demander si un peu de bénévolat lui permettrait de se sentir moins seule, car du temps, il en manquait, contrairement à sa parente. Marie-Madeleine accepta aussitôt la mission. Au début, il n'était question que de venir les après-midi mais peu à peu, elle arriva de plus en plus tôt.

Rapidement, une complicité s'installa entre les deux femmes. Françoise lui rappelait sa jeunesse, la meilleure partie de son existence, lorsqu'elle dansait le rock acrobatique avant qu'un accident fatal la prive à tout jamais de sa passion. Elle s'était consolée en se mariant rapidement avec son partenaire de danse, qui renonça à poursuivre sa carrière. Mais cette union ne la rendit pas totalement heureuse. Françoise, de son côté, avait rompu les liens sacrés du mariage pour la même raison : elle était malheureuse avec son mari. Maddy ne pouvait donc que soutenir sa collègue devenue son amie ; elle lui assura qu'elle était trop bien pour cet imbécile d'Allan, qu'elle méritait mieux et qu'il lui avait certainement rendu service en la quittant. Elle-même était restée mariée trop longtemps à un imbécile ; à l'époque, on ne divorçait pas aussi facilement ! Maddy la comprenait. Comment en effet supporter un mari infantile qui ne s'intéressait pas à elle et dont elle devait limiter les frasques ? Un vrai gamin qui se déresponsabilisait de l'éducation de ses enfants, ne se souciant que de jouer avec eux, encore et encore ! Et tous les jours Françoise devait les rappeler à l'ordre à l'heure des repas et à l'heure du coucher, tandis que le père excitait les enfants par toutes sortes de jeux. D'après Maddy, son mari n'avait aucune excuse, le rêve avait bon dos ! Qu'ils viennent donc chez elle, ces villageois, afin de voir cet insupportable mari !

Elle, elle viendrait pour la soutenir !

Et c'est ce qu'elle fit…

Françoise trouva en Maddy une alliée de taille, faisant taire les mauvaises voix dans sa tête, qui lui assuraient qu'elle était une mauvaise femme pour avoir trompé un homme candide. Marie-Madeleine se révéla d'une aide efficace ; lorsqu'elle se rendit dans la maison familiale, elle s'occupa plus du mari de Françoise que des enfants. Le rabrouant dans un premier temps, elle finit par le punir en l'enfermant à clef dans la chambre à coucher malgré ses jérémiades.

Et les jours de la semaine, elles retrouvaient leur complicité dans le local de la mairie.

Certains matins, le téléphone ne leur laissait aucun répit mais parfois, les deux amies avaient le temps d'échanger sur les nouveaux arrivants dans le village, des gens pas comme les autres ! Des campeurs installés sur la place, une dizaine d'hommes et de femmes qui intriguaient la vieille femme. Maddy ne comprenait pas que des jeunes gens puissent vivre dans ces conditions. N'avaient-ils pas de famille ? Et comment se lavaient-ils puisque le lavoir était à sec ? Puis la nourriture ? Avaient-ils un métier ? de l'argent ? Françoise l'informa que certains avaient dépassé la trentaine, et devant l'air incrédule de son amie, elle ajouta avoir discuté avec un homme âgé de trente-trois ans. Il avait quitté du jour au lendemain un travail très bien payé dans l'informatique pour venir ici, à Rastignac. Il s'appelait Vincent Paraison. La vieille dame fut stupéfaite par cette révélation. Elle ne comprenait pas cet abandon. Comment pouvait-on choisir de quitter son poste, un bon métier, et le confort qui allait avec, celui d'un appartement ou d'une maison, pour aller vivre sous une tente, à la dure et, semblait-il, sans le moindre désir de retourner à son ancienne vie puisque, d'après Françoise, « le rêve » devait lui apporter des réponses mais surtout donner un sens à sa vie ? Maddy ne comprenait pas la logique d'une telle décision. Et fallait-il donner un toit à ces jeunes et moins jeunes ? On ne pouvait décemment pas les laisser vivre comme ça ? ! Françoise était du même avis que son aînée, il fallait faire quelque chose pour eux ! Pour l'instant, elles ne pouvaient pas en parler au maire car il était trop occupé !

Vincent Paraison referma son roman et s'installa au mieux dans son sac de couchage en pensant au héros de son livre, un homme en quête de sens, comme lui. Il s'endormit rapidement malgré le bruit ambiant grâce à deux bouchons d'oreille enfoncés profondément. Des images lui apparurent ; le personnage principal prit forme, se matérialisant en 3D, comme s'il avait surgi du livre. Dans l'imaginaire nocturne de Vincent, il menait sa propre vie, il marchait sans pouvoir réellement compter les jours. Depuis peut-être deux semaines, sans but précis, il marchait…

Vincent pouvait lire si profondément dans ses pensées qu'il entra physiquement dans son esprit. Tout était clair à présent, il connaissait aussi bien Vince Malaison que lui-même. Happé physiquement et mentalement, il existait à travers un personnage de roman, faisant l'expérience d'une vie qui n'était pas la sienne. Il lui semblait avoir été catapulté à l'intérieur d'un film captivant, source de sensations enivrantes. Il détenait la vie d'un autre, de cet homme marchant sur un sol aride sans but précis sinon celui de fuir son passé. Il percevait toutes ses émotions ainsi que ses blessures passées et présentes. Le héros de son roman, « l'homme de nulle part » l'avait embringué dans ses aventures et c'est avec lui qu'il allait vivre le grand saut dans l'inconnu sans souci des conséquences. Comme un spectateur, il allait assister, depuis sa position, bien dissimulé dans l'esprit de l'homme, à la projection d'une vie à la dérive. Il perçut chez cet homme des idées contradictoires mais ne s'en soucia pas car elles ne lui appartenaient pas. Vincent ignorait comment terminait le périple de l'homme de nulle part, mais il allait certainement bientôt le savoir.

Le déroulé se passa exactement comme dans le livre, dès la première page. Bien caché dans son esprit, muni des cinq sens de l'homme qui avait fui la civilisation, il se retrouva sur une île quasi déserte. Les images qui défilaient devant lui, les odeurs, les bruits, Vincent les percevaient toutes. C'était encore mieux qu'au cinéma…

Hier encore, j'avais une identité sociale mais depuis environ deux semaines, personne n'a prononcé mon nom, Vince Malaison. Je n'ai plus à rien à voir avec l'homme qui, il y a encore un mois, travaillait pour une grande banque d'affaires. J'ai été un employé modèle, et surtout rentable. Mon job consistait à acheter des actions et à les revendre très rapidement pour des clients fortunés, mais méfiants quant au marché. Vendre vite permettait de prendre moins de risques même si la marge était faible. Il fallait que j'exécute des centaines d'opérations par jour, j'étais connecté en permanence sur quatre écrans en lien avec Londres, New York, Hong Kong et Paris. Cependant la crise sanitaire du Covid changea la donne. Les types d'émetteurs se scindaient en deux parties ; ce qu'on nomme « *investment grade* » dans notre jargon désignait les segments de qualité et « *high yield* », les plus risqués. Les acteurs choisissaient généralement l'option de refinancer la dette avec une nouvelle obligation permettant à celle-ci de rester active sur le marché. Hélas, le stress d'une épidémie mondiale rendit les investisseurs frileux ; ils craignaient l'extension de la dette car il fallait toujours que celle-ci se maintienne à un certain niveau. Dans ce genre de cas, nous proposions à nos clients une prime de risque additionnelle afin que le doute ne fasse pas chuter le cours de la Bourse sous un seuil intenable. Je pensais détenir le Graal en jouant avec des chiffres sur un écran, des millions, c'était excitant et stressant à la fois. En dehors de ce travail, je parlais analyse financière et stratégie à mettre en place avec mes amis. Nous occupions des postes de pouvoir. N'est-ce-pas en effet l'argent qui régit notre société ? ! Nous avions choisi cette voie avec lucidité. Dans le milieu que je fréquentais, nous avions tous réussi de hautes études commerciales, nous étions une élite au service de la finance et je pensais détenir les clefs de ce monde…

Et aujourd'hui, j'errais d'île en île, en dehors de la saison touristique, après avoir pris un congé sans solde que j'avais obtenu grâce à mes excellents résultats. J'étais parti en Grèce, ce pays dont la dette excitait encore les spéculateurs. Le réchauffement climatique, ici comme ailleurs, me permettait de dormir la nuit sous une simple tente avec le minimum. Je ne rencontrai pas un seul touriste pendant mon périple, nous étions à la mi-novembre et seuls quelques autochtones croisés par hasard, vinrent me saluer. Je ne voyais qu'un sol aride entouré de collines caillouteuses. Ce paysage lunaire, complété par une mer bleue à perte de vue, emplissait mon esprit, le vidant de mes préoccupations anciennes. J'étais comme dépouillé de moi-même, abandonné de tout ce qui donnait auparavant du sens à ma vie. Sans doute pour souffrir davantage, à la manière d'un baroud d'honneur, je recherchais les îles les plus inhospitalières. Ce faisant, je voulais montrer à mes anciennes connaissances que je n'avais plus besoin de faire partie de leur « *dream team* », que je me passais très bien de leurs sourires satisfaits, de leurs vantardises et, surtout, de leurs loisirs onéreux.

Moi, j'étais capable de vivre à la dure comme un vrai homme. J'envoyais « chier » mon ancienne vie et tous ses représentants qui ne pouvaient supporter de voir une quelconque défaite chez un de leurs pairs ! Je ne désirais plus voir un seul être humain, je détestais mes semblables, ne plus en voir un seul, tel était mon souhait le plus cher. Les îles abandonnées ne manquaient pas dans les Cyclades grecques, il ne subsistait que quelques pauvres vieux étonnés de voir un étranger qui les fuyait. Sur les plages désertes, dépourvues d'installations touristiques, je me perdais un peu plus, et j'étais d'autant plus fier de ne pas souffrir que j'avais fait le choix de tout abandonner sur un coup de tête ! Parfois, le vent excitait ma fureur et face à l'horizon, je les imaginais, mes prétendus amis, poursuivant leur vie facile, sans se soucier de mon sort. Je ne leur plaisais plus car mon mal-être avait duré plus longtemps que sans doute la raison l'exigeait...

Je me vengeais sur les vagues, pensant qu'elles avaient plus d'envergure que leur pauvre esprit plat, je ruminais et rien ne semblait pouvoir arrêter ma chute imminente. J'avais perdu la notion du temps, un lundi ou un vendredi, peu m'importait ! J'errais d'île en île en pensant en finir une fois pour toutes, il me suffisait de nager vers cette ligne d'horizon jusqu'à ce que je me noie. Un mercredi peut-être, je décidai que l'endroit était propice pour concrétiser mon funeste projet, mais au préalable, je souhaitais m'accorder un dernier instant. Je m'assis afin d'écouter le bruit des galets bousculé les uns après les autres par le ressac des vagues. Et toujours, une écume blanche finissait par s'engouffrer sous le sable fin, laissant une mousse blanchâtre avant de disparaître avec sa petite musique. Surgissait alors, avec force, une autre déferlante, brisant le calme, jouant, comme la précédente, avec autant d'instruments que le long rivage en comptait, des millions de galets, de l'ocre au blanc en passant par le gris. La mer chantait et j'étais son seul public, désirant entendre toutes ses reprises encore et encore. J'étais enchanté par cette musique que je trouvais à la hauteur des plus grands orchestres philharmoniques. Cela me surprenait d'ailleurs ; j'avais osé comparer la prestation musicale de la nature avec celle qui m'avait coûté une fortune, le concert du Nouvel An au Musikverein à Vienne, l'une des meilleures salles du monde au niveau acoustique. J'avais certes été conquis par la prestance de l'orchestre philharmonique jouant Strauss, Mozart et d'autres. Et pourtant, la différence était majeure, ce bruit m'apaisait, calmait mon âme meurtrie, me permettait de ne plus souffrir, m'enveloppait comme une bienheureuse présence. J'étais sublimé par la majesté d'un tel décor associé à ce qui valait les émotions que j'avais ressenties durant le spectacle donné dans la « salle dorée », nommée d'après la couleur prédominante du lieu. Ici, rien de tel, j'étais assis inconfortablement sur un tronc de bois flotté, en retrait du rivage, sans autre compagnon que le grondement des vagues roulant de part et d'autre du rivage comme si un chef d'orchestre avait donné la mesure exacte à chaque élément de la nature. Je désirais rester, écouter encore ce qui ressemblait à la plus formidable des prestations musicales sans que la moindre dissonance vienne gâcher l'harmonie étendue sur des kilomètres.

Ce son, produit par la seule rencontre des vagues et des galets, fut comme un déclic. Je percevais enfin une lumière, un espoir vint s'échouer au plus profond de mon esprit, je me sentis revivre et ne voulais plus mourir. Je courus jusqu'à la mer, non pour m'y noyer mais pour ressusciter. Je désirais enlever mon ancienne peau, me laver de tout ce qui faisait ma vie d'avant. L'eau était froide, ce qui me galvanisa davantage, j'étais comme ivre de tous mes sens. Une euphorie totale me prit, je riais comme un fou, je hurlais, je ne sais quoi !!! Et je sortis de l'eau avec l'impression d'être un nouvel homme, ou plutôt, celui que j'aurais aimé connaître bien avant ce mercredi-là !

Après ce fameux jour, je prêtai attention aux bruits de la nature, me souciant d'eux comme un précieux présent que l'on m'offrait sans aucune contrepartie financière. Cette terre que je pensais stérile me permit de me reconnecter avec mon ouïe et mon odorat. Je m'attardais à certains endroits puis reprenais ma route en écoutant jusqu'au bruit de mes pas. La marche devint un acte symbolique, je marchais comme le premier homme sur la terre qui découvre un monde inconnu. Mon esprit s'évadait, je sentais mes pieds me soulevant du sol sans que j'aie besoin du moindre artifice, j'étais juste incroyablement excité d'avancer un pied après l'autre. Je ne devais respecter que quelques horaires afin de m'approvisionner en nourriture.

D'ailleurs, j'avais rendez-vous avec un pêcheur qui devait m'emmener sur une île « avec peu d'habitants », selon ma demande habituelle. Il m'avait dit connaître la meilleure de ces destinations, une île sauvage et difficile à l'abordage, abritant très peu de monde. Je lui avais fait confiance car c'était devenu un jeu de piste, il m'emmènerait vers l'aventure, mon imagination revenait au galop semblant vouloir prendre de plus en plus de liberté.

Le pêcheur fut ponctuel, il me fit un signe de la main. J'aurais pu facilement marchander le prix exorbitant qu'il me demandait mais je m'y refusai, ne voulant surtout pas réactiver mon sens des affaires ; ce sixième sens, le plus développé chez moi, me rebutait à présent. J'avais été aveugle et c'est par hasard que j'avais découvert la trahison de ma femme. Elle avait décidé de me quitter aussitôt après. Dans notre appartement, j'avais erré du matin au soir, ouvrant sans cesse les armoires vides, car je dus me persuader encore et encore, j'ouvris des dizaines de fois la commode où étaient rangés ses sous-vêtements, encore vide, vide comme mon esprit ; la colère me rongeait le cœur. D'ailleurs je n'eus plus le cœur à me rendre à mon travail. Ses chiffres affichés continuellement sur quatre écrans me semblèrent absurdes. Ma femme Vanessa étant une simple infirmière, jamais elle n'aurait pu se payer de telles vacances et encore moins vivre dans un appartement luxueux de cinq pièces à Paris. Nous envisagions de fonder une famille dans cet appartement, je ne pouvais le concevoir, elle avait ruiné ma vie, cette traîtresse qui s'était enfuie avec son prof de fitness. J'ignorais même son existence et ce dont il avait l'air, je l'imaginais durant des heures en me posant sans cesse la même question : « Qu'a-t-il de plus que moi ? » Je voulais le lui demander mais elle ne répondit plus à mes appels.

La crise ne cessa pas, je perdis de l'argent, rien de bien grave, cent mille euros !

J'avais besoin d'une longue pause, je voulais partir loin et si possible dans un pays dans le même état que moi, en crise, je désirais me fondre dans la souffrance avec tout un peuple pris en otage par des spéculateurs toujours plus avides. Me faire mal puisqu'elle était partie avec un presque smicard !

En face du minuscule port de l'île, un homme assis sur une chaise en rotin m'interpella.

« Bonjour, comment allez-vous ? »

Son français était parfait. Des larmes coulèrent de mes yeux. Jamais encore, je ne m'étais permis un tel abandon et encore moins devant un inconnu.

« Je m'appelle David, je suis arrivé sur cette île à trente-trois ans. Avant moi, un homme était venu sur cette île au même âge et à présent, c'est votre tour. »

Je ne comprenais rien à ce qu'il disait mais il continua.

« Après avoir débarqué sur cette île, je n'ai pas pu en repartir, comme d'ailleurs les autres habitants, qui viennent de différents pays. C'est votre tour à présent. Je vous lègue mon épicerie comme on me l'a léguée car je dois repartir. Je vous ai vu et j'ai tout de suite compris, c'est vous, le prochain, celui qui doit me remplacer ici. Moi, je dois m'en aller avec le pêcheur qui vous a déposé sur cette île. Et puis, il est l'heure maintenant, on m'appelle ailleurs, je m'en vais. Bonne chance mon ami. »

Sans que je réalise la portée de ses paroles tant elles me semblant irréelles, il se leva, et sans emporter aucune affaire, il embarqua sur le navire qui déjà s'éloignait. Était-ce une blague ? Un mauvais tour fait à un touriste afin de le plumer ? Je ne comprenais pas ce qui se passait lorsque des personnes s'approchèrent. C'est avec de grands sourires qu'elles m'accueillirent. Une dizaine de personnes de nationalités différentes m'entourèrent. Je voulus fuir loin de ces gens, mais un enfant me prit la main et ce contact me rassura. De toute façon, je n'aurais pas pu franchir la distance à la nage. Ils me conduisirent à l'épicerie, et m'invitèrent à m'asseoir derrière le comptoir. Il n'y avait pas de caisse enregistreuse. L'un d'eux me dit :

« *Here, no money !* »

Je regardais autour de moi, des galettes, des olives, des saucissons, du poisson séché et quelques fruits, c'est-à-dire le même genre de repas que j'avais pris durant les quinze derniers jours. Je pensais alors :

« Pourquoi pas, si telle est ma destinée ? »

Et comme si son livre se refermait sur la fin de son rêve Vincent Paraison se réveilla. Son corps endolori lui rappela qu'il n'était pas encore habitué au manque de confort. Il sortit de sa tente, l'esprit brumeux et vit Marilou en train de placer sa cafetière italienne sur la bouteille de gaz. C'était devenu une habitude, presque un rituel, elle lui offrait tous les matins une boisson chaude, et bien réconfortante pour Vincent Paraison qui, depuis plus d'une semaine, dormait à la dure sous une tente installée sur la place du village. Il avait quitté un appartement confortable et s'était retrouvé, du jour au lendemain, comme échoué parmi des gens qui ressemblaient à des marginaux. Il n'aurait jamais cru ça possible ! Et si quelqu'un lui avait demandé la raison d'un tel changement, il aurait été incapable de le lui expliquer. Dans ce nouvel environnement, il lui semblait ne pas avoir encore fait ses preuves, la plupart de ses nouveaux amis erraient de ville en ville depuis de nombreuses années. C'étaient des routards qui, au fil du temps, s'étaient endurcis. Lorsque l'un d'eux racontait une de ses aventures, les autres l'écoutaient avec des airs de vieux loups de mer. Vincent ne pouvait s'empêcher de jalouser ces gens qui semblaient avoir tout vu et tout vécu ! D'ailleurs, la plupart lui faisaient sentir qu'il n'était pas vraiment à sa place, et qu'une vie comme la leur se méritait. Eux étaient des hommes libres de toute contrainte alors que lui, « le petit nouveau », n'avait pas encore passé un seul hiver dehors.

Accroupi, il buvait son café en pensant à sa nuit passée. L'homme de son rêve l'avait comme transfiguré, il allait lui aussi « tourner le dos » à cette société de consommation car il avait enfin une histoire à raconter aux autres.

Il pouvait devenir l'homme de ses rêves car Vince Malaison, c'était lui ! La rime était trop évidente tout comme le vécu du héros. Certes, quelques petites différences subsistaient mais elles étaient mineures. Il ne travaillait pas pour une banque d'affaires, n'habitait pas la capitale mais Lyon, une grande ville tout de même, où son job d'analyste programmateur avait pris toute sa place dans sa vie, la faute aux nombreuses formations exigées en plus de son travail ; il fallait constamment se mettre à niveau, apprendre de nouveaux termes, le langage informatique évoluait autant que les nouvelles normes de sécurité ainsi que les outils de développements permettant de programmer des applications diverses demandées par la clientèle. Certes, il n'était pas fan de musique classique et contrairement à son double nocturne, sa famille ainsi que ses amis se souciaient de lui, tout comme sa fiancée. Se sentant coupable, ne sachant plus comment répondre à ses demandes de mariage, il avait fini par abréger ce qui devait être leur vie future, se marier et avoir des enfants…

Par contre, sa copine ne l'avait pas trompé ni quitté ; c'est lui qui l'avait fait car il ne l'aimait plus, pas plus que son existence. Mais à quelques détails près, « le rêve » correspondait à la vie de Vince Malaison. Ils avaient d'ailleurs le même âge. Il devait donc aller en Grèce, plus précisément dans les Cyclades et partir en quête de cette fameuse île dont le nom n'avait pas été révélé par le pêcheur.

Malheureusement, il n'avait pas beaucoup d'argent, il regrettait de ne pas posséder ce job bien rémunéré qui lui aurait permis de prendre un congé sans solde. Sa famille contribuerait peut-être à son projet. En attendant, il désirait donner son roman à Marilou, comme un dernier gage d'amitié. En lui tendant le livre, il ne put s'empêcher de lui confier ses doutes :

« Je ne sais pas si j'ai rêvé ou si c'est ce roman qui m'est resté en tête ? »

La jeune femme le rassura, bientôt, elle en était sûre, il serait choisi par « le rêve ».

Ainsi peu lui importait qu'il ne soit pas à la hauteur de ses ambitions, contrairement à sa copine, cette fille ne lui demandait rien de plus que d'être lui-même…

Marilou logeait sous une tente accolée à la sienne. Cette fille était plus jeune que lui, vingt-cinq ans, elle squattait de gauche à droite depuis plusieurs années sans qu'il en sache la raison véritable. Saisonnière, elle s'arrangeait pour se déplacer dans la France suivant les besoins liés au tourisme. Elle avait échoué sur cette place car elle souhaitait trouver des réponses à ses questions, ce qu'elle appelait « sa mission de vie ». À présent, il n'avait plus besoin de rester plus longtemps sur place, il allait donner un sens nouveau à sa vie, le rêve l'avait choisi, lui, et pas un autre installé sur cette place de village !

Lorsqu'il vit les premières têtes sortirent de leur abri, il s'écria à leur intention :

« J'ai rêvé, ça y est ! Je dois partir au plus vite ! »

Marilou le regarda, surprise.

Un attroupement se fit, on l'écouta attentivement, on le félicita. La jeune femme lui demanda :

« J'aimerais venir avec toi, est-ce que tu serais d'accord ?

— Je suis désolé mais dans mon rêve, tu n'es pas avec moi. En plus, tu as rêvé de chèvres, de montagnes, c'est peut-être ça ton destin !

— Mais ça n'avait rien à voir avec un rêve magique et je ne me souviens pas de tout. Tu as de la chance car notre expulsion ne va pas tarder. Une semaine, et ensuite les gendarmes ! »

Elle semblait paniquée comme d'autres qui partagèrent à leur tour leurs craintes.

Habitué à installer des programmes afin de faciliter le travail des entreprises, Vincent faillit se trouver fort démuni devant ces gens qui attendaient visiblement de lui une solution. Pouvait-il replier sa tente, les quitter, les abandonner sans même les aider alors qu'ils avaient débattu durant des heures sur l'état du monde ? ! Non, il ne le pouvait pas.

« Je sais » dit-il.

Ils le regardèrent, comme suspendus à ses lèvres.

« "Le rêve" m'a choisi en priorité pour une bonne raison car il ne fait pas les choses à moitié. Je suis sans doute l'homme qui peut arranger votre situation à tous. Je vais aller parler au maire avant de partir pour les Cyclades. Lui demander une faveur puisqu'on sait tous qu'il a été lui aussi choisi par "le rêve". Vous logerez chez l'habitant, ainsi les gendarmes ne pourront pas vous déloger.

— Oh oui ! Quelle bonne idée ! » s'exclama la jeune femme.

Jamais encore Vincent n'avait reçu autant d'accolades de la part de ses nouveaux amis. Ainsi, il allait pouvoir partir le cœur léger sans laisser la moindre dette derrière lui.

En l'espace de quinze jours, Antoine Moretti ne reconnut plus son village. Les rues de Rastignac ordinairement si tranquilles étaient envahies par des hordes de journalistes. Un véritable siège se tenait devant la mairie, pas un seul jour sans la présence de la presse. Des hommes et des femmes, munis d'oreillettes, exposaient avec le maximum de détails et de précisions un sujet d'actualité brûlant. C'était un véritable cirque médiatique. La presse avide de sensationnel avait fondu sur cet événement qui détrônait tous les autres. Le maire jugeait qu'elle faisait là une mauvaise publicité à son village natal, car il n'y avait pas la moindre preuve que la disparition inquiétante d'un marginal nommé Vincent Paraison était liée aux phénomènes nocturnes. La plupart des journalistes avaient pris ce raccourci sans aucun professionnalisme. Cette information déformée ne pouvait que nuire aux villageois. D'ailleurs, lui-même n'avait pas été épargné.

Le point de départ avait sans doute été cet homme qui avait proclamé haut et fort qu'il devait suivre la voix de son rêve, et s'embarquer sur le bateau d'un pêcheur à destination d'une île grecque sans nom, peuplée d'étrangers désirant fuir la société de consommation ; depuis, il avait disparu de tous les écrans radar ! On se serait cru dans une fiction produite par Netflix ! ! ! Il regrettait de ne pas avoir pris les dispositions nécessaires dès le début de cette invasion. Une seule tente et il aurait été facile de la démonter, et faire en sorte que nul autre n'ait la même idée. Hélas ! En seulement quelques jours, des dizaines de squatteurs s'étaient installés sur la place du village sans autorisation, et il savait que les autorités compétentes ne feraient rien car c'étaient des marginaux dont personne ne voulait se charger. Sa générosité et son sens du devoir lui avaient causé les pires ennuis. Pourtant, tout édile attaché à l'ordre aurait fait comme lui ! Un maire ne devait-il pas veiller à la sécurité de tous ? ! Il n'avait pas eu le choix lorsqu'un homme, un de ces squatteurs disparu depuis, était venu s'entretenir avec lui à la mairie ; par bonté d'âme, il l'avait écouté parler de sa prétendue « mission de vie ». Il était question de rejoindre une « terre promise », très loin de Rastignac, comme de tous les endroits voués au culte de la consommation ! Puis ce dernier lui avait parlé d'une jeune femme sans domicile fixe, qui pouvait facilement se faire agresser, précisant qu'il ne pourrait pas continuer à la protéger car, même si tout le monde pensait qu'ils formaient un couple, il n'en était rien ! D'ailleurs, il était censé se marier prochainement avec une autre, prénommée Adèle… Le maire ne saisit pas toute la logique de la situation ! À une exception près et pas des moindres ! Un viol pouvait se produire sur la place de son village ! ! !

Il fut donc bien obligé d'agir en sollicitant Hélène Dupuy, la nouvelle passionaria de la cause humaine et animale. Son élan altruiste lui confirma qu'il s'était adressé à la bonne personne : elle accepta aussitôt. Mais après avoir dû s'en expliquer auprès des autorités, il eut le sentiment qu'il avait mal agi. Mais en quoi ? Car pour finir, on ne l'avait inculpé d'aucune infraction, pas plus qu'on l'avait remercié d'avoir certainement sauvé la vie de cette jeune femme en situation de grand danger. Cependant, Antoine ne décolérait pas ! On l'avait obligé à agir et le résultat est qu'ils l'avaient tous laissé tomber ! La partie de pétanque n'avait servi à rien ! Et même Marius le boulanger était un traître alors qu'il ressemblait à un grand enfant !

Ah ! ce boulanger ! N'était-ce pas lui qui, pour augmenter son chiffre d'affaires, avait réuni tous les villageois concernés par « le rêve » sans se soucier des conséquences ? Ou peut-être encore les coupables étaient-ils les Sanchez, qui bénéficiaient d'une publicité inespérée en filmant les nombreux débordements quotidiens ?

Étaient-ils tous devenus fous ? ? ? se demandait Antoine Moretti, furieux d'avoir dû répondre à un interrogatoire à charge. Ils ne se souciaient que d'eux-mêmes, jamais de lui, le maire qui avait porté secours à une femme et ainsi évité au village de Rastignac d'être associé à une affaire plus sordide encore que la disparition volontaire d'un homme !

De retour chez lui après être sorti de la gendarmerie, dans un accès de fureur, il cogna violemment une chaise contre le sol de la cuisine, en la soulevant par le dossier jusqu'à sa destruction complète ! Après cet acte de défoulement sauvage, il retrouva très vite ses esprits, car les médias de tous bords avaient envahi l'espace…

Il se sentait surveillé en permanence, sans compter les dizaines de personnes armées de caméra, de micros… Rastignac, le village de son enfance était-il devenu un cirque pour des touristes d'un nouveau genre ? Quantité de badauds venus par leurs propres moyens, en voiture, à moto, à vélo, se bousculaient, on ne pouvait plus les compter. Certains braillaient à leur portable, on ne savait pour quelle raison, d'autres priaient dans l'église qui avait rouvert ses portes avec la présence d'un curé zélé évoquant la volonté divine d'un Dieu impénétrable à une logique matérialiste. Rastignac était devenu un asile de fous, filmé en permanence. Antoine Moretti n'osait plus regarder les infos et encore moins les réseaux sociaux où sa fonction de maire semblait faire de lui un coupable idéal. Certains avaient divulgué son nom en ligne, afin que cessent les privilèges d'une classe politique corrompue ! Quelle allait être la prochaine étape ? Allait-on l'agresser physiquement ? Il avait bien essayé de téléphoner au secrétariat de la préfecture, mais pour seule réponse, on lui avait assuré que des autorités compétentes s'en chargeaient ! ! ! Depuis, il ne décolérait pas.

« Au cul, ils m'ont pissé ceux-là, fulminait Antoine, si j'avais été un préfet, tout aurait été mis en place pour que cesse ce cirque ! Mais le maire d'un tout petit village, on le méprise et on peut même le traîner dans la boue, jusqu'à la gendarmerie ! »

De qui se moquait-on ? ! De lui évidemment.

Seul et démuni, Antoine se félicitait de sa décision. Il avait congédié Maddy et Françoise. Depuis, un message vocal enjoignait à toute personne de contacter la sous-préfecture. Puis il rédigea sa lettre de démission. Écrire l'adresse de la Préfecture ne le soulagea que le temps de glisser l'enveloppe dans la boîte aux lettres. De retour à la mairie, il s'en prit à son écharpe de maire : l'objet finit en charpie.

« Ah ! se lamentait-il, ils m'ont fait danser la farandole à la foire au guignol !!! »

Et il ne résista pas à jeter les morceaux déchirés dans les W.-C, regardant les trois couleurs symboliques de la France être englouties, imaginant à la place, le préfet tombé au plus bas, les égouts comme unique destination. Ce qui faillit boucher la canalisation.

Toutes sortes de théories concernant les phénomènes nocturnes furent évoquées puisque personne ne savait pourquoi ils avaient cours en ce lieu ! On émettait les hypothèses les plus farfelues pour tenter d'expliquer pourquoi la zone où « le rêve » agissait était délimitée par les deux panneaux de signalisation de Rastignac, à l'entrée et à la sortie du village. Cela avait d'ailleurs contribué à alimenter le buzz de toutes parts, et pousser les nombreux villageois à se répandre devant les caméras de télévision. Cette soudaine popularité franchissait les frontières de la France ; diverses langues étrangères résonnaient dans les rues de Rastignac, au grand dam d'Antoine qui ne savait quelles élucubrations les uns et les autres racontaient ! Olivia Sanchez ainsi que son mari Allan se donnèrent le premier rôle, arguant que le « rêve » pouvait contribuer à devenir riche. Puis ce fut le tour du docteur Declercq, à qui on demanda son avis de médecin. Régis Meunier donnait de nombreuses interviews, au cours desquelles il parlait de sa passion, la course à pied, dans le seul but de trouver un sponsor. Luc, le gendarme, avait reçu la consigne de sa hiérarchie de ne pas parler et depuis il ne sortait quasiment plus de chez lui sauf pour se rendre à son travail. Et si le maire était si bien renseigné au sujet de ses administrés, c'est qu'il avait été convoqué à la gendarmerie, « rendez-vous » qu'il n'était pas près d'oublier...

Dans une pièce de la gendarmerie, une fois la porte fermée, un homme lui avait tendu prestement une carte officielle. Avant que le maire ait le temps de comprendre sa fonction exacte, le représentant de l'ordre lui avait intimé l'ordre de s'asseoir sur une chaise. Antoine s'attendait à voir des gendarmes en uniforme alors qu'ils étaient tous en civil. Décontenancé, il s'était assis en face d'une femme qui visiblement s'apprêtait à utiliser l'ordinateur placé sur un bureau. Un troisième individu se tenait à l'arrière, il avait juste eu le temps de voir son regard et dans ses yeux, il s'était vu comme un repris de justice. Cette présence silencieuse dans son dos l'avait complètement déstabilisé. La première question avait porté sur Vincent Paraison. Comme il ne pouvait répondre au sujet de sa disparition, l'homme qui était debout à ses côtés s'était approché de lui et, en se penchant, lui avait demandé, comme à un ami qu'on voudrait délivrer d'un secret trop lourd à porter :

« Alors... Il est temps de parler puisque vous connaissiez très bien Vincent. Pourquoi vous a-t-il dit "Je m'en vais car je veux entendre le bruit de mes pas lorsque je marche" ? Que signifie cette phrase ?

— Mais, je ne sais pas, s'était-il entendu répondre.

— Vous devez bien savoir quelque chose ?

— Mais non, je ne sais rien, je vous jure que c'est vrai, j'ai juste accédé à une demande de sa part, trouver un logement à une de ses amies SDF, Marilou quelque chose.

— Cette femme s'appelle Marilou Seguin et sa famille n'a plus de nouvelles d'elle.

— Ah bon ! Elle a une famille qui la recherche, je ne le savais pas, sinon je n'aurais pas demandé à la famille Dupuy de l'héberger ! Je peux vous donner leur adresse si vous voulez ? »

Il avait répondu à la manière d'un enfant obligé de se justifier d'une chose incompréhensible face à une autorité censée représenter un ordre établi alors qu'il lui semblait avoir été projeté dans un monde sans repères. Mais que faisait-il ici, avec ces deux hommes et cette femme ???

Il avait alors été pris d'un sursaut de révolte, tout en craignant de recevoir un coup, peut-être une baffe, comme dans ces films ou des flics se permettaient de frapper un suspect.

« Je ne sais pas ce que je fais ici, j'ai répondu à une simple convocation en pensant apporter mon aide, je ne connaissais pas plus que ça cet homme, et ce que je sais de lui, je l'ai appris au journal télévisé. »

La femme avait pris la parole, elle semblait le croire.

« Ok, et que pouvez-vous nous dire sur "le rêve" ? Les séances à la mairie, c'est vous qui les aviez organisées, n'est-ce-pas ? »

Ainsi, il était tombé dans un véritable traquenard. On allait le rendre responsable d'avoir eu l'idée de réunir des personnes dans une salle de la mairie !

« Oui, je l'ai fait et alors ? Vous ne pouvez tout de même pas me rendre responsable de la disparition de cet homme ! Je veux un avocat, je ne répondrai plus à aucune de vos questions car je ne suis pas un criminel ! »

Cet échange houleux avait pris fin sans que le maire en comprenne la raison soudaine, lorsque l'homme derrière lui avait pris la parole. Le maire n'avait pas osé se retourner. Ce qui avait semblé convenir à ce mystérieux personnage, qui, volubile, informa Antoine Moretti sur presque tous ceux qui s'étaient réunis anciennement dans une des salles de la mairie. D'après lui, Françoise Martin, la pin-up, remportait un succès fou auprès d'une représentante de la presse japonaise et Émile recevait des dizaines de lettres d'amour de la France entière, de Belgique et de toutes les régions francophones. Marius le boulanger avait réussi à fabriquer une baguette de pain d'une dimension exceptionnelle ; il s'était fait prendre en photo avec, la chevauchant devant sa boulangerie. Alice Lanteri, caissière à Casino, avait été renvoyée et à présent elle travaillait au sein d'un supermarché bio. Hélène Dupuy parlait écologie mais surtout envisageait de transformer sa villa sur les hauteurs de Rastignac en un lieu de rendez-vous pour tous les défenseurs de la nature, et proposait le gîte et le couvert à ceux qui désiraient collaborer sur son projet appelé « Faire du tourisme autrement ». L'institutrice du village, Laetitia Mignol, citait continuellement des philosophes car elle s'estimait leur porte-parole.

Patrick Blanc, journaliste au *Mistral* était de retour. Le maire n'osa se confier qu'à lui. Il se plaignit surtout de l'interrogatoire qu'il avait subi, de son village défiguré par le nombre croissant de véhicules, de l'arrivée de gourous proclamant que le village recelait des secrets divins et autres fadaises du même genre ! Il n'en pouvait plus de cette « foire » permanente et de ces tas d'individus sans éducation qui avaient envahi Rastignac. On avait même volé les deux panneaux sur lesquels était inscrit le nom du village ! Enfin, ce n'était pas ce qu'il avait imaginé et encore moins rêvé, s'offusquait l'édile, désirant prendre pour témoin le journaliste, espérant enfin trouver un allié en la personne d'un représentant de la presse. Cette presse était l'unique coupable, et lui était innocent ! ! ! Qu'on puisse en douter l'avait particulièrement touché dans son amour-propre. Patrick lui répondit qu'il suffisait d'attendre, ce remue-ménage ne durerait qu'un temps, comme pour les autres faits divers. Le journaliste parvint à persuader le maire de lui accorder une interview pour la publier dans *Le Mistral* ; il ne faisait pas partie de cette mauvaise presse, de ces regrettables journalistes avides de tout et de rien.

« D'ailleurs, dit-il d'un air outré et sincère, ce cirque médiatique est un préjudice fait à toute la profession ! »

Il assura au maire que sa parole serait respectée au mot près, car elle valait bien plus que celle des autres. Le journaliste était touché par les malheurs de l'édile, il aurait aimé l'appeler par son prénom, Antoine, afin de lui faire comprendre qu'il pouvait compter sur lui. Comme un ami désirant apaiser la détresse d'un proche, il avait à cœur de le soulager en exprimant son indignation. Antoine n'était pas responsable de la vie de cet adulte, par définition libre de ses choix, et si les proches du disparu s'épanchaient dans la presse, paraissant l'accuser en affirmant qu'il était le dernier à l'avoir vu, cela ne faisait pas de lui un coupable. Le maire, visiblement ému, le remercia en le priant de l'appeler par son prénom car des amis comme lui, « il n'en existait pas tant que ça » lui dit-il en le serrant dans les bras.

Le journaliste suivait l'affaire de près, il n'avait pas pu passer à côté des images diffusées en boucle, montrant les visages dévastés des parents du disparu, victime, d'après eux, d'un crime. Ils affirmaient connaître mieux que personne leur fils ; jamais le jeune homme n'aurait disparu à moins d'y être forcé. Sa fiancée pleurait à leurs côtés, et évoqua leur projet de mariage.

Les deux hommes convinrent de ne pas parler de cette affaire regrettable.

Antoine Moretti choisit l'ancienne fabrique d'allumettes comme lieu de rendez-vous, loin de l'agitation ambiante. Au dernier moment, il eut l'idée d'emmener Maddy car elle était l'une des seuls à ne pas avoir parlé aux journalistes. Au moins, il pouvait faire confiance à un membre de sa famille.

Dans la voiture, encore choqué par la tournure prise par les évènements récents, Antoine ne parvenait pas à oublier ce face-à-face houleux. Il fallait qu'une personne l'écoute et comprenne dans quel guet-apens il était tombé ! Il revint plusieurs fois sur le déroulé de sa confrontation avec des fonctionnaires menaçants. Mais qui étaient-ils au fait ? Il ne le savait toujours pas ! Un homme avait brandi une carte officielle et lui avait crié dessus ! Mais que pouvait-il leur dire ?! Rien, absolument rien ! Il avait raté plusieurs rendez-vous avec la presse, n'osant plus s'exprimer par peur des représailles. Travaillaient-ils réellement pour le gouvernement, ainsi qu'ils l'affirmaient ? D'après eux, on se préoccupait en haut lieu de la santé mentale des habitants de Rastignac ! Et des informations, ils en possédaient sur beaucoup de villageois. Étaient-ils des agents secrets ?

Le journaliste le rassura encore et encore, il ne s'agissait que d'une enquête, il n'avait rien à se reprocher, de quoi pouvait-on l'accuser ? De rien, absolument rien !!!

À l'arrière du véhicule, Maddy écoutait, outrée qu'on ait fait subir une telle injustice à son Antoine. Durant tout ce temps, la vieille dame s'était terrée chez elle, son chien ne supportant pas ce remue-ménage. Elle ne put s'empêcher de dire que les chiens étaient bien plus intelligents que les humains. Antoine ne put la contredire.

Alors qu'il sentait revenir en lui la paix grâce à la bienveillance des deux personnes à ses côtés, il faillit avoir un accident. Et pour cause ! Patrick Blanc, ne pouvant se retenir plus longtemps, venait d'avouer à son nouvel ami, Antoine, le plan macabre élaboré par deux personnes du village avec la complicité de plusieurs villageois. Aussitôt, le maire arrêta sa voiture, il ne pouvait plus conduire ce véhicule devenu subitement un cercueil ! Jamais, il ne les aurait crus capables d'un tel acte ! Et dire que c'est lui qu'on avait jugé comme un criminel ! Au comble de la fureur, il donna de violents coups de pied contre un des pneus arrière, insultant plus particulièrement le docteur à la retraite, certain qu'il était la tête pensante du groupe. Après cet acte de pure folie, puisqu'il s'agissait de son propre véhicule, Antoine exigea du journaliste que celui-ci contacte immédiatement la police car on devait tous les arrêter au plus vite !

Maddy désapprouvait Antoine pour ses gestes incontrôlés, mais elle était surtout horrifiée en pensant à ce qu'il aurait pu arriver à son petit-neveu. Elle maudissait particulièrement son voisin Régis et son complice, le gendarme Luc Marmouillet ! Il fallait dénoncer ces hommes de toute urgence !

Patrick, quant à lui, avança que c'était la parole des uns contre celle des autres. Il n'avoua pas qu'il détenait une vidéo compromettante. En l'espace de quelques secondes, le journaliste prit la décision de se taire, il s'était compromis, son silence passé ne pouvait faire de lui qu'un complice de plus ! Il avait parlé par pure empathie sans réellement réfléchir aux conséquences, mais lorsqu'il vit le maire furieux se défouler sur le véhicule, il comprit que sa colère pourrait se retourner contre lui. Il était plus simple de ne pas s'engager sur une voie périlleuse.

Antoine ne voulait pas s'avouer vaincu. Il tenait à se venger et personne ne pourrait le faire changer d'avis. Le journaliste dut faire preuve de tous ses talents de communicant. Son instinct de survie lui dicta ses paroles, la prison n'était pas envisageable ! Il rédigeait des articles sur des crimes commis par d'autres, il ne pouvait être du mauvais côté de l'histoire à cause d'un moment d'égarement. Qu'une interview organisée de son propre fait le mène tout droit en prison était une absurdité complète, et puis, il n'avait rien fait sinon qu'il avait gardé une clef USB confiée par un informateur disparu on ne sait où... N'avait-il pas là simplement rempli sa mission de journaliste ? Oui, c'est vrai, il avait fait pression sur le gendarme Luc Marmouillet afin de donner du contenu à son article, il l'avait persuadé de se laisser prendre en photo à côté du maire, mais c'est tout ce qu'on pouvait lui reprocher ! Patrick se disculpa rapidement, car l'urgence était de calmer celui qui était devenu un ami encombrant.

Il se dit que « le rêve » était un atout majeur dont il pouvait se servir et, en bon joueur d'échecs qu'il était, il avança une pièce en prévoyant le tour suivant afin que son adversaire soit persuadé de mener le jeu alors qu'il ne faisait que suivre ses directives. En faisant mine de le questionner, le journaliste lui donna les réponses. Ainsi, il lui exposa la stratégie à adopter et c'est avec un air déterminé qu'il lui dit :

« D'après toi, quelle est la meilleure vengeance sinon celle de réduire à néant leur projet ? Je te donne un exemple concret. Il paraît que celui qui se prend pour Jules César a décidé de se lancer en politique. Si les États-Unis, le plus grand pays démocrate du monde civilisé, ont élu un ancien acteur comme président, il se pourrait fort bien que notre Jules César parvienne à ses fins, tout semble possible dans cette société du spectacle ! Toi seul peux mettre en échec ce type. Tu le connais mieux que personne, il a partagé son intimité nocturne pendant des mois, il te suffira de balancer à la presse les propos qu'il a tenus. Ce sont juste des délires pour la plupart des gens, ils jugeront que Fabian Giordano a un problème de santé mentale. Tu imagines, il va perdre sa boîte de surveillance et le gendarme, Luc, sera forcément licencié, pour cause de folie ! Le médecin à la retraite finira très mal, sa réputation à jamais fichue, il deviendra un objet de risée et crois-moi, avec son orgueil démesuré, il ne faudra pas longtemps avant qu'il mette fin à ses jours !!! »

Au grand soulagement de Patrick, Antoine trouva lui-même la conclusion, qu'approuva Maddy :

« Tous des jobastres, c'est tout à fait ça ! »

Le journaliste notait les renseignements fournis par le maire, tout en sachant que jamais ses propos ne seraient publiés dans les colonnes de son journal ; cette affaire n'était bonne que pour une feuille de chou s'adressant à un public vieillissant, car à l'heure actuelle, les litiges s'exprimaient davantage sur Internet. Ceux-ci étaient relayés par une certaine presse dont *Le Mistral* ne faisait pas partie. Il lui fallait un événement exceptionnel s'il voulait faire la différence avec ses concurrents de la presse écrite.

Fort à propos, Maddy lui apporta la solution.

« J'aimerais vous parler de l'ancienne fabrique d'allumettes, j'ai gardé des articles de presse du temps de feu ma chère maman. Il s'était peut-être passé quelque chose de similaire. Ma mère avait parlé d'une histoire comme ça... Enfin, je crois, c'est si vieux tout ça ! »

« Intéressant, pensa aussitôt le journaliste, je tiens peut-être mon scoop !!! »

Et Marie-Madeleine, vivement encouragée, raconta la vie de sa mère à l'époque où la plupart travaillaient comme ouvriers dans la fabrique d'allumettes. La vieille femme possédait chez elle des journaux relatant la vie dans la région de 1947 à 1954.

« Pourquoi avoir gardé ces vieux journaux ? lui demanda le journaliste par intérêt professionnel.

— Je les ai gardés car ils ont permis à ma mère d'apprendre à lire et nous les enfants, nous n'avions pas d'argent pour acheter des livres.

— Mais alors, comment se fait-il que vous ayez eu, sans argent comme vous me le dites, des journaux ?

— Figurez-vous qu'il s'agit du *Mistral*, votre journal. »

Maddy ne put contenir son émotion, elle se tourna et vit le bâtiment en forme de U, observa les murs envahis par la végétation, et la cheminée, intacte ; pas la moindre plante invasive ne s'était permis d'attaquer celle qui crachait sa fumée écœurante, à l'odeur d'ail ranci. Cette tour défiait le temps comme les souvenirs de la vieille femme qui, à cet instant, eut l'impression d'inhaler encore un peu de la fumée âcre. Cet environnement l'impressionnait autant que lorsqu'elle n'était qu'une enfant, partagée entre le dégoût et l'attraction. Impressionnante par sa haute taille, la cheminée était faite d'une maçonnerie de brique ocre en forme de losanges, entourés de pierres de taille blanches. À côté, deux pancartes étaient installées, rapportant deux histoires la concernant, elle, merveille de fabrication humaine, d'un poids de 1 200 kg et d'une hauteur de 45 mètres. Elle était protégée au titre des monuments historiques. De nombreuses personnes étaient venues, comme en pèlerinage, se recueillir devant celle qui dominait le paysage. On avait aménagé un parcours touristique donnant accès à certaines parties du bâtiment. C'étaient des sorties en famille, des excursions scolaires avec comme toile de fond l'usine désaffectée. C'étaient des commentaires, des rires, des discussions sans que jamais ne soit évoquée la part sombre de ce temps révolu. L'architecture de l'édifice semblait plus importante que les vies humaines qu'il avait abritées, sauf pour Maddy. La vieille dame aurait aimé que l'on se souvienne de ceux qui risquaient leur santé au quotidien entre ses murs. Il fallait bien gagner sa vie ! Combien étaient-ils à s'être sacrifiés pour leur famille ? Nul ne le savait, on ne devait plus parler des choses tristes du passé. Aucun événement grave n'avait eu lieu dans cet endroit ! Et pourtant, Maddy se souvenait encore de ces femmes, les allumettières. Ils avaient osé afficher une photo de groupe sur laquelle les ouvriers paraissaient en pleine santé. La photo avait été prise à bonne distance afin de montrer la totalité du bâtiment et les ouvriers posaient devant la grille en fer forgé. Personne, à la regarder, ne pouvait percevoir la moindre trace de leurs malheurs. Comment expliquer au journaliste ces choses horribles vues de ses yeux d'enfant ?

On l'appelait la « maladie de l'allumette », le poison entrait par la bouche, s'infiltrait dans les dents cariées ou en mauvais état, puis creusait les os de la mâchoire. Elle avait vu une ancienne ouvrière défigurée après qu'on lui eut enlevé la partie infectée. Elle avait aussitôt pensé à sa mère, il ne fallait pas qu'elle finisse comme ça. Heureusement, sa mère était chargée de remplir des boîtes d'allumettes et effectuait cette tâche à domicile. Ces boîtes la fascinaient, enfant, elle rêvait de gratter l'embout d'une allumette, et voir la flamme jaillir comme par magie. Malheureusement, sa mère lui expliqua que c'était impossible. Des contrôles pouvaient être faits et il ne devait manquer aucune allumette !

Tant de souvenirs jaillirent de sa mémoire, mais il fallait répondre aux questions du journaliste et laisser, une fois de plus, les mauvaises choses du passé enfouies au plus profond de soi. Comme aimantée, elle n'arrivait pas à détacher son regard de la cheminée qui semblait indestructible au temps. Une question la sortit de son moment d'égarement.

« Ma mère était couturière pour la famille possédant la fabrique. Je l'accompagnais quelquefois mais seulement lorsqu'elle aidait au repassage du linge pour de grands évènements. Le plus souvent, ma mère y allait seule, ma présence n'était pas désirée puisque tout cela se passait dans les appartements privés. Je me souviens avoir eu peur, la première fois, on m'a dit d'aller dans le parc et j'ai vu les deux enfants riches. Heureusement, ils étaient gentils, nous avons joué à cache-cache dans l'immense parc. Un jour, la dame a surpris ma mère en train d'ânonner un article portant sur la fabrique et ce qu'elle avait apporté à la région. Ce qui lui a beaucoup plu ! Ma mère n'a jamais osé lui avouer qu'elle lisait cet article par pur hasard. Après ça, la dame lui a donné ses journaux usagés, ce qui, à l'époque, représentait un cadeau précieux pour un pauvre. Avec l'aide de ses enfants, elle a appris à lire. Ensuite, elle a lu tout ce qui lui tombait sous la main, malgré le temps qui lui manquait. Elle aimait les histoires de toutes sortes et lorsque celles-ci étaient trop tristes, elle les modifiait et c'était bien ! Ainsi, on oubliait nos soucis et malgré le décès de notre père, nous avons été heureux.

— C'est une belle histoire, votre maman devait être une femme exceptionnelle !

— Oui, elle l'était. Elle a même dit à sa patronne qu'elle ne voulait plus travailler pour elle avec ce qui se passait dans la fabrique d'allumettes ! »

Maddy avait prononcé cette phrase d'un ton indigné. Elle ne pouvait plus se taire, sa mère avait été si courageuse face à ces gens qui détenaient leurs vies comme un droit divin, faisant d'eux des humains en sursis !

« Je veux vous raconter la vraie histoire de cette fabrique d'allumettes. Des ouvrières attrapaient le mal en respirant les vapeurs du phosphore. Des enfants, des hommes en pleine force de l'âge tombaient comme des mouches tandis que ma mère retouchait leurs beaux vêtements. Elle n'a plus eu la force de se rendre chez eux, elle a refusé d'y retourner. Et peu à peu, nous sommes devenus de plus en plus pauvres mais heureusement, Émile Santoni, un enfant de mon âge, nous a aidés avec l'accord de ses parents. Il nous donnait des victuailles, de quoi remplir nos assiettes suffisamment. Des grèves ont eu lieu, des manifestations brutalement réprimées par les forces de l'ordre. Des gens de la ville sont venus soutenir les ouvriers. Mais ce qui a mis fin à ce travail à l'usine a été la maladie des deux enfants de la famille Laforge. Une drôle d'histoire. On en avait parlé à l'époque dans *Le Mistral* et c'est la seule fois où ma mère avait acheté le journal malgré la dépense.

— Et ce journal, vous l'avez chez vous ? l'interrompit le journaliste.

— Oui, je ne le jetterai jamais. Vous pourrez lire l'article sur une maladie liée au sommeil qui avait fait perdre la santé aux deux enfants de la famille. Ils ont été auscultés par un tas de médecins sans aucun résultat ; après le curé, on a même fait venir une sorte de sorcier qui a parlé d'envoûtement, et décrété que les morts se vengeaient du supplice qu'ils avaient subi de leur vivant en travaillant dans la fabrique d'allumettes. Les propriétaires ont décidé de vendre l'usine mais personne n'a voulu reprendre ce qui faisait peur à toute la région. Les superstitions les plus folles s'étaient répandues comme une traînée de poudre et ont repris de plus belle quand les deux enfants ont retrouvé la santé après la fermeture. La famille a déménagé on ne sait où et l'histoire s'est finie ainsi. On n'a plus jamais parlé de cette fabrique d'allumettes de peur de réveiller à nouveau les fantômes. Même ma mère n'a plus jamais prononcé le nom de la marque d'allumettes, le Pierrot-feu. C'est bien triste tout ça et je crains que vos lecteurs ne s'intéressent plus à ces vieilles histoires, n'est-ce-pas ?

— Mais bien au contraire, ma chère Maddy, ne doutez pas du cœur de mes lecteurs, je vous promets de faire au mieux afin de restaurer la mémoire de tous ces pauvres gens. N'est-ce-pas ce que souhaite votre Antoine ? que l'on parle également de l'histoire de la région, du passé de Rastignac, de ces hommes et femmes qui se sont battus afin de changer ce monde affreux où à l'heure actuelle, il se passe encore des choses innommables ? N'est-ce-pas, Antoine ? !

— Euh oui, c'est bien qu'on en parle » lui répondit briè-

vement le maire qui semblait perdu dans de sombres pensées.
Antoine déposa le journaliste devant la maison de Maddy.

Je n'ai jamais douté de mes charmes physiques auprès des nombreux lutins bleus que je côtoyais tous les jours et c'est peut-être la raison qui m'a fait croire que je n'avais pas besoin de le vérifier. Mais une envie irrésistible me prit, j'eus le désir de me trouver enfin un compagnon de vie. Je pensais qu'il me serait facile de concrétiser ce projet puisque j'étais la seule représentante féminine, j'étais la Schtroumpfette ! J'ai abordé le premier lutin vers lequel le hasard me portait, et ce fut le Schtroumf bricoleur. Je lui ai demandé de venir chez moi effectuer une réparation, mais il ne pensait qu'au résultat de son entreprise, me demandant sans cesse si j'étais satisfaite de son travail sans autre sujet de conversation. Ne m'intéressant nullement à sa passion dévorante et fâchée parce qu'il préférait son tournevis et sa clef à molette à ma personne, je l'ignorai superbement pour me rapprocher du Schtroumpf coquet, pensant que nous aurions des points communs.

Hélas ! Je le crus jusqu'à ce qu'il m'emprunte mes bijoux, allant jusqu'à essayer mes robes et mes talons hauts et le pire fut lorsqu'il me demanda si je le trouvais beau ainsi vêtu ! Mon indignation n'eut plus de limite étant donné que je suis en principe la seule à me vêtir de cette façon. Malheureusement, je me rendis rapidement compte que seul le Schtroumpf grognon pouvait se plaindre, mais je perdis tout de même mon sourire, sans que personne ne se soucie de moi, excepté le Schtroumpf farceur qui me lança à la figure une tarte à la crème.

Je compris donc qu'ils étaient tous occupés à leurs tâches respectives, le paresseux se reposait encore et encore, le gourmand mangeait et regardait ma robe tachée de crème d'un œil gourmand, il me dégoûta aussitôt ! Puis, le frileux avait froid et rien ne pouvait le réchauffer, ses frissons glacés continueraient et aucun de mes baisers ne pourrait le réchauffer. Et le Schtroumpf amoureux n'était amoureux que de lui-même !

J'étais si malheureuse que je décidai de rendre visite au Schtroumpf hébéphréno-catatonique qui ne sortait jamais de chez lui. Mais pourquoi l'avoir rendu malade, celui-ci ? Et pourquoi devais-je vivre dans un océan de solitude sans autre occupation que celle que me dictait mon ancienne croyance, « être belle suffit à être une personne épanouie » ?

Ma vie n'avait plus aucun sens. Je me souvenais de ces paroles chantées, elles étaient idiotes... *Viens au pays des Schtroumpfs, des petits êtres bleus, viens au pays où tout est merveilleux !* C'était un mensonge et nous étions deux à le prouver, ce pauvre fou qui délirait en refusant de voir la lumière du jour et moi qui cherchais une réponse à une question existentielle : à quoi suis-je utile ?

On ne m'avait pas donné de profession comme à tous ces garçons qui m'entouraient et c'était donc ça ! J'étais la seule fille, j'étais dans le mauvais corps et il était impossible d'en changer. J'eus envie de me jeter dans la gueule du chat Azraël. Au moins j'aurais servi à fabriquer la pierre philosophique qui aurait permis de prolonger la vie de notre pire ennemi, Gargamelle. Mais l'était-il vraiment ? Je commençais à douter car qui avait décidé de mon sort ? J'allai voir le grand Schtroumpf qui, en principe, avait la science infuse, et ce qu'il me répondit me laissa perplexe : la personne qui m'avait dessinée devait être un peu misogyne, mais pas complètement, puisqu'il avait pris pour modèle une icône de la beauté et de la liberté féminine, Brigitte Bardot. Je ne connaissais pas cette femme.

Bien caché dans une armoire fermée à clef, un appareil apparut, qui se nommait télévision. Des images surgirent. Le grand Schtroumpf désirait me montrer, grâce à ce qu'il appelait un « film », celle qui avait inspiré mon créateur. En voyant cette étrange créature, je compris que je lui ressemblais. Dans la réalité, je n'étais pas bleue, pas plus que je ne possédais sa beauté époustouflante. J'étais donc en train de rêver. Cependant, malgré mes efforts pour me réveiller, je n'y parvins pas si bien que je vis le film dans son intégralité. Mon archétype blond jouait un personnage de jeune fille au charme redoutable qui, pour échapper à la pension après l'orphelinat, se maria à la suite de multiples péripéties provoquées par le nombre de ses prétendants, trois hommes qui ne pouvaient se résoudre à la laisser s'échapper. Le sujet semblait des plus quelconques, pour ne pas dire niais, je m'ennuyai à la regarder minauder scène après scène, jouant les aguicheuses puis la sainte-nitouche. Le film datait, cette époque était terminée car d'autres femmes sexy et provocatrices avaient fait carrière grâce à leur plastique, elles étaient si nombreuses que personne ne s'offusquait plus d'un tel déballage féminin. Et finalement, j'en savais plus que le grand Schtroumpf. J'allai prendre congé de ce rêve, revenir dans ma réalité, ce qui était ma seule préoccupation, mais j'étais clouée à mon siège. Et je compris la raison du titre du film, *Et Dieu créa... la femme*, lorsque la prénommée Juliette se mit à danser le mambo. Je fus aussitôt saisie par sa beauté féline et indomptable, elle crevait l'écran, semblant s'inviter dans le salon du vieux barbu qui, les yeux exorbités, regardait une sublime créature ne faisant pas partie de son espèce. Je fus surprise et ne sus plus où regarder, l'écran avec ce qui semblait être un animal sauvage aux pieds nus, battant le sol fiévreusement, se débarrassant d'une jupe trop longue en la déboutonnant, ou le spectacle d'un lutin lubrique. Je naviguai entre ces deux visions, me sentant perdue, lorsqu'un homme dans l'écran vint interrompre la danse sauvage. La tension était alors à son comble. Un courant électrique avait franchi la frontière qui nous séparait de son monde. D'ailleurs, je sentis à mes côtés le grand Schtroumpf sous l'emprise de cette diablesse qui avait réussi à séduire celui que je considérais encore récemment comme le plus sage de mes semblables à la peau bleue. Peu importait l'espèce, elle réveillait chez chaque mâle un instinct animal, celui de posséder la femme, et par la force si on ne pouvait la raisonner. J'étais jalouse de celle qui remportait un tel succès alors que si j'avais réussi à séduire mon mari, Fabian Giordano, ce n'était que grâce à une mante religieuse, qui l'avait séduit aussi facilement qu'elle l'avait abandonné. Je l'avais récupéré en morceaux, lui remontant le moral durant des jours, des mois avant qu'il s'abandonne à moi, la patiente et fidèle amie, celle qui incarnait la sécurité. Cette option semblait lui convenir parfaitement puisqu'il en fit son métier, l'entreprise Sécurité Fabian était née grâce à moi.

Je ne pus m'empêcher de la détester, elle me rappelait des souvenirs désagréables, ma disgrâce physique et le peu d'intérêt que m'accordaient les garçons. On ne pouvait pas l'arrêter, elle faisait des ravages, là où elle passait, les hommes trépassaient. Elle s'arrêta de danser et c'est avec une voix provocatrice qu'elle répondit à celui qui lui demandait ce qu'il lui arrivait. Ne pouvait-il pas lui dire tout simplement que c'était une traînée ? Et dans un mouvement de tête, elle lui répondit, la voix fiévreuse de s'être abandonnée au rythme du mambo :

« Je m'amuse, je voudrais aller dans un pays où l'on ne pense qu'à danser et à rire. »

Tristement, comme déjà vaincu, il lui dit :

« C'est pourquoi je suis ici. »

Mais bien sûr, elle ne le suivit pas, trop d'hommes à ses pieds pour n'en choisir qu'un seul, de tous les musiciens dans la pièce, pas un ne pouvait s'arrêter de jouer de son instrument, afin qu'elle ne s'arrête jamais. Elle s'échappa, joua avec son reflet dans un miroir, monta sur une table et sans entrave, elle montra ses cuisses nues battant la mesure l'une contre l'autre.

Un autre homme entra dans l'établissement. Il la vit, exhibée, offerte aux yeux de tous, il ne put le supporter, il sortit une arme. Naturellement, elle fut sauvée par celui qui le premier la voulait pour lui seul. La musique s'arrêta, le grand Schtroumpf ne retrouva pas ses esprits pour autant. J'eus le temps de l'observer et un déclic douloureux me traversa le corps, des images me revinrent, mon père devant son poste de télévision, commentant la beauté de certaines femmes choisies expressément pour cette qualité que je ne possédais pas !

Heureusement, je me rappelai qu'une autre vie m'attendait car je n'avais qu'une seule envie, me jeter sur le vieux patriarche et lui tirer sa barbe jusqu'à ce qu'il touche le sol. Ma rage me permit de sortir de ce rêve devenu un cauchemar. Un dessinateur de BD ne suffisait pas à tracer les lignes de mon destin, ni personne d'autre ! J'étais soulagée d'avoir quitté la maison du lutin patriarche pour me retrouver dans mon propre lit, en sachant que ma révolution avait déjà commencé très tôt dans ma vie sans qu'il soit question d'un quelconque avantage physique féminin car je valais mieux qu'un simple objet de désir masculin…

J'entendis les bruits caractéristiques de la chaîne d'infos que Fabian regardait dès son réveil. Sûrement un débat sur un sujet d'actualité. Si nos rêves étaient différents, nous étions en accord sur le sens à donner à ce qui paraissait être finalement une mission à accomplir. Et cette nuit, « le rêve », encore une fois, m'indiqua ce que jamais je ne désirais devenir : un personnage de bande dessinée soumise au caprice de son créateur.

J'allais prendre mon destin en main afin de ne jamais ressembler à aucun de ces personnages et encore moins à celle qui incarnait à mes yeux le parfait exemple d'une femme soumise aux diktats d'une société patriarcale. Certes, je m'accommodais du fait que mon mari me considère comme une simple « bonne amie », mais je ne supportais plus ses récentes prises de position.

Fabian avait voté à la dernière élection municipale pour

l'extrême droite, je n'avais pas approuvé son choix même si je le comprenais. Depuis qu'il paradait en toge, se prenant pour Jules César, je ne partageais plus ses opinions politiques. Et si « le rêve » lui avait apporté une assurance à toute épreuve, le stimulant quotidiennement, lui donnant des idées nouvelles comme celle de se lancer en politique, je ne comptais pas le laisser faire n'importe quoi sous prétexte qu'il se prenait pour ce qu'il n'était pas ! Fabian Giordano pouvait bien se déguiser avec une toge, prendre une voix de tribun, envahir notre jardin de statues romaines fabriquées en Chine, regarder de vieux péplums, ne plus vouloir voyager qu'à Rome pour visiter le Colisée, il n'en restait pas moins Fabian Giordano, un élève médiocre sans grandes perspectives jusqu'à notre rencontre. Certes, je ne possédais pas le corps parfait de son premier amour mais j'avais toujours fait en sorte qu'il prenne les bonnes décisions car il manquait cruellement de jugeote ! ! !

Voter pour l'extrême droite était un exemple typique de son manque de discernement, pas un instant, il n'avait pensé à moi, son épouse, sans doute trop occupé par ses nouveaux rêves de grandeur. Ainsi remettre « bonbonne à la maison » ne l'avait pas préoccupé, ou si peu, il m'avait pourtant assuré que jamais il n'approuverait l'idée du retour de la femme au foyer ! ! ! Une discussion s'était engagée à ce sujet, je lui avais fait comprendre que ce parti était rétrograde ! Je ne serais donc ni docile, ni féconde puisque nous avions pris la décision de ne pas avoir d'enfant.

Reproduire le couple « modèle » de ses parents était une option inenvisageable pour Aliénor, qui ne pouvait effacer certaines images de son passé, celles d'un quotidien immuable régi par les règles patriarcales visant le seul confort du représentant mâle de la famille, son père. Fille unique, elle avait refusé de reproduire le rôle qui, selon son père, incombait à toutes les femmes. Dans cette société qui vouait un culte au masculin, l'homme possédait les plus grands avantages ; chez lui, il occupait la meilleure place, le fauteuil du salon lui était exclusivement réservé et il avait une chaise à lui dans la cuisine. Personne n'avait le droit de s'asseoir à sa place, c'était une règle implicite. Mais, à l'abri du regard paternel, la petite fille osa transgresser l'interdit, et put mesurer le confort du siège paternel par rapport au canapé dans lequel jamais il ne s'asseyait. Le constat fait, rien ne lui sembla plus insignifiant que ce privilège. Assis avec la télécommande en main, qu'il ne posait que rarement sur la table basse et toujours à bonne distance de sa personne, l'objet semblait être lui aussi un symbole de son pouvoir et personne n'osait remettre en cause cette ridicule prérogative. Il attendait que le souper soit prêt et alors seulement, il se levait de son siège de « pacha ». Il marchait jusqu'à la cuisine d'un pas caractéristique, toujours le même, lent et lourd, et c'est ainsi, sans jamais se presser, qu'il les rejoignait à table. La mine contrariée, il prenait place et demandait à son épouse, avant d'être servi :

« Qu'est-ce qu'on mange ce soir ? »

Ce visage éternellement contrarié à la même heure restait gravé dans la mémoire d'Aliénor plus que tous les autres comportements machistes de son géniteur. À quinze ans, il lui demanda de rejoindre sa mère à la cuisine car il fallait qu'elle apprenne à cuisiner ! Aliénor refusa, s'enferma dans sa chambre, prétextant de plus en plus de devoirs.

Son père se félicitait de ses résultats scolaires car, lui disait-il, une fille comme elle ne trouverait pas un mari, mieux valait donc qu'elle réussisse à l'école, ainsi elle n'aurait pas une vie complètement ratée ! Habitué à ce que personne ne mette la moindre de ses paroles en doute, il semblait sûr de la destinée de sa fille unique. L'adolescente qu'elle était avait préféré se taire mais ces propos rabaissants la mettaient à chaque fois en colère. Et finalement, elle abrégea ses études afin d'être le plus rapidement possible autonome, laissant avec soulagement le couple que formaient ses parents, dont le fonctionnement archaïque convenait à tous les deux.

Prenant sa vie en main, elle avait dû faire certaines concessions, comme son père l'avait prédit. Cependant, dans son couple, c'est elle qui décidait, ce qui lui allait parfaitement, jusqu'à ce que d'étranges phénomènes nocturnes transforment l'homme qu'elle avait choisi.

Craignant dès lors que tout recommence, elle proposa à son mari de créer son propre parti politique. Dopé par les pouvoirs d'une Rome antique nocturne, il fut immédiatement séduit par son idée. Il acquiesça aussitôt, ses yeux brillèrent comme ceux d'un enfant devant un paquet-cadeau mais qui ne sait pas comment l'ouvrir. Il demanda alors à sa femme comment faire une telle chose. Aliénor n'était jamais à court d'idées lorsqu'il s'agissait de défendre ses droits, elle ferait donc en sorte qu'il soit un homme politique équitable.

Ce jour-là, elle avait pris sa matinée, avec l'accord de sa cheffe de service. Depuis que la presse avait révélé qu'un phénomène surnaturel touchait les habitants de Rastignac, elle avait changé de comportement vis-à-vis de sa subordonnée. Les rôles s'étaient inversés, sa cheffe la craignait, un nouvel ordre s'était créé et c'est Aliénor qui détenait désormais le pouvoir. Il suffisait à la jeune femme de demander un service ou une faveur pour qu'aussitôt la physionomie de Noémie exprime la peur. La jeune femme profita des nouveaux avantages facilement acquis sur celle qui auparavant se montrait rigide avec elle. Des rumeurs faisaient état d'une « promotion canapé ». Il est vrai qu'elle possédait des charmes physiques indéniables, pas un seul jour de travail sans talons hauts ou jupe courte. Mais ce qui convainquit Aliénor de la véracité de ces commérages étaient les sourires et les rires de sa cheffe destinés aux personnes influentes dans la banque sans que jamais, elle ne soit la destinataire de cette bonne humeur factice. De la sorte, elle n'éprouva aucune culpabilité à utiliser ce nouveau pouvoir car c'était bien le seul avantage lié à ce que les villageois nommaient avec respect « le rêve ».

Des collègues de travail et des étrangers se comportèrent avec la jeune femme de la même façon, s'adressant à elle avec une sorte de méfiance craintive. Ses amies prenaient plus souvent contact avec elle, son entourage, absent à certaines périodes de l'année, se manifestait fréquemment à présent, et ne le faisait plus seulement sur les réseaux sociaux. Et finalement, elle se réconcilia avec ces rêves qu'elle jugeait auparavant grotesques. Hier inexistante sur son lieu de travail, elle était maintenant visible et même traitée avec servilité. Dans sa vie privée, une grande curiosité animait les conversations, on lui posait de nombreuses questions, Aliénor répondait de différente manière suivant ses interlocuteurs.

Loin de lui déplaire, cette nouvelle célébrité comportait des avantages dont elle comptait profiter. Son mari était du même avis, il fallait sauter sur cette occasion unique qui leur était donnée, et pour ce faire, il fallait agir vite et bien !

Ce matin-là, il lui sembla que Fabian était plus câlin ; dès le premier bruit entendu depuis la chambre à coucher, il éteignit le poste de télévision et lui demanda, du salon :

« Alors chérie ? Tu viens, mon amour ? Je vais te préparer ton petit-déjeuner.

— J'arrive ! » lui répondit-elle avec enthousiasme.

Un élan nouveau la fit se dresser hors de son lit. Il lui semblait vivre une seconde lune de miel, légère et joyeuse celle-ci. Fabian l'aimait peut-être plus que son ex, cette femme capable de briser un cœur humain puis de se détourner facilement de celui qui n'avait pas opposé la moindre résistance à ses avances. L'avait-il réellement oubliée ? Elle ne le savait pas et sans avoir osé lui poser la question, elle vivait avec cette question douloureuse :

« Suis-je juste un objet de consolation ? »

Dans le doute, elle préférait détenir un ascendant total sur son époux afin qu'il ne la quitte pas pour une autre, plus mince qu'elle ! Car même s'il lui avait confié son désespoir, il s'agissait toujours de regrets et de larmes qui ne la concernaient pas ! C'était le prix à payer et comme aurait dit son père : « Tu es trop grosse ! ». Les différents régimes avortés ou finalisés dès son plus jeune âge n'y changeaient rien, elle restait grosse ! La seule consolation fut ses notes scolaires. L'intelligence pouvait retenir un homme aussi bien que la beauté, son mari ne pouvait qu'admirer son talent et comme Jules César aimait Cléopâtre, cette femme douée en politique, il finirait par la préférer à toutes les autres ! Dernièrement, elle s'était regardée dans le miroir d'un autre œil. Elle avait remarqué qu'elle avait la peau mate comme une Égyptienne, des yeux et des cheveux sombres ainsi que des formes typiquement orientales. Ce qui l'avait finalement rassurée.

En s'adressant à son mari, elle choisit des mots qui lui permettraient de ne pas perdre son temps, d'agir vite et bien car telle était sa devise.

« Mon cher et vigoureux mari, je sais que tu es digne de ce que, bientôt, tu vas accomplir. Ton destin est tout simplement de créer un nouveau parti. Mais laisse-moi te conseiller car j'ai tout de même sauvé un nombre incalculable de fois tes affaires, n'est-ce-pas ?

— Oui, oui, c'est vrai, je t'écoute. »

Il lui fallait son assentiment afin de lui laisser croire que c'était lui qui prenait les décisions dans leur couple car depuis qu'il se prenait pour Jules César, il était devenu plus rétif aux conseils de sa femme.

« Je te le demande, qui va faire l'homme politique dans le futur ? Je te le dis car tu le sais déjà, ce seront les réseaux sociaux. La révolution va se passer ainsi. Les thaumaturges n'ont déjà plus les faveurs du public. »

Aliénor avait intentionnellement utilisé un mot incompréhensible pour son mari, qui ne possédait pas son bagage scolaire. C'était une de ses techniques préférées quand elle voulait le décontenancer. Elle enchaîna :

« Cela veut dire que Jules César, c'est fini. Tu vas te louper complètement en prenant cette posture royale et ta façon de parler a peut-être pour le moment un certain impact sur des personnes influençables mais ton influence ne durera que si tu avances plus vite que la marche du temps. Est-ce que tu me comprends ? »

La jeune femme connaissait la réponse de son mari.

« Non, pas du tout !

— Eh bien, je vais t'expliquer. À l'heure actuelle, les gens communiquent plus à travers les réseaux sociaux et à l'avenir, cette forme de relation va prendre le dessus. Le langage y est différent, il crée une communauté, une sorte de famille virtuelle et toi, tu vas être le premier à utiliser cette forme d'expression avec des termes comme « *ghoster* ». Tu balanceras des vérités comme « l'élite nous ghoste, il exclut nos vies, mais moi, je vous flashe et nous allons matcher ensemble ». Évidemment, j'ai un peu caricaturé la chose car il faudra utiliser ce genre de termes avec parcimonie pour ne pas effrayer l'électorat plus âgé, peu habitué aux rencontres en ligne. En fait, c'est moi qui préparerai tes discours, je serai ton bras droit, celui qui te permettra de te hisser plus haut que tu ne peux l'imaginer. Pourquoi est-ce que je fais ça ? Parce que je veux que la cause féminine avance et c'est toi le mieux placé pour le faire. Tu seras un précurseur, aimé par un grand nombre de femmes qui se battent en ce moment même, tu comprends ?

— Oui, comme les femen ! dit-il, tandis que des images de poitrines dénudées défilaient dans sa tête.

— Mais pas une seule de ces femen ne s'intéressait à toi, lui répondit-elle en colère.

— Et pourquoi pas ? lui demanda-t-il, visiblement vexé.

— Car tu es un mâle alpha et elles détestent les mecs comme toi ! »

Il ne sut quoi répondre. Aliénor se calma car après tout, Fabian restait un homme, une espèce incapable de résister aux tentations, la preuve lui avait été donnée par le grand Schtroumpf.

« Je reprends mes explications. Je pense au nom que nous

devrions choisir pour traduire au mieux tes motivations…
Il nous faut quelque chose qui claque comme un slogan
publicitaire… Par exemple, "L'avenir jamais sans vous".

— "L'avenir jamais sans vous"… Ça me semble bien, mais
comment vais-je débuter ?

— C'est simple, nous allons profiter du phénoménal impact des événements qui ont lieu à Rastignac, beaucoup de gens nous regardent en ce moment même… »

Son mari l'interrompit.

« Où cela ? Tu veux dire qu'ils ont installé des caméras cachées chez nous ?

— Mais non, espèce d'andouille ! ne put se retenir Aliénor. Je veux dire que nous sommes visibles sur les chaînes de télévision. Tu vas tout simplement faire ce que tu adores, jouer au tribun romain ou à un autre représentant de ta Rome antique mais sans ta toge ridicule.

— Oui, j'adore penser que j'en suis un comme dans mes rêves.

— La vie n'est pas un rêve mais une conquête. Tu vois, j'ai encore trouvé tes futurs mots.

— La vie n'est pas un rêve mais une conquête, répéta-t-il.

— La vie n'est pas un rêve mais une guerre, par la faute d'une élite qui ne lutte que pour nous asservir, nous le peuple.

— Ah ! Comme c'est bien dit, Aliénor, il faudra que je m'en souvienne.

— Tu auras une oreillette, il te suffira de répéter mes mots.

— Fantastique ! Tu penses à tout, ma chérie.

— Dans le futur, nous implanterons des puces dans le cerveau des humains ainsi nous n'aurons plus besoin d'apprendre les langues étrangères.

— Fantastique, ma chérie !

— Les gens dans le futur seront plus intelligents mais aussi plus endurants car des stimulations électriques placées au bon endroit les stimuleront.

— Tu es fantastique, mon amour, tu sais tant de choses… » La jeune femme ne se lassait pas d'entendre son mari la complimenter. Il était loin le temps où il s'était moqué d'elle. On pouvait bien rêver mais encore fallait-il le faire de la bonne façon et ses rêves étaient incompatibles avec des récits fantastiques ou magiques. Ils étaient tout juste bons pour être tournés en ridicule. Il ne s'était rien passé de fantastique à Rastignac ! Et la seule personne à s'en rendre compte, c'était elle, Aliénor Giordano !

Durant des mois, Aliénor s'était tue, faisant mine de partager l'euphorie générale sans jamais se départir de sa fâcheuse tendance à la méfiance. De son point de vue, le docteur Declercq était un vieux despote qui commandait des esprits faibles. De vrais moutons, pensait-elle. Et c'était sous les traits d'un médecin à la retraite, un soi-disant père pour tous, qu'ils les avaient eus, y compris sa femme, une épouse docile et malléable comme sa propre mère.

Mais les cartes pouvaient être redistribuées. La règle numéro un de tout bon politicien était de critiquer la partie adverse. Ce qui s'était passé dernièrement à Rastignac avait fait les gros titres de la presse nationale. Le maire s'était laissé déborder par les événements, sûrement lâché par sa hiérarchie qui avait d'autres soucis que les velléités d'un édile, fût-il à la tête d'un village très spécial. La crise sanitaire venait à peine de se terminer, la covid avait laissé des traces et beaucoup de doutes subsistaient dans les esprits. Certains pensaient d'ailleurs que les villageois souffraient d'un effet secondaire de la maladie, d'autres accusaient le vaccin obligatoire. Antoine Moretti n'était qu'un pion ! Pour atteindre son but, Aliénor comptait utiliser l'affaire du disparu : Fabian accuserait le maire d'incurie et de tous les maux de la société actuelle. Après tout, la politique n'était qu'un jeu de ping-pong !

Le village formait un tableau bucolique. Hélène admirait souvent cette représentation miniature de la Provence depuis sa terrasse. Sa maison située sur les hauteurs de Rastignac lui offrait une vue panoramique. De là-haut, elle dominait les maisons typiques de la région. C'était devenu une habitude depuis qu'elle était en arrêt maladie. Elle goûtait aux joies simples de la vie, son sens de l'observation s'était affiné, de simples détails qui lui auraient semblé anodins auparavant prenaient de l'importance. À présent, elle mesurait la distance qui séparait la superficialité de son ancien moi à la profondeur de ses ressentis actuels. La femme qu'elle était devenue lui semblait être la plus grande des richesses. Et dire qu'elle avait failli passer à côté ! Souvent, elle estimait ne pas mériter cette chance ! Et qui ou quoi, lui avait permis de faire un si grand écart ? ! Il était inimaginable de penser que quelqu'un ou quelque chose avait ouvert sa conscience, alors qui était à l'œuvre d'un tel changement ? Était-elle une sorte d'élue comme certains villageois le pensaient ? La satisfaction qu'elle éprouvait à vivre modestement, en dépit de sa luxueuse habitation, l'empêchait heureusement de croire qu'elle était promise à une grande destinée, contrairement aux Sanchez qui s'exhibaient sur les réseaux sociaux d'une manière qu'elle jugeait vulgaire. Une distance s'était créée, le groupe soudé qu'ils formaient jadis sous l'égide du docteur Declercq n'existait plus. Chacun menait sa barque, sans se soucier des autres. Elle ne pouvait pas leur en vouloir car elle-même avait été « happée » par la vague médiatique qui avait tout emporté avec elle. « Le rêve » était devenu l'affaire de tous ! C'était le fait divers « le plus extraordinaire », « le plus fantastique » du XXIe siècle… Les journalistes usaient de tous les superlatifs pour décrire le phénomène qui avait secoué le village de Rastignac et ses habitants, tel un évènement majeur à inscrire pour la postérité. Certains rédigeaient leurs articles dans un style tel qu'on les aurait crus adeptes d'une nouvelle religion vouée au culte du sensationnel ! Mais quelle était donc cette folie qui s'était abattue sur un village tranquille qui auparavant n'intéressait personne à part quelques touristes venus s'y perdre le temps d'une journée ?…

Ne trouvant pas de réponse à ses nombreuses questions, Hélène éprouvait quelques craintes à profiter de cette nouvelle vie qui lui avait été offerte par ce qu'ils surnommaient tous « le rêve ». Elle craignait qu'un « cataclysme » s'abatte sur elle, aussi puissant que la propagation de ce fait divers sur toutes les chaînes de télévision. En seulement quelques mois, il y avait eu tant d'événements inhabituels qui avaient bouleversé son existence qu'il lui était difficile de ne pas s'en faire ! Il y aurait bien un prix à payer, non ? ! Mais quel prix ? Elle ne le savait pas !

Toutefois, ses incarnations nocturnes semblaient lui dicter la voie à suivre. Se transformer en un animal menacé de disparition par la faute des humains ne pouvait pas être le fait du hasard. Il devait bien exister une raison au fait que « le rêve » l'ait en quelque sorte choisie, elle, Hélène, et personne d'autre ! Et si, dans un premier temps, il avait fallu se taire, à présent, ce phénomène nocturne était connu d'un nombre incalculable de gens. On la contactait du monde entier ! Et ce fait divers exceptionnel allait forcément susciter de nouvelles vocations, peut-être même « ouvrir » les consciences. N'était-ce pas ce qui s'était passé pour elle ? ! Des militants écologiques l'avaient sollicitée, des associations de protection animale également, et même des antispécistes prônant la libération de tous les animaux enfermés y compris dans les élevages.

Sa messagerie avait été débordée. Elle en conclut qu'elle était la meilleure représentante de la cause animale, d'autant que dans sa chair, elle avait ressenti une proximité absolue avec les animaux. Hélas, comment expliquer avec des mots les sensations éprouvées ? Il fallait des actes ! Cependant, grâce à sa nouvelle personnalité, elle pouvait mener un combat qui lui semblait démesuré puisqu'il s'agissait de sauver la terre et ses habitants, que ceux-ci possèdent une peau humaine ou qu'ils soient à plumes, poils, écailles ou munis d'une carapace. Il n'existait pas d'autre issue car le sort des animaux était lié à celui des humains et vice-versa. C'était une question de logique et Hélène n'en avait jamais manqué, même si ces questions existentielles ne l'avaient nullement occupée auparavant.

Hélas, elle avait dû faire un break !

Les évènements récents l'avaient submergée. Durant des années, elle n'avait pensé qu'à sa carrière, c'était même devenu son identité. Comment pouvait-elle concilier ses deux personnalités, l'ancienne et la nouvelle, la femme carriériste quasi sans état d'âme et la femme engagée et sensible ? Cette question la tourmentait car elle comprenait qu'il lui serait difficile de réunir ces deux personnalités. Sa vie d'avant semblait plus facile ; avancer sans éprouver de culpabilité lui avait permis de ne pas se soucier des autres et de rester la plus avantagée. Mais « le rêve » l'avait convertie, elle n'était plus attirée par le profit, dans un monde uniquement basé sur les acquis matériels. Et si ceux-ci lui procuraient indéniablement une satisfaction, au moins par le confort qu'ils apportaient dans sa vie et celle de sa famille, il ne s'agissait en fait que de paraître à son avantage dans cette société de consommation. Le succès ne dépendait que du regard des autres et rien de plus, et à ce « petit jeu », elle ne brillait plus comme avant, lorsqu'elle se parait de toutes ses illusions de richesse, sa villa, sa piscine, son mari, ses enfants. Ils devaient tous être ses faire-valoir afin que ne s'éteigne pas la pauvre flamme de vie qui l'animait. Puis, la force vitale de tous ces animaux l'avait comme réveillée d'un long sommeil. Depuis que « le rêve » l'avait révélée à elle-même, elle ne pouvait plus faire de bond en arrière, se retrouver dans la peau de l'ancienne Hélène, qui la déprimait rien qu'à y penser ! Et pourtant, un concours de circonstances l'avait amenée à reproduire ces mauvais comportements. Était-elle vraiment fautive ? Dieu et le Diable se mélangeaient dans son esprit, l'un disait oui, tu y étais obligée et l'autre, non, rien ne pouvait justifier une telle conduite ! Habituée à se battre uniquement contre les autres, elle n'avait jamais expérimenté la moindre « prise de tête » personnelle. Devant ce problème complexe, elle se résolut à faire taire son mauvais génie. L'important était de ne plus se perdre à nouveau, les anciennes illusions avaient été aussi nombreuses que les sollicitations de ces dernières semaines.

Du jour au lendemain, Hélène fut en première ligne, adulée comme une vedette, valorisée comme la représentante idéale de la cause écologique. Cette nouvelle et soudaine renommée lui permit de faire entendre sa voix. Cependant, ses prises de parole suscitèrent des commentaires malveillants sur les réseaux sociaux. Des climatosceptiques de tous bords et d'autres qui n'avaient aucune cause à défendre s'attaquèrent à ses propos. Forcément, une personne plus maline que les autres trouva la faille ! Le cabinet d'architecture Brodin ne se consacrait pas, en vérité, à la construction d'habitations « clean », il n'avait jamais été question d'analyser les ressources du futur lieu des constructions, la végétation, comme les matériaux utilisés, ne faisait pas partie du cahier des charges, préserver l'écosystème non plus !

Son directeur la convoqua dans son bureau. Sa voix était sèche comme lorsqu'elle n'avait pas encore fait ses preuves. Depuis, elle avait gravi tous les échelons.

À peine arrivée sur son lieu de travail, ses collègues prirent un air entendu en la regardant. Elle sut alors qu'ils connaissaient déjà tous le sujet de l'entretien. Dans le regard des uns et des autres, elle put lire comme dans un livre ouvert. Il était clair qu'ils « voulaient sa peau »…

Sa place au sein du cabinet Brodin était enviée, le directeur ne lui confiait que les meilleurs contrats et la félicitait chaque fois. Personne n'était dupe, cet avancement hiérarchique n'était en fait que le résultat de constantes manigances. Le patron, Jean-Charles Brodin, approuvait sa manière de procéder pour en être l'instigateur, ses employés devaient être de véritables combattants. Il mettait ses effectifs en constante rivalité afin que la rage de vaincre l'emporte sur le reste. Nécessairement, ses employés faisaient équipe, se montraient conciliants afin de faire aboutir les projets en commun et sans se départir de leur hypocrisie, ils n'avaient en tête que leur ambition et souhaitaient s'emparer des meilleurs avantages.

Hélène comprit que ses heures étaient comptées car elle avait faibli en se confiant à ses collègues comme à des amis. Curieux et sympathiques, ils s'étaient intéressés à ses expériences nocturnes et sans se méfier, elle avait dévoilé le contenu de son dernier rêve, quand elle s'était retrouvée dans la peau d'un ratel. Encore enchantée par son expérience nocturne, Hélène ne vit pas le moindre signe suspect chez ses collègues. Pire encore, c'est elle qui les renseigna sur ce drôle d'animal appelé également zorille du Cap. Mais lorsqu'il lut le descriptif du ratel, un collègue plus rusé que les autres s'exclama :

« Mais c'est toi ! Tu es un ratel dans la vraie vie !!! »

Et un autre lui dit perfidement :

« Il te va si bien, cet animal. »

Des rires accueillirent ces réflexions. C'est à ce moment précis qu'elle revint à la réalité. Sur son lieu de travail, il n'était pas question de parler de sa vie privée et encore moins de cette façon en fournissant à ses rivaux les armes de sa propre disgrâce. Ceux qui, avant, mesuraient leurs mots allaient à présent s'en donner à cœur joie ! Elle abrégea donc la discussion en faisant mine de ne pas être vexée mais le mal était fait ! Elle allait être l'objet de toutes les moqueries.

Dès qu'elle entra dans le bureau du directeur, Hélène comprit que son chef était fermé à toute discussion. Heureusement, elle avait déjà saisi qu'il n'était plus question de laisser s'exprimer la nouvelle Hélène sur son lieu de travail. Son ancien moi avait repris le dessus, elle prit tout de suite la parole en s'excusant par avance de ce qu'il allait entendre. Un blanc se fit et elle profita de ce silence pour lui faire croire, avec une gêne calculée, un prétendu entretien avec la concurrence. On l'avait contactée, l'entreprise Venart pour ne pas la citer, désirait la débaucher. Cependant, elle souhaitait quitter l'équipe en bons termes !

C'était un coup de poker, gagnant ou perdant !

Son directeur sauta à pieds joints, lui demandant aussitôt des explications, sans plus se soucier de la mauvaise publicité faite à son cabinet. Hélène en profita : ses ambitions ne lui permettaient plus de faire du sur-place ! Et devant son air perplexe, elle sortit le grand jeu ! Elle retrouva sa panoplie de parfaite manipulatrice car la vexation avait été trop forte. Vendre ses idées comme étant les meilleures avait toujours été sa distraction préférée ! C'est ainsi qu'elle avait réussi à se rendre indispensable, son patron lui faisait confiance lorsqu'il s'agissait de persuader des clients dubitatifs. Hélène, qui ne doutait pas de son professionnalisme, avait l'art de chasser les incertitudes des uns et des autres. Qu'il s'agisse d'un particulier désirant construire sur un terrain vierge ou rénover voire transformer sa maison, elle avait toujours la meilleure approche, et rien n'était impossible à l'en croire. Peu importait l'importance ou les connaissances de ses interlocuteurs, elle défendait ses idées comme si sa vie en dépendait, sans jamais se départir de son flegme apparent, jusqu'à ce qu'ils lui accordent leur totale écoute.

Son directeur fut enthousiaste. Elle sortit de son bureau avec un air de triomphe et ses collègues comprirent aussitôt qu'elle avait remporté la partie. Le ratel avait une fois de plus triomphé et c'est ainsi qu'elle gagna son surnom, Hélène, le ratel !

Lors de la réunion hebdomadaire suivante, Monsieur Brodin donna comme auparavant la parole à son bras droit ; elle s'adressa alors à ses collègues avec la même voix et la même attitude que l'ancienne Hélène Dupuy. Elle expliqua que le cabinet Brodin pouvait profiter d'une plus grande notoriété sur le territoire grâce à des innovations, en souscrivant aux exigences actuelles, c'est-à-dire, en créant un espace dédié aux habitations écologiques, dont elle s'occuperait au besoin. Le cabinet devait s'intéresser à cette nouvelle part de marché ; la concurrence allait de plus en plus s'orienter vers ce secteur, qui était encore un segment de « niche », mais bientôt, il s'agirait d'un créneau très concurrentiel. Pour achever de convaincre son auditoire de la pertinence de son analyse, Hélène leur parla de l'avenir du cabinet Brodin :

« Si nous ne prenons pas les devants, nous serons à la traîne comme des moutons de Panurge tout juste bons à tomber dans les griffes de nos concurrents. Mieux vaut être à l'avant du troupeau et se poser les bonnes questions avant les autres car ils sont nombreux à souhaiter notre perte. C'est toujours ce qui arrive aux meilleurs. Les autres veulent prendre leur place alors qu'ils ne la méritent pas, c'est logique, non ? »

Elle finit avec dans les yeux, une flamme dangereuse. Elle aurait aimé prendre l'extincteur accroché au mur et les asperger de mousse pour ne plus les voir.

Hélène maîtrisait parfaitement l'art de l'hypocrisie, plus encore que ses collègues. Seuls ses yeux bleus auraient pu trahir sa colère mais en quelques secondes, ils reprenaient un calme apparent, et son regard redevenait lisse comme ses longs cheveux châtains. Ses sourires étaient fréquents tandis que son rire était discret mais en fait, tout était une question de mesure. Encore une fois, il avait été nécessaire de remettre en place ce masque imperturbable afin de ne pas être jetée comme une malpropre, licenciée pour une faute qu'elle n'avait pas commise !

Néanmoins, réactiver sa science de la manipulation l'avait plus qu'indisposée, elle avait donc éprouvé le besoin de « prêcher la bonne parole » auprès de nombreux journalistes jusqu'à ce qu'elle fasse un malaise vagal. L'arrêt avait été brutal, elle s'était écroulée sans connaissance et réveillée dans une ambulance. Le constat était sans appel, trop de stress, trois semaines d'arrêt de travail étaient nécessaires. Son directeur se montra compréhensif.

Désœuvrée, elle avait le sentiment de perdre son temps dans sa trop vaste maison. Toutes sortes de questions lui vinrent à l'esprit, le sujet premier de ses réflexions fut justement le temps. Que devait-elle faire de tout ce temps sans la moindre bataille à mener ?!

Couper tous les contacts fut extrêmement difficile mais la crainte de perdre sa nouvelle conscience ainsi que sa santé lui fit prendre une décision radicale, celle de ne plus répondre aux nombreuses sollicitations de l'extérieur.

Hélène se sentait vaseuse, mal dans sa peau, moralement et physiquement au plus bas. Les premiers jours, elle fut soulagée mais ensuite, elle comprit que cette inactivité l'amenait à trop penser. Pourtant, il lui fallait du temps pour définir ce qu'elle désirait devenir. Puis, un nouveau rythme s'installa, elle accepta de ne plus être une personne productive.

Elle essaya la méditation et, lors d'une séance, elle réfléchit au sens à donner au temps. Le temps, ce concept insaisissable la défiait, il semblait prendre une accélération constante dans son existence. Les jours défilaient sans qu'il soit possible de les quantifier car en réalité, le temps lui échappait. Elle devait résister à cette course folle qui la portait à croire qu'elle était une personne importante. Mais le temps avait plusieurs significations et il dépendait de chacun d'en définir les contours.

Ce face-à-face fut tout d'abord douloureux. De vieilles blessures ressurgirent. Elle eut envie de les fuir dans cette vie excitante qui se passait en ce moment même en bas de la colline, dans le village de Rastignac. Heureusement, elle sut se retenir, et finalement, elle passa ce cap difficile et les jours suivants prirent une autre signification…

Ce matin-là, en buvant son café sur sa terrasse, elle avait décidé d'oublier toutes ses préoccupations pour ne penser qu'à admirer le paysage. Le premier regard ne pouvait que saisir un assemblage de toits, pour la plupart recouverts de tuiles canal en argile. Comme une terre fraîchement labourée, ils formaient des sillons brun ocre bien alignés, reflétant le soleil. Des volets aux teintes vives coupaient les tons pastel, des bleus de mers profondes ou de ciels vifs se détachaient des murs aux teintes claires, blanches ou jaune pâle, comme délavées par la chaleur du sud. Les habitations se suivaient et ne laissaient que peu d'espace pour circuler, quelques-unes étaient éloignées mais la plupart se serraient dans un cercle.

Et dans ce qui semblait être un cocon protecteur, Hélène s'attarda sur quantité de détails… L'harmonie des couleurs était rompue par les toitures des plus vieilles maisons, qui s'étaient teintées d'un gris vert ferreux comme si le temps avait creusé la terre plus profondément, dévoilant dans son antre un métal dur et froid. Ces vestiges laissés à l'abandon s'étaient murés en eux, enfonçant sa vision dans des courbes étranges. Attirée par ces imperfections disséminées, çà et là, dans le village, elle se posa des questions sur ces maisons délaissées. Qui étaient ceux qui avaient vécu là ? À présent, à l'abandon, elles se détérioraient dans un décor de carte postale. C'était étrange, cette dissonance ! Ces maisons avaient certainement rendu des gens heureux et que restait-il de ces vies ? Pas même un souvenir car personne ne s'en préoccupait, sauf quand elles étaient sources de nuisances et servaient par exemple de refuges aux pigeons. Préférant retrouver la vision joyeuse de l'ensemble du village, elle oublia ces quelques désagréments visuels et se replongea dans la vue de ce tableau vivant peuplé de petites figures humaines. Cette vue d'un village en miniature lui rappela des peintures de scènes rurales, changeant au gré des saisons. Les images joyeuses de personnages vaquant à leurs occupations ou allongés près d'un champ de blé se superposèrent à la réalité. Son esprit s'évada en proie à la nostalgie d'un temps révolu où les dimensions étaient à l'échelle humaine. Hélas, la logique moderne est de faire cohabiter le beau et le laid. Plusieurs immeubles au loin donnaient au paysage un aspect maladif ; comme des abcès, ils s'érigeaient hors du sol. Un jeu de construction absurde gâchait la perspective, ils se heurtaient à l'harmonie d'ensemble avec leurs grandes surfaces larges et plates, brillantes d'une blancheur sale. Heureusement, il suffisait de détourner légèrement le regard et le spectacle d'une vie inchangée depuis des centaines d'années reprenait. Dans sa quête d'admiration, elle pensa à sa dernière acquisition, la reproduction d'un tableau de Kensett. Mais son regard prit le dessus sur sa pensée, irrésistiblement attiré par le point le plus haut, le clocher de l'église culminant à 15 mètres. Hélène avait toujours apprécié l'architecture de cette église particulière. La partie inférieure, soutenue par deux contreforts massifs, donnait l'impression de vouloir retenir l'édifice au sol, tandis que la partie supérieure s'élançait vers le ciel. Depuis toujours, Hélène Dupuy s'intéressait à l'architecture ; enfant déjà, avant même de savoir calculer une surface, elle élaborait des plans censés représenter les différentes pièces de l'appartement familial. Elle regarda la place du village et vit des petits êtres s'agiter autour de tentes de différentes couleurs. Les platanes l'empêchaient de distinguer les nombreuses silhouettes en mouvement. Elle pensa à sa protégée, Marilou, qui ne dormait plus sous une tente comme les autres squatteurs qu'elle distinguait. Elle se félicita de l'avoir accueillie et eut un peu honte de se dire qu'avant, elle n'aurait jamais accepté de vivre sous le même toit qu'une femme plus jeune qu'elle.

Mais alors qu'elle réfléchissait à ce changement, elle vit une nuée de corneilles noires s'abattre sur la cime du cèdre de l'Atlas à gauche de sa maison. Ces oiseaux lui rappelèrent son rêve de la nuit précédente. En les voyant replier leurs ailes, elle se souvint qu'elle avait fait de même, exactement à cet endroit, sur cet arbre. Que signifiait cette arrivée soudaine et inattendue lui révélant qu'elle avait à un moment donné, durant son sommeil, agi comme ces oiseaux ? Des corneilles se ruèrent sur les branches supérieures, se battant à coups d'ailes avec les volatiles qui étaient installés là. Hélène se souvenait du bruit de ses congénères belliqueux. La lutte avait été courte mais très animée, elle avait réussi à défendre sa place sur son perchoir malgré les tentatives d'une corneille plus déterminée que les autres. La noblesse de l'arbre semblait s'accorder avec cette joute aviaire, les branches majestueuses battaient mollement à leur extrémité, comme insensibles à la venue de cette nuée noire.

Le ciel était d'un bleu profond et le soleil brillait alors que dans son rêve, un ciel gris chargé de nuages menaçait de tomber sur la colline jusqu'à engloutir l'arbre. Un vent violent avait fini par chasser les volatiles les plus courageux, qui s'étaient envolés au loin vers un lieu plus sûr. Mais avant cette dispersion, une totale désorganisation avait saisi l'ensemble des oiseaux. Un nuage sombre tapi au-dessus des autres portait une foudre dissimulée mais déjà active, des frémissements électriques s'échappèrent de sa masse. Hélène se souvint à cet instant de son hésitation, rester ou partir au loin. Sans qu'elle en comprenne la raison, un de ses congénères se rua sur elle, avant de s'envoler. Elle déploya ses ailes afin de se protéger et lorsqu'elle le fit, un courant électrique passa le long de son corps jusqu'à ses pattes posées sur la branche. La sensation désagréable la rendit agressive, elle se débattit comme face à de nombreux ennemis avant de prendre la fuite.

Elle ne se souvenait plus où son vol l'avait conduite, et se rappelait seulement que la troupe s'était dispersée.

En observant les oiseaux se disputer la meilleure place alors que le ciel était d'un bleu vif dénué de nuages, Hélène ressentit un malaise. Elle se demandait :

« Pourquoi se battent-ils alors que la météo est favorable et qu'il y a assez de place pour tous les oiseaux ? »

Ne trouvant pas de réponse, elle sentit une angoisse profonde la gagner. Un étrange sentiment la saisit. Ces oiseaux à la mauvaise réputation étaient porteurs de messages funestes. Leur présence ce matin, après son rêve de la nuit passée, ne signifiait-elle pas une menace à venir ? Elle vit comme un voile noir s'abattre sur le village de Rastignac et préféra fermer les yeux. Il n'était plus question d'admirer le paysage, une sourde agitation fit trembler la main qui tenait la tasse de café.

« Trop de stress » se dit-elle en repensant à ces derniers jours.

L'existence d'Hélène Dupuy avait pris une dimension radicalement différente depuis que la presse s'intéressait aux phénomènes nocturnes courant dans le village. D'abord, les journalistes semblèrent s'intéresser à certains villageois seulement. Elle n'était pas du lot, contrairement aux Sanchez, qui avaient parlé les premiers en brisant le serment fait au groupe. Ensuite, ce fut le tour du docteur Declercq, qui semblait être sur tous les fronts ; il parlait de mieux contrôler « le rêve », de faire avancer la science, d'aider le plus grand nombre en ouvrant des « lits curatifs » à Rastignac. Des sommités du monde médical, des scientifiques prirent la parole et jusqu'au ministre de la Santé qui après la question d'un journaliste se permit de mettre en doute la véracité du fait divers qui défrayait la chronique :

« Nous enquêtons en haut lieu et nous apporterons une réponse à ce qui semble être le fruit d'une trop grande imagination ! »

Le fait que l'Élysée évoque le village, qui n'avait jusque-là aucune existence si ce n'est pour ses habitants, fit que plus personne ne put l'ignorer. Le docteur Declercq fut sollicité par de nombreux professionnels de la santé qui se proposaient d'étudier le phénomène de manière déductive et non spéculative ; il allait être mis à contribution, si ce n'était déjà fait !

Mais rapidement, d'autres villageois impossibles à ignorer attirèrent l'attention de la presse, en particulier Françoise Martin, dont le look des années cinquante ne passait pas inaperçu. Une journaliste japonaise la prit d'abord pour celle qui s'incarnait toutes les nuits en un personnage de bande dessinée. La méprise fut réglée. La savoir voyager en rêve dans un passé qui lui donnait l'allure d'une héroïne de manga fascinait la femme reporter, envoyée par une chaîne de télévision japonaise. Le reportage la mettant en scène avec ses quatre enfants et son mari, aussi espiègle que farceur, remporta un succès immédiat au pays du soleil levant. Une ferveur incroyable la propulsa immédiatement au rang d'icône de BD. Elle devint Furansowāzu, qui signifiait Françoise en japonais. Un dessinateur célèbre désirait s'inspirer de son personnage et l'on racontait qu'une équipe de télévision viendrait à Rastignac pour filmer le quotidien de la famille ; une émission de téléréalité allait faire d'elle une star. Les « cosplayers », ces jeunes déguisés en héros de manga, adoraient le sud de la France, et le mot « Rastignac » faisait déjà partie de leur vocabulaire.

Cette publicité inattendue donna une idée à des propriétaires de logements vacants. Ils proposèrent de louer une ou plusieurs chambres à ceux qui désiraient vivre une expérience hors norme. La famille Sanchez profita de l'aubaine pour mettre sa maison en vente, à un prix bien supérieur à sa valeur réelle ; une rumeur faisait état d'un acheteur éventuel ayant fait fortune dans le monde des affaires. Régis Meunier était en pourparlers avec plusieurs sponsors potentiels. Marius le boulanger allait déposer un brevet concernant le procédé de fabrication de sa baguette volante sans que l'on sache si réellement, elle possédait le pouvoir de s'élever dans les airs ! Fabian Giordano s'était lancé en politique, Émile recevait des lettres d'amour en si grandes quantités qu'il demanda de ne plus en recevoir ! Et lorsqu'un journaliste s'enquit du contenu de ses rêves, il regarda la caméra en s'adressant à celle qui lui manquait :

« Je t'en prie, où que tu sois, reviens, j'ai besoin de toi ! »

Son air perdu donna à d'autres femmes envie de lui écrire, et il continua à recevoir des messages d'amour, en provenance du monde entier et écrits dans toutes les langues.

Un bruit d'eau fit sursauter Hélène, qui faillit lâcher sa tasse.

« Décidément, je suis à fleur de peau » pensa-t-elle.

Son fils venait de sauter dans la piscine, une « bombe » afin de générer le plus de bruit et de remous possibles. Depuis l'arrivée de Marilou, il s'était spécialisé dans ce type de saut, sans doute pour épater la jeune femme. D'ailleurs, Hélène l'entendit le féliciter en riant. Il était clair qu'il voulait lui plaire. Gabin allait sur ses quinze ans, elle ne l'avait pas vu grandir et à présent, il s'intéressait aux filles. C'était tout à fait normal à son âge. Toute la famille en rigolait surtout au moment des repas. La veille au soir, au souper, Marilou s'était permis de lui dire :

« Désolée, mais je ne m'intéresse pas aux enfants de ton âge ! Je les préfère… comment dire… enfin plus barbus que toi ! »

Gabin piqua un fard et ses sœurs ne manquèrent pas d'ajouter en chœur :

« Ah, ça c'est sûr ! »

Cette remarque le mit en boule, une dispute allait éclater quand la jeune femme détourna l'attention du garçon, comme lorsqu'il se querellait avec Garance ou Constance. Marilou était pour les jumelles comme une grande sœur, elles passaient du temps ensemble et dans ces moments-là, leur frère n'avait pas le droit de se mêler de leurs conversations. Il se pliait à leur volonté, tout en sachant qu'elles finiraient par revenir vers lui. Elle s'entendait bien aussi avec la fille au pair. C'était vraiment une magnifique personne. Et dire qu'elle avait dormi sous une tente comme « une moins que rien » ! Si on avait besoin d'un service, elle disait toujours oui avec un grand sourire. De son histoire de vie, Hélène avait compris que ses parents « se fichaient d'elle » et préféraient sa sœur aînée. Elle avait facilement trouvé sa place au sein de leur famille, comme si celle-ci lui était prédestinée. Dans le souvenir d'Hélène, jamais l'ambiance n'avait été aussi joyeuse chez eux. Cette pensée l'amena à réfléchir au temps qu'elle consacrait aux siens…

Les heures à la maison étaient comptées, restreintes par des exigences professionnelles autant pour elle que son mari. Les années avaient passé sans qu'elle s'en rende compte et à présent son fils serait bientôt un homme. Son mari lui avait dit que leur fils lui avait demandé des conseils pour se raser alors qu'il était imberbe. Cela la rassura car dernièrement, son fils se posait des questions sur son genre, il désirait sans doute ressembler à son père ! Gabriel avait changé. Éva, son double nocturne, avait agi sur sa virilité. Cela n'avait échappé à personne, il avait fallu expliquer ce phénomène aux enfants et ce ne fut pas facile ! Mais après cette révélation, elle vit son fils utiliser son propre parfum, Shalimar de Guerlain, tout comme son mari qui n'avait pas renoncé à utiliser ses produits cosmétiques malgré de nombreuses plaintes car on ne pouvait tout de même pas utiliser un parfum prestigieux pour femme lorsqu'on était un homme, sans « puer la cocotte » !

Le rire de Marilou lui donnait du baume au cœur, il exprimait une totale joie de vivre. La jeune femme possédait une énergie spontanée, un enthousiasme à toute épreuve et montrait aussi une naïveté touchante lorsqu'elle parlait de ses projets d'avenir. « Le rêve » ne l'avait pas choisie, hélas, mais cela ne l'empêchait pas de rêver. Elle désirait devenir éleveuse de chèvres. Un tel choix de carrière aurait semblé absurde à l'ancienne Hélène Dupuy. Son émerveillement de petite fille, ses idéaux aux antipodes de la réalité de la société actuelle auraient provoqué son mépris. Au départ, elle fut un peu surprise par ce choix qui ne lui semblait pas réaliste, mais rapidement, elle comprit qu'elle pouvait inclure la jeune femme dans son nouveau projet intitulé « faire du tourisme autrement ». Si pour l'instant, elle se reposait, le travail allait reprendre, avec son lot de difficultés. Rien n'était encore gagné. Son directeur avait approuvé son projet mais il fallait qu'il soit viable sur le long terme : il ne s'agissait pas d'une maison à construire mais d'un ensemble locatif d'un genre particulier, destiné aux touristes. Il fallait qu'elle trouve le terrain idéal, dessine les plans et trouve les bons alliés car il n'était plus question de faire confiance à ses collègues, qui n'auraient qu'une ambition : prendre leur revanche sur celle qui, par le passé, les avait toujours relégués au second plan.

À cette pensée, elle se vit en ratel. Ils avaient certainement raison, cet animal lui ressemblait. Il était petit en taille, pas plus 30 centimètres au garrot à l'âge adulte et pourtant, il n'avait pas peur d'un lion. La peau de son cou était épaisse et cependant elle n'offrait pas de prise car elle était lâche ; la gueule gigantesque se refermait sur du vide, alors le petit animal se retournait et mordait le fauve. Le ratel, ou zorille du Cap, était un redoutable prédateur. Il possédait en plus une faculté physique partagée avec les humains, qu'il utilisait comme un énième moyen de défense ou d'attaque. Cette faculté était nommée « danse du ratel ». Lorsque le ratel faisait face à un adversaire plus grand que lui ou à une proie dangereuse, il se levait sur ses deux pattes arrière, portait ses griffes à la bonne hauteur, et il effectuait deux pas en arrière puis un en avant selon une loi du balancement très précise qui lui donnait l'air d'un joyeux fêtard. Ce mouvement de pattes était accompagné par une musique que lui seul entendait. Puis il se jetait férocement sur l'animal en face. Ses multiples talents lui avaient permis de gagner une troisième appellation : dans certaines régions, on le nommait le blaireau à miel car il s'alliait avec un oiseau « fou de miel », qui lui indiquait où se trouvaient les ruches. Les deux comparses se partageaient le butin. Ce féroce blaireau n'éprouvait aucune douleur et peu importait le nombre de piqûres d'insectes défendant la ruche. Même le venin des serpents les plus mortels comme le mamba noir ou le cobra ne produisait qu'un effet temporaire sur son organisme. Il les convoitait pour leur chair tendre. La bataille était toujours très rude, un véritable combat à mort. Le ratel saisissait l'animal à la tête qui, dans un dernier sursaut, lui mordait le museau. Alors, le ratel s'affaissait comme s'il avait été mortellement touché, puis, quelques heures plus tard, il se réveillait et terminait son repas. Cet animal effrayant était pareil à un monstre, et c'était peut-être son double ? !

Hélène n'arrivait pas à chasser l'image de cet effroyable animal, avec sa silhouette noire barrée d'une bande blanche partant du crâne et longeant le haut du corps – on aurait dit un punk ! Il était considéré comme l'animal le plus agressif au monde. À côté, le requin blanc semblait être un doux agneau... Et dire qu'elle avait aimé se réincarner en cet animal ! Se pouvait-il qu'elle lui ressemble ? Et ces corneilles noires vues ce matin, ne présageaient-elles pas un sombre avenir ?

Un mal de tête la prit, de multiples animaux semblaient se bousculer dans son esprit mais hélas le ratel les chassait tous, prenant toute la place et alors, elle se souvint de ce qu'elle avait lu sur Internet à propos des mœurs de la mère : « C'est elle qui soumet ses petits, depuis leur plus jeune âge, à de nombreuses piqûres d'insectes et même à des morsures de serpent afin de les immuniser. »

Des frissons parcoururent ses bras, puis tout son corps. Elle avait la chair de poule. Était-elle comme cette mère, prête à tout pour faire de ses enfants des êtres invincibles ?

Soudain, elle fut possédée par une envie, celle de dormir sans faire de rêve. Elle avait l'intention de prendre le soir même un puissant somnifère. Mais comment faire ? Elle n'avait pas ce genre de médicament dans sa pharmacie et le docteur Declercq était à Dijon. À moins d'une urgence, voir aujourd'hui même un médecin semblait impossible. Hélène marcha comme un automate jusqu'à la cuisine et versa dans son reste de café une rasade de rhum. Elle se dirigea alors vers sa chambre. Elle avait l'impression de tituber alors qu'elle n'avait pas encore bu la moindre goutte d'alcool.

Devait-elle demander de l'aide ? Elle n'en avait aucune idée. Jamais elle ne s'était sentie aussi démunie ! Heureusement, elle se souvint de sa dernière acquisition : la reproduction du tableau de John Frederick Kensett, accrochée au mur en face de son lit, montrant un paysage. Le ciel s'ouvrait comme un écrin sur les premières lueurs de l'aube, et la lumière automnale donnait les couleurs de la saison aux montagnes ; un lac de forme oblongue reflétait en silence les nuages chassés par la percée d'un soleil froid. Un bleu clair disséminé au plus haut de la voûte céleste offrait à la vue une présence mystérieuse qui semblait à portée humaine tout en restant insaisissable. Comment le peintre avait-il réussi à peindre cette vue si simple avec une telle majesté ? Dénudées, les montagnes à l'arrière étaient des formes vagues sans relief. Tandis que deux îlots aux ombres brunes plantées comme un seul arbre sur le lac prenaient toute la place sans que l'on puisse se lasser de les admirer... Ces deux présences indispensables en ce lieu signifiaient qu'elles seraient éternelles comme le ciel se reflétant sur ce lac à l'infini, montrant sur les bords quelques touffes d'herbe et un rocher immergé.

L'immobilisme de ce paysage peint l'apaisait, elle aimait se perdre dans ses eaux calmes, alors même que son mari ne comprenait pas sa récente lubie…

Le docteur Declercq était arrivé devant le bâtiment où il était attendu. Sur la porte, il aperçut une plaque portant l'inscription « Pôle d'activité transversale, unité d'exploration du sommeil », ainsi que les noms des différents médecins et leurs spécialités.

Il gara sa voiture devant le bâtiment. Il se sentait en pleine forme. Depuis que « le rêve » avait surgi dans sa vie, il bénéficiait d'un véritable regain d'énergie et grâce à ses progrès rapides, il maîtrisait à présent le contenu de son sommeil. Il avait fait le trajet depuis chez lui quasiment d'une seule traite. La métaphysique de ce phénomène lui échappait. Bien qu'il ait soigné au cours de sa carrière les pathologies les plus diverses, une seule ne pouvait l'être, la vieillesse. Nul ne pouvait y échapper ! La masse musculaire diminuait tout comme la densité osseuse et les fonctions cognitives suivaient le même chemin. Inéluctablement, le corps humain se dégradait peu à peu et une fatigue généralisée gagnait l'organisme. C'était pareil à un handicap et pire encore lorsque l'esprit gardait toute sa vivacité tandis que le corps, tel un traître, refusait qu'on le mette à contribution.

Dans un premier temps, on lui fit visiter la structure aménagée pour les soins thérapeutiques. La diversité des activités mises en place le surprit agréablement tout autant que l'obligeance du médecin responsable, un homme jeune et dynamique qui ne s'embarrassa pas de leur différence d'âge ni du fait que son confrère n'exerçait plus. Le docteur Raphaël Janvier semblait déjà enthousiasmé sans avoir encore vu en chair et en os le docteur Declercq. Leur proche collaboration allait se passer sous les meilleurs auspices, à l'image de leurs échanges téléphoniques visant à préparer sa venue.

Raphaël et son équipe lui demandèrent si l'espace prévu pour former les patients volontaires au rêve lucide était conforme à ses volontés. Leur obligeance le surprit.

« Bien sûr ! » s'empressa-t-il de répondre.

Il ne pouvait pas dire le contraire. Tout avait été prévu pour le confort des usagers. Mais le plus important était de préparer ces derniers avec des techniques établies par le docteur à la retraite. En parallèle, des études scientifiques avaient été menées et toutes concordaient avec sa propre expérience. Le rêve lucide lui avait permis de booster ses capacités physiques et cognitives. Et il était prouvé qu'une amélioration plus rapide de l'état clinique se manifestait sur des sujets souffrant de dépressions, de troubles liés à un stress post-traumatiques et de séquelles d'un burn-out, comme une perte de logique et de concentration. Il semblait même que des personnes dépendantes à certaines substances toxiques aient, à la suite de cette expérience, préféré s'adonner à des mises en situation oniriques, et renoncé à leur ancienne obsession pour ne plus penser qu'à dormir. C'était d'ailleurs un problème !!! Le rêve lucide comportait des risques et c'est pour cette raison que le docteur Declercq estimait être « l'homme de la situation », presque le seul dans le village de Rastignac à avoir réussi à canaliser ses songes nocturnes.

Tout avait été prévu pour le confort des futurs sujets ; des tapis de sol avec de grands coussins, des couvertures occupaient le centre, et on avait placé des sièges confortables et même des poufs de dimension XXL. Tout ayant été installé avant même son arrivée, il s'engagea en contrepartie à rester une semaine sur place afin de les aider avec les premiers volontaires qui devaient arriver le lendemain. Raphaël en remercia vivement le médecin à la retraite, et ajouta qu'il se réjouissait de travailler sous son égide.

En sortant du bâtiment, Jean-Baptiste était aussi heureux que pouvait l'être un médecin avant les premières désillusions professionnelles, il se félicita d'avoir choisi cet établissement hospitalier parmi les dizaines de demandes qui lui avaient été faites. Dans un premier temps, il s'était méfié de l'engouement général pour sa personne. À la retraite depuis de nombreuses années, son ancien statut de médecin n'intéressait plus que les habitants d'un village n'ayant pas d'autre choix que de faire appel à ses services. Et lorsque déferla ce qui lui fit penser à une meute excitée, il fut en première ligne. Ne pouvant y échapper, il se résolut à parler. D'une prise de parole à l'autre, la question était toujours la même :

« Pouvez-vous nous apporter une explication concernant "le rêve" ? »

Ils s'adressaient à un professionnel de la santé qui logiquement comprenait la raison d'un tel phénomène. Mais il n'en était rien ! ! !

Toutes sortes de théories plus farfelues les unes que les

autres étaient émises et colportées par une presse avide de sensationnel. Il n'allait tout de même pas laisser se propager de telles rumeurs sans réagir. En plus, un tourisme d'un nouveau genre s'était déplacé, des gens qui semblaient en quête de sensations fortes ou dans l'attente d'un messie, à en croire certains. Ceux-là squattaient la place du village, installés sous des tentes comme les rescapés d'un sinistre. Ils n'avaient pas les faveurs de la presse jusqu'à ce que l'un d'eux disparaisse. C'est alors que les médias s'intéressèrent à ces personnes sans domicile fixe. Un illuminé parla de Dieu, de la fin du monde et ces quelques hommes et femmes déchus devinrent incontournables, ils avaient tous leur mot à dire sur la société de consommation ! ! !

D'anciens confrères essayèrent de le contacter alors qu'ils n'avaient jamais cherché à le joindre auparavant, et d'autres représentants de la médecine firent de même. Il vit à la télévision des villageois se mettre en avant, arguant que « le rêve » pouvait rendre les gens riches. Fabian Giordano se laissa filmer en toge dans son jardin entouré de statues romaines, de même que Françoise Martin, déguisée dans son accoutrement habituel, aux côtés de son mari en train de tirer la langue à la caméra...

Ne pouvant supporter laisser la situation se dégrader davantage, le docteur Declercq intervint en essayant de paraître sous son meilleur jour ; il était en effet certain qu'à la suite de nombreux dérapages, sa propre santé mentale pouvait être mise en cause alors que son premier souhait en s'installant dans le sud de la France avec sa femme avait été de couler des jours tranquilles, loin de tout stress. Hélas, il comprit qu'il était vain de croire qu'il suffisait de se retrancher dans le silence lorsqu'il fut cité par certains comme l'instigateur de la formation du groupe de villageois se réunissant à la mairie. Personne ne pouvait échapper à la presse et encore moins, semblait-il, un médecin parisien à la retraite...

S'installer dans un village du sud de la France éloigné des zones touristiques avait été leur projet à tous les deux. Ils avaient longuement cherché l'endroit idéal, un havre de paix qui leur permettrait de passer les dernières années de leur vie, loin de toute agitation. Rastignac remplissait ces conditions. Après tant de sacrifices de leur part, vivre au calme fut un rêve commun ainsi que celui de pouvoir enfin vivre sans se soucier des autres...

Durant plus de trente ans, Caroline avait pallié les manquements de son mari en travaillant à mi-temps comme assistante sociale. Elle s'occupait du foyer et des enfants tandis que Jean-Baptiste exerçait comme généraliste à l'hôpital tout en ayant son propre cabinet de consultation en ville. Il consacrait bien davantage de temps à son travail qu'à sa vie privée. Ce choix avait été fait à deux, en toute connaissance de cause. L'un comme l'autre travaillait pour la collectivité, et savait le prix à payer de ces professions qui s'apparentaient plus à des vocations personnelles. Il était médecin de proximité, nouant des liens très forts avec ses patients d'une génération à l'autre. Grâce aux moyens techniques de l'hôpital, il connaissait rapidement le résultat des examens de ses malades, tandis que travailler en équipe dans un établissement hospitalier lui permettait de se maintenir à un bon niveau ; son esprit curieux était récompensé. Les années avaient passé à une vitesse folle sans qu'il puisse réellement profiter d'une vie privée. Mais encore une fois, il fut pris par son métier et sa femme ne put se résoudre à le dissuader de venir en aide aux nombreux villageois en détresse. Mais ce qui semblait être un sacerdoce ne fut en rien comparable à ce qui se passa, une fois que son mari accorda sa première interview…

Se retrouver à son âge aussi sollicité que durant sa carrière lui aurait paru impossible sans l'énergie retrouvée que lui procuraient ses nuits « d'un nouveau genre ». Une seconde jeunesse s'offrait à lui ! Il allait reprendre du service pour la bonne cause car « le rêve » l'avait choisi, lui, le médecin exilé dans un village où le manque crucial de médecins de proximité l'avait contraint à s'occuper d'un nombre considérable de villageois. Entre culpabilité et colère, se sentant impuissant, trop souvent, il n'avait que des mots et cela ne suffisait pas ! Comment soulager le maire de ses problèmes de dos, le boulanger de ses douleurs aux genoux, l'institutrice de ses nombreuses migraines, pour ne citer qu'eux ? Les plus démunies étaient les personnes âgées qui heureusement bénéficiaient de soins à domicile. Mais pour combien de temps encore ? Le système de santé se détériorait d'année en année.

« Enfin, se dit-il, je vais pouvoir agir concrètement en faisant avancer la recherche dans un domaine que je n'aurais jamais imaginé, le sommeil… »

Le centre médical de la Chartreuse répondait à une exigence très précise, s'ouvrir aux phénomènes paranormaux et s'en servir comme moyen de soulager la souffrance humaine tout en respectant les limitations de telles expériences. On pouvait s'intéresser au chamanisme sans toutefois donner de l'ayahuascas aux patients… Il semblait que tout était possible depuis la première pandémie du XXIe siècle, la Covid-19 ; des professionnels de la santé avaient vanté tout et n'importe quoi comme remède miracle ! Dans un contexte sanitaire déjà entaché par de nombreux scandales liés à l'industrie pharmaceutique et à ses pratiques fallacieuses, on ne savait plus qui ou quoi croire ! Le doute et la confusion s'étaient propagés comme une traînée de poudre autant que les différentes informations arrivant du monde entier. Le président du plus grand pays dit « civilisé » avait conseillé d'injecter de l'eau de javel dans le corps des malades ainsi qu'une cure d'ultraviolets. Le monde était devenu fou ! ! !

Et une défiance généralisée se fit entendre, de qui ou de quoi devait-on se méfier le plus ? Car même des médecins divergeaient dans les recommandations faites à la population. Lui-même, à Rastignac, s'était fait quelques inimitiés lorsqu'il avait prôné le vaccin. Mais que pouvait-il suggérer de mieux ? C'est ce qu'il répondait aux « antivax ». Il était médecin, des vaccins, il en avait effectué sur des patients durant toute sa carrière. La méfiance avait pris le dessus et le médecin à la retraite comprit que le temps où personne n'aurait osé mettre en doute la parole d'un praticien était révolu ! Il valait donc mieux écouter les doléances des uns et des autres plutôt que les juger, et c'est ce qu'il fit. Il ne pouvait d'ailleurs pas leur donner entièrement tort car lui-même se méfiait de certains établissements médicaux à la mauvaise réputation.

Le docteur Declercq acheva sa visite avec la satisfaction du travail bien fait. Aucune action concrète n'avait encore eu lieu, mais l'équipe avait été si chaleureuse qu'il s'était senti comme dans les premières années lorsque, étudiant, il rêvait de son métier comme d'un idéal.

Il arriva à l'hôtel où Raphaël lui avait réservé une chambre. Le séjour était pris en charge par le centre médical de la

Chartreuse. On ne pouvait pas rêver mieux, de petits bâtiments dédiés aux patients étaient disposés dans un magnifique parc de 25 hectares. Dans cet immense espace étaient installés un centre équestre, EquiRemed et Réhability'Run, ainsi qu'un parcours d'« agility » ; ces activités impliquant la présence de chevaux et de chiens permettaient de développer ou d'améliorer les fonctions cognitives et psychomotrices. La course à pied était proposée comme moyen thérapeutique.

Raphaël avait expliqué que ces activités se feraient dans le respect des limites des capacités des patients. La bienveillance devait l'emporter sur l'exigence, qui n'avait pas lieu d'être en cet endroit.

La chambre était confortable, lumineuse et calme, l'hôtel étant situé à la périphérie de la ville.

« Encore un très bon choix » se dit Jean-Baptiste.

Les repas étaient servis dans une salle à manger.

Il aurait aimé se reposer, s'allonger un instant mais c'était impossible. Il n'était pas rassuré à cause de sa femme, qui n'avait pas répondu à ses appels téléphoniques ni à ses messages. Sa montre indiquait 17 heures. Il essaya à nouveau de la joindre, sans succès. Cet essai infructueux fut comme un révélateur. Il se passait quelque chose d'anormal, mais quoi ? Il fallait que quelqu'un aille voir à leur domicile. Le docteur Declercq était anxieux. Si en face de ses patients, il avait su faire preuve de la retenue attendue, malgré ses craintes, dans sa vie privée, il n'en avait pas été de même. Sa sensibilité prenait le dessus, et maintenant, il sentait le stress le gagner. Qui contacter ? Hélène Dupuy semblait apte à agir efficacement, mais elle habitait loin. Pourquoi pas Laetitia, qui vivait dans leur rue ? Il n'hésita pas une seconde de plus. L'institutrice répondit aussitôt.

Terriblement inquiet, le docteur à la retraite ne s'embarrassa pas de préambule. Il lui demanda directement de se rendre chez lui. Mais Laetitia ne semblait pas saisir l'urgence de la situation. Ses paroles étaient incompréhensibles vu la situation.

« Ce qui trouble les hommes, ce ne sont pas les choses, ce sont les jugements qu'ils portent sur les choses ; un grand homme, Epictète pour ne pas le citer. »

Le médecin à la retraite eut bien du mal à garder son calme, il aurait aimé lui dire que son langage pseudo-spirituel ne lui inspirait que du dédain. Hélas, la situation ne s'y prêtait pas mais tout de même, il se permit de la recadrer.

« Je ne vous demande pas de me citer Epictète, je vous demande juste un service de voisin à voisin. »

Nullement gênée, l'institutrice lui répondit par une de ses reparties de grande penseuse et d'un ton hautain :

« Mets rarement les pieds dans la maison de ton prochain, de peur qu'il ne soit rassasié de toi et qu'il ne se mette à te détester. Ce n'est pas Epictète mais un proverbe biblique.

— Écoutez, je ne veux pas me disputer avec vous, j'ai d'autres chats à fouetter !

— Il n'y a de chat à fouetter que celui qui veut bien s'y frotter ! »

Mieux valait écourter au plus vite, il hésita tout de même à perdre quelques secondes de plus. Elle s'était trompée ; la reprendre en prononçant la bonne formule, « il n'y a pas de quoi fouetter un chat », aurait été une immense satisfaction. Il se contenta de la saluer d'un ton sec sans qu'elle saisisse son reproche implicite, puisqu'elle eut l'outrecuidance d'ajouter :

« Il n'y a pas de douleurs que le sommeil ne sache vaincre. » Quel sens donner à ces élucubrations, sinon celui d'un dérèglement mental ? !

Soudain, le village de Rastignac lui apparut comme un vaste hôpital psychiatrique, avec les villageois pour patients. Ce matin, il était parti l'esprit préoccupé mais après ce coup de téléphone, le docteur à la retraite sentit sa crainte sourde se transformer en une véritable angoisse. Nombreux étaient les villageois qui semblaient avoir perdu la raison et hélas ce n'était plus un vague pressentiment. Sa femme, Caroline, était peut-être atteinte d'un mal sournois ? ? ? Le docteur à la retraite essaya de se raisonner car lui-même avait dans le passé craint de passer pour un fou, et s'était muré dans le silence pour cette raison. Les évènements lui avaient échappé... Il avait cru que sa peur n'avait pas lieu d'être et pourtant... Il se sentait perdu, seul dans sa chambre d'hôtel, ne pouvant agir à distance. Puis il repensa à Hélène Dupuy. Elle était architecte, cette profession ne pouvait que la protéger des troubles mentaux, il fallait posséder un pur esprit mathématique voué aux sciences exactes pour faire son métier. Hélas, elle ne répondit pas au téléphone.

« Et son mari ? » songea le docteur.

Mais cet homme qui se transformait en femme toutes les nuits était devenu étrange.

Qui donc contacter ? Régis Meunier ? Toujours prêt à lui rendre un service ! Mais lui aussi avait perdu la tête, son projet de tour du monde à pied en battant le record de six cent vingt-deux jours était une pure folie ! Alors, son meilleur ami, Luc, le gendarme ? Un représentant de l'ordre ne pouvait être totalement irréfléchi... Mais il se souvint que le fonctionnaire avait été muté dans une autre région avec à la clef une promotion. La famille Sanchez et la famille Lanteri avaient elles aussi déménagé ; Alice suivait des études en ville. Fabian Giordanno, le Jules César de Rastignac, lui inspirait les plus grandes craintes !!! Joindre sa femme ? Pourquoi pas ? Mais non ! Impossible de se fier à une femme adhérant aux ambitions politiques d'un homme tel que lui ! Peut-être Marius, le boulanger ??? Il semblait le moins atteint de tous ! Mais, à cette heure de la journée, il devait dormir… ?

Et le docteur à la retraite réalisa que la liste des personnes aptes diminuait drastiquement. Il sentit la panique le gagner peu à peu tandis que son esprit égaré continuait de chercher. Qui donc dans son entourage était encore mentalement sain ? Hélas, il ne restait que les Martin qui, du matin au soir, jouaient une parodie d'eux-mêmes… Ou bien étaient-ils vraiment devenus ainsi ? Une famille si grotesque qu'elle attirait les faveurs d'un public amusé par les pitreries d'un homme de trente-six ans se métamorphosant en un enfant turbulent tandis que sa femme, habillée comme une poupée des années cinquante, essayait de canaliser son énergie débordante… Il semblait que le comportement du père de famille empirait de jour en jour mais c'était sans doute pour les besoins de l'audimat japonais.

Un seul semblait avoir gardé sa lucidité, il ne restait que lui, Antoine Moretti ! Malheureusement, il n'avait pas été tout à fait correct avec lui et il le savait !

Certes, la partie de pétanque organisée par celui qui faisait figure d'ennemi avait apaisé les tensions. Mais le groupe ne s'était jamais réellement reformé, et personne n'avait abordé le sujet de son éviction ! Il lui en voulait forcément puisque c'est lui qui avait pris la décision de l'évincer.

Le docteur se souvenait que sa plus grande crainte, à l'époque, était que le secret soit dévoilé et qu'on le pense atteint d'un trouble mental, pire encore, qu'on le considère comme un escroc, une sorte de gourou new age ! Hélas, si ses angoisses étaient infondées le concernant, il n'en était pas de même pour la plupart des villageois, tous atteints d'un mal mystérieux, et sa femme Caroline était sûrement, elle aussi, en train de perdre la raison ! Que pouvait-elle bien faire en ce moment même ? À cette pensée, il lui sembla que son cœur chavirait, qu'il tombait du côté gauche comme si, d'un coup, il fut trop lourd à porter.

Ses mains tremblaient lorsqu'il appuya sur les touches de son portable. Il avait besoin de son aide. Heureusement, Antoine lui répondit. La situation était grave et il le comprit aussitôt. Il partit sur-le-champ, sans la moindre hésitation, quittant la chambre d'hôtel qu'il occupait depuis plusieurs semaines, sans être retourné chez lui durant ce laps de temps. Mais les explications pouvaient attendre…

Après quarante minutes qui lui parurent une éternité, son portable sonna, c'était Caroline, enfin !

Elle ne comprenait pas, elle n'avait pas entendu les sonneries, elle était encore en train de cuisiner, elle n'avait pas vu l'heure, elle était désolée, « mais elle devait finir ce qu'elle avait commencé depuis le matin ». Ce « mais » était devenu une manie chez elle. Dernièrement, il l'avait entendu des centaines de fois, chaque fois qu'il essayait de la convaincre de sa rigidité à propos de ce qui était devenu une idée fixe, cuisiner. Telle une personne sous l'emprise d'une drogue mystérieuse, elle finissait toujours par justifier sa nouvelle

passion comme étant vitale à son épanouissement.
Cette fois, il n'insista pas. Il demanda simplement à sa femme de lui passer Antoine. Jean-Baptiste eut l'impression de conspirer contre elle lorsqu'il révéla à voix basse le récent comportement obsessionnel de celle qui partageait sa vie depuis plus de cinquante ans sans que jamais, elle ne lui ait caché le moindre secret. Il fallait absolument agir mais que pouvait-il faire à distance ? Laisser tomber l'équipe médicale qui l'attendait le lendemain était difficilement envisageable mais rester quatre jours de plus à Dijon l'était encore moins ! Bien sûr, elle ne risquait certainement pas sa vie en cuisinant, ce n'était pas une dépendance à une drogue dure. Cependant, elle dépensait une fortune en victuailles, ce qu'il avoua à Antoine. À l'origine, cette passion était uniquement nocturne, « le rêve » lui permettait de profiter des plaisirs de bouche. Mais par la suite, dès le matin, elle commença à s'activer en cuisine, sans relâche. Ce qui semblait une expérience positive se transforma peu à peu en délire lorsque Caroline désira se mesurer au talent de celui qui cuisinait pour elle la nuit ! À plus de 400 kilomètres de chez lui, il ne savait comment agir dans l'immédiat mais heureusement, Antoine décida pour lui !

Antoine eut l'idée de kidnapper, pour ainsi dire, sa femme. La seule solution était de la faire sortir d'un certain périmètre. D'après lui, il fallait compter au minimum 30 kilomètres afin que « le rêve » ne puisse plus atteindre la victime. L'hôtel où il avait trouvé refuge se tenait à une distance suffisante du village. Lui-même ne rêvait plus et c'était une bonne chose, il avait retrouvé ses esprits ! Le soir même, elle prendrait un train pour Dijon et il s'assurerait de la voir par-

tir. Puis Antoine eut cette phrase magique :
« Mais pourquoi ne pas inclure votre femme dans l'établissement hospitalier afin qu'elle bénéficie d'un traitement efficace ? »

Antoine avait trouvé la solution au problème de sa femme, qui serait un de ses cobayes, pas tout à fait volontaire mais ce n'était qu'un détail vu l'urgence de la situation. Il se sentait un peu coupable mais il se rassura en pensant aux dépenses faites par son épouse. Le pire avait été atteint lorsqu'il avait reçu par la poste un colis contenant le caviar le plus cher du monde, dont les 100 grammes valaient 3 700 euros. Et que lui avait-elle répondu ce jour-là ?

« Rassure-toi, je n'ai acheté que 30 grammes de cette pure merveille ! »

Heureusement, il irait la chercher et dans sa chambre d'hôtel, il dormait dans un lit double. Le hasard faisait bien les choses ! Ou était-ce encore une étrange coïncidence ? ! Peu importait ! ! !

Jean-Baptiste Declercq se coucha en pensant au rêve qu'il désirait, il ferma les yeux et s'imagina plonger dans un ciel fait d'azur pailleté d'or sans aucun nuage à l'horizon. À côté de lui, sa femme dormait déjà, aidée par un somnifère.

La nuit fut courte.

Le lendemain matin, Antoine Moretti roula en direction du village de Rastignac afin de rejoindre au plus vite Maddy chez Émile, qui était malade. Il s'agissait une fois de plus des conséquences liées à ce qui avait tout l'air d'un cauchemar. « Le rêve », comme ils l'appelaient, y compris le vieil homme, les avait tous rendus fous !
« Encore un de plus à exfiltrer du village, pensa Antoine, et qui sera le prochain ? ! »
La veille au soir, il avait emmené la femme du médecin à la retraite à la gare en s'assurant de son départ, ne la quittant que lorsqu'il n'aperçut plus sa silhouette au loin. La veille, elle avait longuement essayé de se soustraire à ce voyage. Pour la convaincre, il avait eu recours au chantage, soit elle partait et reviendrait rapidement, soit elle restait et se verrait interdite de cuisiner : comment, en effet, expliquerait-elle à son mari son refus de le rejoindre, sinon par des justifications qui visiblement ne parvenaient plus à le convaincre ? Il ne s'agissait que de quatre jours. Quatre jours sans cuisiner. En était-elle capable ? lui demanda-t-il. Elle lui répondit par l'affirmative. Il ne restait plus qu'à le prouver ! ! ! Faute d'argu-

ments et devant la menace qui la priverait de ce qui semblait être sa priorité absolue, elle finit par accepter.

Il n'avait rien dit au docteur à la retraite au sujet du vieil Émile Santoni, estimant que Jean-Baptiste avait déjà assez de soucis. Maddy était à son chevet depuis plusieurs jours. Un médecin était venu l'ausculter sans qu'il détecte le moindre signe de maladie, il ne toussait pas, n'avait pas de fièvre, ne ressentait aucune douleur particulière et pourtant, il semblait frigorifié par un froid intérieur sans origine biologique. Parfois, il tremblait. Le plus inquiétant était son manque d'appétit. Il avait perdu du poids. Émile avait rassuré le médecin, il lui avait dit qu'il mangerait un peu plus tard, c'était « juste une petite fatigue ». Mais Maddy savait qu'il ne se plaignait pas pour ne pas inquiéter son entourage. Cela semblait être sa seule préoccupation ! La covid avait été évoquée mais le test était négatif. À son âge, la déshydratation pouvait survenir rapidement et provoquer un coma. On attendait les résultats de la prise de sang afin de savoir si Émile devait être hospitalisé car le risque était élevé. Le médecin lui demanda s'il avait de la famille. Marie-Madeleine lui assura qu'elle allait contacter son fils. Mais avant, elle allait demander l'aide de son cher Antoine.

Qu'elle ait découvert l'état de son meilleur ami d'enfance tenait presque du miracle. Heureusement, son chat Pistou avait bien fait les choses. Il n'était pas rentré le matin contrairement à son habitude. Elle avait alors suivi le parcours habituel de l'animal, et avait fini par le trouver dans le jardin en friche du vieil homme. Maddy fut surprise ; d'ordinaire, à cette heure, Émile se tenait sur le seuil de sa maison, c'était leur rendez-vous matinal où ils échangeaient quelques mots, mais ce matin-là, il ne s'y trouvait pas. Un sentiment étrange la saisit, la maison semblait bizarrement calme, trop calme. Inquiète, elle sonna à la porte, sans résultat.

Ne pouvant se résoudre à partir, Maddy fit ce qu'une vieille dame se serait ordinairement interdit : elle prit une chaise dans le jardin, la transporta devant la fenêtre de la cuisine, où elle ne vit personne. Elle la déplaça ensuite devant les volets fermés de la chambre à coucher et toqua furieusement en appelant le vieil homme par son prénom, tout en espérant éviter d'ameuter le voisinage. Un bruit léger se fit entendre, puis une tête apparut. C'était Émile. À la vue de sa physionomie, elle comprit qu'il était malade. Il lui dit pourtant qu'il allait très bien. Maddy ne voulut rien entendre et lui commanda de lui ouvrir la porte…

Encore une fois, Antoine avait volé à son secours. Il décréta que le mieux était de rejoindre l'hôtel où il logeait actuellement, ainsi son problème de santé serait aussitôt réglé, il en était convaincu. Il ne pouvait s'agir que des conséquences de ce qu'ils subissaient tous depuis plusieurs mois ; « le rêve » était sournois, il faisait croire que tout était possible jusqu'à rendre fou ! Mieux valait fuir le village et prendre une chambre ailleurs, à bonne distance. Maddy semblait l'approuver, mais elle ajouta :

« Et après ? »

Il ne saisit pas ce qu'elle sous-entendait, mais il comprit à son air qu'elle avait une chose importante à lui dire, et lorsque Maddy avait quelque chose en tête, il ne pouvait l'ignorer.

« Oui, après ? Nous ne pouvons pas rester indéfiniment à l'hôtel ! Et son fils, il ne va pas vouloir laisser son père dans cet état sans aucun soin médical, c'est évident ! »

Maddy avait raison, l'hôtel ne pouvait être qu'une solution transitoire !

Depuis plusieurs semaines, Marie-Madeleine s'était retranchée chez elle, Candy ne supportant pas la foule dans les rues du village. Elle avait eu le temps de réfléchir. Patrick, anciennement journaliste au *Mistral*, lui avait souvent rendu visite, ils avaient longuement parlé du temps où la manufacture d'allumettes était encore en fonction. Marie-Madeleine avait ressorti les journaux de l'époque en s'excusant de lui rappeler ce faisant son récent licenciement. Patrick l'avait rassurée, *Le Mistral* n'était pas fautif, il s'agissait d'un problème d'ego, son chef ne supportant pas sa liberté de penser et d'écrire. Il n'avait pas fait ce métier pour se retrouver muselé par un homme complexé !

Ce furent des moments très émouvants où Maddy évoqua ses souvenirs. Patrick prit des notes, ce qui la surprit puisqu'il ne travaillait plus.

« Ce n'est pas la fin du monde, lui dit-il, c'est même sûrement une chance pour moi car en vous écoutant, il m'est venu une idée, écrire un livre et demander son aide. »

L'étonnement de la vieille dame redoubla ! Mais l'enthousiasme de Patrick la convainquit de déterrer très profondément les racines sombres d'une tragédie malgré son désir de ne pas le faire.

Oublier avait été sa planche de salut, mais ce temps était révolu… Son instinct lui dictait la voie à suivre, il fallait maintenant qu'elle ose parler de ce qui la hantait depuis son plus jeune âge. Des images lui revenaient en mémoire, des visages de femmes dévorés par le poison, l'horreur l'avait saisie comme une marque indélébile qu'il avait fallu effacer au plus vite de sa mémoire. Mais, dans un coin de son esprit, subsistait la trace d'une souillure, et les deux enfants des propriétaires de la fabrique d'allumettes portaient eux aussi ce fardeau de l'âme.

Elle l'avait perçu chez eux sans pouvoir mettre des mots sur cette gêne commune. Il lui sembla alors qu'il fallait effacer ces sensations désagréables afin de ne pas incommoder ses camarades de jeu. Mais de ce bref échange de regards, une menace avait surgi, une sensation de malaise les empêchant de se regarder trop longuement en face. D'ailleurs, eux aussi avaient senti le danger, ils avaient détourné les yeux, ne pouvant plus la regarder. Une ombre noire les avait enveloppés, ils avaient continué à jouer dans le parc mais leur insouciance était partie. Une tristesse soudaine s'était emparée des enfants et plus jamais, ce ne fut comme avant. Ils savaient que la fille de la couturière avait compris qu'ils avaient un secret. Et sans se concerter, les jumeaux prirent leurs distances. Méfiant, le garçon proposa une partie de cache-cache afin sans doute de s'éloigner de celle qui était devenue un danger. Elle comprit alors que c'était la dernière fois qu'ils joueraient ensemble. Mais ce jour-là, à un moment, elle les vit tous les deux trembler, exactement comme Émile, ils lui dirent qu'ils avaient froid alors qu'on était en été !

Et à présent, il fallait retrouver au moins un de ces enfants devenus adultes. Ils avaient sûrement des choses à révéler, des choses qui concernaient tous les villageois de Rastignac car il ne suffisait pas de fuir pour échapper au passé, elle en savait quelque chose : c'est exactement ce qu'elle avait fait, fuir. Mais ce mal étrange était réapparu et il ne fallait pas qu'il détruise Émile.

À la suite de ses explications, Patrick décida de partir en Sicile pour retrouver le fils des propriétaires de la fabrique d'allumettes. Le journaliste avait écouté Maddy lui raconter son histoire comme si elle déroulait un livre avec des images ! Patrick était convaincu par la véracité de ses dires, il l'avait ressenti au plus profond de son être. Retrouver l'un des deux enfants devenus adultes ne fut pas facile mais il finit par retrouver la trace de Pierre Laforge, l'unique descendant encore vivant.

Antoine affirma que la réussite du journaliste était le fait de la sainte patronne de la Provence, prénommée Marie-Madeleine comme sa parente : c'était bien un signe de la providence…

Antoine n'avait jamais été tout à fait cartésien, il croyait son père lorsque celui lui parlait de différents dons donnés à la naissance. N'était-il pas, lui-même, comme né avec une boule dans la main ? De son père, il avait hérité le don comme d'autres enfants pourvus dès leur naissance de certaines dispositions génétiques ; ainsi le sourcier du village avait deux enfants qui possédaient depuis leur plus jeune âge la même sensibilité que lui ; ils ressentaient le « champ magnétique » de l'eau en agitant simplement une branche de noisetier en direction du sol. Et il existait d'autres phénomènes de ce genre comme les coupeurs de feu, ces personnes-là étaient capables de soulager les sensations de brûlures, sans que la science puisse comprendre comment. Tant de particularités inexplicables étaient rapportées dans les villages de Provence, chacun estimait ces hommes et ces femmes, on les respectait jusqu'à ce que de trop nombreuses personnes se proclament détenteurs de pouvoirs occultes. Cependant, des noms sûrs subsistaient, ils étaient la continuité d'un savoir-faire ancien.

L'ancien journaliste désirait croire Maddy et Antoine même si cette histoire lui semblait un peu rocambolesque… Il n'était plus sûr de rien à vrai dire ! Tant d'évènements avaient modifié son jugement, tout semblait possible, même l'incroyable ! De toute façon, il ne pouvait pas refuser son aide à la chère Maddy. Antoine proposa de l'accompagner, mais Maddy lui conseilla de rester afin de l'aider au cas où la santé d'Émile s'altérerait davantage car il pouvait plus facilement agir en tant que maire de Rastignac.

Antoine dut se confesser.

La réaction de son aînée ne se fit pas attendre.

« Mais pourquoi ne t'assagis-tu pas avec les années ? Donner des coups de pied furieux sur ta voiture ne t'a pas suffi ! Non, bien sûr, il a fallu que tu déchires ton écharpe de maire et Dieu sait quel courrier tu as envoyé, je n'ose l'imaginer ? !

— J'ai démissionné dans les règles de l'art ! lui répondit-il en haussant le menton.

— Oui, veux-tu que je te rappelle pourquoi ta femme n'habite plus avec toi ? Et tu espères la récupérer ainsi, tu ferais mieux de suivre une thérapie comme elle te l'a demandé. »

La mine penaude, l'ancien maire ne répondit pas. Maddy avait toujours essayé de canaliser la colère d'Antoine lorsque le petit garçon cassait ses jouets. Sans doute, ce caractère sanguin lui avait été donné dès la naissance puisque sa mère et son père ne comprenaient pas d'où pouvaient provenir ces crises de colère incontrôlables, même s'il était généralement gentil et obéissant. C'est d'ailleurs après la destruction d'un vase que sa femme l'avait quitté. Ils restaient tout de même en contact. Ni l'un ni l'autre n'avait refait sa vie car ils ne pouvaient pas se résoudre à ne plus se voir, prétextant que c'était pour le bien des enfants. Antoine avait refusé de suivre une thérapie, contre la volonté de sa femme, mais ils lui mettaient tous la pression, comme Marie-Madeleine.

« Bon, bon, d'accord, j'irai suivre une thérapie pour la gestion de la colère.

— C'est bien, mon Antoine, tu progresses, il n'est jamais trop tard pour changer.

— D'ailleurs, je n'ai rien cassé à la suite des déclarations de ce Jules César de pacotille, qui a dit de moi que j'étais le pire maire de toute la France et a fait tout un pataquès au sujet de la disparition de cet homme !

— Oui, c'est vrai, mais heureusement les journalistes sont passés à autre chose. Il n'en reste plus beaucoup dans le village et c'est tant mieux car Candy a autant besoin de prendre l'air que moi. On respire mieux depuis, malgré que « le rêve » continue à hanter les esprits des villageois. »

L'ancien maire ne pouvait qu'approuver les paroles de sa parente.

Sa démission n'avait pas encore été approuvée par le préfet mais il savait déjà, vu le contenu de sa lettre, qu'elle le serait. Il était inutile de le lui révéler.

« Je peux effectivement téléphoner à son fils en qualité de maire, lui assurer que je vais prendre son père en charge mais il faudra peut-être l'hospitaliser si son état perdure.

— Mais il ne veut pas bouger de chez lui, il parle d'une femme qui doit venir, il délire, il risque de finir à l'asile et je ne le supporterai pas !

— Je vais gérer ça, ne t'en fais pas, j'ai l'habitude en ce moment de convaincre les personnes les plus têtues qui puissent exister.
— Ah bon ! dit-elle, en lui jetant un regard étonné.
— Oui et après ce sera le tour de ma femme, je la convaincrai que j'ai changé !
— Je sais que tu y arriveras mon Antoine » lui répondit Maddy.
Et le trio s'embarqua pour une mission délicate, convaincre Émile de quitter sa maison…
Il sembla à Antoine que les mots sortirent de sa bouche sans la moindre réflexion de sa part. Il parla d'une femme, une très belle personne, unique en son genre, qu'il avait vue en chair et en os, ; elle le réclamait depuis des jours, elle le cherchait et semblait avoir perdu son adresse : c'était lui, Émile Santoni ! Pourquoi ne pas le suivre jusqu'à un hôtel où elle désirait le rencontrer ? Et ce fut comme un miracle, le vieil homme se leva, certes un peu difficilement, mais tout de même avec suffisamment de vigueur et sans besoin d'aide. Antoine fut soulagé car il fallait encore téléphoner au fils et trouver une explication plausible car si la police l'avait soupçonné à tort, il pouvait, en cas de problème, être de nouveau convoqué. La pression monta encore d'un cran lorsque Maddy évoqua ses souvenirs dans la voiture qui les amenait en lieu sûr. Émile, son cher Émile, il les avait sauvés. Sans lui, ils seraient morts de faim…
« Ne t'en fais pas, lui dit-il afin d'essayer de calmer la colère de sa parente.
— Et que font les autorités ? Rien, absolument rien, c'est pour ça qu'il ne faut pas que ta démission soit acceptée ! »

fulminait Maddy tandis qu'il essayait de se contrôler. Mais le maire sentait monter en lui la rage, il aurait aimé au moins balancer quelques injures au sujet de l'incurie des autorités mais il parvint à se retenir en contrôlant sa respiration. Depuis plusieurs jours, il pratiquait cette technique lue sur Internet, il inspirait profondément par le nez, puis expirait lentement par la bouche en contractant ses muscles abdominaux. Au début, il fut dubitatif. Mais les jours passant, il n'eut plus envie de se défouler sur un objet. Pourtant seul et isolé dans une chambre d'hôtel, il avait dû fuir « le rêve » mais il était clair qu'en le faisant, il avait perdu plus qu'une bataille ! Sa maison, devait-il s'en débarrasser ? Et comment lutter contre un ennemi invisible ? Sa colère constante l'empêchait de réfléchir ! Il fallait donc qu'il trouve une solution afin de récupérer ses facultés intellectuelles. Ainsi, il se mit à pratiquer la respiration contrôlée, à contrecœur, mais l'urgence de la situation ne lui donnait pas le choix ; il était hors de question de vendre la maison héritée de ses parents ; il avait rassuré Maddy au sujet de la sienne, et l'avait convaincue de ne pas la céder à un prix dérisoire. Mais avait-il bien fait ?

À présent en effet, il aurait aimé ne plus jamais avoir à retourner chez lui, pourtant, il le fallait ! Cette situation cauchemardesque ne pouvait se débloquer que grâce à Patrick, parti rencontrer le dernier membre de la famille Delaforge. Cet homme détenait-il la solution à leur problème ? Rien n'était moins sûr... D'après Patrick, il semblait plus intéressé par le sujet des volcans, sa passion. D'ailleurs, il lui avait donné rendez-vous au pied de l'Etna, dans la ville de Catane. Mieux valait ne pas se poser trop de questions et agir, c'était la seule option qui leur restait : faire parler le volcanologue.

Patrick Blanc n'imaginait pas Jean-Pierre Laforge aussi dynamique. Il montait d'un pas alerte en direction du cratère nommé la Bocca Nuova. D'après les infos données par Marie-Madeleine, il avait seulement un ou deux ans de plus qu'elle. Et donc, le calcul était vite fait, il avoisinait les quatre-vingts ans, mais paraissait aussi fringant qu'un jeune homme. Sans montrer le moindre signe de fatigue, aidé par sa haute stature, il marchait à grands pas, avec toujours quelques mètres d'avance sur son jeune accompagnateur. Avec ses rares et longs cheveux blancs, il ressemblait à un savant fou, surtout de dos, lorsque des mèches fines se baladaient au gré du vent léger. Ne prenant pas la peine de les remettre en place, il allongeait les foulées sans se soucier de savoir si son interlocuteur saisissait toutes ses paroles. Il ne parlait que de cette montagne de feu, sans jamais se demander si Patrick le suivait à bonne distance. De temps en temps, il se retournait, pour lui montrer une curiosité géologique. Ce qui, heureusement, lui permettait de reprendre son souffle. Refusant de se sentir plus faible qu'un vieillard, Patrick essayait de se convaincre que le lieu diminuait ses forces. Il est vrai que la montagne était impressionnante, d'autant plus que, selon les dires du volcanologue, il pouvait à tout moment être blessé par des fragments de roche ou des bombes de lave expulsés par le volcan. Il l'avait mis en garde avec un petit sourire narquois ! C'était à se demander si son guide désirait s'amuser à ses dépens. Et à présent, il semblait se moquer d'accorder son pas au sien ! Était-ce parce qu'il le prenait pour un « crétin de touriste » ? ! Il s'était plaint de ces visiteurs, qui ne pensaient qu'à prendre des selfies au plus près du cratère sans se soucier des dangers ; trop de vols en hélicoptère, et la foule , qui défilait de jour comme de nuit. En tant que volcanologue, il connaissait un chemin en dehors des circuits touristiques, mais ce chemin avait particulièrement effrayé Patrick, qui aurait préféré suivre la longue file de touristes plutôt que cet homme antisocial !

Patrick Blanc en vérité se serait bien passé de cette excursion mais il n'avait pas pu y échapper. À peine arrivé au lieu du rendez-vous dans la ville de Catane, le vieil homme lui avait fourni les habits nécessaires. Il n'avait pas de chaussures de randonnée à sa pointure, mais, loin de se décourager, il proposa à Patrick d'emprunter une paire à un de ses amis. Patrick se retrouva affublé d'un attirail vestimentaire peu engageant, auquel on ajouta un casque, et, pire, un masque à gaz, car à cette période le volcan crachait un peu ; c'est ce que lui expliqua celui qui visiblement avait décidé qu'il ne pourrait échapper à cette marche.

Le trekking et le hiking faisaient de nombreux adeptes, autant que les termes anglophones employés pour ce tourisme d'aventure. Si Patrick Blanc connaissait le sujet, ce n'était qu'à la suite d'articles concernant ce loisir pratiqué en pleine nature. Lui-même se contentait de temps en temps de ce qui ressemblait à de petites balades pour le troisième âge ! Enfin, rien de comparable à cette ascension en milieu hostile de plus de deux heures !

À l'instant où il saisit le masque à gaz que lui tendait son guide, il regretta son manque d'expérience mais il était trop tard ! L'ancien journaliste avait compris que l'homme ne lui parlerait pas facilement. Dès son arrivée, son visage fermé lui indiqua qu'il n'était pas ouvert à la discussion. D'ailleurs, lorsque Patrick essaya d'aborder le sujet de sa venue, il ne le laissa pas parler. « On verra ça plus tard ! », avait été sa réponse. N'osant insister davantage de crainte de faire taire à tout jamais celui qui détenait un secret capable selon Maddy de sauver Émile, il se contenta d'obéir. L'homme avait décidé que cette journée serait placée sous le signe d'une expédition dangereuse ; d'après ses dires, Patrick serait peut-être incommodé par de rejets toxiques ! La situation actuelle du volcan était spécialement intéressante ! ! ! Cela devait signifier de nombreux dangers à venir ? ! Sans oser demander plus d'explications, il se vit charger d'un sac à dos rempli de plusieurs bouteilles d'eau car là-haut, on avait soif ! Devait-il aimer à ce point Maddy et Émile ? se questionna le journaliste. Mais à présent, il était trop tard. Son orgueil l'empêchait de montrer sa crainte à celui qui aurait pu être son grand-père.

La terrible montagne semblait dominer de tous côtés. Il espérait seulement qu'elle ne manifesterait pas sa colère contre lui. Des peurs enfantines le saisirent, il aurait aimé lui parler afin de lui faire comprendre qu'il était gentil et qu'ainsi, rien ne justifiait qu'elle se fâche. C'était la première fois de sa vie qu'il gravissait un volcan. La paroi noire de ce qui ressemblait à un monstre vivant culminait à 3 357 mètres. C'est d'ailleurs la seule information qu'il avait retenue le concernant. Mais à présent, il était obligé de voir les manifestations de cette montagne terrifiante et d'écouter attentivement son guide lui parler de « ces fabuleuses manifestations géologiques ».

L'homme semblait porté par la puissance de la montagne alors que Patrick se sentait comme un fétu de paille, facilement inflammable. Lorsqu'il levait la tête, le titan projetait une fumée blanche, il semblait calme mais vu sa taille, la menace semblait tout à fait possible. Telle une bombe radioactive, elle pouvait exploser et alors, il disparaîtrait, en quelques minutes ou secondes, ça, il ne le savait pas… Son esprit ne pouvait s'empêcher d'imaginer le pire, encouragé par une odeur de soufre omniprésente. Il avait franchi les portes de l'enfer avec ses multiples sous-sols, si nombreux qu'il était impossible de les compter. À peine son regard était-il attiré par un jet de fumée, que d'autres dégazages sortaient rageusement de leurs cavités noires. Mais le plus impressionnant était la chaleur sous ses pieds ; sa plus grande crainte était que ses chaussures de randonnée, déjà usées, s'enflamment ! Jean-Pierre ralentit le pas, sans doute parce que le terrain devenait de plus en plus dangereux, et surtout plus intéressant. Encore une fois, il utilisa cette phrase absurde, « la situation actuelle du volcan est spécialement intéressante ! », ce qui mettait les nerfs à vif de Patrick, car elle annonçait systématiquement un autre arrêt ; s'il n'osait témoigner de sa frayeur, il espérait que ses nombreux hochements de têtes en signe d'acquiescement suffiraient à écourter les explications du volcanologue.

« Regardez, lui disait-il en lui indiquant de la main

l'endroit en question. Un champ de lave à votre gauche ou un tunnel de lave à votre droite ! »

En définitive, de la lave et encore de la lave comme des milliers de litres d'un bouillon apocalyptique qui sans cesse bouillonnait, crachait ou s'écoulait comme le feraient des langues de démon. Il était bien en enfer alors que le vieil homme semblait être au paradis.

« N'oubliez pas de mettre votre masque si vous sentez un étourdissement. »

« Ah oui ! songea-t-il, le masque, j'avais failli l'oublier ! »

Enfin, ils arrivèrent près du cratère, à la limite de sécurité ; la Bouche Nouvelle s'ouvrait devant eux, énorme et fumante. Il sembla à Patrick sentir une secousse à ses pieds. Il ne put se retenir :

« Mais ça bouge, vous êtes sûr qu'on ne risque rien ?

— Ce n'est rien, l'Etna vous accueille à sa manière ! »

— Mince, se dit-il, ce type est fou ? ! »

Et sans plus se soucier de sa plaisanterie, il semblait exalté en lui parlant de la naissance de « cette bouche » apparue subitement au printemps 1968 du côté ouest du cratère central. Le mot « subitement » retint toute son attention…

Heureusement, son calvaire prit fin, son guide redescendit sans s'arrêter. Enfin, presque !

Dès qu'ils arrivèrent au pied du volcan, ce guide d'un genre particulier lui apprit le nombre de morts causés par l'éruption du Nevado del Ruiz en Colombie : vingt-cinq mille, par la faute des autorités qui avaient jugé bon d'attendre avant d'informer la population du risque. Mais le bougre ne s'arrêta pas là !

« Vous connaissez Pompéi, l'éruption du Vésuve alors

que Rome était à son apogée ? Les Romains se croyaient invincibles et combien de morts ? Plus de quinze mille ! L'homme n'est rien ! »

Jean-Pierre Laforge semblait hors de lui, Patrick ne comprenait pas, que pouvait-il répondre à ces chiffres macabres ?

« Alors, vous avez eu peur, n'est-ce-pas ? »

L'homme était décidément fou. Mieux valait concéder l'avantage du courage à celui qui le regardait avec colère.

« Oui, oui, c'est vrai !

— C'est normal, tout à fait normal ! Mais je vais vous dire, la nature de l'homme peut être pire que l'Etna et c'est pour cela que vous êtes là ! lui dit-il d'un ton agressif.

— Euh… !

— Dès que vous m'avez parlé du village de Rastignac, j'ai compris ce que vous cherchiez. Avant de vous parler, il fallait que je vous montre le volcan le plus actif d'Europe, les volcans nous rendent humbles à condition de les respecter ! »

Incapable de la moindre répartie, Patrick Blanc acquiesça. À peine remis de l'ascension, il devait faire face à un « énergumène », rouge de colère. La situation lui échappait complètement mais heureusement, il n'eut pas besoin de chercher ses mots. Ce personnage qui, pour Patrick, n'avait rien d'un volcanologue typique, se chargea de parler pour deux :

« Nous allons à mon hôtel, je vous demanderais de me suivre et vous aurez vos informations, c'est bien pour ça que vous êtes venu ?

— Oui, oui, lui répondit-il obéissant.

— Ce qui m'intéresse, ce n'est pas que vous ayez eu peur, c'est de savoir à qui je vais transmettre mon secret, je souhaite que ce soit une personne avec des valeurs humaines, vous comprenez ?

— Oui, oui, je comprends. »

Le ton du volcanologue était sec et tranchant. Ils rejoignirent sa voiture et durant le trajet, une tension s'installa. Patrick comprit qu'il était inutile d'essayer de la dissiper. Ils s'installèrent au bar de l'hôtel, ouvert l'après-midi. Le volcanologue choisit une table à l'écart et attendit d'être servi avant de prendre la parole.

« Je suis désolé, je suis en colère mais pas contre vous ! Il est plus facile pour moi d'affronter un volcan que mon passé, mais lorsque j'ai reçu votre mail, j'ai compris qu'il était inutile que je garde pour moi des informations que je détiens. Il faut que je vous explique depuis le début… C'est une longue histoire. Avant toute chose, je veux savoir ce que vous allez en faire. Vous m'avez dit au téléphone que la vie d'un homme en dépendait, qu'il souffrait d'un mal étrange et puis vous m'avez demandé si j'avais suivi les infos concernant le village de Rastignac ? Eh bien oui, j'ai suivi cette affaire ! Mais j'ai refusé de vous en dire davantage par téléphone, j'ai même exigé que vous vous déplaciez, n'est-ce-pas ? »

Et sans attendre la réponse de Patrick, il enchaîna :

« Oui, c'est vrai, j'étais au courant de ce qui se passait à Rastignac et je savais qu'il était inutile de croire que ça puisse prendre fin. Le passé nous rattrape toujours, jamais au bon moment, parce qu'il n'y aura jamais de bon moment ! Vous comprenez ?

— Hum… Non, pas vraiment…

— Vous allez comprendre. Ce qui s'est passé à Rastignac m'a fait penser à un volcan en éruption. Les volcanologues, lorsque la menace est sous-jacente, préviennent la population afin de sauver des vies et c'est ce que je dois faire ! Je ne comprends pas vraiment la cause de tout ça, mais l'important est de sauver ce monsieur Émile et les autres villageois pris dans ce piège. C'est sans doute le même piège dans lequel ma sœur et moi-même sommes tombés jusqu'à en devenir presque fous. Il semble que rien ne pourra arrêter ce que vous nommez « le rêve » ! À moins de déterrer l'histoire, de faire éclater la vérité. Donc je répète ma question : qu'allez-vous faire de mes propos ? Dans quel journal allez-vous publier votre article ? Il est important que je le sache ! »

Le mieux était de lui avouer la vérité.

« J'ai été licencié dernièrement mais ne vous en faites pas, je vais faire en sorte de faire paraître un article. Ce que vous allez me révéler ne pourra pas rester sous silence, il s'agit de sauver des vies, n'est-ce-pas ? »

Il espérait avoir été suffisamment convaincant. Un silence de quelques secondes se fit avant que le volcanologue reprenne la parole.

« Ok, ça ira, je vous fais confiance, vous me semblez avoir pu affronter cette excursion alors que je n'ai rien fait pour vous mettre à l'aise. Je dois dire que je suis très énervé, comme toujours, comme durant toute ma vie, et c'est cela d'ailleurs, ainsi que ma passion pour les volcans, qui m'a sans doute sauvé de l'effondrement. J'en ai fait mon métier, j'ai toujours été fasciné par le feu, mes parents étaient les propriétaires de la fabrique d'allumettes Le Pierrot-feu. Ma sœur jumelle a choisi d'être médecin et ce n'est pas un hasard non plus ! Sauver le maximum de gens, s'exposer en prenant des risques afin de se prouver qu'on est une bonne personne ! ! ! Des missions humanitaires pour ne plus se sentir coupable. À présent, elle est décédée et je porte aussi le poids de sa culpabilité car c'est moi qui lui ai révélé ce qu'il ne fallait pas dire, j'ai donc modifié le parcours de sa vie, je l'ai certainement rendue malheureuse, je regrette de lui avoir parlé et c'est sans doute aussi pour cette raison qu'il m'est difficile de vous parler. »

À cet instant, Patrick osa prendre la parole, il interrompit Jean-Pierre.

« Permettez-moi de vous dire, sans essayer de faire le malin avec des jeux de mots mais vous semblez avoir autant de colère qu'un volcan et peut-être que le fait de parler vous permettra de vous libérer. Vous semblez au bord de l'explosion, les mots ont un pouvoir. Lorsque le secret est trop lourd à porter seul, il faut le partager. C'est du moins ce que je pense…

— Les mots me semblent impuissants, voyez l'état de ce monde, des drames à n'en plus finir, ça ne s'arrêtera jamais, à quoi bon lutter contre les hommes alors qu'on en est un ! Je préfère la compagnie de mes volcans, je ne peux pas m'en passer, je ne saurai l'expliquer, eux seuls savent me calmer.

— C'est sans doute que leur fureur est plus grande que la vôtre ! »

Il y eut comme un grand moment de froid, le journaliste n'avait pas réfléchi, cette phrase spontanée allait certainement mettre en échec la discussion !

« Vous avez raison, j'en veux au monde entier, je suis un vieux misanthrope, je ne sais pas comment ma sœur a fait, elle aimait les hommes jusqu'à sacrifier sa vie pour eux ! Moi au contraire, je les ai fuis en choisissant ce métier, j'ai parfois pris de gros risques juste pour me prouver que je n'étais pas lâche mais en fait, je l'étais car rien ne pouvait me faire plus peur que de parler de mes deux parents, deux monstres avec lesquels j'ai grandi. Le patronyme Laforge, on devait en être fiers, il permettait de se hisser plus haut que « la basse besogne », ces ouvriers et ouvrières de la fabrique, cette main-d'œuvre qui valait moins que des allumettes ! Des allumettes, vous vous rendez compte ? !

— Oui, c'est terrible. Mais que s'est-il passé ? lui demanda Patrick en se penchant dans sa direction. Vous étiez un tout petit garçon, n'est-ce-pas ?

— C'étaient mes parents... J'ai entendu mon père dans son bureau, qui discutait avec ma mère. Ils parlaient du livre de comptes posé sur le bureau et de pertes humaines, des femmes surtout. Et mon père a demandé à ma mère, avec le ton d'un homme bien établi, à combien s'élevait ce mois-ci le nombre de décès. Et que lui a-t-elle répondu ? "Trop ! Mon cher Jean-Charles, nous risquons d'avoir de nouveaux problèmes, une grève par exemple ! Cinq personnes sont mortes et plusieurs viennent travailler alors que sur leurs visages, certaines vilaines marques apparaissent, il faut les renvoyer, nous ne pouvons pas plus courir de risque alors que la main-d'œuvre ne manque pas !" Vous comprenez, mon père incluait dans son livre de pertes et profits les décès liés au poison, le phosphore. Je ne pouvais pas l'ignorer car il me menaçait lorsque je n'étais pas sage, il me disait, "Fais attention sinon tu vas ressembler à une de ces femmes", une de ces femmes que j'avais vu travailler dans l'usine avec une moitié de mâchoire ! »

Le volcanologue s'arrêta de parler, trop ému, Patrick reprit la parole.

« C'est terrible, vos parents les considéraient comme des

objets, tout juste bons pour la casse et non comme des êtres humains, mais ce n'est pas votre faute, croyez-moi ! Que pouviez-vous faire ? Rien, absolument rien ! »

Encouragé par sa bienveillance, il reprit ses explications.

« Mais le pire est à venir. Je me suis introduit en douce dans le bureau, j'ai subtilisé le livre de comptes, et hélas, je l'ai montré à ma sœur en lui expliquant de quoi il retournait. De ce jour, elle ne fut plus jamais la même. Je m'en veux terriblement !

— C'est absurde ! Comme si vous étiez le coupable ! Vous avez inversé la situation. Un jour ou l'autre, votre sœur l'aurait appris car vous savez, si les mensonges prennent l'ascenseur, la vérité emprunte l'escalier, mais elle finit toujours par arriver. Vous avez une éthique, des valeurs humaines, ce qui n'était pas le cas de vos parents. Vous pouvez encore rétablir les faits, la vérité est primordiale pour tout le monde. Nous sommes envahis de "fake news", d'informations mensongères qui ne visent qu'à embrouiller l'esprit des gens. On s'y perd facilement car on joue avec nos émotions, ça fait vendre ! Les mauvais journalistes ne vérifient pas leurs sources, je ne suis pas de ceux-là et c'est certainement mon éthique qui a été la cause de mon renvoi. Eh bien, j'en suis fier car j'ai résisté à ce système et vous, vous aussi, vous avez le choix à présent, il faut parler et je suis là pour que vous puissiez le faire - avec votre accord bien entendu. Ce livre de comptes aurait été une preuve irréfutable, mais je suppose qu'il a disparu ?

— Détrompez-vous, je les ai tous gardés, ils sont dans ma bibliothèque et lorsque je pars, j'en prends un, je souffre de le transporter, je me l'inflige partout ! Je n'ai pas désiré fonder une famille car c'est peut-être eux ma famille, ces morts comptabilisés avec toujours la même écriture fine, celle de mon père !

— Je suis désolé pour vous, je ne sais quoi vous dire... Il est vrai que les mots sont impuissants à soulager un tel fardeau... Mais pourquoi ne pas les avoir jetés dans un de ces volcans en éruption ? Qu'ils retournent donc en enfer, où est leur place !

— C'est la faute d'être le fils de ces monstres, ce nom Laforge, je l'exècre !

— Mais peut-être que ce nom Laforge retrouvera son honneur si vous parlez. Vous avez des preuves et moi, j'ai de l'ambition, je désire écrire un livre sur la vie de ces allumettières. D'ailleurs, je suis en contact avec une dame dont la mère a travaillé en tant que couturière pour vos parents. Elle se nomme Marie-Madeleine Piétri. Vous et votre sœur aviez joué à cache-cache ensemble, vous vous en souvenez peut-être ?

— J'ai un souvenir vague, ça me dit quelque chose...

— Marie-Madeleine m'a transmis des journaux de l'époque qui parlent de la fabrique ainsi que son témoignage. J'aimerais que vous participiez à la divulgation de ces faits sordides. Vous-même, vous avez souffert, vous avez cru être responsable de cette horreur jusqu'à presque en perdre la raison, n'est-ce-pas ?

— Il est vrai que j'ai failli devenir fou et dès mon enfance, j'ai commencé à faire d'horribles cauchemars la nuit, ma sœur aussi et puis, la journée, nous avons commencé à voir se matérialiser nos rêves. Nos parents nous ont fait consulter de nombreux médecins, puis ce fut le curé, ensuite une sorte de guérisseur, ils n'ont rien trouvé et le mal empirait.

Des rumeurs circulaient faisant état de notre santé mentale. Nos parents ne l'ont pas supporté, leur position sociale ne leur permettait pas d'avoir donné naissance à deux enfants fous ! On a déménagé et nos crises horribles ont disparu. J'ai d'abord été reconnaissant pour les soins qu'ils nous ont prodigués, et pour avoir préféré notre santé à cette fabrique de malheurs. Mais par la suite, j'ai compris qu'il n'en était rien et cette fois-là, je n'ai rien dit à ma sœur, elle continuait à les voir entre deux missions humanitaires. Vous comprenez, il s'agissait de notre famille ? Mais à présent que je n'ai plus besoin de protéger ma sœur, je vous donne mon accord, écrivez ce livre et parler de la famille Laforge, citez mon nom et dites bien que je renie ce lien de parenté, mes parents sont inexcusables.

— Oui, je le ferai Jean-Pierre, permettez-moi que je vous appelle par votre prénom, il est sans doute plus facile à porter et je vous le répète, dans la situation qu'était la vôtre, vous avez fait au mieux ! »

L'homme ne semblait pas convaincu, son regard exprimait une tristesse profonde, il semblait inconsolable. Il lui avoua :

« J'aurais préféré mourir à la place de toutes ces femmes, mais j'ai dû tout de même sauver des vies… »

Et il vit dans ses yeux la question d'un enfant perdu.

« J'en suis sûr » lui répondit-il en sachant que rien ne suffirait à l'apaiser.

Antoine, son cher Antoine avait eu raison, « le rêve » était resté dans le périmètre du village de Rastignac, il ne pouvait pas les atteindre en cet endroit et si elle avait rêvé, elle n'en conservait qu'un vague souvenir. Dans sa maison à Rastignac, elle avait été préoccupée par Candy, qui semblait chaque matin au réveil de plus en plus abattu ; le pauvre ne pouvait partager avec personne ce qui le tourmentait toutes les nuits. Et si Maddy avait cru que son défunt mari était le fautif, il s'avéra par la suite que « le rêve » avait choisi son chien comme unique animal de compagnie de tout le village. Il était tout à fait injuste qu'un si gentil petit chien subisse un tel sort ! Des rêves devaient le perturber, mais lesquels ? Elle ne le savait pas et c'est d'ailleurs ce qui l'inquiétait. Mais heureusement, la première nuit à l'hôtel « La Nichée provençale » lui avait permis de reprendre ses anciennes habitudes canines comme simplement dormir au pied du lit. Il n'avait même pas fait mine de vouloir reprendre la place de son défunt mari, couché de côté, la tête sur l'oreiller ! Dès le premier matin, elle fut encore plus soulagée, il n'avait pas essayé d'ouvrir le frigo bar comme à la maison. Candy ne se prenait plus pour un humain, il était redevenu un chien menant sa vie comme tous ses congénères. Elle fut encore plus heureuse de savoir qu'il en était de même pour Émile qui logeait dans la chambre 22 en face de la leur.

Toutefois, ils éprouvèrent le besoin d'en parler. Ils se sentaient comme privés d'une partie d'eux-mêmes. Émile était embarrassé, il n'osait révéler ce qui durant des mois avait occupé ses nuits, il avait parlé de « femmes », sans en dire davantage. Maddy, par le biais des révélations faites à des journalistes, ne pouvait ignorer ce qui avait attendri des milliers de gens, un papi à la recherche d'une bien-aimée. Alors pourquoi ne pas lui confier ce qu'ils savaient tous déjà ? ! Mais il sembla si confus, qu'elle préféra ne pas insister. D'ailleurs, il valait mieux le laisser tranquille car il avait suffisamment subi de conséquences néfastes pour sa santé. Émile fut soulagé de ne pas devoir s'épancher auprès de son amie d'enfance. Ces femmes apparues la nuit avaient été si nombreuses qu'il ne souvenait pas plus d'une que d'une autre. Il ne restait que des éléments épars, des formes de corps s'entrecroisant dans une succession rapide et changeante dans un kaléidoscope… Il vit des cheveux blonds se mêler à une sombre chevelure aussi indistinctement que les yeux bleus se confondaient avec d'autres couleurs ou formes. Heureusement la vision de cet amalgame de femmes de tous âges, origines et types quitta rapidement son esprit. Le charme était définitivement rompu, jusqu'à éprouver une sensation de dégoût. Il ne voulait plus qu'une seule de ces ensorceleuses vienne rompre ses nuits redevenues paisibles. Il gardait en plus en mémoire les visages inquiets de Maddy et d'Antoine, preuve qu'eux seuls se souciaient réellement de lui.

Le matin après sa première nuit à l'hôtel, il ne comprit pas sa présence en ce lieu. Maddy avait bien essayé de lui expliquer le bien-fondé du déménagement, il n'avait rien voulu entendre. Heureusement, elle fit appel à Antoine, le priant de l'attendre avant de prendre la moindre décision. Émile accepta ce contretemps et avec le recul, il s'en félicita. L'ancien maire n'avait pas perdu son don de persuasion car il parvint rapidement à convaincre Émile. Toutefois, Antoine semblait pressé de passer à un autre sujet et la conversation prit aussitôt une drôle de tournure ! À la grande surprise de Maddy, Antoine parla d'elle comme de la fiancée d'Émile et de la joie de son fils au téléphone, lui et sa femme étaient heureux de l'escapade amoureuse de son père à La Nichée provençale !

« Mais qu'est-ce donc que cette histoire ? » finit-elle par demander.

Émile prit la parole et c'est avec une petite voix qu'il s'adressa à elle.

« Je suis désolé, je suis si gêné que je ne sais pas comment te l'expliquer ! »

Antoine l'interrompit, et en regardant sa grand-tante avec un sourire en coin, il dit :

« J'ai appris par Michaël que vous étiez ensemble, alors il est inutile de me faire croire le contraire ! Maddy je suis au courant !

— Mais au courant de quoi ? ? ? »

Elle regardait les deux hommes sans comprendre lorsqu'elle vit Émile qui semblait se ratatiner sur lui-même, signe évident d'un malaise.

« C'est ma faute, finit-il par lâcher, j'ai dit n'importe quoi à mon fils pour qu'il me laisse tranquille ! »

Ainsi, Maddy apprit qu'elle était la fiancée fictive de son ami d'enfance et qu'elle avait une grande influence sur Émile car elle l'avait converti à la culture espagnole.

« Et pourquoi espagnole ? » lui demanda-t-elle.

Il ne sut quoi lui répondre et s'en excusa ! Mais le fait était qu'à un moment donné, il avait donné cette information à son fils qui depuis ne cessait d'insister, avec l'appui de sa femme, pour les inviter chez eux, une paella était prévue ! Émile fut incapable d'expliquer la raison d'un tel mensonge sinon par la faute de ses trop nombreux rêves qui lui avaient fait perdre l'esprit !

D'ailleurs, il avait besoin de se reposer et surtout récupérer ses forces, loin de toute cette agitation nocturne et à présent, il n'imaginait pas retourner à Rastignac. Les recommandations du maire étaient tout à fait adéquates bien qu'il sache que ce séjour à l'hôtel ne pouvait être que temporaire. Émile les remercia longuement et rassura son amie d'enfance : dès que possible, il rétablirait la vérité auprès de son fils ! Ce à quoi Maddy lui répondit :

« Non, ne le fais pas, nous sommes bien sortis ensemble avant ton mariage et le mien, ce n'est donc pas tout à fait un mensonge ! »

Elle insista jusqu'à obtenir gain de cause, le priant de maintenir l'invitation. Une paella ne pouvait se refuser !

Antoine se sentit presque de trop durant cet échange, les regards qu'ils échangèrent semblaient si profonds que ce fut son tour d'être gêné. Il prit donc congé d'eux rapidement. Prétextant un rendez-vous urgent, il s'éclipsa, content de constater qu'Émile avait retrouvé ses capacités. Il ne subissait plus « le rêve », ce phénomène nocturne qui avait contaminé tel un virus les villageois de Rastignac ! « Le rêve » n'était pas un don du ciel ni une opportunité, il ne pouvait convenir à personne ! C'était un piège, peut-être même mortel puisqu'il pouvait contrôler l'esprit des humains ! Hélas, il ne pouvait mettre en garde quiconque car informer la population des risques qu'elle encourait le mettrait dans de « sales draps », une fois de plus ! Antoine ne pouvait plus faire confiance aux médias. Seul son ami journaliste aurait pu l'aider mais il avait été licencié. De toute façon, il était en Sicile à la recherche d'un volcanologue, le seul descendant vivant de la famille Laforge, jadis propriétaire de la manufacture d'allumettes ; d'après Maddy, cet homme connaissait la, ou les causes de ce cauchemar et peut-être que Patrick reviendrait avec des réponses. En attendant, que devait-il faire ?

La tâche semblait ardue. « Le rêve » avait incontestablement plus d'attrait que les simples mots d'un ancien maire dont personne ne se souciait. On avait ignoré ses nombreux appels à la préfecture pour finalement le traiter comme un criminel ! Il semblait qu'ils étaient tous devenus fous, le naufrage semblait inévitable et la question était, jusqu'où ? À quelle profondeur allaient tomber les anciens du groupe qu'ils formaient dans une salle de la mairie ? À présent, il leur était reconnaissant de l'avoir évincé car ainsi il avait pu échapper à cette attraction fatale, à ce monstre dissimulé sous le meilleur aspect nuit après nuit, à cette emprise de l'esprit qui avait fait de lui une marionnette. « Le rêve » était un démon aux multiples formes, il rendait fou ! ! ! Et c'était la vengeance des allumettières ???

À cette évocation, il sentit un froid glacial le parcourir de la tête aux pieds. Il comprit qu'il était le responsable, qu'en procédant aux travaux de rénovation du cimetière, il avait brisé le repos éternel des défunts. Il avait donné l'ordre de se débarrasser des plus vieilles tombes ! ! !

L'ancien maire sentit la panique le gagner car il était certainement à l'origine de ces phénomènes nocturnes, il devait réparer sa faute au plus vite ! Mais par qui ou quoi commencer ? ? ?

Les évènements s'étaient enchaînés si rapidement qu'à présent, il semblait impossible de convaincre par exemple son ancienne employée Françoise Martin de renoncer à ses rêves de gloire en tant qu'égérie de manga ; quant à son mari, que faire pour qu'il retrouve son âge adulte ? Récemment, Antoine avait appris par le docteur Declercq qu'Hélène Dupuy refusait de répondre au téléphone, son mari certifiait qu'elle se portait bien mais comment croire celui qui toutes les nuits se transformait en une femme si belle que tous les hommes se prosternaient à ses pieds ? !

Et les autres, tous les autres ?... Ils étaient si nombreux qu'à cette pensée, il ressentit un vertige. Heureusement, le docteur à la retraite serait de retour dans deux jours. Les essais cliniques avaient permis à sa femme de décrocher rapidement de son obsession, mais sa libération n'était peut-être due qu'à son éloignement... Bien que Jean-Baptiste lui ait affirmé le contraire, rien n'était moins sûr que les paroles d'un simple homme face à un phénomène qui les dépassait tous. Les allumettières avaient pris possession de Rastignac, le village était maudit par sa faute ! Le danger était invisible à l'œil nu, exactement comme le phosphore, ce poison qui entrait par la bouche, celui-là rongeait les esprits aussi facilement. Une dent cariée et le mal était fait, une nuit et il entrait en vous, caché et sournois tout comme avant, du temps de la manufacture d'allumettes. Il était terrifié à l'idée d'avoir chassé de leur tombe les anciennes ouvrières de la fabrique ! En proie à une grande culpabilité, il se félicita d'avoir envoyé sa démission, il ne méritait pas sa place de maire ! ! !

Après bien des cogitations, l'ancien maire estima n'être pas tout à fait responsable ! Certes, il avait ordonné quelques changements mais plus personne ne venait s'occuper des sépultures, qui tombaient en ruine. Concernant sa mégalomanie passée, il avait été une victime, comme d'autres en ce moment même ! ! ! Et ce qui le déculpabilisait davantage était l'incurie des autorités ! Dorénavant, il lui était impossible de croire qu'il recevrait la moindre aide de leur part. Hélas, ils étaient si peu à être sains d'esprit ! Maddy s'occupait d'Émile, Patrick était en Sicile, ne restait que lui, un simple vigneron aidé par un docteur à la retraite. Deux hommes sans grande importance ! ! ! Et pourtant, il fallait au moins essayer de sauver les villageois, mais comment ? Il ne le savait pas ! ! ! Et retourner dans ce village maudit lui faisait peur ! Il ne pouvait pas faire autrement cependant, sa maison se trouvait là-bas, mais il n'était plus en sécurité sous son propre toit.

Marie-Madeleine et Émile se retrouvèrent seuls et bizarrement, ils ne furent pas gênés par cette proximité. Le petit-déjeuner pris à l'hôtel leur rappela les moments heureux de leur enfance. Ensuite, ils rejoignirent leurs chambres en se promettant de se revoir à midi dans la même salle pour le deuxième repas de la journée, puis ils iraient se promener…

Seule dans sa chambre, Maddy pouvait entendre des bruits à travers la cloison qui la séparait de la chambre contiguë à la sienne. Elle saisit quelques notes de musique provenant sûrement de la télévision. Aussitôt, elle se souvint de sa jeunesse, de ses années folles où sa passion du rock acrobatique l'avait propulsée dans les bras d'un homme… Et cet homme à présent était mort sans qu'elle sache si les années passées à ses côtés avaient été aussi heureuses qu'elle l'imaginait. N'était-ce pas plutôt le fruit d'un attachement fraternel ? L'avait-elle aimé pour ce qu'il était ou ce qu'il représentait ? N'était-ce pas lui qui l'avait extraite du village, et l'avait, surtout, délivrée de certains souvenirs ?

Grâce à lui, elle avait vécu une vie plus intense, rythmée par des entraînements intensifs afin de parvenir à un niveau national. Hélas, une chute la priva définitivement de l'espoir d'une renommée. Ronald de son nom de scène, René, l'avait lâchée avant qu'elle soit dans la bonne position. Il n'avait jamais avoué sa faute et elle ne l'avait pas accusé, même lorsque le chirurgien lui avait dit que plus jamais elle ne pourrait danser le rock acrobatique. Maddy s'était sentie coupable ; ils étaient déjà en couple alors, elle était sa partenaire de danse et elle était tombée avant les championnats. À peine remise, ils décidèrent de se marier, mais un doute subsistait chez Marie-Madeleine. Devait-elle épouser cet homme ? Oublier le diminutif Maddy, choisi pour sa sonorité américaine, elle ne le pouvait pas car c'est tout ce qu'il lui restait de sa passion, elle le garda comme un souvenir de ce que plus jamais, elle ne serait, la femme aérienne que René avait préférée parmi toutes les autres danseuses. Lui, il reprit son vrai prénom tandis qu'il se dépêcha de tout organiser, le choix du repas, de la salle, de l'église, etc. Ainsi, il s'excusait à sa manière, se dit-elle, alors qu'elle était obligée à l'immobilité.

Le jour de la cérémonie ne fut pas le plus beau de sa vie,

elle eut l'impression de vivre un deuil. René semblait heureux, et les convives se réjouissaient, mais ils semblaient tous avoir oublié son accident ! Lors du mariage, elle fut dispensée de ses cannes anglaises, elle se tint droite bien que marcher ne soit pas encore facile. Heureusement, en ce jour très important dans une vie de femme, presque aucune trace de l'accident ne subsistait. Certes, elle ne pouvait pas danser, alors René s'abstint lui aussi. Tout le monde salua ce geste d'homme courtois, sans se soucier de savoir si sa jeune épouse avait quelque séquelle de la triple fracture de sa cheville droite. De peur de gâcher la fête, elle n'osa même pas se soulager en se massant, de peur que l'on découvre qu'elle souffrait !

De ce silence généralisé, elle s'était sentie coupable. Comment interpréter le fait que personne, excepté sa mère, ne lui ait posé cette simple question :

« N'as-tu pas trop mal, est-ce que ça va pour toi ? »

Elle mentit à sa mère pour ne pas l'inquiéter, mais elle dut déployer beaucoup d'énergie pour la convaincre que tout allait bien car ce n'était pas vrai !

L'accident l'avait projetée au sol aussi violemment que dans sa nouvelle vie. Il ne s'agissait plus de s'étourdir dans les airs, portée par les bras puissants de René, d'émerveiller un public grâce à des voltiges spectaculaires, de vivre intensément sur les rythmes d'une musique déchaînée, de répéter encore et encore les mêmes gestes jusqu'à la perfection, de sentir ce moment de grâce où l'on sait qu'on est parvenu à atteindre cette force invisible qui nous persuade qu'aucun mal ne pourra nous arriver, jusqu'à ce que, brutalement, la réalité nous projette dans un autre monde, celui de la douleur !

La chute avait été d'une extrême violence et avait brisé son rêve, devenir championne de rock acrobatique. René avait la même ambition. Il renonça pour elle et, en plus, il la demanda en mariage sur son lit d'hôpital, à la plus grande joie du service d'orthopédie. Elle s'était sentie obligée d'accepter sa proposition ! Mais en son for intérieur, elle se sentait coupable de ne pas l'aimer autant que lui… Était-il possible qu'elle l'ait préféré en danseur ?

Cette question fut si douloureuse qu'elle préféra l'enterrer au plus profond de sa conscience. Mais à présent, elle surgissait, déterrée sans doute par la proximité d'Émile car en réalité, c'est lui, qu'elle avait toujours aimé, son Émile !

Mais pourquoi lui avoir préféré un autre à l'époque ?...

Des souvenirs angoissants lui revinrent en mémoire, le village de Rastignac, elle l'avait déjà fui, il y a très longtemps, à vingt ans, elle était partie en ville pour oublier la tristesse rentrée de sa mère.

Peut-être cette culpabilité latente avait-elle fini par éteindre la flamme qui brillait dans le regard maternel sans que jamais, elles évoquent ensemble la cause de son malheur et son esprit s'éteignit comme une allumette usée, elle perdit son imagination. Marie-Madeleine le comprit lorsque sa mère n'eut plus aucune histoire merveilleuse à raconter à ses enfants malgré leur insistance ; alors, sans oser la questionner à ce sujet, elle sut que c'était la faute de la fabrique.

Une seule fois, sa mère se plaignit d'avoir travaillé là-bas ; la fillette de treize ans vit alors dans ses yeux comme une ombre gâcher leur bleu innocent. Ils avaient perdu leur éclat et semblaient lourds à porter, et souvent sa mère détournait le regard, sans doute par honte. C'était cela, le problème !

Sa mère avait accepté des cadeaux de ses patrons, de vieux

journaux et des vêtements usés de ceux qui avaient semé le malheur dans le village, elle avait trahi les siens, des villageois comme elle ! Et si elle avait refusé de continuer à travailler pour eux, ça ne comptait pas car elle connaissait déjà à l'embauche les terribles conditions de travail des ouvriers. Personne ne pouvait les ignorer. Sa mère s'éteint peu à peu et chacun des enfants ne songea plus qu'à partir au loin. Marie-Madeleine à son tour rêva de partir à la ville. Et la fabrique d'allumettes ferma définitivement ses portes sans que personne ne regrette sa fermeture. Coupable, elle partit en laissant sa mère seule dans sa cuisine sombre, sa mère qui lui souhaita le meilleur, une vie plus facile que la sienne. Coupable, elle refusa l'amour que lui portait Émile car il habitait le village mais surtout, elle allait être heureuse avec lui. Il fallait qu'elle soit malheureuse afin de payer sa dette, elle aussi ! N'avait-elle pas laissé sa mère seule, elle, la petite dernière ?

Ainsi, dans cette chambre d'hôtel, sa vie défila comme un mauvais film. Elle n'avait jamais été heureuse dans son mariage. Et si la raison lui avait échappé, sa culpabilité s'était démultipliée au fil des années passées avec cet homme qui ne la faisait rêver que quand il la faisait tournoyer dans les airs. Elle l'avait compris auprès de son cher Émile ; chaque moment passé avec lui était une évidence, elle ne pouvait plus le quitter.

Tant d'années perdues ! Cependant, la naissance de son fils fut un grand bonheur, les années passées avec le petit garçon lui permirent d'oublier la médiocrité de son mari. Étrangement, il sembla facilement renoncer à sa passion pour le rock acrobatique pour se contenter d'une vie très ordinaire. Il travaillait pour une compagnie d'assurances et c'est d'ailleurs grâce à son métier qu'elle fut bien soignée ; l'intervention des différents soignants tout au long de sa convalescence fut entièrement prise en charge, les frais furent intégralement payés par l'employeur de son mari. Durant des années, René rentrait chaque soir, allumait la télévision et regardait son émission préférée, un jeu de culture générale tandis qu'elle préparait le repas. Il n'était pas très causant et encore moins actif, rechignant le plus souvent à l'accompagner au parc avec Dillan. Quand leur fils eut trois ans, elle prit un travail dans une garderie, car ils avaient le projet de souscrire un prêt pour une maison dans le village de Rastignac. Elle avait approuvé ce choix afin de se rapprocher de sa famille et c'est ainsi qu'elle vit grandir le petit Antoine, le fils de son frère aîné qui était venu s'installer dans une maison mitoyenne à celle de leur mère. Ce furent des années de bonheur en famille mais ensuite, son fils partit à la ville sans qu'elle puisse évidemment lui faire le moindre reproche. N'avait-elle pas agi de même ? La vie les avait séparés un peu plus lorsqu'il s'était marié et avait fondé une famille. Sans doute, les exigences de la vie actuelle l'empêchaient-elles de voir ses parents autant qu'il l'aurait souhaité. À la mort de son père, il fut un peu plus présent mais ensuite, les années passèrent avec des rendez-vous à des dates ponctuelles, les fêtes familiales ; autrement, il était de plus en plus difficile d'organiser des rencontres, encore plus lorsque son petit-fils devint un ado. On lui expliqua qu'à son âge, il préférait être avec ses copains, ce qui était tout à fait normal ! Encore une fois, Marie-Madeleine l'accepta. N'avait-elle pas quitté sa mère en la laissant toute seule dans cette grande maison vidée de tous ses occupants ? Elle était la dernière à l'avoir quittée, c'est donc elle qui portait la responsabilité entière de cet abandon ! ! !

La solitude était arrivée sans qu'elle en comprenne la cause, mais n'était-ce pas finalement ce qui arrivait à toutes les personnes âgées ? C'était dans l'ordre des choses ! Elle prit donc un chat mais sa présence ne lui suffit pas, un chien était sans aucun doute une meilleure présence et Candy devint son plus fidèle ami, le seul à l'écouter. Ses tentatives d'intéresser son fils ou sa belle-fille à ses « bavardages de vieille femme » avaient toutes échoué, et lorsqu'elle souhaita s'informer du style de musique préféré de son petit-fils, celui-ci ne fit même pas l'effort de lui faire écouter un morceau de son chanteur préféré, Nikta. Elle semblait être devenue invisible, pire encore, une obligation morale ; ils se devaient de l'inviter afin de ne pas passer pour de mauvaises personnes. Et tandis qu'ils parlaient de permaculture, d'écologie, Ayden s'ennuyait autant qu'elle mais lui était collé à son portable malgré les remontrances de ses parents. Maddy avait supporté durant des années ces repas familiaux sans pouvoir donner du sens à ce qui ressemblait de moins en moins à une famille. Quelques reproches faits et on la classa dans la case des personnes pénibles, inaptes à comprendre les enjeux de l'avenir de la planète. Puis un jour, enfin, elle osa leur dire par téléphone :

« Je n'aime pas la cuisine végane, je suis désolée mais je ne vais plus pouvoir en manger ! »

Était-ce la raison de son éviction ? Elle avait senti dans le ton de sa belle-fille une forte vexation. On ne pouvait tout de même pas l'obliger à manger du tofu, des graines et un apport de protéines grâce au soja ! Il semblait que tout le monde lui en voulait. Comment interpréter autrement les manifestations hostiles de sa propre famille et celles de son voisinage ? N'avait-elle pas la liberté de manger un bon poulet grillé, le droit de se plaindre d'une musique à plein volume, de râler contre la fumée du barbecue géant de son voisin, Régis Meunier ? Les prétendus aboiements de son petit chien n'avaient rien de comparable avec les nombreuses fêtes qu'ils organisaient, lui et sa femme. Mais le pire advint lorsqu'il plaça des caméras intrusives. Elle avait hésité à porter plainte, comme elle l'avait fait pour la fissure causée sur sa maison. Ce procès aurait facilement tourné à son avantage car les vieux n'intéressaient plus personne mais il existait tout de même des exceptions ! Dévoiler les menaces faites à l'encontre d'une vieille dame aurait suffi à attirer les faveurs de nombreuses personnes prêtes à la défendre et c'est d'ailleurs ce qui se passa, Antoine son cher Antoine vint à son secours sans qu'elle ait besoin de remuer ciel et terre ! À présent, les liens distendus avec celui qui avait à charge un village et des hectares de vignes avaient été rétablis. Finalement grâce à son crétin de voisin !

Seule dans sa chambre d'hôtel, Maddy ruminait depuis des heures de sombres pensées. La coupable, ce n'était pas elle ! À cet instant, une image lui vint, Antoine en train de donner de furieux coups de pied sur un pneu de sa voiture. Elle aurait aimé faire de même avec un des meubles dans la chambre mais elle se rappela qu'il valait mieux ne pas le faire à son âge ! ! ! Alors elle se rabattit sur l'oreiller, le prit en main et le tapa furieusement sur le lit en pensant aux propriétaires de la fabrique, ce couple maudit ! ! !

Soudain, on toqua à sa porte. Elle eut le réflexe de répondre :

« J'arrive, un instant ! »

Elle se leva comme un automate, se dirigea vers la salle de bains et se rinça rapidement les yeux en vérifiant son aspect dans le miroir.

C'était Émile, il semblait si heureux de la voir. Fallait-il lui parler ou se taire ? ! Elle ne le savait pas !

« Alors, tu es prête ? lui dit-il. C'est l'heure d'aller manger ! »

Des rides parcouraient son visage mais son regard n'avait pas changé, il était resté le même. Elle osa un geste. Elle prit sa main dans la sienne et comme lorsqu'ils étaient enfants, il la serra plus fort.

« Suis-je assez bien habillée ? lui demanda-t-elle.

— Tu seras toujours parfaite pour moi » lui répondit-il avec un grand sourire.

Maddy le suivit. Il lui faisait la même impression que naguère.

Ils rejoignirent la salle à manger du restaurant et s'installèrent à leur table. Il parla avec un ton joyeux et en l'écoutant, elle n'eut qu'un seul désir, que son Émile la console, qu'il la prenne dans ses bras et l'embrasse. Mais comment lui demander une chose pareille ? Elle n'en savait rien. Il était de toute façon impossible de le faire à cet endroit, il fallait attendre. Peut-être l'occasion se présenterait-elle, même si rien n'était moins sûr… Était-il amoureux d'une de ces femmes de la nuit dont il refusait de parler ?... Elle n'osa pas lui demander et plus les heures s'écoulèrent et plus cette idée lui sembla saugrenue ! Ils étaient à présent tous les deux très vieux, on ne refaisait pas sa vie à cet âge, c'était ridicule ! Il fallait oublier…

Allan Sanchez ne pouvait échapper à aucune des réunions familiales et encore moins à celle de ce soir où il risquait gros ! C'était devenu un rituel depuis leur installation à Marseille. Tous les soirs à 18 heures 30 se tenait un briefing familial de trente minutes dans la cuisine. Il regrettait la veille et toutes les semaines précédentes ; même si personne ne tenait compte de son avis, il n'était alors jamais question de parler des villageois de Rastignac. Malheureusement, ceux qui auraient permis de monétiser durablement leur projet étaient absents. Leur chaîne sur YouTube nommée « Le rêve continue avec Olivia » ressemblait de plus en plus à un naufrage. Il avait été question d'augmenter le compteur en achetant des « followers » mais leurs économies n'auraient pas suffi ! Forcément, dans ces conditions, aucune entreprise ne s'était proposée pour un partenariat. C'est donc le nom de Françoise Martin qui avait été évoqué ce matin à la table du petit-déjeuner, celle qui à Rastignac allait devenir une vraie star d'après la rumeur…

La vie du père de famille avait radicalement changé depuis leur départ du village. La plus-value de la vente de leur maison avait permis aux Sanchez de planifier leur carrière. S'établir dans une ville leur avait semblé la meilleure option, afin de maintenir une audience sur le long terme. Certes « le rêve » avait eu un grand impact médiatique. La famille Sanchez avait été en première place, profitant de la moindre prise de parole avec les journalistes tout en alimentant sa chaîne YouTube, ce qui lui avait permis de se faire connaître rapidement. Hélas, les gens se lassent vite d'un fait divers, fût-il unique et exceptionnel comme celui-là ! D'ailleurs, l'actualité avait repris son cours, un autre scandale, un conflit, une guerre, des inondations, un crash d'avion, la mort d'une célébrité… Les sujets ne manquaient pas. Aucun journaliste ne s'intéressait plus à ce que tout le monde, médias compris, avait nommé « le rêve ».

Il était évident que le village de Rastignac ne pouvait concurrencer une métropole aux multiples possibilités, qui leur permettrait de fidéliser un grand nombre d'individus. Une famille aux origines marseillaises telle que celle des Sanchez ne pouvait qu'être suivie au quotidien par des milliers de personnes. Leurs fans à venir seraient convaincus par la proximité affective qui les liait à Marseille. Olivia et Allan avaient grandi dans la cité phocéenne et avaient su transmettre à leurs deux enfants la fierté d'appartenir à la plus ancienne ville française. C'est ainsi qu'Olivia avait fait savoir sur YouTube le choix de sa famille et dit qu'ils avaient tous hâte de déménager afin de retrouver leurs racines.

En réalité, ce fut la voix mezzo-soprano féminine de Google sélectionnée par Léo, l'aîné des enfants, qui avait fini par fédérer la famille. Marseille avait remporté la palme, plus de huit cent mille clients potentiels. Mais parmi les cent onze quartiers officiels, seize arrondissements et huit secteurs, où convenait-il de s'installer ? Ils firent appel à nouveau à l'assistante vocale de Google. Mais la réponse fut source de dispute familiale. Les deux adolescents refusaient catégoriquement d'habiter une banlieue pavillonnaire, se plaignant de devoir quitter un village où rien ne se passait, à part « le rêve » qui ne les concernait pas, pour finir dans un endroit où il ne se passerait rien !

C'est Allan qui finit par trouver la perle rare, il connaissait une ville dans la ville, un village transversal dans un immeuble, une résidence d'un genre très particulier, qui répondait aux intérêts de chacun. Et pour les convaincre, il dépeignit le lieu tel qu'il l'avait vu avec ses yeux d'enfant. À dix ans, accompagné de ses parents, il avait visité ce qui ressemblait à un monde parfait. Il s'en souvenait encore et c'est avec des étoiles dans les yeux qu'il décrivit ce qu'il avait vu en y ajoutant des avantages matériels supposés, qui n'existaient pas sinon dans son imaginaire enfantin.

« Toutes sortes de magasins dans les étages de l'immeuble, un cinéma au sous-sol ainsi qu'une salle de spectacle et même un restaurant, des fêtes sont organisées toute l'année pour les résidents mais aussi pour les touristes qui viennent visiter ce petit coin de paradis. »

Sa femme et ses enfants le regardèrent, incrédules, tandis qu'il continuait ses explications et faisant de grands gestes.

« C'est incroyable, je l'ai vu de mes yeux ! Et pour toi, Olivia, c'est presque comme une maison individuelle dans un village mais avec des voisins plus sympas qu'à Rastignac puisque c'est pas des pagoulins ! Tout se passe sur place, les activités sont si nombreuses que t'as même de la peine à choisir ! ! ! Tout le monde est heureux et là-bas, en plus, on se cultive, des salles sont prévues pour des expos d'art sans oublier les concerts de musique pour tous les goûts, ça varie ! Et tiens-toi, une piscine sur le toit, tu pourras bronzer tranquille avec la vue sur la Méditerranée et l'île du Frioul ! Mais écoutez bien, ce qui est important, c'est nous dans tout ça ! On va apporter à notre quartier davantage de visibilité grâce à la technologie ! Notre chaîne YouTube va amener plus de touristes, qui viendront du monde entier, ce ne sera pas juste quelques cars comme à Rastignac ! Tout recommencera mais cette fois, ça ne s'arrêtera pas, même jamais ! Et nous serons en première ligne en achetant un appartement à la Cité Radieuse ! Le Corbusier, vous connaissez ?

— Oui, je connais, répondit sa femme, comme tous les Marseillais qui l'appellent la "maison du fada". Mais on peut pas habiter là-dedans ?

— Et pourquoi pas ? » lui répondit son mari, sachant qu'elle avait tous les avantages nécessaires pour deux ados accros aux divertissements.

À l'évocation des fêtes organisées dans cette cité, Léa et Léo sautèrent de joie en priant leur père de leur donner plus d'infos. Allan ne se fit pas prier, et leur expliqua que le lieu attirait des jeunes du monde entier qui aimaient faire de nouvelles expériences et s'éclater !

« D'ailleurs, sur Google, dit-il, il n'y a que des avis favorables ! »

Il ne restait plus qu'à convaincre Olivia.

« C'est une merveille architecturale dans le huitième arrondissement, la Cité Radieuse est inscrite au patrimoine mondial de l'Unesco et aussi incroyable que cela puisse paraître, l'appartement numéro 50 a été classé monument historique. C'est l'environnement idéal pour ton exposition médiatique, tu mérites ce monument, Olivia ma femme, je peux te prouver que je suis aussi bon que l'homme d'affaires de mes rêves. Je peux faire de toi une femme riche, crois-moi, mais il faut m'écouter pour cela ! »

Le prix d'achat d'un T4 dépassait leur budget. Ils firent appel à leur banque qui leur accorda un nouveau prêt.

Les premiers jours, la confrontation avec ce milieu urbain dérouta les parents tandis que les enfants prirent très rapidement leurs marques.

Dans ce nouvel environnement, rien ne se passa comme prévu ! Léo, quinze ans, devint un expert du marketing en ligne, utilisant un vocabulaire numérique incompréhensible pour ses parents. L'adolescent s'enorgueillissait de jour en jour de détenir les clefs de leur réussite à tous car malgré leurs efforts, ce langage anglophone leur échappait.

Rapidement, la Cité Radieuse devint le pire cauchemar du père de famille ! Il regrettait un peu plus chaque jour leur départ du petit village où la seule passion de son fils était le foot. Car en moins de temps qu'il ne fallait pour le dire, il s'était transformé en un autre adolescent que celui qu'il connaissait. Hélas, sa mère approuvait ce changement, l'admirait pour sa facilité à saisir la complexité des termes liés à leur activité sur le web mais plus encore pour ses dissertations interminables sur la carrière qui les attendait. Se créer « une empreinte sociale » digne d'une entreprise territoriale, tel devait être le but à atteindre. À seulement quinze ans, il avait pris les commandes de leur destin avec l'aval de sa femme qui ne jurait plus que par lui ! Un gamin de quinze ans ! ! !

En peu de temps, les rôles s'étaient inversés, il avait bien dû l'admettre, c'était une évidence ! Seul Léo avait, comme instantanément, saisi les services liés à ce qui ressemblait à une science du langage.

Heureusement, Allan Sanchez fut rapidement soulagé de ne plus devoir apprendre la signification de termes comme « *community manager* », « *content spinning* », « *clickbait* », « *crawler* », pour ne citer qu'une partie des mots commençant par la lettre C. Un accord tacite semblait avoir été conclu entre les deux représentants mâles de la famille, le fils n'insista pas davantage et le père ne le contredisait plus, le laissant libre d'éblouir sa femme et sa fille, qui l'écoutaient les yeux pleins d'excitation. Pourtant, son monologue interminable était d'un ennui mortel, on n'y comprenait rien, Olivia encore moins que les autres surtout quand il s'emballait en utilisant l'argot d'internet.

« On sera la famille *newbie* mais rapidement, on va *owned* les autres parce qu'on va pas *moinsoiyer* et jamais devenir rageux, c'est pour ça que ça sera toujours *woot* ! »

Allan se taisait, furieux de ne pouvoir envoyer une petite claque à cet arrogant personnage qu'était devenu son fils ! Mère et fille semblaient admiratives à chacun de ses propos absurdes.

« Mais pourquoi, se demandait le père de famille, suis-je le seul à me rendre compte du ridicule de son comportement ? »

Il craignait la colère de sa femme, si prompte à le provoquer sur ses capacités mais celles de son fils n'étaient en fait que du « copié collé » de son portable à son cerveau. En somme, quelques captures d'écran qu'il répétait bêtement comme un perroquet ayant appris une leçon par cœur. Et chaque soir, réunion après réunion, il ne faisait que reproduire le même discours que la veille sans apporter davantage d'éléments.

« Il fait son kakou devant les femmes de la famille alors qu'il n'est encore qu'un puceau ! »

Allan fulminait. Ah ! Il fallait le voir prendre des grands airs avec sa prétendue analyse et son bla-bla-bla avec toujours ces mêmes phrases.

« Ah ! se lamentait le père de famille, j'ai pris cher d'avoir fait un fils aussi con ! »

À force de l'entendre, lui-même aurait pu reproduire mot pour mot ce qu'il appelait son analyse du marché. D'ailleurs, le seul avantage était qu'il n'avait plus besoin d'écouter, il s'évadait mentalement en pensant à Françoise Martin, aux nombreux compliments qu'elle ne manquait jamais de lui faire. Parfois, quelques bribes de phrases lui rappelaient qu'il se trouvait dans la cuisine familiale, faute de place dans leur T4 aux pièces de dimensions réduites volontairement par le concepteur. Une crainte surgissait, mais de suite, le père de famille se rassurait afin de se replonger avec délice dans ses souvenirs tandis que son fils parlait et parlait, comme tous les soirs… Les habitants de la Cité Radieuse ne leur avaient pas fait un bon accueil, il fallait donc envisager d'autres pistes mais surtout Allan devait se taire car Olivia ne voulait plus l'entendre prononcer un mot. La piscine n'existait pas ; le premier jour de leur installation, elle s'était aperçue qu'il ne s'agissait que d'une pataugeoire et ne décolérait plus…

« Je disais donc, qu'il ne faut pas se tromper car la concurrence est forte. Créer un blog n'est pas envisageable, on ne peut pas en tirer de bénéfices. Youtubeur demanderait un nombre important de vues afin d'attirer les marques et les publicités, on n'y arrive pas, c'est mort ! Mais je pourrai essayer de fournir un contenu humoristique à condition que les locataires ne nous embrouillent pas ! Ou alors un tutoriel sur « comment habiter la Cité Radieuse », ou encore une web série, mais pour cela, il faudrait écrire un script et c'est compliqué ! Influenceur, c'est top, mais attention, la confiance doit être totale pour avoir des fans ! Ensuite, on fera de la pub pour des marques et je pourrai créer ma propre marque. Podcasteur, ça cartonne, les gens adorent le concept. Maman toi, ton sujet, c'est, « comment faire son ménage et la cuisine », toi, Papa, tu bricoles à l'arrière et Léa, tu fournis des conseils beauté ! Les gens adorent le format audio et moi, je pourrai apprendre aux mecs comment pécho les touristes qui viennent visiter la Cité Radieuse, et donner quelques bonnes combines, ça, je connais ! ! ! On serait multitâches ! Vous voyez, quoi ? ! Bien sûr, je surveillerai ma e-réputation, parce que moi, je suis un bon collègue pour les filles comme on dit à Marseille ! »

Et Olivia approuva, encore une fois.

Depuis leur déménagement, « le rêve », au propre comme au figuré, Allan l'avait laissé à Rastignac et à présent, ses ambitions avaient rétréci comme une peau de chagrin. Inexorablement, il s'était senti délesté de ce qui faisait sa force auparavant, il ne rêvait plus, ou du moins rêvait-il comme la plupart des gens ; des bribes décousues le matin lui révélaient le contenu souvent grotesque de ses songes. Fâché de devoir se contenter de nuits si fades, il décida de ne plus s'en souvenir afin de se consacrer à de vrais objectifs de richesse. Hélas, la vie loin du village l'avait privé de son double, de cet homme d'affaires prospère avec lequel il aurait voulu s'allier. N'ayant plus de modèle, il essaya tant bien que mal de pallier cette absence, sans y parvenir. Olivia préférait prendre conseil auprès de son « perroquet » depuis son installation dans la Cité Radieuse qui ne ressemblait pas au descriptif fait par son mari.

Allan eut quelques sursauts de révolte, qui furent vite réprimés par sa femme. Fâchée, elle lui dit :

« Tu m'as menti pour la piscine et maintenant je vais pas bronzer bêtement sur un toit en face de l'île du Frioul ! »

Pire encore, elle l'apostropha devant les enfants :

« Tu vaux pas mieux dans tes stupides rêves que dans la réalité, alors, tais-toi ! »

Depuis, il rongeait sa rancœur, se rendant à son travail de mauvaise humeur. Si auparavant, conduire une cliente en taxi ambulance était une promenade de santé, il n'en était plus de même dans cette ville de malheur ! Pris dans les nombreux embouteillages, il avait eu tout loisir de penser à son ancienne vie mais surtout à Françoise et encore à Françoise, la seule qui pouvait le comprendre. Allan avait imaginé des centaines de scénarios avec toujours le même résultat ! Ils étaient heureux de se retrouver après s'être perdus de vue, ils s'aimaient follement comme autrefois. Des images lui revenaient en tête, ses bas noirs accrochés à ses porte-jarretelles, sa gaine mais surtout ses mains expertes qui l'aidaient à la déshabiller pour enfin s'envoyer en l'air ! De temps en temps, il s'égarait dans ses souvenirs, jusqu'à ce que de furieux klaxons suivis parfois d'injures le ramènent à la réalité. Il pestait alors contre le monde entier, contre cette ville qui l'avait vu naître et qui était devenue son ennemie car il ne pouvait y rêver au volant, même quelques secondes ! ! !

Depuis plusieurs jours, Allan Sanchez ruminait sa rancœur, ne sachant plus à qui en vouloir, à sa femme Olivia qui le prenait de haut ou à son fils qui faisait de même ! Cependant, ses ressentiments ne pouvaient suffire à oublier ses craintes, le sujet de la réunion familiale de ce soir allait porter sur les anciens du groupe qu'ils formaient avant la révélation du secret, et plus particulièrement sur Françoise Martin, que plus personne ne pouvait ignorer. Le journal *Le Mistral* avait publié un article à son sujet. Bien sûr, elle ne l'avait pas mis au courant ; pire, ce fut sa femme qui avait été prévenue par Laetitia Mignol, fada de grandes phrases plus idiotes les unes que les autres…

« Ah ! si seulement elle était restée avec tous ses sages conseillers au lieu de répandre ce genre de nouvelles » se lamentait Allan…

Ce matin-là, indifférent au bavardage de son fils, la tête ailleurs, il fut saisi par un nom qui résonna au plus profond de son esprit comme un signal d'alerte. Il fit semblant de ne pas s'y intéresser, laissant croire qu'il était très occupé devant la machine à café. Puis lorsqu'il réentendit ce fameux nom tant redouté, il intervint, se moquant ouvertement du look vieillot de celle qui le portait. Hélas, sa femme la trouvait plus maligne que lui et son fils affirma qu'elle était « trop stylée » !

La table du petit-déjeuner se transforma immédiatement en une joute oratoire, le père défiant son fils de trouver un quelconque intérêt à ce qui ne pouvait intéresser que des Japonais - des dessins animés ridicules comme *Bioman*, pire encore, Françoise Martin transformée en Biowoman, c'était tout simplement impossible en France ! ! ! Hélas, son rejeton fanfaronna comme à son habitude, en déclarant faussement qu'elle était déjà une star !

Le père de famille ne put la dénigrer davantage, devoir détruire l'image parfaite de cette femme en l'espace de quelques secondes lui fut impossible, Françoise le hantait depuis des jours lui faisant presque oublier qu'il se trouvait au volant de sa voiture. Mais ce qui le rendit rapidement silencieux fut le regard d'Olivia. Il eut l'impression qu'elle savait quelque chose à leur sujet. Se sentant piégé, il préféra laisser la parole à son fils, qui ne se gêna pas pour la prendre, sans se défaire de ses nouvelles manières ! Ah ! Comme il était loin le temps de l'innocence, son fils n'avait plus rien d'un enfant. Du même air supérieur que sa femme, il le prenait pour un « moins que rien » ! Allan aurait aimé compter sur le soutien de sa fille, Léa, treize ans, mais elle ne pensait qu'à poster des vidéos sur TikTok car, disait-elle, « c'est une publicité parallèle pour nous tous ».

Combien de temps allait-il devoir supporter cette situation ? Dernièrement, il s'était rapproché d'une de ses collègues qui rencontrait comme lui des difficultés dans son couple. Il pensa à elle et songea à leur prochaine conversation. Sophia avait été particulièrement à l'écoute des difficultés qu'il rencontrait avec sa femme youtubeuse et il ne lui avait même pas parlé encore de son fils devenu du jour au lendemain, un coach en réalité virtuelle dans sa propre famille ! Son fils affirmait qu'il allait leur donner l'opportunité de connaître leurs points faibles en termes d'images et les effacer au bénéfice de leurs points forts. Il avait même osé lui dire que ses habits ne reflétaient pas le caractère de Marseille ! Mais de qui se moquait-on ? Il était né dans cette ville, bien avant lui ! Le « mouflet » se taillait la part du lion ! Mais où était donc passée sa fierté ?

Hélas, il avait fauté et pour une petite incartade, la situation lui échappait complètement, il devait accepter que son fils le mène à la baguette ! ! !

Olivia ne lui pardonnerait jamais…

Les heures passées dans la circulation lui parurent une aubaine. Il pourrait en profiter pour retarder au maximum ou même annuler le briefing de ce soir. Hélas, sans qu'il en comprenne la raison, la route se dégagea et chose improbable, sa journée de travail se termina plus tôt que d'habitude. Ne devait-il pas profiter de ce temps gagné pour tenter de joindre celle qui occupait toutes ses pensées pour diverses raisons ? Peut-être parviendrait-il encore à la séduire, ainsi, elle ne penserait pas à se venger… Il réfléchissait à ce qu'il pourrait lui dire, tout en imaginant la foule de fans à ses pieds ; d'après son fils, elle était une star au Japon. Il fut jaloux. Françoise lui appartenait plus qu'à toute cette bande de mangeurs de riz, à cette « culture », comme la nommait sa femme, qui tout à coup s'était elle aussi intéressée à ces hommes aux corps de bambous secs. Cela étant, les goûts de sa femme avaient toujours laissé à désirer ! Mais Françoise, sa Françoise, elle, elle aimait Clark Gable et Cary Grant ! Elle devait donc y trouver un intérêt financier…

« Oui, mais bien sûr, j'aurais dû y penser tout de suite ! se persuada-t-il. Il ne peut s'agir que de ça ! »

Cette pensée le réconforta, Allan Sanchez pouvait affronter sa famille en toute sécurité ; cocufier la première star du programme de téléréalité intitulé *Justin the big kid* ne pouvait que faire couler le juteux business de Françoise Martin…

En entrant dans sa chambre à coucher, Françoise Martin fut saisie comme à chaque fois par la dimension de la peinture murale qui lui faisait face. Au premier plan, son visage, ou plutôt celui de la femme qui la représentait, cachait en partie celui d'un homme. Malgré le fait que les contours des deux visages dessinés ressemblaient plus à un assemblage géométrique, on ne pouvait manquer de les reconnaître. Comme elle, son mari semblait s'être échappé d'une bande dessinée désuète. Le cou tendu, les yeux fermés, la créature déposait un baiser chaste d'un rouge vif sur la joue d'un « Justin » à la peau aussi lisse que claire. Son énorme figure surmontée d'un chignon proéminent semblait abriter le nid d'un noir corbeau faisant encore un peu plus disparaître le profil de celui qui visiblement essayait de se soustraire à son étreinte ; il gardait son air indifférent tandis qu'avec sa main aux longs ongles rouges, elle agrippait l'épaule de cet homme, d'un absent au demeurant, car depuis plusieurs semaines, ils faisaient chambre à part. Un nouveau style décoratif avait envahi l'espace et il se nommait Pop Art. Son environnement devait être comique et amusant pour les téléspectateurs. Tout avait été planifié afin de créer un monde parallèle, une bande dessinée s'était invitée dans chacune des pièces et pas un meuble, pas un mur n'y échappait...

Si son mari Justin faisait chambre à part, c'était pour la bonne cause, car il était capital que tous les deux puissent dormir d'une traite ou presque sans risquer d'être réveillés par l'autre. Un geste malencontreux, une respiration, le moindre bruit pouvait réduire à néant une nuit de sommeil consacrée à leur nouveau travail. Grâce aux directives du docteur Declercq, Françoise et Justin Martin avaient acquis une totale maîtrise sur le contenu de leurs songes. Nuit après nuit, ils choisissaient de vivre différentes expériences nocturnes, en faisant en sorte que les différents scénarios mis en place soient compatibles avec les exigences de la production. Il fallait créer des situations comiques mettant en scène les deux protagonistes de la téléréalité intitulée *Justin the big kid* car ce qui faisait leur succès était non seulement leur couple horsnorme mais le fait qu'ils habitaient un village du sud de la France nommé Rastignac. Ce lieu suscitait de nombreux fantasmes, une existence placée sous le signe de l'insouciance, avec des villageois plus enclins à jouer à la pétanque qu'à songer à travailler, au point où leur frivolité toute française leur avait permis de faire des rêves exceptionnels, chose impensable ailleurs ! Au pays du soleil levant, beaucoup songeaient à cette vie facile, Justin était le prototype idéal, il représentait à lui seul le caractère infantile des villageois, tandis que sa femme avait l'aspect subliminal d'une pin-up échappée d'un film des années cinquante. Françoise avait de nombreuses fans parmi la gent féminine et certaines n'hésitaient pas à copier son look. Les enfants du couple suscitaient également un vif intérêt. Le benjamin, trois ans, suivait déjà les traces de son père en étant le plus drôle de la fratrie et l'aînée, neuf ans, tentait de canaliser, avec l'aide de sa mère, les débordements des uns et des autres en mimant les intonations maternelles. Magali se mettait facilement en colère, les deux mains sur les hanches en fronçant les sourcils, elle disputait autant son père que ses frères et sœurs et ainsi on obtenait une parfaite réplique miniature de Françoise. Les téléspectateurs et la presse nippone ne tarissaient pas d'éloges sur cette famille française si drôle et charmante. Ils plébiscitaient cette émission de téléréalité d'un nouveau format, faite de séquences de vingt minutes. Le concept plaisait aux jeunes, habitués à visionner des vidéos courtes sur TikTok, car selon la formule choisie par l'application « Chaque seconde compte ». « Tic-tac » comme le bruit d'une horloge devait correspondre à un nombre de dialogues et de scènes calculés à la minute près afin de susciter le désir de retrouver la famille Martin jour après jour. Pour les Japonais devant leur poste de télévision, c'était comme un rendez-vous léger avec des connaissances lointaines aux mœurs étranges, aux comportements aux antipodes de ce qui était admis dans leur société vouée à l'excellence. La famille Martin s'invitait dans le salon et l'on riait de bon cœur devant ces péripéties familiales absurdes tout en se sachant à l'abri de ces débordements à la française!!!

À chaque fois, la peinture murale dans sa chambre à coucher lui semblait si étrange, qu'un moment d'hésitation la saisissait devant l'image absurde de leur couple exposée sur une surface de 5 mètres de large. Mais elle réalisait vite son erreur, elle était bien chez elle ! Son intérieur avait pris une autre perspective, un aspect outrancier dans les formes et les couleurs. Son sosie surdimensionné au-dessus de son lit la surprenait à chaque fois car il ne pouvait être elle ! La bouche rouge vif, en particulier, ne lui ressemblait pas ! Et lorsqu'elle se couchait dans ses nouveaux draps jaune citron, l'attraction visuelle qui la liait à son double était si puissante qu'elle ne parvenait pas à l'oublier. Heureusement, le docteur Declercq, afin d'alléger son endormissement, lui avait conseillé un léger somnifère, relaxant mais sans effet indésirable sur la qualité de son sommeil contrôlé.

Elle ne s'attarda pas à méditer plus longuement sur les changements opérés en si peu de temps, les décorateurs ainsi que toute l'équipe avaient été si rapides et efficaces qu'elle ne pouvait que leur en être reconnaissante. Il fallait donc également se mettre au travail, ce qui signifiait rêver la nuit en pleine conscience, écrire quelques notes essentielles dès son réveil et enfin se dépêcher de rejoindre Hinata dans la cuisine à 6 h 30 précises. La scénariste planifiait la séquence filmée du jour en choisissant les meilleures propositions ayant germé pendant la nuit. Et si Françoise pensait que ses rêves à elle avaient plus d'envergure que ceux de son mari, Hinata n'était pas du même avis. La productrice estimait que le concept de l'émission ne se prêtait pas au remake d'un film romantique des années cinquante ! Il fallait juste qu'elle se montre sous son meilleur jour lorsqu'elle disputait Justin, ni trop, ni trop peu !!!

Françoise éteignit sa lampe de chevet bleu électrique, jetant un dernier regard perplexe à son plafond repeint en blanc ; c'était étrange, comme une faute de goût. Le rouge, le bleu et le jaune prédominaient. Ces couleurs primaires avaient un fort impact visuel, créant ainsi un cadre propice à la diffusion d'images joyeuses. Rapidement, l'effet du médicament se fit sentir, un monde en noir et blanc attendait sa destinataire. Françoise n'avait pas souhaité, ou si peu, rajouter de la couleur à ce qui était en tout point comparable à un vieux film aux images monochromes.

Assise au volant d'une Pontiac Buick décapotable, elle roulait en direction du village de Rastignac. Ce qui lui plut instantanément fut le soleil radieux au-dessus de sa tête. C'était l'été, un fichu retenait ses cheveux, les champs tout autour diffusaient un parfum fleuri. Elle était libre, libre de faire tout ce qui lui plaisait… Elle décida de mettre les gaz au maximum sans se soucier du danger et d'un coup, son fichu s'envola et s'éleva dans les airs tandis que les épingles retenant son chignon s'éparpillèrent de tous côtés sans qu'elle s'en soucie ; elle vit ses cheveux libres se déployer et ressentit un sentiment nouveau, celui d'une complète liberté. À vive allure, Françoise arriva sur la place de la mairie. Son arrivée fit sensation auprès d'un groupe d'hommes, parmi lesquels se trouvait Allan Sanchez. Il la reconnut aussitôt et la regarda avec ce regard qu'elle avait aimé mais qu'à présent, elle déchiffrait comme la marque du personnage, plus avide de la posséder comme un objet que de se soucier réellement d'elle. Le langage de son corps fit comprendre au groupe masculin qu'il était le maître de cette femme apparue devant eux comme par magie, en un éclair. Il ne pouvait y avoir de doute ; alors, ils s'écartèrent tous, faisant mine d'être occupés. Allan s'avança en direction de sa voiture avec un air de mâle conquérant mais en une seconde, elle le fit disparaître de son rêve pour le remplacer aussitôt par Clark Gable en chair et en os. Les autres étaient également de trop ! Françoise fit place nette, plus personne ne les dérangerait. Ainsi, son plus cher désir fut exaucé, d'une voix profonde, son héros lui dit avec fougue :

« Je vous aime, Françoise. En dépit de vous, de moi et de ce stupide monde qui s'écroule, je vous aime. »

Elle n'eut pas la force de lui répondre « Taratata ! », comme l'aurait fait Scarlett O'Hara. Ce qu'elle désirait de tout son être, fut d'effacer à jamais ce baiser peint dans sa chambre à coucher qui la hantait de jour comme de nuit. Et enfin, faire disparaître ce faux mari incapable de l'embrasser. Qu'à tout jamais cette autre vie n'existe plus, pas plus que les paroles trompeuses de son ancien amant ! Oui ! Clark allait effacer tout cela d'un simple baiser car il dépassait, et de beaucoup, tous les hommes ! Il était une force de la nature, un homme d'exception. Aussitôt, il lui enjoignit de quitter sa voiture, ce qu'elle fit puisque Rhett Butler devait l'entourer de ses bras puissants mais avant, il devait absolument lui déclarer sa flamme ainsi :

« Non, je ne crois pas que je vous embrasserai, et pourtant vous en auriez besoin. Voilà où le bât blesse, vous avez besoin d'être embrassée, et par un homme qui s'y connaît ! »

Et elle lui répondrait :

« Sans doute pensez-vous être cet homme providentiel ! »

Telle devait être sa réponse, mot pour mot, elle était bien dans la peau de l'héroïne de son film préféré, *Autant en emporte le vent* et tant pis si la scène se passait sur la place du village de Rastignac ! C'était un détail, en une pensée, elle pouvait recréer le paysage du sud de l'Amérique en 1861 à l'aube de la guerre de Sécession. Mais elle avait mieux à faire !

Clark Gable ou Rhett Butler comme Allan Sanchez devait à présent se plier à ses exigences. Elle ne serait plus naïve ; il devait la désirer comme une femme unique au monde et plus jamais comme un objet juste bon à être utilisé puis jeté ! Il sembla à Françoise que l'homme de son rêve le comprenait parfaitement puisque de lui-même, il lui répondit :

« Ça se pourrait bien ! »

Ah ! Comme il était difficile de lui résister, elle aurait aimé ne plus avoir à se méfier… Puis, elle se souvint qu'en fait c'est elle qui détenait l'homme de ses rêves, il n'était plus question de souffrir. Françoise se jeta aussitôt à son cou, Clark Gable répondit aussitôt par un baiser passionné. Fallait-il au plus vite faire apparaître une chambre où se laisser séduire par les paroles amoureuses de cet homme au langage parfait ? Et pourquoi, ne pas commencer par un mariage car de toute façon, elle ne désirait que lui ou presque ? Cary Grant surgit alors ! Les deux hommes allaient se battre pour elle, Françoise Martin fut saisie d'un frisson d'excitation. Que faire ?

Hélas ! Ce brusque face-à-face la sortit de son songe, elle n'eut que le temps de voir un coup de poing rater sa cible, Cary avait heureusement évité un direct en pleine face…

Après ce qui aurait pu arriver de très fâcheux, elle décida de ne plus jamais réunir dans le même rêve ces deux hommes car il était évident qu'ils étaient jaloux et il était tout à fait normal de ne plus les placer en concurrence directe.

Françoise éveillée culpabilisait de ne pouvoir choisir entre les deux hommes, ce qui l'empêcha de se replonger dans un autre rêve lucide. Son mari Justin dormait d'un sommeil agité car, de jour comme de nuit, il faisait le pitre. L'imagination avait ses limites et même si Justin n'avait pas son pareil dans ce domaine, il devait sans cesse produire de nouvelles idées. Heureusement, il trouvait de la matière sur Internet, notamment sur les goûts télévisuels de ceux qui se trouvaient à plus de 9 713 kilomètres à vol d'oiseau de chez lui – cela aussi, il l'avait lu sur Google. Mais le plus important était l'avis de la scénariste. Il fallait que ses propositions rencontrent un écho favorable, et que chaque matin, les yeux de Hinata, dont le prénom signifiait « lieu ensoleillé », s'allument d'une lumière vive, qu'elle le regarde avec reconnaissance. Il était son préféré et tant pis pour Françoise !

Ce matin, Justin était fier de lui car la nuit avait été fertile. Il nota rapidement ses souvenirs nocturnes afin de ne pas oublier les nombreuses idées que le rêve lucide lui avait données. En commençant par l'élastique à Chamallow, la luge dans les escaliers pour toute la famille en tenue de sumo gonflable, une course avec des lézards et peut-être un élevage de cafards pour mettre les nerfs à vif de Françoise car il fallait bien qu'elle participe malgré le fait qu'elle ne coopérait plus aussi facilement que les premiers jours. Heureusement, Hinata veillait sur toute la famille. Elle avait perçu un changement dans l'attitude de Françoise, et aussitôt, la garante du bon fonctionnement familial lui avait proposé un voyage au Japon afin de rencontrer ses fans. En attendant cette rencontre formidable, Françoise occupait une bonne partie de son temps à poster en ligne ses conseils de beauté à la française et finalement, elle consentit à coopérer comme avant !

Les enfants n'avaient jamais été aussi heureux, l'école se passait à la maison afin de gagner du temps et tout l'après-midi était consacré à filmer la famille devenue célèbre au Japon.

Ce qui avait permis à Françoise de s'offrir la voiture de ses rêves, une Pontiac Buick décapotable. Certes, elle ne passait pas inaperçue dans le village, il avait pu s'en rendre compte, les gens s'arrêtaient pour la regarder, elle et pas lui ! Il en ressentit une pointe de jalousie car c'était tout de même lui, la star, puisque la téléréalité se nommait, *Justin the big kid* ! Et sans lui, elle n'aurait pas eu cette voiture car c'était lui qui proposait sans cesse de nouvelles situations comiques, de son côté, elle ne s'en préoccupait pas ! Heureusement Hinata l'écoutait mais surtout le rassurait sur son potentiel, il n'était pas un homme comme les autres car il était aussi innocent qu'un enfant, aussi innocent que ses nombreuses blagues et il ne fallait pas tenir compte des remontrances de Françoise dès que la caméra ne tournait plus ! Hinata parlait parfaitement le français, il aurait aimé apprendre le japonais pour lui faire plaisir mais le temps lui manquait. À moins qu'il le fasse la nuit, dans ses rêves lucides car d'après le docteur Declercq, les possibilités étaient infinies…

Encore une fois, Françoise n'était pas à l'heure à la réunion préparatoire. Chaque matin, elle arrivait avec son air fâché. Heureusement que la maquilleuse faisait des miracles car les jours passant, sa femme parvenait de moins en moins à rire, ce qui était un grave problème d'après Hinata, qui ne savait plus que faire ni quel avantage lui proposer afin de lui redonner le sourire, puisque le voyage organisé au Japon ne semblait plus lui suffire !

Le téléphone fixe sonna, ce qui surprit Justin car il avait toujours cru qu'il faisait partie du décor. Pourtant le vieux modèle à cadran relooké en vert pomme résonnait dans le salon. Justin se dépêcha d'aller répondre sous l'œil réprobateur de Hinata. Il fut encore plus étonné d'entendre Olivia Sanchez à l'autre bout du fil. Après l'avoir félicité de son succès au Japon, elle demanda à parler à Françoise, sa chère amie qui lui manquait et que hélas, elle n'avait pas osé joindre plus tôt, justement à cause de leur nouvel emploi du temps lié à leur succès mais mieux valait tard que jamais ! Dans ses souvenirs, il ne lui semblait pas qu'elle avait une voix aussi douce ! Hélas, il ne pouvait pas lui passer Olivia mais dès que possible, elle la rappellerait. Il n'eut pas le temps de lui demander comment se passait son installation à Marseille car Hinata vint le chercher et prestement, il dut mettre un terme à leur conversation, à son grand regret.

Enfin, Françoise arriva. Aussitôt, elle reçut le script du jour avec les différents dialogues qu'elle devait apprendre par cœur. Lorsqu'elle lut qu'il lui faudrait courir après le nouvel animal domestique de la famille, un lézard, elle refusa. La tension était palpable. L'une des deux allait certainement s'en prendre à l'autre. Mais Justin ne leur en laissa pas le temps, il détourna leur attention et d'un air désinvolte, s'adressa à celle qui non seulement ne faisait aucun effort mais qui, en plus, arrivait à fâcher la douce Hinata :

« Ah au fait ! Olivia Sanchez a téléphoné, elle et sa famille aimeraient avoir de tes nouvelles, je lui ai dit que tu rappellerais dès que possible. C'est drôle, c'est ce téléphone fixe vert qui a sonné, j'ai toujours cru qu'il… »

Il n'eut pas le temps de terminer sa phrase que Françoise l'interrompit comme jamais auparavant.

« Je n'en ai rien à foutre d'eux ! Je me casse faire un tour en voiture, commencez sans moi ! »

Ils la regardèrent, stupéfaits, se précipiter hors de la cuisine. La porte d'entrée claqua brusquement. Justin s'embrouilla avec les mots, des interjections dépourvues de sens sortirent de sa bouche, « Ah », « Oh », « Euh », « Hé »... Hinata fut la première à reprendre ses esprits en déclarant à propos du nouveau comportement de Françoise :

« Ce n'est pas possible ! Elle se prend pour qui, celle-là, une star ? ! »

À la vue de son lit, Caroline Declercq se remémora ses anciens comportements compulsifs. Elle avait perdu le contrôle de sa vie sans même s'en apercevoir. Bien sûr, il lui était impossible de croire que ses agissements pernicieux ne soient pas de son fait. La culpabilité la tenaillait, c'était bien elle, la responsable de ses actes et pourtant, une inconnue avait agi à sa place. La vieille dame se rappelait très bien son ancienne conduite. Mais en son for intérieur, elle ne comprenait pas la raison qui avait fait d'elle une autre personne à soixante-dix ans ! À cet âge avancé, on ne pouvait croire en un changement de personnalité radical et rapide. Or, il n'avait fallu que quelques mois pour que ce double prenne sa place.

Son métier d'assistante sociale l'avait confrontée à toutes sortes de misères humaines. Parmi les personnes qu'elle avait suivies, certaines ne méritaient pas leur sort et pour celles-là, elle s'était battue sans ménager ses efforts. Mais elle n'était pas naïve. Une famille en situation précaire pouvait légitimement demander de l'aide, mais une personne s'adonnant à un vice comme la boisson ne pouvait compter parmi ses priorités, d'autant que l'argent versé sur le dos des contribuables servirait certainement à la faire boire encore plus ! Elle avait mené sa carrière sans état d'âme en choisissant les plus méritants sans que jamais sa direction ne remette en question cette façon de faire le tri. D'expérience, Caroline Declercq pensait que la déchéance physique et morale était le fait d'un long processus et non un tsunami déferlant dans la vie sans prévenir. Pourquoi l'avait-elle atteinte, elle, une femme âgée et sans histoire ? Ses origines et son statut social étaient de son point de vue les meilleures garanties contre toutes formes d'excès liés aux bas instincts humains. Mariée depuis plus de cinquante ans à un médecin ayant brillamment mené sa profession, mère de famille irréprochable tout en étant une femme active, elle avait vécu sans faire le moindre faux pas. Elle avait donné la meilleure éducation à ses enfants, à son fils, Clément, l'aîné, devenu médecin comme son père, et à sa fille, Louise, ingénieure en génie civil. Un exemple de famille appliquée et également impliquée dans la société, afin que chacun donne le meilleur de lui-même, autant dans le domaine privé que social. Puis était venu l'âge de la retraite, et avec lui, la fierté d'avoir réussi. La récompense devait être cette maison dans le sud de la France. Rien de fâcheux ne pouvait lui arriver puisque tous les objectifs avaient été atteints ! La vieille dame ne comprenait pas le délabrement moral qui l'avait saisie après toute une existence basée sur des règles bien précises. Rien ne devait en principe lui arriver à l'aube de la vieillesse, hormis des peccadilles – tout au plus une plante dans son jardin réticente à pousser comme ses congénères, un ouvrier, un artisan peu délicat ou difficile à joindre, un objet domestique introuvable dans les magasins… Enfin, tous les ingrédients étaient réunis pour une retraite paisible dans le sud de la France !

Et cette femme avec qui la vieille dame partageait le même corps pouvait-elle encore reprendre le dessus ? C'était comme un mauvais rêve dont elle se réveillerait sans même en avoir eu conscience, puisqu'elle avait perdu la notion du temps ! Et cette perte était encore plus angoissante que cet autre être qui l'avait corrompue à ses dépens. Fallait-il prier Dieu ? S'en remettre à son ancienne foi oubliée, pratiquer à nouveau, se rendre à l'église, confesser ses péchés comme lorsqu'elle était enfant ? Qui donc allait la délivrer de cette présence, dont elle sentait la face cachée, malveillante ? À cette pensée, sa peur grandissait, une peur absurde puisque c'était d'elle-même qu'elle devait se méfier ! Le docteur Janvier lui avait affirmé qu'il croyait en elle, mais, hélas, elle ne parvenait pas à se faire confiance. Et à présent, de retour chez elle, Caroline doutait de jour en jour en ces capacités à se contrôler. Elle désirait par-dessus tout replonger dans ses travers, c'est-à-dire faire appel au magicien de ses nuits, celui qui était en parfaite osmose avec son ancien moi ! Elle ne pouvait s'allonger sans ressentir une vive angoisse, partagée entre l'envie de le revoir et le sentiment d'avoir échappé au pire ! Heureusement, son mari lui avait conseillé un léger somnifère, trop léger peut-être ?

Malheureusement, ses craintes empirèrent, et lorsqu'il était l'heure de se mettre au lit, le paroxysme de l'angoisse la prenait à la vue du symbole de ses nombreuses pertes de maîtrise, c'est-à-dire son lit ! Elle avait essayé d'apprivoiser l'objet en question d'une manière tout à fait irrationnelle, en s'adressant à lui :

« S'il te plaît, ne m'amène pas là où je ne veux pas aller, ne me fais pas rencontrer celui que je ne veux plus voir ! »

La honte et la culpabilité l'empêchaient de se confier à son mari. Le centre hospitalier la Chartreuse lui manquait, de même que les échanges avec les autres patients. Elle était restée en contact avec certains d'entre eux, mais le cœur n'y était plus. Les appels téléphoniques s'étaient peu à peu espacés ; les sujets de conversation épuisés, il ne restait qu'un grand vide où, faute de n'avoir partagé qu'un instant de vie, la réalité avait repris le dessus. Et si l'émulation du groupe entouré d'une équipe de soignants à l'écoute et bienveillante avait donné à chacun une formidable énergie, il ne restait que peu de souvenirs communs et malheureusement le séjour avait été trop court pour lier de vraies amitiés. Le courage l'avait abandonnée, laissant la place aux doutes. La conduite à adopter semblait aussi vague que son retour à Rastignac. Caroline s'en voulait car son mari avait rapidement repris ses marques tandis qu'elle regrettait de devoir renoncer à ses anciennes habitudes nocturnes. La normalité était aussi pesante que son âge. Son ancien moi lui avait donné un enthousiasme à toute épreuve lui faisant croire à une éternelle jeunesse et pourtant l'absurdité de son ancienne condition n'était pas envisageable. Sa prise de conscience récente ne lui permettait plus de croire que « le rêve », comme ils l'avaient nommé, était sans danger.

Caroline Declercq essayait de se raisonner. Malheureusement, les souvenirs étaient tenaces. Il avait bien fallu tout avouer à Jean-Baptiste, excepté le déchirement ressenti à l'idée de quitter un homme qui n'était pas son mari. Sur le quai de la gare, surveillée de près par Antoine Moretti, elle savait que « le rêve » prendrait fin si elle montait dans le train. Heureusement, elle retrouverait bientôt celui qui était devenu, au fil des nuits, indispensable à sa vie. C'est pour cette unique raison qu'elle accepta de partir quatre jours.

Le premier matin, dans sa chambre d'hôtel, ses prédictions se confirmèrent : le « Grand Lustucru » était resté à Rastignac. Elle en ressentit de l'amertume et un grand vide. Compter le nombre d'heures de la matinée, puis de l'après-midi comme un compte à rebours devint sa seule préoccupation. Son mari ou l'hôtel Castel de Dijon ne l'intéressait pas, pas plus que le docteur Janvier, ni les autres patients. Et c'est seulement le lendemain, quand une femme prénommée Geneviève se confia à elle, qu'un déclic se fit dans son esprit et qu'elle revint à la réalité. Caroline l'écoutait vaguement raconter sa vie. De dix ans sa cadette, après un divorce, elle s'était réfugiée dans l'alcool à plus de cinquante ans ; menacée de perdre son emploi, elle entama une première cure de désintoxication, qu'elle crut efficace. Mais d'autres substances, innombrables, remplacèrent l'alcool, jusqu'à sa dernière obsession, la tanorexie.

« Mais quelle est donc cette dépendance ? » lui demanda Caroline.

Et Geneviève de lui expliquer. Dès le matin, son seul désir était de bronzer au maximum. Si elle n'allait pas à la plage l'été et au solarium l'hiver, elle culpabilisait. Alors Caroline regarda la femme qui lui causait. Au premier abord, elle lui avait semblé étrange, mais elle n'avait pas cherché en quoi. À présent, elle eut un choc en regardant son visage ; il fut comme un révélateur de sa propre folie. N'avait-elle pas fait de même ? ! Une substance, une mode ou la clinomanie qui la concernait, c'était pareil ! Car si Caroline avait pu dormir 24 heures sur 24, elle l'aurait fait ! ! ! Dès cet instant, elle ne fut plus la même. Elle réalisa qu'elle était une personne dépendante, exactement comme ceux qui n'entraient pas dans ses critères de sélection au temps où elle travaillait. Ainsi, tous les milieux sociaux pouvaient être touchés par cette pathologie, sans considération d'âge et de sexe ! Cette révélation faite par le docteur Janvier fut un soulagement, on allait la guérir, elle pouvait compter sur l'aide de son mari, le rêve en état de conscience lui permettrait de reprendre le contrôle de sa vie, d'après son époux. Et ce cuisinier démoniaque ne prendrait plus le contrôle de son existence en la privant de sa lucidité.

Par chance, elle avait retrouvé la raison, mais ce n'était pas le cas de tous les habitants de Rastignac. Antoine Moretti, comme d'autres villageois, ne logeait plus dans sa maison. La peur avait gagné certains, mais la plupart ne voulaient pas quitter leur domicile. En tant que médecin à la retraite, son mari était devenu malgré lui un expert du sommeil et s'occupait des uns et des autres. Hélène l'inquiétait particulièrement. En arrêt maladie, elle ne sortait plus de chez elle et semblait se perdre dans la contemplation d'un tableau acheté récemment ; il calmait ses angoisses, selon son mari qui ne savait plus quoi faire ! Quant à Laetitia Mignol, l'institutrice, elle ne parvenait plus à donner ses cours normalement, des parents s'étaient plaints car elle voulait enseigner Epictète à leurs jeunes enfants. Ne souhaitant pas préoccuper davantage son mari, elle ne dit rien, même lorsqu'il eut l'idée de lui acheter une montre connectée avec une fonction « sleep-touch ».

D'après Jean-Baptiste Declercq, cette montre était un dispositif très avancé et plusieurs villageois en possédaient déjà une. Les convaincre de la porter au poignet la nuit avait été plus facile que de les persuader de pratiquer quotidiennement les différents apprentissages permettant d'accéder aux rêves lucides. Le même modèle avait été choisi pour tous les volontaires. Il était muni d'un tracker mesurant la qualité du sommeil. Ainsi le docteur à la retraite pouvait mesurer les progrès de chacun. Régis Meunier ainsi que le Jules César de Rastignac avaient refusé l'offre, préférant « le rêve » malgré les mises en garde du praticien. Heureusement, l'institutrice menacée d'un renvoi avait accepté son aide, Hélène aussi, et d'autres encore. L'attrait d'une simple montre ne pouvait évidemment remplacer « le rêve ». Un objet, fût-il à la pointe de la technologie, semblait dérisoire. Après avoir usé de sa parole en vain, le médecin à la retraite ne s'était pas résigné à les abandonner à leur sort. Il n'avait pas hésité à leur offrir ce qui se faisait de mieux sur le marché. Toutefois, en contrepartie, les bénéficiaires devaient suivre scrupuleusement ses directives.

Un mal mystérieux s'était propagé parmi la population de Rastignac et mieux valait ne pas s'attarder sur la cause puisque, pour finir, « le rêve » était l'équivalent d'une puissante drogue. Le sevrage était extrêmement contraignant, il fallait pratiquer quantité d'exercices la journée et ensuite se préparer durant toute une partie de la soirée afin d'espérer faire ses premiers pas au propre comme au figuré dans son sommeil. Mais lorsque la personne comprenait que le pouvoir s'inversait et qu'elle contrôlait le contenu de ses rêves, la victoire était sans égale et c'est seulement à ce moment-là que la raison reprenait le dessus. Hélas, rien n'était gagné car il semblait que « le rêve », ce mal sournois, ne lâchait pas facilement ses victimes prises dans un engrenage qui semblait si parfait que personne ne se souciait des conséquences à long terme. Et si la famille Martin avait dans un premier temps adhéré aux recommandations du médecin à la retraite, depuis, elle restait injoignable, préférant sans doute se consacrer à ce que tous les villageois rêvaient de devenir, une célébrité. « Le rêve » était unanimement plébiscité. Bien qu'il ne fasse plus les gros titres de la presse, il continuait à alimenter épisodiquement les médias, en grande partie grâce à la téléréalité diffusée au Japon mettant en scène la famille Martin. Et dans le village de Rastignac, on ne parlait plus que de ça ! Françoise Martin conduisait une Pontiac Buick rouge décapotable dans les rues du village, comme une star ! Malgré sa foulée calculée en trois phases, Régis ne pouvait rivaliser avec elle ! L'ancien boucher n'avait pas renoncé à son tour du monde, cependant il devait se faire dans le périmètre du village de Rastignac. Il avait facilement trouvé un sponsor, son but étant que son nom figure dans le livre des records comme l'homme ayant parcouru le plus grand nombre de kilomètres dans le même périmètre, soit plus de 28 000…

Une fois de plus, il était le seul à se soucier de la santé des villageois ! L'idée lui vint même de contacter le ministre de la Santé ! Jean-Baptiste Declercq désespérait un peu plus chaque jour mais le pire étant que personne n'écoutait ses mises en garde. Il prêchait dans le vide et semblait n'être qu'un vieux radoteur, incapable de profiter de cette aubaine. Le village de Rastignac n'était plus un « trou perdu » et si auparavant ce lieu n'évoquait rien ou presque, à présent, il était devenu incontournable. Avoir une maison dans cet endroit si particulier faisait la fierté de tous les habitants. La famille Sanchez regrettait amèrement son déménagement, Marseille pouvait bien être la plus grande ville du sud de la France. Rastignac la surpassait par sa singularité, pas un seul village dans le monde ne pouvait l'égaler. D'ailleurs, le prix au mètre carré avait explosé car la demande était forte. De toute part, on félicitait les riverains d'habiter là ! Toutefois, il existait une exception, la cote de popularité de Fabian Giordano était en chute libre et ses ambitions tournées en ridicule ! Il avait fini par supprimer tous ses comptes sur les réseaux sociaux. Le Jules César de Rastignac n'existait plus ou presque ! Sa femme Aliénor s'était acharnée à son tour sur Antoine Moretti sans succès. Il avait suffi d'un seul tweet de la part de l'ancien maire pour la discréditer aux yeux de tous : « Aliénor n'est pas Albator et son Jules est loin d'être un César ! » Antoine avait acquis la science exacte de la formule en ligne.

Hélas, les retours étaient mauvais. Les porteurs de la montre connectée affichaient tous une note en dessous de la moyenne et comme pour sa femme, le même message apparaissait : « Votre sommeil est de mauvaise qualité ». Le docteur à la retraite était débordé, il regrettait son confrère Raphaël Janvier et toute l'équipe qui l'accompagnait dans sa tâche durant ces quelques jours passés à Dijon. Le centre hospitalier La Chartreuse avait des moyens qu'il ne possédait pas et une montre connectée comme seul dispositif ne suffisait pas. Il s'épuisait tel David contre Goliath, il serait bientôt écrasé par la charge de ses responsabilités, le temps était compté, il ne pouvait l'ignorer. Sauver sa femme devait être sa priorité, en attendant un improbable miracle ! Patrick Blanc, le journaliste licencié, que pouvait-il faire, sinon rien ? ! Le découragement faillit le faire renoncer à cette tâche surhumaine mais heureusement quelques-uns s'accrochaient, comme Hélène Dupuy. Il fallait espérer une guérison car le spectre de la folie ne le quittait plus. Mieux valait imaginer une forme de dépendance collective plutôt qu'en un maléfice orchestré par des morts en quête de vengeance. Jean-Baptiste Declercq, pur esprit rationnel, refusait de croire en une « chose » pareille ! Toutes sortes d'interprétations étaient envisageables mais pas celle-ci ! Imaginer ce scénario macabre suffisait à rendre fou le médecin à la retraite. Si dans un premier temps, il avait eu un doute en écoutant Antoine, la raison avait été la plus forte. Il était médecin, et ne pouvait croire aux envoûtements, à la sorcellerie et à toutes ces foutaises d'un autre âge. Hélas, les propos délirants de l'ancien maire et de sa parente Maddy avaient contaminé l'esprit de sa femme, c'était sûrement la raison qui l'empêchait de progresser aussi bien que lui. Tous les soirs en dépit de ses craintes, le rêve lucide lui permettait de désamorcer son trop-plein de stress malgré l'agitation nocturne de sa femme, qui lui avait confié que dormir était devenu un cauchemar car le contenu de ses rêves lui échappait.

Durant la nuit, elle se réveillait à de multiples reprises, l'homme surnommé le Grand Lustucru allait surgir et dès qu'elle percevait la moindre image d'un corps masculin, son esprit en alerte la mettait en garde. Mais de qui devait-elle se méfier le plus ? du spectre de ses nuits ou de ceux qui étaient revenus pour se venger ? Si son mari n'adhérait pas à cette explication, Caroline ne pouvait s'empêcher de ressentir une grande frayeur en y songeant. Elle était revenue dans un village en plein chaos, ne sachant pas elle-même comment diriger sa vie. Antoine Moretti s'entretenait souvent avec son mari. Il conseillait de ne pas alerter les pouvoirs publics et affirmait que les choses s'arrangeraient grâce au journaliste Patrick Blanc. Bientôt, un article paraîtrait sur la fabrique d'allumettes. Selon lui, les victimes devaient être réhabilitées afin de calmer des esprits vengeurs ! Son mari n'y croyait pas, pourtant, il était toujours incapable d'expliquer le phénomène nocturne. Son environnement était devenu si effrayant qu'elle aurait aimé ne plus y penser. Mais c'était impossible, car de nouvelles informations concernant les villageois lui parvenaient sans cesse.

Malgré sa peur, Caroline n'arrivait pas à l'oublier. Dans un coin de son esprit, elle ressentait une impatience liée à son absence. Il n'était pourtant pas fait de chair et de sang ! Se pouvait-il qu'un tel être existe sinon par le fait d'un envoûtement ? Malgré sa frayeur, elle ne pouvait s'empêcher de fredonner les paroles de sa chanson… « *Bonsoir Caroline, c'est juste le Grand Lustucru qui passe. Et ce soir, c'est moi qui viens te chercher, ce soir parce que je ne dors guère, nous allons cuisiner. Avec moi, ce soir parce que je ne dors pas !* » À chaque fois, la culpabilité l'empêchait de confier à son mari l'attraction subie par les paroles de cette chanson mais surtout son interprète, le Grand Lustucru !

Caroline finit par craquer et à sa grande surprise, il lui fit un aveu du même genre : il avait été séduit par une autre femme, une femme qui lui ressemblait en tous points, sinon qu'elle était plus jeune ou plus lumineuse, à cause de ses cheveux scintillants, d'or ou d'argent ? Il ne se souvenait plus exactement ! Ses paroles étaient confuses. Néanmoins, elle comprit aussitôt que « le rêve » l'avait également ensorcelé. Ce fut une délivrance car dès cet instant, elle sut que ce n'était pas leur faute ! Et Jean-Baptiste la pressa dans ses bras en déclarant :

« J'ai eu si peur de te perdre, mon amour, tu es l'amour de ma vie ! »

Malheureusement, ce ne fut qu'un répit, les obsessions revinrent la tourmenter, elle était de plus en plus nerveuse et impulsive, s'énervant pour des peccadilles et seule dans la maison, la motivation lui manquait. Reprendre le jardinage, jadis son activité favorite, ne l'intéressait plus. Contempler ses compositions florales entourant sa maison ne lui procurait plus aucun plaisir et imaginer les compliments de leurs amis parisiens en visite ne suscitait chez elle qu'un profond désintérêt. Son intérieur lui était devenu indifférent. Que lui importait de déplacer tel ou tel coussin ou de choisir une nappe provençale aux motifs de champs de lavande plutôt qu'une autre après avoir fini le ménage ? Ces petites activités la lassaient à présent. Elle n'éprouvait pas plus d'intérêt à pratiquer les exercices quotidiens prescrits par son mari, destinés à améliorer ses performances en matière de rêve lucide. Certes, elle avait réussi à ne pas faire apparaître l'homme de ses fantasmes, le Grand Lustucru, mais fallait-il vraiment l'oublier ? Ne pouvait-elle pas, juste une fois, faire appel à celui qui la rendait heureuse ? Finalement, se justifiait-elle, elle n'avait pas trompé son mari, il ne s'agissait que de plats cuisinés et ceux-ci n'avaient aucune incidence sur sa santé, pas un gramme pris, donc pas de diabète ni de cholestérol. Une seule fois ?... Rien que d'y penser, l'eau lui vint à la bouche. Ce soir, le Grand Lustucru la ferait voyager au pays des saveurs. Son cerveau fut instantanément sollicité, des neurotransmetteurs produisirent de la dopamine et de l'ocytocine. Sa bonne humeur revint au galop, elle n'était plus une vieille dame mais une jeune femme heureuse à l'idée de revoir bientôt l'homme qui la comblait. Un bien-être physique la liait au Grand Lustucru. Les heures n'eurent plus la même signification, son mari allait bientôt rentrer et le plus important était qu'il ne se doute de rien !

La soirée se passa comme prévu. Caroline se comporta comme d'habitude. Son mari s'enquit de sa journée ; elle lui parla des roses dans le jardin qui avaient malheureusement attrapé la pourriture grise, demain, elle les traiterait pour la seconde fois en espérant que sa solution au savon noir suffirait sinon, il faudrait acheter un produit plus efficace. Il lui demanda si elle avait retrouvé le moral et Caroline lui dit qu'elle allait beaucoup mieux. Il se réjouit de la bonne nouvelle et la félicita, mais quand elle lui annonça qu'elle voulait se coucher tôt, il s'inquiéta un peu. Normalement, c'était le contraire. La montre connectée à son poignet suffit comme alibi à Caroline : le résultat médiocre qu'elle affichait prouvait qu'elle se couchait trop tard.

Enfin dans son lit, elle décida de doubler la dose de somnifère afin de le rejoindre au plus vite. Son désir fut exaucé. Une voix se fit entendre, chantant à son intention :

« Bonsoir Caroline, c'est juste le Grand Lustucru qui passe. Et ce soir, c'est moi qui viens te chercher car tu m'as manqué, ce soir parce que je ne dors guère, nous allons cuisiner. Avec moi, ce soir parce que je ne dors pas… »

Aussitôt, il la transporta dans une cuisine, une pièce aussi magique que son propriétaire, dans un monde irréel où la lumière du dehors participait à la beauté du lieu. À travers les deux fenêtres ouvertes sur une allée d'oliviers, un jour étincelant s'était invité, illuminant chaque surface. Un halo circulaire délimitait le centre de l'espace et son point le plus lumineux se situait sur la table en bois, la pâte à pain semblait vivante. Comme aimantée, Caroline s'approcha de la source lumineuse. Une chaleur l'envahit. Le corps du Grand Lustucru se pressait légèrement dans son dos et de ses mains, il saisit les siennes afin de malaxer la pâte. Caroline ne pouvait qu'admirer la dextérité du cuisinier, sans jamais la forcer, il accompagnait tous ses gestes et lorsqu'elle faiblissait dans sa tâche, d'une tournure de poignet invisible, il agissait et leurs mains reprenaient la bonne direction. D'une voix chaude, il lui dit :

« Je suis si heureux de faire du pain avec toi ! »

À l'instant où furent prononcés ces mots, une odeur intime vint chatouiller ses narines. Au plus profond de ses souvenirs d'enfant, le Grand Lustucru réveilla ses premiers émois gustatifs, l'odeur du bon pain de son enfance envahit la pièce. Une lueur rouge s'échappa du mur et elle vit une cavité en forme d'igloo. Lisant dans ses pensées, il expliqua :

« Il s'agit d'un four à bois. Sens-tu la chaleur venir jusqu'à nous ?

— Oui, c'est si agréable, lui répondit-elle.

— Hélas, nous devons nous arrêter sinon la pâte à pain va devenir aussi brûlante que le four. »

Effectivement, la pâte se réchauffait étrangement. Le Grand Lustucru lui prit les deux poignets délicatement et lui permit de s'essuyer les mains sur son tablier blanc. Elle sentit son torse et vit au-dessus de sa tête comme une couronne en or mais ce n'était que sa toque de cuisinier, Caroline n'eut pas le temps de le contempler plus longtemps. En un tour de magie, il fit apparaître des herbes aromatiques. Elles tourbillonnaient dans les airs, dégageant leurs parfums subtils.

« Estragon, origan, romarin, thym, sauge, que du bonheur, lui dit le Grand Lustucru. J'ai cueilli le romarin, le thym et l'origan en haut d'un pic rocheux ; le soleil darde si bien ses rayons à cet endroit que le risque en vaut la peine. La sauge et l'estragon viennent de mon jardin. Chaque jour, je m'en occupe en pensant à ta venue, je t'attendais pour manger. »

Caroline vit alors sa nappe, des champs de lavande sur un fond jaune.

L'intention était si touchante qu'elle eut les larmes aux yeux. Mais elle fut plus médusée encore par les nombreuses assiettes disposées dessus, qui fumaient toutes de senteurs plus alléchantes les unes que les autres. Le pain qu'ils avaient fait ensemble était tranché, sa mie dégageait une légère fumée comme une invitation à le déguster au plus vite.

« Installe-toi, Caroline, et mangeons. J'ai faim, pas toi ? »

À chaque bouchée, une nouvelle sensation, une extase de plus, la bouche de Caroline dégoulinait de sauce et le Grand Lustucru riait comme à une bonne blague. Ils rirent ensemble. Comblés l'un et l'autre, ils mangeaient sans répit, pressés de goûter tous les plats. Puis, il y eut les desserts sans oublier les fruits récoltés dans le jardin du Grand Lustucru. Et lorsqu'ils n'eurent plus rien à se mettre sous la dent, le Grand Lustucru proposa une sieste digestive dans son jardin. Ils s'allongèrent alors dans l'herbe fraîche, s'endormirent aussitôt, repus et bienheureux.

La vie était si merveilleuse avec lui que jamais, il ne fallait le quitter, jamais. Et pour prolonger ce rêve à l'infini, il fallait cuisiner encore et encore...

Croyant dormir à côté du Grand Lustucru, elle fut stupéfaite de découvrir qu'il s'agissait de son mari. Il lui parlait.

« Alors, est-ce que tu as bien dormi ? »

Caroline reprit illico ses esprits, il ne devait se douter de rien. Elle vit le résultat sur sa montre et le montra fièrement à son mari en déclarant :

« C'est fou, les progrès que j'ai faits, regarde, j'ai obtenu un 10 sur 10. Je vais continuer à effectuer tes exercices quotidiens parce que ça fonctionne, la preuve en chiffres ! »

Jean-Baptiste fut tout à fait rassuré, finalement sa femme se portait mieux qu'il ne le pensait.

Jean-Pierre Laforge n'avait pratiquement pas dormi de la nuit. La Nichée provençale ne lui plaisait pas, pour une unique raison : cet hôtel était bien trop proche du village de son enfance. Et c'est comme si l'air qu'il respirait s'était chargé de plomb. Un matériau lourd pesait de tout son poids, lui donnant la sensation de s'enfoncer dans le sol, de rétrécir en une petite chose fragile. Toute l'impuissance ressentie durant son enfance refaisait surface. Rien n'avait changé, la même atmosphère déprimante l'avait saisi, comme si les années passées aux quatre coins du monde à étudier des volcans n'avaient pas suffi à effacer le temps. Et pire encore, il redoutait de plonger dès la première nuit dans un de ses cauchemars qui avaient failli le rendre fou. Mais heureusement, dans ses bagages, il avait emporté de quoi le galvaniser. Dès les premières images vues des dizaines de fois, il se souvint de ses nombreux voyages en Islande, pays des volcans. La fascination qu'exerçait sur lui cette terre de glace et de feu fut salvatrice. Défilaient sur l'écran les plus célèbres volcans aux noms pour la plupart imprononçables, comme le Eyjafjöli. Mais pour Jean-Pierre Laforge aucun d'entre eux n'était incompréhensible, ils détenaient tous leur propre langage. Le « Eh-ya-fia-tia-yo-kutl », en transcription phonétique, restait l'un des moins dangereux de l'île. L'un des plus actifs, le Hekla, surnommé « Portes de l'Enfer » au Moyen Âge, apparut sur l'écran à la grande joie du volcanologue, lui rappelant une de ses plus intenses expéditions. La projection visuelle de ces monstres de feu restait la meilleure des méthodes cathartiques, les affects insurmontables de son passé traumatique s'effaçaient à la vue d'un volcan en éruption et la lave brûlante était un remède purgatif pour son âme. La nature reprenait ses droits et les humains ne pouvaient que s'incliner devant sa supériorité, l'Islande semblait être le seul lieu terrestre capable de mettre un frein à leurs ambitions. Finir ses vieux jours dans ce pays volcanique était son projet, et il allait bientôt s'accomplir. Le vieil homme avait décidé d'affronter son passé avant de concrétiser son rêve. Jean-Pierre s'endormit avec en tête les images du Grimsvötn.

Pas une seule vision d'horreur n'était apparue dans son sommeil. Il se leva avec une seule préoccupation, celle de se souvenir le moins possible de ce passé où des êtres humains portaient des masques effrayants. C'étaient leurs visages. Il était impossible de ne posséder qu'une moitié de sourire et pourtant, il l'avait bien vue sourire à la sortie de l'usine. Son père avait chuchoté, afin que l'ouvrière ne l'entende pas :

« Si tu n'es pas sage, tu finiras comme elle ! »

Ensuite, ce fut comme un trou noir avant que des êtres sans figure hantent ses nuits et celles de sa sœur jumelle, durant des mois. Des médecins les avaient auscultés, plusieurs curés s'étaient déplacés, une séance de désenvoûtement avait même eu lieu. Et les paroles de son père s'étaient à nouveau gravées en lettres de feu dans son esprit. Et dans cette chambre d'hôtel, Jean-Pierre les entendait avec la voix de son père telles que prononcées soixante-neuf ans plus tôt :

« Il ne faut rien dire à personne car sinon, vous allez passer pour des fous et vous serez enfermés à l'asile où personne ne pourra venir vous rendre visite, à toi et à ta sœur. »

Ses parents étaient fâchés. La domesticité parlait d'eux. Les deux enfants étaient envoûtés par des esprits. Des prénoms furent prononcés. Le petit garçon les entendit à travers la porte de la cuisine :

« C'est sûr, c'est la Fanny, car elle laisse deux enfants en bas âge. »

L'autre, la cuisinière, avait répondu :

« Non, c'est plutôt le Paulin puisqu'il s'est suicidé par la faute des Laforge !!! »

En les entendant, ce fut comme un deuxième trou noir, il sentit le sol se dérober sous ses pieds. Le jour se perdit dans une nuit sans fin, dans un monde où rien n'était stable, où ils trébuchaient ensemble, à l'unisson. Sa sœur se perdait, elle aussi. Ils se cognaient aux murs sans que personne ne puisse expliquer la cause de leur dérèglement et parfois, d'une voix qui n'était pas la leur, ils parlaient pour ne rien dire... Un article parut dans *Le Mistral* à propos d'une maladie inconnue et mystérieuse. Les gens du pays parlaient d'un envoûtement, avec l'aval d'un curé qui évoqua le diable à l'œuvre ! Plus un seul domestique ne voulut travailler dans la demeure des propriétaires de la fabrique d'allumettes, pas plus que les ouvriers et ouvrières. Mieux valait mourir de faim qu'être envoûté par un spectre en quête de vengeance qui s'en prenait aux enfants.

Puis, comme dans un ailleurs, dans un espace de soleil et de mer avec dans le ciel, des mouettes blanches, ce fut un réveil à l'intérieur d'une réalité possible. Il fallait oublier. Aucun d'eux ne parla une seule fois de la fabrique d'allumettes ni ne prononça un seul mot lié à ce passé. Rastignac n'existait plus, seule comptait leur nouvelle vie. Mais de temps en temps, le garçonnet surprenait dans le regard de son père comme un reproche. L'insouciance de ce bleu infini du ciel à la mer lui permettait d'oublier, seulement entrecoupé par le cri des mouettes rieuses accompagné de celui de sa sœur. Ils jouaient dans les vagues en toute liberté comme des vacanciers. Cette vie lui fit croire qu'il ne s'était rien passé. Mais à la vue d'un paquet d'allumettes, il se mettait parfois en colère, sans raison apparente, tout en regrettant de ne pouvoir s'amuser avec cet objet aussi fascinant qu'abject.

Des années à essayer d'oublier, jusqu'à ce que toutes les chaînes d'info parlent du village de Rastignac. Subitement, il fut pris comme dans un piège, il n'était plus possible de faire semblant, ce village existait vraiment, et son cauchemar était de retour. Que faire ? Ses parents étaient morts, sa sœur également, ne restaient que ces carnets de comptes qu'il transportait partout comme les dernières reliques d'un temps échu.

La honte fut immédiate. Il appartenait à la famille Laforge. Non seulement il se souvint de tout mais il comprit alors que tous les choix qu'il avait faits dans son existence n'étaient que la conséquence de son silence. Était-il complice de ses parents ? Cette question douloureuse ne le quitta pas jusqu'à sa rencontre avec le journaliste, Patrick Blanc. Cet homme providentiel était devenu plus qu'un ami, il avait su lire dans son cœur et l'avait délivré de son terrible secret. Toutefois, il devait dénoncer ses propres parents et faire savoir qu'il était bien le fils de ces deux monstres... Il le fallait, c'était même la raison de sa présence en ce lieu. Le jour précédent, Jean-Pierre avait revu Marie-Madeleine, la fille de la couturière. La petite fille dont il se souvenait était devenue une vieille dame aux cheveux blancs, son visage était parcouru de rides ; seul son regard lui assurait que c'était bien elle, il le sut dès qu'il la vit. C'était étrange, cette rencontre après tant d'années, ils étaient gênés, ne savaient quoi se dire. Ils se remémorèrent leurs jeux dans le grand parc... Se souvenait-il de la dernière partie de cache-cache ?

« Bien sûr, répondit-il, nous nous étions cachés, ma sœur et moi, derrière un arbre et nous t'entendions nous appeler car vous ne nous trouviez pas ! »

Rapidement, au grand soulagement du volcanologue, il fut question des habitants de Rastignac. Ses souvenirs le faisaient souffrir, il n'osait avouer à la vieille dame que cette cachette loin au fond du parc était en fait un moyen de la fuir, d'éviter les questions qui auraient pu trahir la promesse faite à son père, de ne parler ni aux adultes, ni aux enfants.

Heureusement, d'autres clients étaient assis à la table du petit-déjeuner, pas seulement Marie-Madeleine, qui lui rappelait son enfance malheureuse, où le monde était devenu une menace. Il fit la connaissance d'Émile Santoni, un ami d'enfance de la vieille dame et d'un membre de sa famille, Antoine Moretti. Ils logeaient tous à l'hôtel, situé en dehors du village de Rastignac. Cette situation ne pouvait s'éterniser pour des raisons évidentes. Comprenant leurs craintes, les patrons de l'établissement hôtelier leur avaient accordé un arrangement plus que généreux, réduisant de moitié le prix de la nuitée. Passionnés par leurs histoires, ils s'invitaient régulièrement à leur table. Ne voulant rien rater des dernières informations concernant le village et ses habitants, ils allaient jusqu'à offrir les boissons et surtout les desserts afin de prolonger les discussions. Mais malgré toute cette obligeance teintée d'une grande curiosité, les clients ne pouvaient rester ad vitam dans leur établissement. Antoine devait faire régulièrement faire des allers-retours afin de s'occuper de ses vignes et Maddy avait dû laisser son chat Pistou seul dans sa maison.

L'arrivée du volcanologue fut une attraction supplémentaire. Maddy présenta Monsieur et Madame Garcia comme leurs bienfaiteurs. Honorés par cette distinction, l'hôtelier et sa femme les invitèrent à manger ensemble le lendemain midi. Ce rendez-vous déplut au nouvel arrivant. Jean-Pierre avait espéré partir dès le matin mais devant les mines réjouies des uns et des autres, il n'osa refuser. Cependant, il ne comptait pas s'éterniser. Il avait prévu de se lever de bonne heure, de les rejoindre dans la salle à manger, d'expédier le petit-déjeuner en quelques minutes, avant d'aller retrouver son ami Patrick chez lui pour voir le dossier de presse qu'il avait constitué et qui permettrait de faire éclater la vérité au grand jour. Le volcanologue avait une entière confiance en son travail. Durant des semaines, ils avaient cherché les descendants des ouvriers et ouvrières victimes de la fabrique d'allumettes et, avec leur accord, leurs noms figuraient dans l'article censé paraître prochainement. Bien entendu, les livres de comptes de son père y figureraient aussi, ainsi que des photos qu'il lui avait transmises. Ils avaient eu de nombreux échanges téléphoniques, au cours desquels le journaliste l'avait informé de ses avancées, mais l'idée de cette rencontre physique lui apportait une grande satisfaction. Cependant, ses craintes relatives à la publication de l'article ne s'apaisaient pas. Les lecteurs allaient-ils le comparer à son père, suivant l'adage « les chiens ne font pas des chats » ? Il s'imaginait déjà condamné par un tribunal populaire. Dernier membre de la famille Laforge encore vivant, il était un coupable idéal ! ! !

Patrick l'avait pourtant rassuré, lui répétant que sa parole d'enfant serait entendue puisqu'il dénonçait les agissements de ses parents et que sans lui, rien n'aurait pu se faire ! Mais le pire dans cette regrettable histoire était la fabrique d'allumettes devenue monument historique inscrit au patrimoine français avec sa cheminée culminant à 45 mètres. Ce titre honorifique le mettait en rage, son plus cher souhait aurait été que la cheminée disparaisse, que ce symbole de mort crachant une fumée toxique brûle jusqu'à la dernière pierre, qu'elle emporte comme un volcan le reste du bâtiment, et que la végétation finisse par recouvrir chaque parcelle de cette usine de mort.

Paradoxalement, l'idée de retourner là-bas venait de lui. Mais n'avait-il pas été influencé par les propos de son ami devenu son confident ? D'après Patrick, en effet, revenir sur les lieux de son traumatisme lui permettrait de guérir. Et puis, il ne pouvait continuer à fuir son passé, tôt ou tard, les évènements le rattraperaient et c'était déjà le cas. Pire encore, il estimait que son problème cardiaque découlait de sa colère. Son agressivité pouvait nuire à sa santé physique et sur le long terme, elle abrégerait certainement sa vie. Il était regrettable qu'il subisse les conséquences d'actes contraires à ses valeurs. D'après Patrick il devait faire face à ces démons, se délester de cette faute qu'il n'avait pas commise en allant au cœur même de la tragédie qui avait entièrement modelé son existence : pour lui, il était clair que son métier de volcanologue était le résultat d'un traumatisme. Le volcan était le symbole de l'allumette. Il avait voulu contrôler ce feu destructeur en devenant celui qui sauverait finalement les vies de ces ouvriers sacrifiés pour faire fructifier la fortune mal acquise de ses parents. La fabrique d'allumettes, le Pierrot-feu, était en fait une bombe à retardement, exactement comme un volcan endormi, le poison, le phosphore était invisible et n'émettait qu'une vague odeur, mais d'un jour à l'autre, il pouvait provoquer les pires souffrances, ce qu'il avait vu de ses yeux durant son enfance.

Aussi bizarre que cela puisse paraître, les mots de Patrick l'avaient atteint au plus profond de son cœur. Il avait raison, et ce n'était rien par rapport à ses sentiments, toute son existence avait été une fuite. Sans jamais s'établir en un endroit et encore moins imaginer fonder une famille, il avait en quelque sorte donné son corps et son âme à sa passion dévorante, la volcanologie. Entre la fascination et le dégoût, il avait choisi l'émerveillement de son enfance juste avant de la perdre. Les boîtes d'allumettes avec l'image d'un gentil pierrot éclairé par une de ces tiges en bois magique avaient tracé son destin. Il était le gentil pierrot qui allumait une flamme innocente et pas celui qui crachait la mort sur le visage d'une pauvre ouvrière. Il sauverait des vies avant que ce feu diabolique ne ronge la chair mais il ne devait pas en parler pour ne pas attrister son père ou pire encore, rendre folle sa sœur, ce qu'il avait fait en divulguant le secret. C'était son échec, sa culpabilité qu'il portait, matérialisée par les livres de comptes de la fabrique qu'il emportait partout avec lui.

Mais à présent, Jean-Pierre Laforge était de retour à Rastignac afin de rétablir la vérité, il allait enfin parler à Marie-Madeleine Piétri, qu'il n'avait pas osé regarder dans les yeux à l'âge de neuf ans.

Monsieur et Madame Garcia les servirent avant de s'asseoir à la table. Jean-Pierre n'eut même pas besoin de faire appel à son courage, sa parole si longuement réprimée se libéra et c'est avec émotion que la tablée l'écouta raconter son histoire avec ses mots d'enfant.

Le repas s'achevait et Maddy ne put s'empêcher de verser des larmes. Émile s'empressa de la consoler et le couple d'hôteliers leur proposa une part de gâteau au miel car d'après eux, le sucre fourni par les abeilles butinant les fleurs des champs de lavande était incomparable. Ses propos détendirent l'atmosphère, puis Antoine redevint sérieux et déclara :

« J'ai un aveu à vous faire ! »

Il semblait si grave que le dessert attendit. Ils l'écoutèrent.

« Ce qui arrive aux villageois de Rastignac, c'est peut-être ma faute. Lorsque j'étais maire du village, j'ai entrepris de grandes modifications dans le cimetière, je désirais en faire un prototype du genre parce que j'étais fada, j'ai donc mis de l'ordre après avoir banni les insecticides. J'ai donné l'ordre de nettoyer certaines tombes. À ma demande, tous les os ont été rassemblés dans une même boîte, qui a été déposée je ne sais où. J'avoue qu'à ce moment-là, seul m'intéressait mon projet ambitieux… Je crois qu'il s'agissait bien de certaines victimes de la fabrique, je suis désolé, j'ai dû réveiller ces morts. Pourquoi sinon auraient-ils décidé de se venger subitement ?

Hein ! N'est-ce-pas ? »

Antoine n'avait même pas besoin d'une confirmation de leur part car il était persuadé de sa faute. Ils le regardaient tous stupéfaits. Maddy ne désirait pas que son Antoine porte ce fardeau, il ne pouvait pas prévoir de telles conséquences, c'était évident !

« Antoine, lui dit-elle, ces personnes n'étaient pas mauvaises vivantes alors décédées, elles ne peuvent l'être totalement. Nous allons tous faire en sorte que la vérité éclate et ainsi tout rentrera dans l'ordre. »

Elle prononça ses paroles avec un ton convaincu sans pour autant y croire ! Néanmoins, un grand soulagement se fit sentir et enfin, on oublia un peu sa frayeur en savourant la pâte feuilletée gorgée de miel. Le dernier mot revint à Jean-Pierre :

« Dans les prochains jours, cette affaire paraîtra dans la presse, il faut donc y croire sinon ça ne fonctionnera pas ! »

Il fut surpris par ses propres mots.

Un nouveau langage avait surgi dans son esprit comme si sa sœur pourtant décédée avait touché son cœur encore une fois. C'est elle qui avait le don de la lumière, elle était solaire et éblouissante de vie avant qu'il ne lui parle…

Enveloppée dans une couverture, une tasse de café à la main, Hélène contemplait le village. Une vague de froid s'était subitement abattue sur le sud-est de la France et le paysage avait complètement changé d'aspect. L'hiver avait chassé l'automne en une nuit et ce matin, comme seule perspective, le givre recouvrait tout l'espace. Les toits des maisons portaient une fine pellicule blanche. La brume matinale ajoutait à ce tableau hivernal une impression d'immobilité tandis qu'un grand calme s'était installé. Pas un seul chant d'oiseau, ni le moindre mouvement humain qui aurait pu la distraire de la perte de l'arrière-saison… Ce paysage statique ressemblait au tableau accroché au mur de sa chambre à coucher, une nature immuable. Hélas, la comparaison était impossible, la triste réalité se matérialisait sans qu'il soit possible de l'ignorer. La végétation avait été surprise par le froid, les feuilles vertes des arbres émergeaient comme désolées de ne pouvoir se balancer au gré du vent automnal avant de se colorer de teintes orangées. Cette blancheur glacée se parait d'inquiétude, elle semblait alourdir l'air de reproches à destination des humains et regretter l'insouciance de la fin d'été.

Hélène se sentit coupable à la vue de ce paysage dénaturé.

Encore une fois, les méfaits de l'homme sur son environnement. La météo devenait de plus en plus folle d'année en année sans que nul ne puisse en ignorer la cause à part quelques climatosceptiques qui revenaient 56 millions d'années en arrière, quand sévissait un réchauffement climatique, pour démontrer que la terre même, par sa nature évolutive, était à l'origine de tels phénomènes, en dépit des activités humaines. Mais qui pouvait encore croire à cette théorie alors que les épisodes extrêmes se succédaient dans toutes les parties du globe, que les sécheresses se multipliaient et que le thermomètre semblait devenir bipolaire, comme en ce matin de novembre ? Un coup de froid annoncé hier soir à la télévision allait sévir dans la région, trois ou quatre jours seulement avant que l'automne se réchauffe de plus d'une dizaine de degrés.

Cette météo capricieuse rappela à Hélène l'urgence de la situation, mettant un terme à toute autre pensée. Elle frissonna devant le spectacle de ce faux hiver, et les paroles d'Alice Lanteri lui revinrent à l'esprit. Sa visite inopinée l'avait surprise tout d'abord. Habillée de la tête aux pieds en noir, les cheveux rasés, elle ne ressemblait plus à celle qui avait fait partie du groupe formé par le docteur Declercq. La femme d'avant n'aurait jamais adopté un look masculin. Mais ce qui la différenciait encore davantage, était son changement de personnalité. Cette femme qui durant des années s'était contentée de rester assise derrière une caisse enregistreuse n'existait plus ! Cette caissière de supermarché ordinaire semblant vouée à une vie routinière et sans éclat particulier avait dû faire un saut vertigineux dans un autre monde. Comment expliquer autrement un tel bouleversement ? Comment pouvait-on se transformer en une survivaliste intransigeante et déterminée lorsqu'on s'appelait Alice Lanteri ? Telle était la question que se posa Hélène !

L'ancienne caissière avait sonné à sa porte sans la prévenir de sa visite. Il avait bien fallu la faire entrer. Alice avait exigé de lui parler seule à seule. C'était étrange mais Hélène n'était plus à une extravagance près. Ces derniers mois avaient été particulièrement chargés en évènements inhabituels. Cette demande lui sembla donc tout à fait anodine. Elle la fit entrer dans son bureau, pensant qu'il s'agissait d'une visite amicale car après tout, le groupe qu'ils avaient formé avait vécu et partagé des expériences très fortes en émotions. Elle déchanta rapidement. Elle comprit qu'Alice Lanteri comptait dénaturer son projet « Faire du tourisme autrement ». Abasourdie par ses paroles, prise d'un doute concernant son train de vie, elle se sentit obligée d'écouter celle qui disait mener le plus grand des combats, celui de survivre à une épidémie mondiale. Son plan de survie la concernait directement. Elle lui demanda de réunir tous ses fonds et de vendre ses biens les plus précieux, y compris sa maison, ce qui n'était rien vu ce qui pouvait arriver à sa famille dans un futur proche ; Hélène pourrait ainsi espérer aussi sauver des animaux, tout le monde serait bien traité et à l'abri dans des bunkers prévus à cet effet ! Hélène, stupéfaite, ne savait que dire. Elle laissa Alice poursuivre ses explications d'un ton de voix inébranlable. Sa foi en ses propos était absolue, aucune objection n'aurait pu faire vaciller ses certitudes. Hélène avait en face d'elle une femme extrémiste, prête à mener une guerre contre des forces obscures liées au haut pouvoir d'un État tout puissant. Tel l'apocalypse, elle prophétisait que de grands malheurs s'abattraient sur le monde. Cette femme-là lui faisait peur non par ce qu'elle professait mais par son tempérament, une fièvre verbale semblait la forcer à parler et parler encore… Un virus créé par l'homme avait soi-disant été expérimenté, on s'était servi des habitants de Rastignac comme de cobayes pour une nouvelle expérience. C'était évident ! martelait-elle. Comment une personne saine d'esprit pouvait croire aux fantômes ? Et si « le rêve » avait disparu depuis la divulgation dans la presse des méfaits de la famille Laforge, eh bien, d'après elle, c'était logique. Tout avait en effet été planifié ainsi puisqu'il s'agissait en fait de tester un nouveau virus ! Certes pas encore tout à fait au point, mais le gouvernement allait certainement ambitionner de le faire à plus grande échelle. En conséquence de quoi, il fallait construire des abris sous terre et Hélène Dupuy, en tant qu'architecte pouvait en toute discrétion, sans que quiconque s'en doute, construire des galeries souterraines ainsi que des bunkers de survie.

Hélène comprit où Alice voulait en venir avant même qu'elle finisse de lui expliquer son plan. Il était évident que son projet professionnel « Faire du tourisme autrement » était la pierre angulaire de ses desseins personnels. Les touristes étaient une formidable couverture, ils permettraient de dissimuler les allées et venues du groupe prêt à se battre pour les intérêts de la planète, et elle, le voulait-elle vraiment ?

Par chance, Hélène n'eut pas le temps de répondre à celle qui lui faisait craindre le pire. Son mari débarqua dans le bureau, interrompant la discussion. Alice Lanteri prit congé, non sans avoir annoncé qu'elle reviendrait la semaine sui-

vante, comme cette fois-là, à l'improviste. Le mari d'Hélène s'étonna de son départ soudain. Alice eut alors cette phrase :
« Je suis venue pour parler affaire avec votre femme car elle, elle comprend l'urgence de la situation, j'espère qu'elle parviendra à vous convaincre car le temps est compté à Rastignac comme ailleurs ! »
Ces propos l'inquiétèrent. Il fallut tout lui révéler.
Une fois Alice partie, il s'écria :
« Ne fais plus jamais rentrer cette dingue chez nous ! »
Hélène se remémora certains détails du comportement d'Alice. À l'époque, elle l'avait intriguée mais jamais, elle n'avait osé exprimer son antipathie. L'idée de surveiller, à l'aide de caméras, Marie-Madeleine Piétri lui avait particulièrement déplu. Mais cette femme ne s'était pas contentée d'une personne, elle avait insisté auprès du groupe pour que Fabian Giordano place un système de surveillance dans les rues du village. Le docteur Declercq avait dissuadé ses acolytes de voter pour ce projet qui ne garantissait absolument pas leur sécurité. On ne pouvait empêcher les gens de parler et d'ailleurs des caméras illégales sur la voie publique ne feraient qu'attirer l'attention sur celui qui les avait posées. Mais Alice avait balayé ces arguments pourtant logiques en évoquant le professionnalisme de la société de surveillance, Fabian Security, comme gage de réussite. Évidemment, Fabian Giordano, le propriétaire, ne fit aucune objection, c'était un apport financier important vu le nombre exigé par celle qui se donnait de grandes fonctions sans en avoir les titres. Mathématicienne, archéologue, cryptanalyste et scientifique dans tous les domaines sans même avoir passé son bac ! ! ! Alice Lanteri n'avait jamais ébloui que ceux qui estimaient

que « le rêve » remplaçait un cursus scolaire. En tant qu'architecte femme, Hélène avait dû se faire une place afin de gagner la reconnaissance et la légitimité face à son directeur, un homme à l'ancienne qui, à son arrivée dans le cabinet Brodin, l'avait cantonnée dans le rôle d'une simple secrétaire à son service. Hélène Dupuy s'était immédiatement méfiée de cette femme qui, sans même avoir bataillé pour gravir le moindre échelon social, s'était targuée de posséder toutes les plus grandes connaissances liées à de nobles fonctions. Une caissière de supermarché ne pouvait que fantasmer le jour et affabuler à la suite d'une vie nocturne qui en fait n'existait pas. Ses nuits étaient plus ambitieuses que ses possibilités réelles, et voilà où l'avait menée sa mégalomanie empreinte de paranoïa. Mais pire encore, c'était elle qui avait chauffé l'esprit des deux idiots, Régis et Luc, qui n'auraient jamais eu l'idée à s'en prendre au maire, peut-être au chien, et encore ! ! ! Et celui qui se prenait pour Jules César avait servi également sa mégalomanie ; sa société de surveillance s'en trouvait bénéficiaire alors que sa gestion désastreuse était connue de tout le monde. Et dire qu'elle avait participé à cette installation illégale en donnant plus que sa part ; Alice l'avait exigé prétextant que son revenu était supérieur aux autres ! L'indignation gagnait Hélène. Sous la pression du groupe, elle avait accepté l'inacceptable, donner plus d'argent à une folle ! Mais elle n'allait pas adhérer à sa dernière folie ! Hélène le ratel, comme la surnommaient ses collègues, n'était pas un mythe mais une réalité qui avait déjà fait ses preuves ! ! !

La colère était l'émotion première qui lui avait toujours permis de gagner contre ses adversaires, elle était même le pivot de sa réussite. Ses collègues de travail ne désiraient que son éviction. Son statut de privilégiée au sein du cabinet d'avocat Brodin exigeait une main de fer dans un gant de velours. Ne rien accorder aux autres, telle avait été sa devise.

Et lorsqu'elle avait consenti à plus de gentillesse, ses collègues avaient immédiatement profité de cette nouvelle disposition à leur plaire. Mais heureusement, elle avait récupéré rapidement sa parfaite panoplie de guerrière.

Grâce à la visite imprévue d'Alice Lanteri, Hélène reçut comme une décharge électrique. Un déclic se fit dans son esprit, il était clair qu'elle devait se défendre de cette femme potentiellement dangereuse. Une « alarme » s'était remise à fonctionner au plus profond de son être. Son mécanisme de survie en milieu hostile avait repris le dessus sur ses sentiments. La honte et la culpabilité qu'elle avait éprouvées ces derniers mois s'étaient mises en pause car la situation l'exigeait. Il était cependant impossible de faire fi de ses nouvelles convictions écologiques, car sa lucidité acquise durant ses nombreuses incarnations nocturnes l'avait transformée.

Hélène le ratel désirait concilier ses deux personnalités, ce binôme devait faire d'elle une femme plus forte puisqu'en cette fin du monde annoncée par de nombreux scientifiques, il était évident que le combat devait se situer à un autre niveau que ses propres ambitions sociales. Alice Lanteri l'avait peut-être compris mais de la plus mauvaise des façons, la colère ne devait pas prendre le dessus sur la raison et c'était le plus grand des pièges mais aussi la plus formidable des énergies face à l'inertie quasi générale.

Il était étrange de penser que ses multiples transformations physiques aient pu engendrer un tel état de conscience et pourtant, Hélène avait acquis une plus grande réflexion sur la nature humaine. Elle ne voulait plus commettre les mêmes erreurs, celles qui l'avaient conduite à n'être qu'une femme ambitieuse mais surtout sans aucun affect. Sa vie avait changé du tout au tout, la richesse ne pouvait venir que de l'intérieur et toutes ses anciennes satisfactions matérielles ne pouvaient suffire à la rendre heureuse car il fallait toujours faire attention à ne pas les perdre face à des adversaires redoutablement ambitieux. L'ancienne vision d'un monde axé uniquement sur la réussite sociale l'avait en fait profondément déçue, chacun ne pensant qu'à posséder plus au détriment des autres. Le résultat était cette catastrophe prévue pour tous ! Il fallait donc agir et si Hélène Dupuy possédait l'âme d'une guerrière, elle s'en servirait dorénavant pour la bonne cause. L'extinction des animaux signifiait celle des humains. Leur sort était lié.

Hélène Dupuy avait toujours su rebondir en toutes circonstances, exactement comme le ratel et finalement, ses collègues envieux avaient raison, cet animal lui ressemblait, il pouvait être agressif face à des prédateurs redoutables, renaître d'un venin mortel mais aussi s'allier à un partenaire ailé comme le Grand Indicateur, l'oiseau « guide du miel ». La vie était une lutte perpétuelle et le ratel était le meilleur exemple d'adaptation. Ce surnom dont ils l'avaient affublée était en fait le plus beau compliment reçu de leur part ! S'inspirer de cet animal était facile car elle était aussi inflexible, courageuse et tenace qu'un ratel.

Son projet « Faire du tourisme autrement » devait aboutir et aucune alternative n'était envisageable. C'était son « bébé », l'œuvre de sa vie et personne ne devait mettre en péril une si belle entreprise consacrée à l'environnement. Concevoir un site touristique avec des habitations arboricoles semblait être la meilleure entreprise. Le chantier avait déjà commencé. Marilou s'occupait des enfants car elle était souvent absente. Mais par la suite, sa protégée s'occuperait des moutons et des ânes prévus comme attractions supplémentaires afin que les citadins privés de nature prennent du plaisir à se connecter à l'essentiel, les animaux. La jeune femme avait été immédiatement emballée par cette proposition ; grâce à Hélène, elle réaliserait son rêve. Elle était devenue un membre de la famille, à tel point qu'il semblait impossible d'envisager son départ. Un fameux jour, Marilou avait osé demander la date de la fin de son séjour parmi eux. La réponse tarda à venir, ce qui lui fit penser que bientôt, elle serait chassée de cette belle maison avec piscine. Il lui était impossible de croire qu'il puisse en être autrement. La jeune femme allait reprendre la route, encore une fois, sans vraiment comprendre la raison ou les raisons qui faisaient que nulle part, elle n'était la bienvenue. Mais à sa grande surprise Hélène Dupuy lui proposa un étrange marché. L'adoption ! ! ! Marilou n'en crut pas ses oreilles ! Les jumelles la supplièrent d'accepter. Un sentiment vertigineux la saisit, ils ne désiraient pas qu'elle parte.

Marilou avait trouvé une famille. Elle mesurait la chance infinie d'être aimée par une famille de cœur. Soucieuse de son ami Vincent, elle lui téléphona pour le convaincre de donner enfin de ses nouvelles à ses proches. L'informaticien échoué comme elle sur la place du village n'avait en fait jamais quitté la France. Il habitait chez son ex-copine. Il fit ce que lui demandait Marilou, avec qui il était resté en contact depuis sa prétendue disparition dans les Cyclades. Le secret avait été trop lourd à porter pour la jeune femme qui s'était confiée à sa maman de cœur. Hélène l'avait conseillée, ce garçon fugueur devait prendre ses responsabilités, un point c'est tout !

Il était évident qu'une prise de responsabilité individuelle était indispensable à l'heure actuelle où chacun semblait mener sa vie de manière égoïste. La femme qu'elle était devenue lui plaisait autant que l'ancienne la révulsait pour n'avoir jamais remis en cause sa façon de vivre. Reconnaître ses torts avait été sa plus grande crainte. Quoi de plus normal lorsqu'on est un être amoral qui ne pense qu'à obtenir que des avantages sans donner la moindre contrepartie ? Manipuler pour obtenir avait été sa méthode, lui faisant croire qu'elle était une personne sûre d'elle. Mais en fait, ce n'était qu'une apparence car derrière cette façade de réussite sociale se cachait une grande vulnérabilité. Son ancienne personnalité ne valait pas plus qu'un compte en banque bien rempli. Heureusement « le rêve » lui avait fait comprendre l'absurdité de son existence. Se réincarner nuit après nuit en un animal lui avait fait ressentir physiquement une énergie vitale qui n'était en rien comparable avec un monde fondé uniquement sur les apparences.

Enfin ! Hélène Dupuy se sentait vivante sans aucun artifice, il suffisait de ressentir des émotions pour se sentir exister. Le contrôle absolu sur ses sentiments l'avait enfermée dans une prison mais à présent, elle possédait la clef et celle-ci se nommait liberté. Toutefois, sa nouvelle lucidité lui demandait des comptes. La culpabilité était apparue avec la venue de la douleur morale.

Que devait-elle faire ? Cette question restait en suspens. Elle semblait aussi étrange que la réponse obtenue après avoir contemplé durant des heures un tableau de John Frederick Kensett. Cette peinture au style démodé lui avait permis de se vider la tête et une solution subséquente vint, il fallait simplement s'excuser !

Le premier sur sa liste était Antoine Moretti. Elle lui téléphona et réalisa alors, à sa grande surprise, qu'il ne lui en voulait pas. Au contraire, il dit qu'elle lui avait rendu un grand service en votant oui à son éviction du groupe. Il ajouta qu'il était soulagé depuis que « le rêve » avait disparu après la révélation des faits dans la presse. Hélène à son tour parla sincèrement de son ressenti. Ce fut une expérience très étrange de se confier en toute liberté. Antoine Moretti était une bonne personne, il l'avait prouvé à maintes occasions. Se sachant en sécurité, elle osa lui avouer qu'une partie d'elle était également soulagée de ne plus être un animal toutes les nuits. L'ancien maire l'informa qu'un projet de réhabilitation des victimes de la fabrique d'allumettes avait été mis en place sur le site même. Il s'occupait également du cimetière, on allait tout remettre en place comme avant, ou presque ! Mais ce dont Antoine se réjouissait le plus était le mariage prochain de sa grand-tante. Maddy allait épouser Émile Santoni. À la suite de cet échange, Hélène Dupuy comprit que la vie était plus simple que prévu ! Sûrement comme le bonheur !

Antoine Moretti était de retour chez lui, soulagé de se réveiller avec seulement des bribes de rêves sans importance. Quitter cette chambre d'hôtel où il s'était senti comme un exilé et enfin retrouver ses affaires personnelles et ses meubles fut un véritable soulagement. La première nuit, à la vue de son lit, il avait craint le pire. Les villageois affirmaient que « le rêve » avait disparu, mais cette heureuse nouvelle le concernait-elle également ? Pour le savoir, il fallait bien qu'il dorme dans son lit ! Ce lit, comme la plupart des meubles, avait servi à plusieurs générations de Moretti. Son intérieur comme les murs de la maison signifiait bien plus que des biens mobiliers. Ce mas provençal avait été construit par un de ses aïeuls. Devoir quitter ce lieu empreint de souvenirs et chargé d'histoires avait été une épreuve.

Ses efforts avaient payé car il avait mis toutes les chances de son côté en se rendant chaque jour à l'église de la ville la plus proche ouverte au public. Durant plusieurs semaines, Antoine avait fait ses prières avec une grande ferveur tout en regardant sa montre car ensuite, il devait se rendre quotidiennement au cimetière afin de vérifier l'avancée des travaux en cours en plus de ses vignes à s'occuper. Finalement, ce qu'il attendait arriva, « le rêve » avait disparu à la suite de tous les efforts consentis collectivement. Les révélations faites à la presse avaient sans doute joué un grand rôle, mais pas seulement ! Il était sûr que c'était grâce aux efforts conjugués du trio qu'il formait avec Maddy et Patrick que les esprits des victimes de la fabrique d'allumettes avaient décidé de les laisser tranquilles ! Ils avaient vaincu la malédiction ! Et enfin, la colère de ces morts tourmentés s'était apaisée, leurs âmes en paix avaient rejoint le paradis pour l'éternité. Et si cela ne suffisait pas à calmer leur fureur contre les habitants de Rastignac injustement pris comme cible à la place des vrais coupables, son ami journaliste ambitionnait un plus large public afin de dénoncer les conditions de travail inhumaines de celles qu'on nommait les allumettières. Par la faute de la famille Laforge, ils avaient failli devenir fous, fous comme leurs propres enfants. Ah ! Quelles mauvaises personnes que ces gens-là ! Et dire qu'ils avaient échappé à toutes critiques depuis presque cent ans !

Les villageois de Rastignac pouvaient également dormir tranquille, il avait fait ce qu'un maire doit faire pour son village avant de se retirer de ses fonctions d'élu. Sa défection lui restait en travers de la gorge. Il s'était retrouvé dans la « mouscaille » par la faute de journalistes qui avaient osé écrire cette phrase accusatrice : « Le maire de Rastignac est le dernier à lui avoir parlé ! »

À la suite de ces articles diffamatoires, croyant effectuer son travail de représentant du maintien de l'ordre public, il s'était rendu à une convocation comme simple témoin à la gendarmerie. Que nenni ! On l'avait traité comme un criminel de haut vol puisqu'il avait même fait appel à un homme de l'ombre, qui, assis au fond de la pièce, s'était adressé à lui. Antoine avait saisi aussitôt l'importance vitale de ne pas se retourner ! Sinon, il aurait reçu un coup sur « le museau ». Se retrouver dans une telle mouscaille et s'en sortir tout de même le rendait fier ! Il avait lutté pour sauver les villageois contre tous, ou presque ! Et finalement, ce marginal campant sur la place du village avait contacté sa famille sans qu'un seul de ces scribouillards relaie l'information sinon dans un entrefilet. Pire encore, pas une seule excuse des autorités et même sa démission, elles l'avaient ignorée, mais ce n'était plus son problème ! Si le diable s'en était mêlé, jugeait Antoine, il n'aurait pas fait mieux ! « Tous des brêles », ruminait l'ancien maire, « des branquignoles », comme celui qui avait renvoyé Patrick, le seul vrai journaliste de cette feuille de chou nommée *Le Mistral* !

Il n'était guère facile pour l'ancien maire de Rastignac d'oublier ses malheurs passés. Toutefois, cette histoire aurait pu bien finir si, encore une fois, il n'avait pas été injustement pris pour cible ! Antoine Moretti pensait sincèrement que tous les villageois seraient soulagés mais en fait, il se trompait, certains étaient déçus, ils avaient des doléances à lui soumettre et le premier à le faire fut Marius, le boulanger. Ce manque de gratitude lui donna un coup de sang, il faillit s'en prendre à la dernière chaise encore intacte dans sa cuisine. Heureusement, il avait appris à gérer sa colère.

L'heure n'était plus au « pétage de plombs ». Demain était un grand jour pour lui, il allait au mariage accompagné par sa femme. Une promesse avait été faite mais surtout entendue car Antoine avait juré sur la tête de ses enfants, il devait être un exemple pour eux ! Puis, sur l'honneur de ses deux parents, il promit de ne plus s'en prendre aux objets. Car même morts, ils méritaient d'être fiers de leur fils ! Pascaline avait accepté, il irait la chercher chez leur fille et ensemble, ils se rendraient au repas de noces organisé dans la salle des fêtes du village de Rastignac.

Son échange avec le boulanger lui avait permis de comprendre que le Antoine colérique avait laissé la place à un autre homme, capable de maîtriser ses frustrations. Un travail d'introspection avait été nécessaire. Antoine avait consenti à prendre ses responsabilités. Ce drame lié à une totale impunité des coupables lui avait fait comprendre qu'il devait être honnête en toutes circonstances et surtout à son âge. Cette mauvaise habitude remontait à son plus jeune âge, il cassait ses jouets tandis que ses parents avaient essayé de le comprendre, puis de le punir sans jamais parvenir à un résultat. Pourtant, en tant qu'enfant unique, il avait été particulièrement gâté. C'était donc complètement exagéré ! Et pour ne pas retomber dans ses travers infantiles, il devait être plus conciliant et accepter de faire des concessions même quand il jugeait les demandes inopportunes. Fort de ces nouvelles dispositions, il réussit à supporter les réactions des villageois déçus par les travaux de réaménagement du cimetière. Ces travaux incessants avaient chassé les esprits des allumettières loin du village de Rastignac ! « Le rêve » avait donc disparu avec elles, les laissant malheureux. Ils désiraient qu'elles reviennent comme auparavant et c'était lui, le responsable de ce gâchis !

Marius ne volait plus la nuit dans les airs et c'était tout de même un peu de sa faute, d'après lui ! Il lui dit que c'était une grande perte pour lui mais surtout pour son commerce, il ne pouvait plus regarder son enseigne au-dessus de la porte d'entrée de sa boulangerie « À la baguette volante », car à chaque fois, ça lui faisait mal au cœur ! Bien que de tels reproches soient absurdes, il comprit les doléances du boulanger et celles des autres habitants déçus. Il fit en sorte de trouver une solution à leur problème sans penser à en tirer un avantage puisqu'il avait renoncé à la politique. Il leur conseilla de consulter le doc Declercq qui avait récemment formé un groupe ; Caroline, sa femme en faisait partie, et également les propriétaires de l'hôtel La Nichée provençale. Ils s'exerçaient tous au rêve contrôlé et les résultats étaient prometteurs.

Cette proposition reçut un écho favorable auprès du boulanger, qui le remercia au bas mot une dizaine de fois, en regrettant vivement qu'il ne soit plus leur maire à tous ! Il s'excusa de l'avoir dérangé la veille du mariage de sa grand-tante avec Émile, il devait d'ailleurs abréger leur conservation téléphonique car on l'avait chargé de fournir suffisamment de pain pour la noce en plus de l'avoir invité. D'autres villageois de son groupe viendraient. Par principe, on les avait également sollicités puisque Émile Santoni en faisait partie et dans un but de réconciliation, Maddy ne voulant pas rester fâchée éternellement avec eux. Françoise Martin avait été son premier choix. Hélas, elle se trouvait au Japon. Finalement, ce fut la femme de son ancien ennemi, Susie qui serait son témoin. Régis Meunier ne courait plus, il traînait sans but dans la maison. Sa femme disait qu'une fête pourrait lui changer les idées, et elle remercia vivement Maddy pour sa proposition. L'ancien coureur infatigable avait disparu, il n'appréciait plus de devoir souffrir le martyre afin que son nom soit inscrit dans le livre des records ! Les époux Declercq seraient présents ainsi que la famille Dupuy accompagnée de sa fille adoptive, Marilou. Il y eut un désistement de dernière minute, la famille Sanchez, vexée sans doute de ne pouvoir poster en ligne quelques images du mariage. Les seuls ayant refusé l'invitation furent les époux Giordano, mais le Jules César de Rastignac ne manquerait à personne !

Maddy était aux anges car sa belle-fille était d'une gentillesse exemplaire depuis la parution dans la presse du phénomène nocturne nommé « le rêve ». Elle désirait tout connaître de ce qu'elle nommait « une expérience spirituelle ». Son fils semblait lui aussi s'intéresser davantage à elle. Il l'interrogeait régulièrement sur ce qu'elle vivait. De peur de ne plus les intéresser, elle se donna un rôle plus important. Un yorkshire ne pouvant pas les faire rêver tandis qu'un tigre, c'était autre chose ! Elle culpabilisa mais ce mensonge lui permit de renouer également avec son petit-fils. Maddy dut tout de même se renseigner sur cet animal car, hélas, elle ne possédait pas le savoir d'Hélène Dupuy en matière d'animaux. Revoir sa famille sous de meilleurs auspices eut raison de sa mauvaise conscience. Un tigre et voilà qu'ils la félicitaient ! C'était absurde mais si réjouissant de compter pour eux ! Lorsque Rastignac ne fit plus ou presque l'actualité, la vieille dame craignit de retrouver son anonymat. Mais heureusement, il n'en fut rien, elle avait gagné une certaine reconnaissance en s'inspirant du contenu des rêves d'Hélène Dupuy.

Parler mariage dès le premier baiser échangé avait été évident pour tous les deux. Le temps perdu devait se rattraper de toute urgence. Il ne fallut qu'un mois pour préparer l'évènement. Émile s'en chargea en grande partie aidé par son fils, toujours aussi surpris par l'énergie de son père...

Les festivités devaient être simples car le plus important était le voyage de noces, symbole de leurs retrouvailles. Il était prévu dès le lendemain du mariage. Des décennies sans se voir ou presque avaient créé un tel manque qu'ils ne supportaient plus que quiconque ou quoi que ce soit n'interrompe leur tête à tête. Marie-Madeleine et Émile, tous deux veufs, avaient toujours regretté sans oser se l'avouer leur amour. Ils n'avaient jamais échangé le moindre baiser, ni la moindre parole d'affection dans leur jeunesse. Leur pudeur commune avait empêché tout rapprochement possible. Et faute de mots, leurs chemins s'étaient séparés. Marie-Madeleine était devenue Maddy, et les années étaient passées dans des existences séparées jusqu'à ce que la vie les réunisse, comme au temps des privations. Venant au secours d'Émile, Marie-Madeleine avait cette fois-ci pris la bonne décision. Et c'est ensemble qu'ils quittèrent Rastignac et c'est encore Maddy qui se déclara. Le vieil homme pensa qu'à son âge, « une telle chose » était impossible ou était-ce « le rêve » qui les rendait encore fadas ? ! Cependant, le séjour à La Nichée provençale fut comme une première lune de miel. Et lorsqu'ils retournèrent à Rastignac, ils ne purent se séparer. Antoine leur rendait visite de temps en temps, se réjouissant de leur bonheur tandis que Maddy lui prodiguait des conseils afin qu'il récupère sa femme et en secret, elle avait convaincu Pascaline de la bonne foi d'Antoine.

Antoine se coucha heureux de savoir que demain était le « grand jour ». Il irait chercher Pascaline chez leur fille pour la conduire à la mairie de Rastignac. Sur sa chaise à côté de son lit, il avait déjà préparé son costume pour la noce. La nuit lui parut longue et le matin, il se hâta de déjeuner puis de revêtir son plus beau costume, monta dans sa voiture, la fit démarrer en pensant à celle qui bientôt occuperait la place à ses côtés. Il conduisait insouciant et fiévreux comme un jeune homme se rendant à son propre mariage lorsque soudain, une voiture de la gendarmerie le dépassa en lui demandant de se ranger sur le côté de la route. Avait-il roulé trop vite sur cette route de campagne déserte ? Pourtant, il lui semblait que sa vitesse n'était pas excessive. Un gendarme s'approcha et lui fit signe de baisser sa vitre, Antoine s'exécuta en s'adressant poliment au fonctionnaire.

« Je suis désolé, je me rends à un mariage, peut-être ai-je légèrement dépassé la vitesse autorisée ? »

Mais contre toute attente, le gendarme lui répondit :

« Veuillez attendre un instant ici, un haut fonctionnaire de l'État désire vous parler. »

Antoine allait lui demander plus d'explications lorsqu'il vit dans son rétroviseur une voiture luxueuse s'approcher et se garer juste derrière la sienne.

« Veuillez descendre, Monsieur et vous approcher de la voiture derrière la vôtre, vous n'avez rien à craindre, absolument rien » lui dit le gendarme d'un ton qui se voulait rassurant.

Malgré ses paroles, Antoine n'était pas confiant. Mais que pouvait-il faire à part obéir à ce fonctionnaire en espérant que tout se passerait bien ? La vitre teintée à l'arrière du mystérieux véhicule se baissa légèrement. Aussitôt, il reconnut la voix, c'était le même homme qui se tenait derrière lui à la gendarmerie. Sûrement un espion ! ! ! Son esprit lui proposa des dizaines de scénarios anxiogènes, qui se terminaient tous de la même manière. Il était piégé sur une route en pleine campagne. C'était étrange de ne pas avoir peur tout en sachant que tout pouvait arriver ! ! ! Alors qu'il ne croyait plus en un coup de chance apte à le sauver, la voix s'adressa à lui d'une manière tout à fait plaisante :

« Je vous félicite Monsieur Antoine Moretti, vous avez très bien rempli votre fonction de maire, nous avons refusé votre démission. Je vais vous rendre votre écharpe, veuillez m'excuser car vous comprendrez que ce n'est pas l'original. Ainsi vous pourrez marier vous-même, en qualité de maire, votre parente Marie-Madeleine Piétri. N'oubliez pas de dire à Hélène Dupuy que son nouveau projet professionnel ne risque rien, Alice Lanteri ne fera rien de répréhensible, nous vous l'assurons. Au revoir, Monsieur le maire, et mes meilleurs vœux aux mariés. »

Antoine aperçut alors avec stupeur une écharpe tricolore dépasser de la vitre. Il la saisit et la voiture démarra, suivie de celle de la gendarmerie. Il resta planté sur le bas-côté, stupéfait jusqu'à ce qu'un message envoyé par Maddy lui permît de comprendre la situation. Elle avait écrit ce matin :

« Je suis si contente que ce soit toi qui nous maries. Quelle belle surprise ! »

Il n'avait pas eu le temps de lui téléphoner afin de lui demander ce que signifiaient ces mots absurdes…

Ainsi tout avait été prévu par avance, on l'obligeait à reprendre ses fonctions de maire. Comment pouvait-il refuser ? La déception aurait été trop grande pour Maddy et Émile. Ce guet-apens n'avait duré que quelques minutes sans que personne n'assiste à la scène. Qui allait le croire ? ! On se serait cru dans un film ! Après réflexion, il décida de ne rien dire, pour ne pas embrouiller davantage l'esprit de Pascaline...

Ils arrivèrent ensemble à la mairie de Rastignac. Les futurs mariés les attendaient ainsi que leurs deux témoins. Antoine enfila fièrement l'écharpe tricolore. Il fit un discours improvisé et ne put s'empêcher de verser autant de larmes que les mariés. Un bonheur palpable auréola la pièce lorsque Émile, face à Marie-Madeleine, glissa l'alliance à l'annulaire de sa femme. Ensuite, ils rejoignirent la petite salle des fêtes.

Ce fut une réussite, chacun trouvant émouvant ce mariage tardif. Mais ce qu'ils retiendraient tous comme souvenir le plus marquant fut le discours d'Émile après le repas, adressé à celle qu'il n'avait jamais pu oublier.

« Ma chère Marie-Madeleine, je n'ai pas eu les mots pour te retenir, je ne savais pas dire "je t'aime". À présent, j'aimerais te le crier. Mais crier n'est pas romantique, je préfère donc te le dire en chantant. Les paroles ne sont pas de moi, mais sache qu'elles me parlent au plus profond de mon cœur car je suis aussi fada que ce que tu vas entendre. Je te préviens, tu pourrais même être choquée mais sache que tout est vrai ! J'ai répété en secret depuis deux mois pour ne pas rater ma prestation de chanteur débutant. »

Un convive proposa de compter à voix haute l'embrasement des joues de Maddy et toute l'assemblée lui emboîta le pas ; six fois, elle piqua un fard ! Il fallait l'aider à se détendre en chantant et toute la salle reprit en chœur les paroles de la chanson de Michel Sardou, *Je vais t'aimer* :

« À faire pâlir tous les marquis de Sade, à faire rougir les putains de la rade, à faire crier grâce à tous les échos... »

Émile reprit son souffle :

« À faire dresser tes seins et tous les saints, à faire prier et supplier nos mains, je vais t'aimer, je vais t'aimer comme on ne t'a jamais aimée, je vais t'aimer comme j'aurais tellement aimé être aimé. »

Ils se mirent tous à rire, ils crièrent bravo et applaudirent avant même la fin de sa prestation.

« À se croire mort et faire l'amour encore, je vais t'aimer... »

Comme quoi, qu'il pleuve ou qu'il ne pleuve pas, la météo n'a pas d'importance ! Les mariages les plus vieux sont les plus heureux. La tirade d'Antoine ne reçut aucun écho tandis que la prestation d'Émile fut ovationnée ! Maire ou pas, il ne se vexa pas de son manque de popularité. Pascaline lui avait donné la main sous la nappe durant presque tout le repas et ensuite, ils avaient dansé ensemble.

Ce qui se passa ensuite durant leur lune de miel en Espagne fut décrit en quelques lignes sur une carte postale envoyée à Antoine :

« Nous adorons ce pays merveilleux, les plages sont sublimes, la paella excellente. À très bientôt, enfin nous l'espérons car on risque de louper l'avion. À notre âge, c'est fou ce qu'on peut perdre facilement la tête ! »